少年蒙歌

道格拉斯・史都華 Douglas Stuart —— 著
章晉唯 —— 譯

獻給亞歷山大
以及格拉斯哥所有溫柔的孩子

之後的五月

1

他們靠近街角時，蒙歌停下來，將男人的手從肩膀甩開。動作之堅定，令所有人都吃了一驚。蒙歌轉身，瞇起眼，向上看著公寓，他雙眼緊張抽動。母親透過麥穗圖案的網格紗簾看著他，她想說服自己，他眼睛抽動是在開心朝她眨眼，像一段可愛的摩斯密碼，傳訊說一切不會有事。F、I、N、E。她最小的兒子就是那樣。他就算不想笑，也會擠出微笑。為了讓其他人高興，他會做任何事。

茉茉將窗簾拉開，靠在窗框上，像想找伴的女人。她一手舉起茶杯，用粉紅珠光指甲敲著玻璃。她選這顏色是想讓手指看來更年輕，因為手指年輕，臉可能也會年輕，整個人便跟著年輕了。她俯看他，蒙歌再次動了動，雙腳轉向家的方向。她揮動手，將他趕走。**走啊！**

她的孩子微微駝背，背包在他背上像個小駝峰。他不確定要帶什麼，於是他心不在焉亂裝了些東西：一件尺寸過大的費爾島毛衣、茶包、捲邊的素描本、十字戲桌遊和幾管用一半的藥膏。他在街角搖搖晃晃，好像背包重到害他要跌入溝裡。茉茉知道背包不重。她知道讓他感到沉重的是骨頭。

這全是為了他好，但他竟敢眼巴巴望著她，面露哀傷。天氣這麼熱，他還在那胡鬧。他讓她好緊張。**走啊！**她又用嘴形說一次，並喝了一大口冷茶。

兩個男人無所事事站在街角。他們嘆口氣，看了看，輕笑一陣，接著放下背包，點起香菸。茉茉看得出來，他們巴不得快點離開。這條窄街不喜歡陌生面孔。茉茉知道他們按捺著性子，才沒催她兒子。男人很精明，不敢催促蒙歌，畢竟他離家這麼近，仍可能一溜煙跑走。他們瞇起眼，不斷瞄他，手從長褲口袋把蛋蛋和大腿撥開，默默觀察等待男孩接下來的動靜。今天天氣將會悶熱潮溼。男孩手隨意撥了撥身體。茉茉舌頭舔了舔下排牙齒的後方。

蒙歌舉起手，朝窗戶揮了揮，但茉茉只乾瞪著他。他一定發覺她板起臉孔，或者也許他突然覺得揮手很孩子氣。他動作停在中途，手抓向天空，宛如一個溺水的男人。

他穿著寬大的短褲和尺寸過大的連帽風雨衣，那是別人的舊衣服，活像個流浪兒。但他將面前的鬈髮撥開，茉茉看到他下巴咬緊，想起他如今已慢慢長成一個堅強的年輕男人。她又敲敲玻璃。**你別瞪我**。

兩名男人中較年輕的那個走向前，勾住蒙歌的肩。他手一放到蒙歌身上，蒙歌臉便皺起。茉茉看他揉揉身側，她想起他肋骨淡紫色的瘀青。她敲敲玻璃，**喔，搞什麼，快走！**看到之後，她兒子低下頭，讓男人帶走他。兩人大笑，拍拍男孩的背。**好傢伙。勇敢的男子漢**。

茉茉無特定信仰，但她將粉紅色的指甲向天空晃晃，大喊哈雷路亞。她將剩茶倒入吊蘭，烈性葡萄酒倒入馬克杯，音樂開大，踢開鞋子。

三人搭上公車，來到薩切霍街。格拉斯哥難得悶熱，他們必須逆流而上，擠過上身赤裸、已曬得通紅的粗野男人。城內的長椅已坐滿老太太，她們手臂粗壯，頭戴帽子，身穿羊毛大衣，嘴唇上全是汗珠。孩子跑過街上，臉上黏答答的全是汗，女人垂頭倒在自己豐滿的胸膛上，在熱浪中打著盹。他們讓蒙歌想到公寓的大鴿子，懶懶散散，眼睛半閉，頭快被脖子的羽毛吞噬。

城市充滿活力，城囂競鳴，一邊是街頭表演者，一邊是全副武裝的奧蘭治[1]樂儀隊。奧蘭治樂儀隊的短笛如啁啾的鳥鳴，在沉重的愛爾蘭大鼓聲下，發出甜美的顫音。樂音令人動容，一個樣貌文雅的年邁紳士兩眼茫然，沉浸其中，流下巨大的淚珠。蒙歌盡量不去看在大庭廣眾落淚的那個人。他不確定那個人哭是因為悲傷，還是驕傲。他西裝袖口光芒閃爍，昂貴的錶帶若隱若現，雖然資訊不足，但蒙歌判斷，由於那只錶太過招搖，他不可能是天主教徒。

男人在陽光下拖著腳步向前。他們提著大包小包的輕薄塑膠袋，側背包裝滿魚鉤，還有個露營背包。蒙歌聽他們抱怨口有多渴。他認識他們不過一小時，但他們已重複了好幾次，彷彿一直都在口渴。「巴不得好好喝個一杯。」兩人中年紀較大的那人說。他臉已紅得像甜菜根，卻仍穿著超熱的厚毛呢西裝。另一人不理他。他走路都張著腿，彷彿牛仔褲太緊，大腿一直被摩擦。

他們帶男孩來到公車站，叮叮噹噹掏出了硬幣，搭上一班公車，往格拉斯哥北方，朝鄧巴頓的綠色山丘前進。

等他們擠到公車後頭的塑膠長椅上，三人滿身大汗，難以呼吸。蒙歌坐在兩人之間，盡可能縮起身體，讓自己愈小愈好。有人望向窗外，他便會趁機觀察他們的側臉。如果他們轉向他，他會假裝對另一邊窗戶有興趣，迴避他們的目光。

蒙歌看著灰色的城市飛逝，他下巴抵著胸口，抑制內心的緊張，阻止臉上蔓延的發麻感。他知道自己又發作了，他鼻子會皺成一團，不斷眨眼，表情看起來像是快打噴嚏，卻打不出來。他感到年紀較大的那人盯著他瞧。

「我不記得上次出城是什麼時候了。」那人聲音有點刺耳，彷彿喉嚨塞滿乾燥的烤吐司。他偶爾句子說到一半，會深吸口氣，支支吾吾，彷彿每個字都可能是他擠出的最後一個字。蒙歌想向他微笑，但那人有種獐頭鼠目的感覺，讓人無法正視他的雙眼。

穿西裝的他轉向窗外，蒙歌趁機打量他一番。他的臉稜角分明，年紀大概接近六十或六十出頭，但歲月顯然待他不好。蒙歌見過這類人。年輕的新教流氓出了公宅社區，常獵捕像他一樣的傢伙。他們會在工人俱樂部外頭，圍住口袋叮噹作響的酒鬼，一路戲弄他到炸魚店前，等酒鬼口袋剩下的錢幣掉出，他們便會撲上去。由於營養不良，再加上過度飲酒，他面黃肌瘦，神情憔悴。他的臉皮太大，脂肪太少，一張黃臉皺得像過熟的蘋果。

那人破爛的西裝外套和西裝褲不成套，膝蓋布料鬆垮，像一層過度延展的皮膚。他西裝外套底下是一件T恤，上面繡著南區水電工的廣告，領口已破，並和身體的布料分開。蒙歌覺得這可能是他唯一的衣服。衣服散發霉味，彷彿他無論晴雨都穿。

蒙歌莫名同情起他。那人微微顫抖。他在黑暗的俱樂部躲避陽光多年，像惠比特犬踏入雪地一般，感覺十分緊張，他一雙小眼睛瞄來瞄去，長手長腳抽動，像隻被虐待的狗，感覺下一秒便要拔腿就跑。

經過最後一棟高樓之後，西裝男發出呢喃，填補了空白，似乎想找人聊天。蒙歌下巴抵著胸口，不發一語。較年輕的那人抓著胯下。蒙歌從眼角觀察他。

那人感覺二十出頭。他身穿靛藍的牛仔褲，皮帶從衣標下穿過，以免擋住令人驕傲的亞曼尼徽

---

1 奧蘭治兄弟會（Orange Order）是國際新教兄弟會組織。

印。他很帥（或曾經稱得上帥），但如今已略微走樣，像屠夫遺漏的一塊上等肉。雖然天氣炎熱，他卻穿著臃腫的飛行員外套。他脫下外套時，蒙歌看到他手臂纏繞著精壯的肌肉，他不是做粗活，就是多年打架，或兩者皆有。

他剪一頭短髮，頭髮用髮膠向前梳齊，形成微小的鋸齒形狀，彷彿是以鋸齒剪刀剪的。蒙歌盯著他指節皮膚的傷痕。他有著蘇格蘭人少見的蜂蜜色皮膚。也許他的家族是開炸魚店的義大利人，或他是黑愛爾蘭人，有西班牙血統。

但他一開口便是乏味沙啞的格拉斯哥口音，打破任何一絲浪漫氛圍。「噢，別理聖克里斯多福。」他沒直視兩人。「連馬都會被他無聊死。」

蒙歌聽了不禁思考，他為何和聖克里斯多福待在公車上，而另一人挖起了鼻孔。那人小指探索著鼻孔時，蒙歌注意到他手指全戴著徽戒，前臂的刺青如蛇緊密盤繞。他從胸前的標誌、鞋子、牛仔褲到皮膚，全身都是文字。他用縫衣針在皮肉刺下女人和幫派的名字：珊卓、傑姬、橄欖球會和瘋幫。藍色墨水像水彩一樣，在皮膚各處暈開，染得他全身一片紫藍。蒙歌仔細觀察他的雙臂，竭盡所能把字記在心裡。

聖克里斯多福手伸進購物袋，狡猾地眨個眼，提起一手坦南特特級啤酒。他一雙小眼盯著公車司機後腦，將兩罐啤酒拿起，給男孩和刺青男。蒙歌搖搖頭，但刺青男哼了一聲表示感激，接下啤酒。他拉開拉環，雙唇含上，吸吮衝出來的泡沫。他在三大口之間，將啤酒一飲而盡。

聖克里斯多福端詳男孩，猜想他的心思，因為他說：「他們叫我聖克里斯多福，因為我每週日和週四會去希望街的戒酒無名會。所以我是週日和週四的克里斯多福。這樣才不會跟凱薩米克．克里斯或紅頭克里西搞混。」男人喝一口酒，蒙歌看他喉嚨努力吞嚥。「週日是S開頭，週四是T開頭，ST剛好是『聖』的縮寫，所以是聖克里斯多福，懂嗎？」

蒙歌聽過這類的事。茉茉是週一和週四的茉琳。男孩接起走廊上的電話時，其他酗酒者會這樣稱呼她。打電話的人會想確認自己沒誤打到「米勒斯頓的茉琳」或「米爾克的小茉」家。為了遵守戒酒會的匿名性，這點差別很重要。

「有時我抖得厲害，會想多去週三晚上的戒酒會。但是啊，我就是辦不到。」聖克里斯多福皺起眉頭，一臉難過。「你懂我的意思？」

蒙歌這輩子都在努力理解別人真正的意思。茉茉和姊姊袞蒂老是唸他。顯然大家都話中有話。袞蒂覺得他很好騙，茉茉希望自己能把他養得精明點，別被別人當傻瓜。因為這點對他失望其實很好笑，因為他就是老實，才會覺得別人也老實。大家拐彎抹角讓他頭痛。

聖克里斯多福喝完酒時，蒙歌說：「或許你週三也該去。就是，如果真的有需要的話？」

「對，但我喜歡我的稱號。」他手伸進上衣，拿出一個錫製的聖像徽章。他隔著滿是痘疤的鼻子盯著徽章。「**聖克里斯多福**。這是大家給我的名字中，最好聽的一個。」

「你不能直接告訴大家你的姓氏嗎？」

「那樣就不叫匿名會了，不是嗎？」刺青男說：「如果你明說，讓所有人知道你內心住著惡魔，那他們就會在街上亂傳。」

對於大家內心的惡魔，蒙歌心裡有譜。茉茉想買酒時，她的惡魔會現身。她的惡魔是隻如鰻的扁蛇，有著鼬鼠般的下巴和珠子般的雙眼，一身髒如病鼠的皮毛。牠生性狡猾，和她繫在一條鐵鍊上，牠會動搖她，將她拖往她應該遠離的事物。牠需索無度，虛偽奸詐。牠會蟄伏沉睡，等待孩子吻別母親，離家上學之後，才會轉向茱茱，並掐住她的喉嚨，彷彿她是隻發抖的老鼠。其他時候，牠會盤踞在她體內，重重壓在她心上。惡魔一直都在，甚至美好的時光也一樣，只是潛伏在表面下。

她受酒精控制時，惡魔有時會安分一會。但有時茱茱喝得太多，她會完全變成另一個女人，另一種生物。第一個跡象是她皮膚會變得鬆垮，彷彿她真實的面孔隨時會滑落，揭露潛伏其下的陌生女子。蒙歌、哥哥和姊姊稱鬆垮版本的她為**稻草人**，她外表凌亂不堪，內心無情冷酷。不論孩子為她填塞多少愛，想支持她，幫她振作，她接受所有照料和關心後，內心仍會感到空虛。

稻草人開口時，下巴會微張，舌頭會捲在嘴中，語氣骯髒下流，彷彿時時渴望舔舐些什麼。稻草人總懷疑自己錯過哪場派對，懷疑街角或隔壁棟肯定充滿刺激。她有這種感覺時，會轉向孩子，將他們趕走，彷彿他們是無趣的小鳥。稻草人相信，沒有孩子的女人，肯定會遇上更好的事物、更明亮的光線、更洪亮的笑聲。

稻草人會和剛認識的女人當好友，只要半瓶黑白狗牌威士忌，她便會透露自己最私人的祕密，當新朋友沒有共鳴，她內心便會受傷。她們打架時，會把彼此拖過地毯，或拖下樓。蒙歌早上會在走廊看到一撮撮噴了香水的頭髮，像稻草人從破洞掉落的稻草，被前門吹入的風撥動。他或袞蒂會用吸塵器清理，不會多說什麼。

把母親分成兩人的是袞蒂。酒精讓茱茱變得滿懷惡意，墮落腐敗，在早晨冰冷的光線下，這樣能讓蒙歌原諒她。「那不是茱茱，」袞蒂會在烘衣櫥裡抱著他，安慰道，「那只是可怕的稻草人，茱茱現在在睡覺。」

蒙歌知道惡魔長什麼樣子。公車緩緩往北時，他靜靜坐在座位上，思考自己內心的惡魔。

「真希望司機能他媽開快點。」刺青男說。他手伸到雙腿間的袋子，帆布帶上掛滿鮮豔的魚餌。他從一捲捲釣線間，翻出一包菸草。他捲了根胖胖的菸，舌頭沾著菸紙。那人深深抽一口，將煙吹入空酒罐。他用手蓋住罐口，像抓到蜘蛛一樣，但煙臭已飄入公車。好幾個乘客轉身，瞪向後方座位。蒙歌彎身越過他，露出乖巧的笑容，打開薄窗的鎖扣。

「你有抽菸嗎？」那人在貪婪的幾口菸間問他。他雙眼翠綠，眼中閃爍金斑。

「沒有。」

「很好。」他又吸了一大口。「對你身體不好。」

聖克里斯多福伸出顫巍巍的手，刺青男不情願地將香菸給他。聖克里斯多福抽一大口，讓肺充滿煙。他乾燥的雙唇黏著潮溼的菸紙。刺青男用肩膀撞一下蒙歌。「大家叫我加羅蓋特，因為我出身在那。」他調整一下徽戒，朝毫無反應的公車司機擺頭。「小兄弟，你很緊張，對吧？別擔心。他敢多嘴，我會他媽捅他一刀。」

聖克里斯多福吸著菸，直到菸燒到手指。「你喜歡釣魚嗎？」

「我不知道。」蒙歌很高興香菸熄了。「我以前從沒釣過。」

「我們這趟去，應該會釣到狗魚、鰻魚、斑點鱒魚。」加羅蓋特說：「在那可以釣一整個週末，沒人會來檢查許可證。方圓三十、甚至六十公里內都沒人。」

聖克里斯多福點頭附和。「對。搭三班公車，便能到最接近天堂的地方。」

「四班，」加羅蓋特糾正他，「四班公車。」

蒙歌聽到距離，心不禁一沉。「你們會把魚吃掉嗎？」

「看大小。」加羅蓋特說：「繁殖季節能抓到一堆魚，要有大冰櫃才裝得下。你媽媽有大冰櫃嗎？」

蒙歌搖搖頭。他想到茱茱的方形小冰箱，裡面都結了冰。他不知道她看到肥美的斑點鱒魚會不會高興，但他猜不會。他無論做什麼，感覺都無法讓她開心。他知道自己最近讓她心靜不下來，因為她是這麼告訴他的。她告訴他時，他努力憋笑，並想像她心臟在她胸中的客廳踱步，焦慮摺著白手帕。裘蒂當時翻白眼說：「聽聽看你自己在說什麼，茱琳。你有心嗎？」

公車經過鄧巴頓，蒙歌搔了搔顴骨，羅曼德湖赭紅色的湖岸出現在視線中。他記得茱茱說過的重話。他知道自己為何在此，這是他自己的錯。

「總之你幾歲啊？」加羅蓋特問。

「十五歲。」蒙歌努力挺起胸膛，但肋骨仍隱隱發疼，老舊的公車避震非常差。他在同年紀的人中身高普通，在他班上，他是較晚抽高的一群。他的哥哥哈米許喜歡抓住他下巴，將他臉對著光，像園丁檢查纖細的幼苗一樣，仔細觀察蒙歌上唇的細毛。他會朝細毛吹氣，故意惹蒙歌生氣。雖然蒙歌不高，但他仍比哈米許高。哈米許對此耿耿於懷。

聖克里斯多福伸手，用修長的手指握住男孩手臂。「你還是個孩子，對吧？我來看的話，你應該十二歲，最多十三歲。」

「我覺得他快要變男人啦。」加羅蓋特滿是刺青的手臂摟住男孩肩膀。他和朋友神色狡猾，交換個眼神。「你蛋蛋掉了沒，蒙歌？」

蒙歌沒答腔。蛋蛋不就掛在那，皺成一團，毫無用處。如果蛋蛋掉了會掉去哪？

「你知道，你的子孫袋？」加羅蓋特輕拍男孩的胯下。

「我不知道。」蒙歌彎身擋住身子。

兩人自顧自地咯咯咯笑成一片，蒙歌想加入，但笑得不自在，而且晚了半拍。聖克里斯多福大聲咳嗽，加羅蓋特轉向窗戶，面露鄙夷。他說：「我們會照顧你，蒙歌。別擔心。我們會找點樂子，你可以替媽媽帶幾隻鮮魚回家。」

蒙歌揉了揉痠痛的蛋蛋。他又想到茉茉靜不下來的心。

「對。你媽是個好女人。世上少見。」加羅蓋特咬起食指上的死皮，並吐到地上。突然之間，他停下動作。「我可以看嗎？」蒙歌來不及開口，他伸手拉住蒙歌風雨衣的下襬，將衣服向上掀，開始脫男孩衣服。「給我們看一下。」

蒙歌舉起雙臂，讓男人把上衣向上拉，尼龍的風雨衣遮住他的臉，四周化為一片冷靜的藍光。蒙歌看不到，但他聽得到兩人的聲音和粗糙的呼吸。他聽到一陣悲傷的抽氣聲，停頓一會，接著是嘆息。加羅蓋特剛才有咬手指，手指尖仍有點溼滑。他手指摸著蒙歌胸上的烏黑瘀青，蒙歌感覺手指彷彿在畫地圖的路線，沿胸骨移動，滑過最後一根彎曲的肋骨。加羅蓋特戳了戳他肋骨，後來像要試骨頭軟硬一般，出力按瘀青。蒙歌眉頭一皺，全身蠕動，向後縮起。他將衣服蓋下，臉上無比火燙。加羅蓋特搖搖頭。「真可怕。那群噁心的芬尼亞王八蛋[2]欺負你的事，你媽全跟我們說了。天主教徒，

---

2 芬尼亞（Fenian）最早是指愛爾蘭民族主義分子，而愛爾蘭的天主教徒多半主張全島統一，脫離英國，因此後來芬尼亞會在北愛就成為對天主教徒的貶稱。蘇格蘭地區宗教歧視十分嚴重，尤其是格拉斯哥，因此芬尼亞便成為侮辱天主教徒的歧視用語。

真的，裝得一副老實樣。」

蒙歌努力不去想。

「別擔心。」加羅蓋特露出笑容。「我們會讓你遠離社區。我們會一起好好過個男孩的週末。讓你成為男人，嗯？」

他們換了公車，不久又乘坐上另一輛公車，接著他們等了快三小時，再搭下一輛車。他們現在已離羅曼德湖很遠，蒙歌開始覺得兩人其實不知道他們身在何方。在他眼中，四周全都一模一樣。兩個醉漢躺在金屬公車亭後方的金雀花叢，喝完剩下的坦南特啤酒。加羅蓋特不時會把空罐從樹叢扔到鄉下的公路上，問男孩公車來了沒。蒙歌會將垃圾整理好，回答沒有。「沒看到公車。」

蒙歌在陽光下發抖，讓臉皮放肆抽搐，這裡沒有陌生人瞠目結舌地盯著他。他一個人時，他會試著讓臉皮宣泄，希望待會能停下，但不曾管用。

鄉下天氣較冷。北方的太陽彷彿黏在天空，移動十分緩慢，但熱力已被吹過峽谷的強風偷走。他開始流鼻水，但他早上也可能會曬傷。

他蹲坐下來。他右膝有塊傷痂，皮膚起皺發癢。蒙歌先確認沒人在看，再用雙唇含住傷痂，用舌頭把它舔軟，用嘴吸吮，直到口中充滿金屬的氣味。蒙歌知道自己會忍不住再舔傷痂，於是他將膝蓋抱到胸前，用風雨衣蓋住雙腿，不再曝曬缺少溫度的陽光。社區難得悶熱，他沒多想，只穿件輕薄的足球短褲。茉茉沒給他多少時間打包，他匆忙出門，衣服穿不夠時，茉茉也沒攔阻他。

他從袋子拿出厚實的費爾島毛衣，套到風雨衣上。乾燥的謝德蘭羊毛磨過臉時有點癢癢的。蒙歌看一眼兩名醉漢，他們仍躺在金雀花叢。他用毛衣蓋住鼻子，舌頭舔著針織毛衣的內側。毛衣仍充滿爛鴿舍的清新空氣、木屑味和尿騷味。味道讓他想家。他閉上雙眼，用大拇指把毛衣布料塞進嘴裡。他塞到自己差點噎到為止。

鄉下公車抵達時，男人已酩酊大醉。蒙歌幫他們拎袋子和釣竿上車，然後他耐心等聖克里斯多福付車錢。酒醉的他搖搖晃晃，掏出一把銅幣和銀幣。車上皮膚乾燥的家庭主婦不耐煩地哼氣，她們買的食物在腳邊一點一滴解凍，蒙歌脖子發燙，趕緊從聖克里斯多福手掌拿起零錢，一個個投入付款箱。蒙歌感覺雙眼抽搐，等司機終於說：「好了，好了，停。夠多了，孩子。」他總算鬆口氣。他為自己算術慢感到羞愧。茉茉再次染上酒癮後，他便不常去學校。

司機放下手煞車。蒙歌不敢望向臉色難看的鄉下主婦，但他聽到身後醉漢拖著腳步，祝福她們「有個美好快樂的下午」時，他不禁笑出聲。加羅蓋特已癱睡在釣具和塑膠袋之間。蒙歌坐到前面的座位，手剝著窗戶邊的黑色橡膠封條。

胖胖的大公車循著蜿蜒的道路顛動向前。公車不時停下，讓嬌小的白人女子下車，回到她們白色小巧的家。柴油引擎轟轟作響，像是一首搖籃曲，男孩感覺一天下來，眼皮愈來愈沉。一叢叢松林和紅豆杉籠罩道路，樹葉讓他臉上的陽光變得斑駁。蒙歌頭靠在車窗玻璃上，睡睡醒醒進入了夢鄉。

哈米許在那。他哥哥躺在他對面的單人床上，厚重的眼鏡反映著日光，蒙歌知道已是傍晚時分。哈米許舀著穀片，巧克力牛奶流下他無毛的胸膛。蒙歌躺著不動，靜靜看著哥哥。他一直很享受這種時光，對方不知道自己被人觀察。哈米許手裡翻著雜誌，左臉露出賊賊的笑容，自顧自笑著。蒙歌看到書裡都是裸女，她們臉上化妝，神情痛苦扭曲，全身呈大字形，回望著哈米許。蒙歌目光回到哥哥臉上時，發現換哈米許觀察著他。他臉上不再有笑容。「告訴我，蒙歌。全是我的錯嗎？」

加羅蓋特把男孩從夢中搖醒。蒙歌上唇黏在牙齒上，一時間，他不知道那人在笑，還是在朝他咆哮。

他們急忙下公車時，聖克里斯多福腳踝一翻，倒到草地邊。他們在一條公路上，那裡有著濃密的赤楊樹，四周綠意盎然，空氣潮溼沉滯。聖克里斯多福拉緊雞胸前的西裝外套，在泥土上扭動身體。「你他媽的怎麼沒有叫醒我們！」他嘴角噴出憤怒的白沫。「我們他媽坐過頭好幾公里。」

「我不知道我們要去哪。我覺得哪裡看起來都一樣。」

加羅蓋特向前一步，好似要揍男孩，蒙歌直覺縮起身子，雙手擋在面前。

「幹，搞屁啦。」他喝了啤酒睡覺，口中氣味酸臭。「冷靜點。還沒到動手的程度啦。」加羅蓋特將幾袋東西從黃土地拿起，扛到肩上。他閒晃到路中央，開始朝公車來時的方向走，挑戰別人來撞他。「要往回走好幾公里，所以我們他媽開始走吧。」

路兩邊都沒車開來，但蒙歌和克里斯多福仍安全待在路邊，他們的背袋不時勾到黑莓灌木叢的尖刺。男孩將藍色風雨衣拉鍊拉到喉嚨，後來又拉到蓋住嘴。他頭縮進風雨衣領，只剩一雙下垂抽搐的眼睛露在外頭。

他們走了四十分鐘後，聖克里斯多福開始抱怨，一袋袋東西讓他手很痛，皮鞋也開始磨傷他紙糊的腳跟。加羅蓋特瞪著兩人，像無法教孩子聽話的父親。他拉住男孩手臂，逼蒙歌站到路中央，留他一人面對無車的道路。加羅蓋特溜下路堤，聖克里斯多福跟著他，一路抱怨。他們躺到一道石牆後，蒙歌則在空蕩蕩的路上等待，試圖搭便車。兩邊都沒有車輛經過。遠方道路上全是綿羊。

蒙歌不知道幾點了，但在赤楊樹陰影下，氣溫很低。他赤裸的雙腿凍到蒼白，於是他把風雨衣脫下，用袖子套過雙腿。他肋骨比雙腿冷時，他便再次解開風雨衣，將外套穿到身上。一小時過去，接著又一小時。沒車經過。他聽到矮石牆後頭傳來嘶嘶聲，他們開了更多罐啤酒。聖克里斯多福偶爾會站起，鼓勵他幾句。「你做得很好。真的，非常好。」

女人雖然長得像個男人，但她在路中央看到男孩時，明顯大吃一驚。等兩個醉鬼從樹叢中爬出，她的驚訝化為恐懼，最後是失望。蒙歌站到她棕色的轎車前，擋住她的去路，擠出最熱情的笑容。在昏暗的頭燈前，他笑得如釋重負，那畫面令人擔心。

女人不肯讓任何人坐前座。三人坐在後座，蒙歌雖然擠在陌生人之間，但他很高興能靠著兩人火熱的身體。他們喝了酒全身發燒，口中的泥炭臭氣讓他想起冬天的爐火。蒙歌已冷到無法獨立，他欣然讓別人的身體吞噬他。加羅蓋特竭盡所能說出各種恭維話，蒙歌聽他努力將一字一句說清楚。他請女人開到一處下坡，那裡的欄杆有個開口，後頭有條泥路能到湖邊。蒙歌感覺即使在大白天，這條路也很難找，更別說在淡紫色的暮色中。

女人開得很慢，她害怕後座的男人，擔心錯過欄杆開口，便必須和他們再多相處一會。蒙歌看她雙眼瞄向後照鏡，每次他們目光相交，他便露出像學校肖像照的笑容。

「我從沒見過綿羊。」他說。

女人笑了笑，她只是不想失禮。不管蒙歌做什麼，似乎只讓她更不舒服。她皮膚如皮革般粗糙，彷彿她日夜在風雨中工作。她戴著牛角框眼鏡，身著針織阿倫毛衣，雖然打扮簡樸，但她細心戴了一條珍珠項鍊。蒙歌看她將項鍊塞進毛衣裡。

「我們沒有關係。」蒙歌靜靜說：「這兩個人是我母親的朋友，他們週末帶我去釣魚。」

「真好。」她毫無興趣。

「對。」他感覺自己必須再多解釋，讓別人、甚至是這勢利的女人，了解他是誰，他和誰為伍，以及他們要帶他去哪。「他們是戒酒無名會的。我媽覺得我們出門透透氣，對所有人都好。」

女子目光離開道路太久，車子飄移，掃到路緣。一人伸出拇指，或可能用打火機，戳一下蒙歌赤裸的腿警告他。看來加羅蓋特希望他閉嘴。蒙歌聽得到聖克里斯多福噴口大氣，並氣憤地咂著嘴，像不相信現在牛奶價格的女人。

他們開了好幾公里，拚命尋找加羅蓋特遙遠記憶中的地點。他們終於來到欄杆開口時，那裡竟然和他描述的一模一樣。女人先將手提包緊緊夾在膝蓋之間，才讓他們下車。他們拿起啤酒和釣魚用具後，她馬上打檔加速離開。

「瞧不起人的臭婊子。她一直拉她潔白的耳垂，我還以為會拉斷咧。」加羅蓋特笑了一聲說。

聖克里斯多福在欄杆旁發抖。他雙唇緊抿，感覺十分焦躁。「蒙歌，你不該像那樣破壞別人的匿名。」

蒙歌轉頭望著漸漸消逝的車尾燈。「對不起。我不知道。」蒙歌常帶茉茉去希望街的戒酒無名會，他其實對匿名規定心知肚明。

「你幹嘛呢？」加羅蓋特說：「小兄弟只是在亂聊。」

聖克里斯多福抖得像遊樂場的骷髏頭。他用氣音嘀咕。「我只是說你不該那樣破壞他人的名聲。」加羅蓋特上下打量顫抖的男人。他剛才躺在金雀花叢，西裝上都是泥巴，他「十雙五元」的白色運動襪上滿是塵土，腳跟已被鞋子磨破，上頭血跡斑斑。加羅蓋特搖搖頭。「我帶你出門，也不會感到驕傲。」他從外套口袋拿了個巧克力棉花糖餅乾給蒙歌。加羅蓋特朝他眨眼，替老酒鬼向他道歉。這代表加羅蓋特不討厭他，他們會一起面對聖克里斯多福。

時間漸漸晚了。他們下坡走向湖邊，蒙歌心想兩人天差地別，怎麼會是朋友。但他也知道，酒精面前人人平等，它會將不同路的人拉在一塊。他在家中也見識過，酒水在前，牛鬼蛇神都能齊聚一堂。他想起許多踏進家門，和母親躺在垃圾堆的叔叔和阿姨。平時她在街上遇到他們，絕對毫不理睬，但他們一拿到失業補助，帶來四分之一瓶琥珀色的烈酒時，便變得像她親人一樣。

地面布滿馬尾草，到湖邊的路徑不明確。最後一絲藍色的天光中，加羅蓋特穿梭在樺木林間，快步下坡，前往仍不見蹤影的湖泊。聖克里斯多福落後了。蒙歌聽到他暗自嘟囔，便不時停下來，朝生悶氣的男人露出笑容，但聖克里斯多福只是停頓一會，撥弄鬆軟的樹皮，彷彿為之著迷。

蒙歌之前幾乎沒出過城。他不曾去過任何無邊無境的綠野。他有次去嘉森洛克的廢棄荒原亂晃，那裡全是燒毀的汽車和破沙發，沒人敢跑過長草叢，因為隨時會被割破腳踝。他們現在走過森林時，他陶醉其中，因為發現自己可能是少數來到這裡的人。四周沒有一絲聲響，沒有鳥叫，沒有動物掠過森林。能身處在未被破壞的地方，他感到十分安慰。

他們經過一頭老羊蒼白的骨骸。加羅蓋特手摸著彎曲的羊角，解釋這是一頭「公綿羊」。蒙歌掏了掏風雨衣口袋，找到裘蒂給他的拋棄式相機。底片已拍掉一半，裘蒂之前試剪劉海，拍了一堆白痴照片。樹叢中唯一的聲音是底片轉動的格格聲。閃光燈讓樹葉不再搖晃，甚至聖克里斯多福都不再抱怨。

他們呈一路縱隊，穿越昏暗的空地。加羅蓋特蹲下，特地告訴蒙歌哪個是扎人的蕁麻。他們遇到一大片蕁麻叢時，他直接將穿短褲的男孩背到背上。加羅蓋特像頭負鞍的騾子衝過草叢。蒙歌笑得愈多，加羅蓋特跑得愈快，最後蒙歌的尖叫響徹茂密的樹林，加羅蓋特氣喘吁吁。

蒙歌用赤裸的雙腿勾住加羅蓋特的腰，一開始感覺很奇怪，但在那男人背上，他感到安全。加羅蓋特放下他時，他揉著蒙歌的脛骨幫他祛寒，蒙歌懷疑自己誤會了他。蒙歌抬頭回望來時路，但他再也看不到、聽不到身後的聖克里斯多福。加羅蓋特似乎不以為意，他彎身鑽入蕨類叢，繼續向前。

等他們到了湖邊，太陽已深深沉入山丘。森林中茂密封閉，湖邊頓時豁然開朗，景色遼闊，蒙歌一時間目不暇給。他跌跌撞撞走到湖濱線。

白晝畫出最後的一抹色彩，柔美的淡紫色和杏桃般的橙色在地平線漸漸消失，他覺得沒早點到好可惜。蒙歌頭向後仰，繞圈走著。他頭頂上的天空一片深藍，染上一條條檸檬般淡淡的橙黃。他不知道天空能有這麼多種色彩。還是因為他之前不曾注意過。格拉斯哥有任何人抬頭看過嗎？

他內心讚嘆，不禁輕輕嘆口氣。天空的一切全映照在湖中，彷彿大自然在炫耀自己的美。加羅蓋特露出笑容，一臉驕傲。「等著看晚上的天空。你絕對沒看過那種黑。」

加羅蓋特讓蒙歌坐到他肩膀，他趁彼岸消失在暮色之前，看到另一邊的風景。從那高度，蒙歌覺得湖一定有三公里寬，一百五十公里長。

湖另一端圍著一圈矮胖的山丘，山坡支離破碎，下方的岩石彷彿撐破了表面。所有顏色都變得零碎斑駁。蒙歌覺得山坡彷彿覆蓋著一塊布滿破洞的大地毯。苔綠和暗褐色一塊塊都磨破了，下方的灰色大理石就像大地的內襯。山丘上長著零星的紫色沼澤花和黃色的金雀花，不時還有一小塊白雪，固執卡在最深的裂縫中。

湖向左延伸到視線之外。右方湖水緩緩轉了個彎，消失在如牆的松林後。蒙歌覺得這湖比他家社區大十倍，搞不好比格拉斯哥本身還大。

他之前曾見過海洋兩次。那裡的水不斷搖晃和翻滾。但這裡的浪潮輕緩，水面像水窪一樣平整光滑。除了低空飛舞的黑蠓和撥動漣漪的餓魚，四下沒有一絲動靜。湖水冰冷深沉，難以化為言語。湖彷彿被人遺忘，看起來十分悲傷。寧靜得像保守著祕密。

加羅蓋特放下男孩。他雙手搓揉蒙歌冰冷的背，然後快步越過湖岸的碎石。苔蘚滿布的山坡下有幾塊粗鑿的巨石，大略組成一座小屋。小屋有平行的牆面，蒙歌仍認得出破碎的門口，另一端還有塊山牆。小屋外有個火坑，火坑周圍有幾塊大石排成半圓，供人就座。咬人的蠓蟲在陰影中薨薨飛舞。

「你會習慣牠們。」加羅蓋特說，他給男孩一片大羊蹄葉。「用這麼擦雙腿，就不用擔心了。」

蒙歌將雙腿抹得一片滑溜，全是綠色的葉綠素。蠓蟲似乎不受影響。

聖克里斯多福從樹林搖搖晃晃走來。他直接走到湖邊，撲通一聲，雙腿踏進冰冷的湖水。他身形稜瘦，身穿灰色花呢，看似岸邊的另一塊石頭。

加羅蓋特在火坑附近整理營地。他脫下時尚的尼龍外套，將塑膠袋中的東西拿出，他義大利牛仔褲底下的膝蓋不久便溼了。他從後背包拿出兩頂薄帳篷：在小屋廢墟搭起一座雙人帳。另一頂小帳篷，他搭在營地另一頭乾燥的石床上，可說離雙人帳愈遠愈好。蒙歌拿起硬石，幫忙將彎曲的金屬營釘釘入地裡。「帳篷不是都要靠一起嗎？」

加羅蓋特看著男孩，搖搖頭。他感覺想擠出友善的微笑，但他的笑容沒有一絲溫暖，蒙歌反而覺得他薄唇閃現一絲威脅。也許像哈米許，他不容受到質疑。

「沒有，最好離火遠點。」加羅蓋特說。他回頭把營繩拉緊，並撥了撥，檢查是否繃緊。「你不想看星星嗎？」

之前的一月

2

他們的母親鐵定死了。她孩子上次見到她，已是三週前的事，蒙歌腦中全是最駭人的景象。茉茉．漢米爾頓肯定是先被強暴，接著被長途貨車司機用加油站禮券買的牛排刀大卸八塊。或者，她一定被捆起，手指全被切掉，裸屍被扔進冰冷半鹹的克萊德河。蒙歌跟著姊姊走過一間間房間，想像最糟的狀況。

「我就是知道她死了。」

「可能吧。」裘蒂安慰他。「或者，她可能又去哪大喝特喝了。」

「但要是她死了呢？」

裘蒂嘆口氣。「看看這裡。我們沒那麼幸運。」

孩子從學校返家，再次面對空蕩蕩的房子和更空的冰箱。裘蒂看弟弟在凸窗前來回踱步，想像母親各種恐怖的下場，列出他們應該報警的理由。他們穿著學校制服，上身穿著海藍色的毛衣，脖子繫著酒紅色和金色交織的條紋領帶，但蒙歌的領帶此時綁在頭上，像繃帶一樣，緩解他發麻的臉。

「她之前也他媽消失過。」裘蒂說：「別忘記她是誰。」

蒙歌來來回回，彷彿在挖洞一般，裘蒂越過地毯，來到他身旁。她伸出雙臂抱住他，試著平撫他胸中的不安。他比她小一歲，但他之前身形突然抽高。他發育算晚了，但他現在已比她快高一個頭。

裘蒂臉靠著他後頸。他全身發燙。「她隨時都會從那道門回來。」

蒙歌棕色的雙眼望向門口，他左眼抽動，彷彿打出個電報。裘蒂一手捧住他下巴，將他臉轉開。

他像隻狗，沒讓他分心的話，會盯著同一處數小時。

她手指壓著他的臉。醫生建議她不要注意他臉上的抽搐，只要確定他吸收足夠的鎂，長大之後就好了。但他沒有好，她懷疑他這輩子都不會好了。現在他發作得更頻繁。他的鼻子會皺起，接著他會眨眼，像有人在他腦中開關電源。如果他特別焦慮或疲倦，左頰肌肉會拉扯得更厲害。他有教她按哪裡能舒緩抽搐。但其實那只是一種安慰。裘蒂後來明白，他只是喜歡被人觸摸。

他又抓起他臉頰，皮膚已磨破發紅。裘蒂嘖了嘖。「你不能再抓臉了。會留疤。哼哈。」

「我忍不住。」

他上唇感到新痛楚。他臉頰太痛時會習慣去剝嘴唇。「喔，天啊。你會弄得滿臉疤痕，皮膚坑坑巴巴，像在肉販工作。」

她弟弟有種罕見的帥。他不是平常粗獷、充滿男子氣概的帥，也不像她年紀的男孩子，過分打扮，滿身香水味，模仿著業餘足球員。裘蒂雙頰渾圓，有個塌鼻子，她巴不得擁有弟弟的五官，蒙歌顴骨高，眉形美，眼神中帶著怯懦。他淡褐色的雙眼讓人如沐春風，目光離開時，你會希望他再次望向你。若你吸引了他的目光，真正的回報是他拘謹的笑容。贏得他的笑容，你會立刻喜歡上他。他那一頭蓬亂的頭髮，會讓女人想照顧他。

從小裘蒂和他扮演婚禮時，他總是乖巧地扮演新郎。裘蒂會嫌東嫌西，而蒙歌總是欣然接受，任她擺布。他會站著一動也不動，讓安吉·哈姆斯和她在身旁晃來晃去，以母親骯髒的紗窗當面紗。好幾天的下午，他都跪在地上，咬下她們綁在胖胖大腿上的髮圈，假裝那是新娘襪帶[3]。

他有種溫柔的氣質，讓女孩感覺放鬆。她們會想把他當寵物。但那份溫柔讓其他男孩感到不安。

蒙歌一直是漢米爾頓家中最英俊的一個。母親頭髮是灰褐色，皮膚蒼白，兄姊弟三人和她截然不同，他們有同樣的栗色頭髮和淺橄欖色的皮膚。哈米許想激怒茱茱時曾說，從髮色來看，至少他們父親是同一個，而他們不只繼承他的姓氏。裘蒂不得不承認，這些特徵在蒙歌身上最好看。同樣是雀斑和土黃膚色，她和哈米許看來便髒髒的，但在蒙歌身上便光滑如凝脂，令人想拿根湯匙挖。

裘蒂只進過格拉斯哥大教堂內部一次。那次是校外教學，她能去是因為徒步可到，而且全程免費。其他女孩拿出宗教教育課堂筆記本在石刻上拓印時，裘蒂找到了主保聖人聖肯庭格恩的彩繪玻璃，他便是俗稱的格拉斯哥聖蒙哥。在這裡，聖蒙哥是個憂鬱的男孩，抱著一隻肥美的鮭魚，為牠的死亡感到悲傷。午後破碎的陽光穿過聖人，灑在大教堂布滿灰塵的地板，裘蒂看著看著，想起了她的弟弟。那是一面寧靜的窗，令人莫名寂寞。裘蒂看著窗戶嘆息。茱茱名字真取對了，真不像她。

他們年紀更小時，茱茱曾帶他們去杜克街購物，女人會突然停下腳步稱讚蒙歌。「哇，你的小孩子長得好漂亮。」

哈米許會站到蒙歌前面說：「謝謝你，小姐，你也很美。」

不善說話的女人會嘖一聲說：「不是，孩子，**不是你**。是他！他真好看。」

蒙歌一直很討厭這樣。他不喜歡別人盯著他。他知道他們回家，哈米許會揍他一頓，把他塞到床框和踢腳板之間，站到他身上，直到他感到無聊為止。

裘蒂放開弟弟的臉。「你想亂抓自己時，應該把手壓在屁股下。」

「拜託，大家都在笑我了。你能想像我臉在抽搐時，還把手放屁股上？他媽才不要。」蒙歌彎身像背背包一樣背起姊姊，一邊笑，一邊走進狹窄的小廚房。他將她放到電爐前面。「餵我飯吃，女人。」

裘蒂伸出兩根手指，向上戳他的肋骨。「那狗屁不適合你。別亂學。哼哈。」

裘蒂．漢米爾頓緊張時也會發作，但她永遠不承認。也許能勉強說她是激動，或者也許女孩子會緊張，但她說完話時，鼻子會爆出一陣哼笑：哼哈。那聲音來得突兀又奇怪，以鼻息開頭，以輕笑作結。她會試著咬牙停下，彷彿她能用牙齒咬住笑聲的尾巴。蒙歌眨眼，大家會關心他。裘蒂笑出聲，大家只會叫她控制自己。

蒙歌知道她無法控制，他曾見過姊姊在最糟的時機笑出聲，並有多難為情。但茱茱說她只是想引起大家注意。哼哈哈。她會在安靜的郵局嚇到其他女人。小流氓也寧可離她遠遠的。蒙歌覺得這點很棒，比他抽搐和抓臉好多了。他發作時總會吸引大家靠近端詳，但裘蒂發作十分神奇，能將大家趕走。

蒙歌喜歡看她宣布壞消息。

有天早上，她發現坎貝爾太太的貓「小石子」死在垃圾桶裡，全身僵硬，爬滿蛆蟲。她用制服毛衣包住死貓，敲了敲坎貝爾太太家門。兩人低頭看著可憐的貓，臉上滿是淚水。坎貝爾太太摸牠蘑

3 西方婚禮中，新郎會鑽入裙子裡，以嘴咬下新娘的襪帶（保守的做法是用手拉），向後丟給伴郎或未婚男性，祝福下一個結婚的人，類似丟捧花。

菇色耳朵間的禿頭，裘蒂哭到鼻涕滴到襯衫。「我真的非常遺憾，坎貝爾太太。」她哽咽。「就算在陰影裡，我也看得出來牠不對勁。我覺得牠一定是吃到老鼠藥。牠臉旁吐一圈很臭的嘔吐物。哼哈哈。」即使時機不對，裘蒂也無法抑止她的笑。

哈米許神經沒有任何問題。茉茉摸蒙歌的背平撫他的焦慮時，蒙歌發現哥哥會瞪他，蒙歌好奇哈米許是否覺得自己被冷落了。他很少得到茉茉特別的關心。也許他應該得個特殊的病，像是會一直去轉電爐的旋鈕。蒙歌能想像大家吃晚餐時，哈米許一直開關電燈。要是他有病，他的病發作起來絕對最惱人。或者他也許能罹患蒙歌在電視上看過的病。有個蘇格蘭邊區的男孩會在大家最意想不到的時刻，罵出最髒的話。他曾在教堂大罵**幹你媽婊子臭雞掰卵蛋**，在醫院大罵**勃起雞巴毛鮑魚**。那種病感覺粗俗又暴力，非常適合哈米許。

裘蒂解開蒙歌頭上的制服領帶。她看了看他臉上不確定的表情。「你那倉鼠腦袋在想什麼？」

「你真的覺得茉茉隨時會回家？」

「我不知道，蒙歌。我問過獸醫，但他不讓我給她戴項圈。」

「你別對她那麼——」

「他也不肯將她結紮。」裘蒂從麵包盒拿兩片厚吐司，抹上人造奶油，撒上白糖。她將三明治摺好，拿給蒙歌。「也許你可以去找哈米許，問他有沒有聽到她的消息。總之，她必須趕快拖著她的窮屁股回來。她再不回來，政府會把我們趕到街上。」

「什麼？」

「嗯，嚴格來說，你會住到給孤兒和走丟小孩的家。我會被趕到街上。但你大概懂我的意思。」

裘蒂拿馬克杯裝了兩杯自來水。「還是覺得她是最棒的媽媽嗎？」

他們下午寫了回家功課。裘蒂迅速寫完自己的作業，然後幫蒙歌完成他的。他畫了一張蜜蜂圖，卻把胸部和腹部寫反。她一氣之下把作業簿搶來，一邊看晚間新聞，一邊把他作業寫完。她十二個月前才上了同一堂課，幾乎沒看紙面便畫得非常完美。

「蒙歌．漢米爾頓，」現代研究課的老師常大聲說：「你怎麼不學學你姊？」矮個兒老師一頭灰鬈髮，每一面都整齊梳理，希望能更有威嚴。他操著一口粗魯的格拉斯哥方言。蒙歌知道他口音是假的，他必須收服東尾區的小鬼頭，於是他讓自己聽起來像他們的父親，才好管教他們。許多男老師會這麼做，因為標準英文會顯得高人一等，令人噁心，他們提高嗓子維持秩序時，總會招致嘲笑。老師用拳頭敲蒙歌額頭，彷彿在檢查船體有無漏水。「你怎麼不像裘蒂？」葛利斯彼老師會頓一頓（他喜歡沉默半晌，讓人不安），接著他粗短的手一揮，叫蒙歌回座位。「但至少你他媽一點都不像哈米許，不幸中的大幸。」

蒙歌很樂意讓裘蒂替他寫作業，他會坐在收音機旁，將四十大熱門金曲錄到卡帶裡。他錄一錄覺得無聊時，便會去廚房抽屜拿顆氣球吹起，並和裘蒂來回踢，不讓氣球落到地毯上。有一兩次，裘蒂腳踢太用力，緊身窄裙會勾到另一腳，害她跌倒。她躺在地上大笑時，他會坐到她胸上，假裝要滴口水到她臉上。他們不會動手動腳，最後兩人目光會飄回電視。蒙歌會繼續坐在她身上一會，裘蒂會讓他坐，直到她覺得他太重或想去上廁所。她嘉麗博迪咖啡廳的班要遲到了，蒙歌知道她必須一路跑去阿瑪代爾街，不然安佐會用義大利文罵她整整二十分鐘。但她還是在這，踢這蠢氣球，扯破她最好的裙子縫線，就怕少了她，他感到寂寞。她就是這麼好。

「你今晚要幹嘛？」她問。

「可能去散個步。」

「你要試著去交朋……」她看到他眼睛抽搐，便不說了。

他站在氣球上，想把氣球踩破。

「聽著，我今晚上完班之前不會回來。別擔心，我明天午餐會找你，我們可以一起吃。我保證。」

「你去完咖啡廳要去哪？」

「沒去哪。」他跟著她，她開始拿奇怪的東西放到書包，像髮捲、雞眼貼布、一件她掛在浴室門後燙好的天鵝絨洋裝。「我要跟一個歷史課的女同學過夜。」

「誰？」

她敲敲鼻尖。他內心一陣驚慌，像一鍋水沸騰一樣，她全看在眼裡。「我不是茱茱。我明天就回來。我保證。」

「好。」他不想碰臉，但他忍不住。

裘蒂離開之後，蒙歌站在窗前，又擔心茱茱一會。為了找點事做，他拿出筆記本。他在紙上作畫總會畫到忘我。裘蒂是第一個發現的。有一天，她受夠他的焦慮，給了他一本舊筆記本和一枝咬爛的藍色原子筆。從此以後，他無法專心或臉發癢時，她會打開筆記本空白頁，讓他畫上雜亂圖案，並向外延伸。他從來不畫人物，他會從角落開始，讓靛青色的墨水遨遊。他會將紙頁填滿，畫到滿滿都是錯綜複雜的漩渦和環環相扣的圖案，像孔雀的羽毛、魚鱗或常春藤，彼此纏繞交錯，無一處留白。他腦中有著許多美麗的圖案，有的繁複如巴約的掛毯，有的簡約如亞爾郡的蕾絲。

但今天，空白的紙頁也無法令他專心。他的心神全在母親一人身上。

現在輪到茱茱打掃樓梯間，代表責任又落到裘蒂身上。過去兩週，蒙歌看他姊姊溜進樓梯間總躡手躡腳，以免鄰居打開門，罵她地上都是灰塵。這不公平，蒙歌心想，裘蒂已經累壞了，而一切只因為她沒老二。

他無所事事，於是裝滿錫水桶，倒一大坨裘蒂的護髮洗髮乳進去。他從樓梯間最上層，唐諾利先生的家門口開始，一路往下，拖過每一層石階。樓梯間馬上充滿熱帶氣息，瀰漫愉悅的椰香和草莓口香糖的氣味，但拖把變得好滑，好幾次，他都必須多拖幾下，才能把泡泡拖掉。

漢米爾頓家在三樓，這是一棟四層樓的砂岩公寓。樓梯間不精緻，但十分整潔，每一戶都特別在門外放了塊乾淨的門墊。每一層樓有兩戶，兩邊各有一塊彩繪玻璃，後方庭院的光穿過簡單的鑽石圖案，在樓梯間灑下柔和暗淡的橄欖綠和靛藍色塊。

他將香氣四溢的水倒入水溝時，看到新教年輕孩子在路上徘徊。天氣潮溼寒冷，他們仍將外套拉鍊拉開，披在薄薄的肩膀上，展現出一種張揚的冷漠。他們頭髮垂在面前，無一例外都中分，像抹上髮膠的厚重窗簾。

「蒙歌！」他們叫他。他們臉皺起，像擰緊的抹布一般。

蒙歌爬上樓時，安妮．坎貝爾站在門口。她用腳摩擦著石地板，她丈夫的莫卡辛便鞋發出黏黏的聲音。「喔！蒙歌啊，你用什麼拖地板？」

「就洗髮精而已，坎貝爾太太。」他一直很喜歡坎貝爾太太。他們小時候她會烤蛋糕。天氣陰冷潮溼時，她如果聽到他們在樓梯間玩，她會給他們一人一片塞爾克麥餅，並說她想念兒子，他們都已長大成人，去南方找工作。蒙歌知道坎貝爾先生以前在亞羅船廠工作，但自從柴契爾不再補助克萊德河產業，他不記得坎貝爾先生出門工作過。現在坎貝爾先生大都攤在手扶椅上看電視，漢米爾頓家的孩子如果在樓梯間遇到他，都會偷偷貼牆溜走。

坎貝爾太太把蒙歌臉上頭髮撥開。「說真的，孩子，你是好心，但沒有常識。」她掏了掏長圍裙，給他一把檸檬糖。糖果像同一顆糖全凝結在一起。

「我好久沒看到你媽了。她還好嗎？」

蒙歌挑起糖果上的棉屑。他不敢看她。

坎貝爾太太略有所思，張嘴吸口氣。她伸出發皺的雙手，放到他細瘦的肋骨上。「你可以幫我個忙嗎？我晚餐每次都煮太多。我兒子離開之後，我分量老是拿不準。你進來一會，吃一盤碎燉肉？倒到垃圾桶我覺得好心疼。」她做了個表情，彷彿食物浪費掉，她真的會心碎。

蒙歌想到坎貝爾先生，也不是說他討厭他。只是他人高馬大，任何小孩發現自己站在他影子裡都會害怕。幾年前，坎貝爾先生只要從窗戶探出頭，罵自己的兒子，其他小孩都會停止玩耍，頭向上抬，默默為可憐挨罵的坎貝爾孩子哀悼。坎貝爾先生令蒙歌莫名緊張，因為從小到大，他家裡都沒有男人。

雖然他很餓，但他搖搖頭。「不，謝謝你，坎貝爾太太。」

女人嘖了嘖。她抓住他的手，將他拉進門。她看來纖弱得像海霧一般，但她是亞伯丁人，性子堅硬如花崗岩。「我不要好聲好氣問你了。你再拒絕吃我煮的東西，就是針對我。」

坎貝爾太太帶男孩走過客廳。這裡和他家格局一模一樣，只是低了一層樓。坎貝爾太太喜歡抽菸，並會把門窗關上。他曾聽她說過：菸是錢買來的，為什麼要浪費？

他們進門時，坎貝爾先生目光沒有離開電視。電視重複播放著艾爾灰狗賽跑的精采畫面。蒙歌看著體態修長的狗狗穿過綿綿細雨，追著假兔子。

坎貝爾太太將蒙歌推到她自己的扶手椅上，打開小邊桌，將他擋在裡面，走去熱食物。壁爐上方的牆面貼滿坎貝爾孩子的照片。照片像縮時攝影，清楚記錄每個時刻的他們。他們每年都站到學校攝影師大理石藍的背景前，拍下天真和善、笑容滿面的照片。他們至少比蒙歌大十歲，蒙歌不怎麼記得他們，但從照片中孩子的嘴巴能發現，他們沒錯過任何一刻：乳牙、掉牙、第一顆恆牙、寬齒縫和金屬牙齒。他從戴銀色牙套的孩子害羞的笑容，看到成功的青年自信露齒微笑。蒙歌不知不覺摸摸自己的嘴巴。茉茉不大相信牙醫。

「你媽媽又不見了？」坎貝爾先生沒看男孩。

「對。」

「這年頭女人不知道都去做什麼鬼事。選擇太多。她沒搞頭一定會回來。」

「真的嗎？」

「對。」他皺眉瞪著賽事結果。「你們家哈米許找到工作了嗎？」

「沒有。」

坎貝爾先生聽了沉吟一會。「好吧。格拉斯哥完蛋了。沒有煤礦業、沒有鋼鐵業、沒有鐵路工程、沒有他媽造船業。」男人下巴呈現有趣的角度，但他目光沒有離開賽事。「你跟他說，坎貝爾先生叫他加入海軍，自願派駐在法斯萊恩海軍基地，然後開核子潛艇去撞柴契爾的臭屄。」

蒙歌緊張地傻笑。「你是指約翰．梅傑的屁眼吧？」

坎貝爾眉頭一皺。「潛水艇夠撞他們所有人。」

瑪格麗特．柴契爾已卸下首相兩年，這連蒙歌都知道。但每次聊到失業和未來，大家怒火仍會指向她。葛利斯彼老師在現代研究課上說，瑪格麗特．柴契爾打算關閉城裡的重工業。貿易工會權力愈來愈大後，英國政府對此感到不滿，也厭倦補貼蘇格蘭，對抗外國更便宜的勞工。他說讓同一個家庭數代失去工作，情況會非常悲慘。從小學習製造鋼鐵的會成為廢人，圍繞造船的社區全會失去薪水。他畫出像池塘漣漪的同心圓，叫同學列出柴契爾政策對城市形成的廣大衝擊。煤礦業關門之後，遭殃的便是肉販、蔬果商和二手車商。葛利斯彼老師說，城市被保守派摧毀已夠慘了，沒想到帶頭的還是英格蘭女人，這簡直是無法形容的奇恥大辱。柴契爾為何想讓格拉斯哥人絕子絕孫？給大家一週時間，週一交一千字報告。

蒙歌問裘蒂「絕子絕孫」的意思時，她說葛利斯彼老師喝太多了。如果男人當權，絕不會像柴契爾一樣壯士斷腕，正面應對。接著她問蒙歌，他真的想去煤礦坑工作嗎？

「不想。」

「那他媽別再怪到女人頭上。」裘蒂挑起拇指上剝落的指甲油。「再說，別理那個臭老頭。柴契爾的事都不在課程範圍。葛利斯彼老師是個軟弱的馬克思主義者。你知道有的男人會在空房間裡造鐵路模型嗎？你們就是他的小綠人士兵。他以為這是他的小革命，在東區煽動無產階級，同時開著福特新銳旅行車，去比沙布里格斯的瑪莎百貨，拿薪水買長棍麵包和梅洛紅酒。」

蒙歌肯定瞇起眼，一臉狐疑看著她，因為裘蒂嘆口氣。「我有一次在教職員室看到他剝奇異果。所以，為工人階級發聲？去他媽的狗屁。」

蒙歌敢打賭，裘蒂絕不敢當著葛利斯彼老師的面說。

坎貝爾先生仍在說：「就像他媽的英格蘭人，嗯？一開始渡海載一堆飢餓的愛爾蘭王八蛋，搶走所有好工作。然後他們關閉所有產業，讓我們失去工作，和骯髒的芬尼亞混蛋死在一塊。」他現在看向蒙歌。他雙眼如六月天空一樣清澈湛藍。「對，英格蘭人很聰明。這樣才能讓蘇格蘭獅跪在地上。」

坎貝爾太太拿著熱騰騰的食物回來，棕色肉湯中有一塊塊熱呼呼的馬鈴薯。肉湯充滿洋蔥，像女巫的指甲一樣又長又彎。盤子中間還有兩塊鬆軟的麵粉球。她看著蒙歌吃肉湯，面露微笑。蒙歌盡他所能快速吞著食物，巴不得趕快離開坎貝爾先生。他吃完之後，她才拉開邊桌，放他自由。坎貝爾太太撥了撥他毛衣上的肉汁痕。「茉琳・漢米爾頓，她把你取了聖人的名字，一定笑翻了吧？哪來的臉。你看你這樣子。」他親吻坎貝爾太太臉頰，他感覺油膩的嘴唇接觸到她乾燥的皮膚。

坎貝爾先生指著天花板，但沒看男孩。「你媽敢露臉時，你想的話，要不我把她雙腳釘在你家地毯上？那能教她安分點。」

「我會通知你。」蒙歌說。他快速點點頭，溜出了門。

後來蒙歌躺在客廳地毯，雙手摸著飽飽的肚子。那天天黑得快，社區各處橙色的街燈都已亮起。他躺在午後昏暗的天色中，對自己哼著歌。

他聽到坎貝爾太太嘩啦嘩啦提著水桶，爬上樓梯間。她邊走膝蓋一邊咯咯作響。拖把落到堅硬的石地板，她將每一層的洗髮精拖乾淨。增加她的工作，讓他感覺很過意不去，但她對自己唱著泰咪・

懷尼特[4]的歌，歌聲迴盪在樓梯間，他覺得她聽起來很開心。

坎貝爾太太到漢米爾頓家這層時，她蹲到門前。打開信箱，生鏽的彈簧發出咿呀聲。她的聲音隨著氣流傳進屋內。聲音非常清晰，彷彿她和他都在客廳。

「蒙歌．漢米爾頓，你這沒用的臭小鬼。」

信箱啪一聲關上。蒙歌坐起。過一會，信箱又嘎一聲打開。「但我愛你。」信箱又關上，然後又打開。「小王八蛋。」

嘉麗博迪咖啡廳在同一個街角已開了二十年。在那之前的六十年，店開在同條路上更遠的一棟公寓一樓，後來議會進行貧民窟拆除計畫時，把公寓拆了，並把居民都搬遷到新的公寓大樓。

裘蒂衝進正門時，已上氣不接下氣。門上小鈴鐺響起，安佐．嘉麗博迪抬起頭。他瞪向放在家族照之間的古典風格時鐘。家族照中，六代義大利人身穿活潑的條紋圍裙，表情嚴肅。裘蒂知道時鐘快了，但犯不著去爭辯。她把書包塞到櫃台底下，將頭髮盤起。

裘蒂放學之後，大多數晚上都在嘉麗博迪咖啡廳工作，把硬邦邦的冰淇淋舀到牡蠣殼和撒滿棉花糖的威化餅上，再淋上一勺濃稠的覆盆子糖漿。嘉麗博迪咖啡廳的冰淇淋只有一種口味：香甜的全脂香草。裘蒂只嘗過真正的香草一次，她知道嘉麗博迪咖啡廳的香草不是香草，只是白糖和濃郁的奶油，但家庭主婦吃那冰淇淋，都會滿足到翻白眼。只要答應孩子會給他們甜筒加一球冰淇淋，他們馬上都乖乖聽話。咖啡廳經營一世紀不倒，自有它的道理。它能讓你讚不絕口。

那天天氣潮溼，晚上十分平靜，她將一大箱又一大箱的汽水拆分開，這樣安佐才能用更貴的單價單獨販售。裘蒂輪完班，把自己鎖在廁所，換上天鵝絨洋裝，最後用冬季大衣包緊全身，才去問安佐能不能預支下週的薪水。

安佐喜歡裘蒂。她有點義大利人的感覺，讓他想到已成家的女兒。他每週至少會問裘蒂一次，若她生活仍在正軌，是否打算唸大學。他話說得極其隱晦，但其實他想知道的是，她有沒有讓男人碰她。裘蒂必須提醒安佐，自己沒那麼多錢，但她很高興有人關心她。

她將圍裙摺起，安佐臉上堆滿笑容，驕傲地望著她，並從收銀機直接拿了預支的錢給她。他讓她拿了兩個金色的牡蠣殼，舀上冰淇淋，撒上玉米片並淋上覆盆子糖漿。

她越過杜克街時，街燈下的細雨像是漫天蚊蠓。她爬上通往高中的山坡，站在街角，小心拿著漸漸滴下的冰淇淋，以免碰到自己的天鵝絨洋裝。

男人關頭燈停在路邊，耐心等著她。他看到雨中的她，便發動引擎，開到她面前的路緣。裘蒂坐上車，親吻男人。他並未流連於她的吻。他覺得很煩，因為她竟然拿著融化的冰淇淋坐上他的新車。於是他搖下車窗，將牡蠣殼從她手中拿來，扔到街上。然後將她每根手指放到嘴中，吸吮她指節上的鮮奶油。

遇到他之前，裘蒂不曾踏出過格拉斯哥。她甚至很少踏出東區。她知道她這類人不適合去西區，那裡的房子都有哥德尖頂設計，還有古老的大學和有素食菜單的戶外咖啡廳，她不曾去過南區，因為

4 泰咪・懷尼特（Tammy Wynette, 1942-1998）是美國最成功且最具影響力的鄉村歌手，被尊稱為「鄉村音樂第一夫人」，最暢銷的歌曲為〈支持你的男人〉（Stand by Your Man）。

哈米許曾說謊嚇她，說巴基斯坦男人看到像她一樣白皮膚的小女孩，會做出各種可怕的事。

他載她越過金斯頓橋時，城市在她下方閃耀光芒，她感覺自己活了起來。他們快速掠過燈光，這一刻，她相信自己能去任何地方，不需待在公宅，照顧她的弟弟。裘蒂縮著身子，坐在皮椅上，做著大學生活的白日夢，也許不是大學，也許是技職高中，或像格拉斯哥建築和印刷學院那類的科技大學，或去卡爾當諾大學，學習成為配管人員和理髮師。

男人牽起她的手，親吻她的手背。燈火向後飛逝，她全心信任著他。她知道他也希望她有美好的未來。他告訴她無數次她有多聰明，等她接受教育之後，即使是白天，他們也能在一起，兩人會遠走高飛，將格拉斯哥和他的妻子拋在腦後。

蒙歌穿上他的連帽風雨衣。那是一件寶藍色的雪地外套，他穿上時必須從頭上套，因為拉鍊是半開襟設計，拉鍊底下有個袋鼠口袋。他很愛這件外套。口袋裝得下各式各樣的東西，口袋口是魔鬼氈，你要扭動身體，手才伸得進去。他找到東西，常順手放到口袋便忘了。東西放好幾週，手再次摸到才會想起。哈米許抓住他腳踝把他倒過來時，他的全世界會像告解一樣，盡數掉出。

他在熟悉的街道來回徘徊，雖然他欺騙自己，裝作不期不待，但他其實很想看到茉茉。街道窄小，公寓高立，每條路都像一座座沙岩深谷。在那裡，天空好狹窄。從地平線飛來的事物，要到頭頂上才看得清楚。他這輩子都在這些街道生活，有時他會覺得自己像迷宮中的老鼠。他知道無論你到何方，鄰居都能從上方看著你，感受相同的天氣，打發緩慢的時間。在這裡，很難感覺自己是一個人。監視他最凶的人是歐吉維先生。歐格林．歐吉維負責帶領當地奧蘭治兄弟會的樂儀隊，他或雙胞胎兒子會站在自家窗前，練習橫笛和鼓，讓薄窗玻璃在窗框上震動。今天歐吉維雙胞胎身穿軍團藍制服，頭戴活潑可愛的蘇格蘭圓帽。他們戴著白手套，像陶瓷裝飾一樣乾淨，像打扮成天性浪漫、惹人生厭的聯邦士兵的娃娃。公寓間充滿橫笛尖銳的聲音，笛聲之後，愛爾蘭大鼓砰、砰、砰在石牆間震盪。歐格林・歐吉維敲打著沉重的櫟木戰鼓，砂岩間雷霆萬鈞，短笛刺耳地吹起了〈我父親身上的飾帶〉的旋律[5]。兩名男人停下腳步，靠在生鏽的欄杆上聽，他們喝了威士忌，雙眼濡溼。蒙歌快步經過歐吉維家，腳步聲咚咚咚響起。他知道歐格林・歐吉維看著他每個動作。他知道他覺得他是新教之恥。

他皺著眉，來到一大片支離破碎的草地，草地一頭是四層樓老公寓，另一頭是政府六〇年代蓋的潮溼公寓大樓。都市計畫師讓新的公寓大樓背對綠地，並讓居民面對公路。他們覺得那是大家想看到的景色——進步，而非瘦小的孩子在細雨中玩耍。蒙歌在那閒晃一會，沒人注意他，他心裡很高興。草地光禿禿的，滿是泥濘，一群年紀較大的男孩在踢足球，跑來跑去，踢著一顆半洩氣的足球內膽。幾個女孩在寒風中發抖，男孩要她們三、四人站成一組，用來當球門柱。球不時會打到女孩的臉，女孩會假哭，並指定某個男孩上前，用乾裂的嘴親她。

這片荒廢空地另一邊，年輕的男孩收集了廢棄的木頭、老舊的門板和破家具碎片。他們把木頭拖來，組裝成窩。那裡有八、九棟臨時搭建的屋子，像個簡陋的小鎮，蒙歌看男孩忙進忙出，修補各自的城堡。看到他們勤奮工作，他想起代課老師在學校放的影片，影片內容是關於蜂巢內的工作。他知

5 〈我父親身上的飾帶〉是愛爾蘭民歌，用來表達愛爾蘭人文化和歷史情感，並受到新教的愛爾蘭聯合主義者的喜愛。

道有的男孩父親十分凶悍，有的哥哥在坐牢。他聽說有的男孩十一歲便會自製刀劍，攻擊跑進社區的天主教徒。他們會單純為了尋樂子，打碎別人頭骨，劃破別人的臉，刺傷比他們高一倍的芬尼亞王八蛋。看他們合作打造小窩時，蒙歌常不小心忘記他們多以暴力為樂。

蒙歌壓低頭，經過新的公寓大樓。洗石子外牆上頭有無數孔洞，即使天氣乾燥，看起來都彷彿向世界吐著雨水。那裡有道四公尺半的圍牆，圍牆另一頭是建築工地。建築工人在圍牆上頭纏繞了帶刺的鐵絲網，但當地孩子絲毫不怕。

蒙歌看一群年輕男孩進攻圍牆。他們把媽媽用的兩個短梯子綁在一起，有人從妹妹床上偷來羽絨被。他們想進工地，因為裡頭有威猛的重型機械，能克服地形，四處破壞。有時挖土機駕駛艙裡，工人會忘記帶走工具袋，他們便會拿到一袋槌頭和扳手，返回公寓便能武裝自己。最棒的情況是重型挖土機裡，有人把鑰匙忘在鎖孔上。新教男孩會先開挖土機衝撞其他機器，接著用挖土機撞開大門，開進後巷。他們會用機械長臂將男生載到二樓窗戶前，偷看女孩豐滿的身體，而最後她們的母親會報警。

蒙歌看男孩將組合長梯靠到牆上。帶頭的選了最瘦小的男生爬上去，測試長梯是否堅固。一個紅髮男孩裹著泰迪熊的被子，爬上搖晃的梯子。他到了會摔死的高度時，其他男孩開始輪流踢梯子。他們吆喝，賭他會不會摔破頭，對他們來說，這是一大樂事。接著他們同心協力，將梯子推離牆上。一時間，梯子離牆，紅髮男孩搖搖欲墜，梯子倒下的話，他的背一定會摔斷。他發出可悲的吼叫。帶頭的從眾人之中穿出，一手將梯子推回牆上。

「幹他媽的別鬧了。」哈米許警告大家。

紅髮男孩一臉蒼白，像燉捲心菜一樣縮起。他用泰迪熊被子壓平鐵絲網，先站在上頭檢查有沒有保全，接著才爬下牆，落到另一頭的鐵皮浪板屋頂上。蒙歌越過荒廢空地，站到哥哥旁，其他人則依序爬上攻城梯。

哈米許略微點頭，向他打招呼。他仔細觀察著自己的軍隊行動。蒙歌知道哥哥之後會教訓他們。他率領的小軍隊動作俐落、充滿野心。帶領眾人的關鍵是要在一群人面前，點出另一群人的缺失，這樣才能讓他們分裂，盡其所能爭取表現。

對蒙歌來說，哈米許只是哈米許——他敢的話，甚至能叫他哈米。但對他的小軍隊來說，即使他長得不高，但他是哈哈或老大。哈哈目送最後一名部下爬上攻城梯，才終於向蒙歌開口。「怎麼了，小蠢蛋？」

「沒事。」蒙歌聳聳肩。「你有看到茉茉嗎？」

哈哈搖搖頭。他透過政府配發的厚重眼鏡盯著蒙歌，發黃的鏡片後方，他的眼睛變好小。他自小便為自己免費的玳瑁鏡框感到丟臉，但蒙歌知道哥哥已戰勝了羞恥心，他現在巴不得有人罵他臭四眼田雞，他才能出其不意，暴揍對方一頓。哈米許喜歡陷阱。他尤其喜歡看人衝向懸崖，卻不知自己大難臨頭。他後來發覺，眼鏡能讓陌生人卸下心防。大家會傻傻讓戴公發眼鏡的小混混靠近，以為自己仍能撂倒他，結局就是他抓住他們的頭去撞路緣，撞碎他們的牙齒。

哈米許不高，但他隨時蓄勢待發，從不怕先動手。他穿著同色的牛仔外套和牛仔褲，外套扣到脖子，並把領子掀高。他腳上穿著一雙三條線的愛迪達經典足球鞋，看起來像新鞋一般。他全身沒有一點脂肪，每條身體組織都是飽滿的肌腱和肌肉。他全身上下維持緊繃，彷彿隨時都要衝出。哈哈永遠不逃跑。

「上去吧。」哈哈指著搖搖晃晃的梯子。

蒙歌向後退。

「幹嘛？」

蒙歌知道自己的臉在抽搐。「我沒心情。」

哈哈伸手抓住蒙歌後頸。他原本要再開口，但後來直接把弟弟推向梯子，蒙歌不知不覺爬了上去。

工地不大。工程車停在一塊，像放在桌遊盒中的配件。一切都乾淨有序，現場有攪拌機、吊架和壓路機，而中間像一群雷龍的便是長頸挖土機。

要順利掠奪工地，關鍵是不要太頻繁。如果打劫太頻繁，工頭為了保護器械，會暫時安排夜班保全。保全多半是臨時工，因為新教孩子見到保全，會毫不猶豫拿刀捅他，所以工頭很難留住全職的保全。不過，如果他們一年只偷個一、兩次，雙方會形成詭異的寄生關係。孩子能隨意破壞和偷竊，工頭會申請保險賠償損失，帳簿不會出現紅字。哈米許知道，有時狡猾的工頭會趁此機會，更換過時的機器和破舊的工具，因為與其修理，不如買新的比較划算。哈米許在勞登酒館見過工頭一次，那人朝他微微點頭，表達尊重。一年兩次，不許再多。那樣仍比雇個夜班保全來得便宜。

年輕的新教男孩站在主建築的鐵皮屋頂上。他們的呼吸冒著白煙，彷彿是一排埃里斯凱矮種馬。蒙歌看他們目光掃過工地。沒有一匹馬有所動作，全等著哈哈爬下牆。他站在他們之中，像個將軍或身著石洗牛仔裝的帝王。

「哈囉，哈囉，我們是比利小子[6]。
哈囉，哈囉，你聽聲音便能認出我們
我們踞立在此，芬尼亞的鮮血及膝，不投降就等死。
因為我們是布里奇頓的比利小子。」

哈哈知道他在做什麼。奧蘭治兄弟會的歌曲會讓他們心中充滿驕傲。聽到這歌，這群小大人內心任何恐懼都會煙消雲散。

他們一個個從屋頂的簷槽跳下，像一滴滴雨水落到碎石地上。蒙歌轉向哥哥，但哈米許不見了，哈哈現在沒心情和他說話。他看著軍隊展開第一波掃蕩，在開心搞破壞之前，看哪些東西能偷偷摸走。接著哈哈推了推弟弟，蒙歌雙手抓住錫製簷槽，跳到下方四公尺的地面。

男孩開始從小屋搬出東西，他們撕破文件，把螺絲像彈殼一樣隨地亂扔。他們幹的勾當裡，這是蒙歌最討厭的部分。他能了解偷竊的目的（偷走有用的東西），但此時只是無腦的破壞。紅髮男孩找到一頂亮橘色的硬殼安全帽。帽子讓他變得十分矮小，像得了絕症的小孩。蒙歌看他用頭去撞壓路機的側窗。他撞到玻璃破裂，並用手肘清開玻璃。

哈哈沒有下到地面。軍隊不時會扔東西給他，像忘記帶走的扳手或生鏽的水平儀。他透過眼鏡看著一切，像黃褐色的魚鷹。他從高處一指，孩子便匆忙趕去，時時注意著他的爪影。

---

6 〈比利小子〉源自於格拉斯哥親英分子的歌曲，現在和流浪者隊相關，並象徵著新教徒對天主教徒的仇恨。

有個人翻著工具箱動作太過小心。他坐在挖土機的挖斗上，舒服得像坐在新沙發上。他是個高大的年輕人，柔軟稀疏的長髮如鼠毛般雜亂，從兩側蓋住雙眼。蒙歌知道他偶爾會說出標準英語，字正腔圓說著「家」或「沒有」，尤其他疲倦時常說溜嘴。他有個驕傲的母親，工人階級的父親仍住在家裡。其他人會因為口音戲弄他。哈哈的聲音響徹碎石地。「喔，查爾斯王子！你能替我倒杯茶嗎？幹你媽的臭娘砲。」

所有搶匪都停止動作，害怕自己不正常，被排除在一般人之外。哈哈手指直直指向那年輕男孩，一臉嫌棄，搖搖頭。「別他媽浪費時間，好像在選要拿哪條胡蘿蔔塞進你屁眼裡。」鼠毛男孩丟下工具箱，試圖重拾男子氣概。其他人嘖了嘖，鬆一口氣，繼續搜括工地。被罵娘砲最丟臉，感覺像女人一樣軟弱無力。

蒙歌躲在鏟斗機陰暗的駕駛艙，哈哈瞪不到他。他看著鼠毛男孩面紅耳赤，狠狠踢向一個箱子，金屬托座撒得一地都是。其他人盡可能搜括所有武器和工具，結束時，他們開始破壞。有個紅臉孩子手拿欄杆，揮打挖土機窗戶。安全玻璃應聲發出碎裂聲。

他們鬧夠之後，來到第三階段，他們再次變回孩子，玩了起來。年輕男孩爬到最小的鏟裝機頂，跳過一輛輛機具，繞圈子玩。他們愈爬愈高，像是玩跟屁蟲障礙賽。他們找到新玩法，讓一切變得更危險，他們輪流爬上如雷龍般斜斜的挖土機長頸，向上爬到挖斗，再縱身一跳，躍過空中落到一輛鏟裝機頂。如果錯過，便會直接落到六公尺的地面。但他們像無懼的天使，一個個飛躍夜空，他們的運動外套在身後拍動，像無法飛行的羽翼。

機具上都是雨水。蒙歌看到有的男孩在挖土機長頸上滑倒。一、兩個孩子跳太大力，在全溼的鏟裝機上滑倒，最後一刻抓住窗戶翹起的橡膠邊，才沒落下。大家總是一陣屏息，嚇得沉默半晌。幸運的男孩撐著身子站起時，他們會大聲歡呼，慶祝大難不死。

哈哈站在屋頂，抽著一根短菸。他從帝王變成一個百無聊賴的父親，厭惡和母親分擔監護權，他彷彿看著小孩吃了一整天甜食，巴不得將孩子還給他們的母親。蒙歌一直看著哥哥，所以注意到天空顏色變了。哈哈也注意到了，天空閃起有節奏的藍白光線。警車沒有響起警鈴，悄悄開近工地。警察已到了大門口。哈哈讓他的孩子玩太久了。

蒙歌從駕駛艙衝出來，快速從前輪爬到後輪，再從引擎爬上機具頂。他跳過工地時，警察已從大門衝入。他身邊小軍隊的人紛紛從挖土機的長臂跳下，衝向屋頂的簷槽，並爬到安全的屋頂上。他們像遊樂場六歲的小孩，一邊躲避鬼抓人，一邊失聲尖叫。只有站上安全的屋頂，來到哈哈無畏的保護下，他們才直起身子，再次成為男人，弓著背朝警察吐痰。

六名警察開了兩輛休旅警車和一輛破爛的警用廂型車。一個動作比較慢的男孩，傻傻跳到警察懷裡，馬上被抓住。警察抱了他一會，好像他們是一對受驚嚇的愛人。

紅髮男孩還在挖土機長臂上。他轉動身子，穿著尼龍褲的屁股一坐，正想順勢溜下，逃離警察。蒙歌快到簷槽下方時，看到男孩摔落。金屬一定比他料想來得溼，他從長臂狼狽滑倒，直落而下，像從架子上滑落的麵粉袋。

他沒像麵粉袋一樣裂開，也沒叫出聲，但他手臂壓在身下，手的角度十分不自然，蒙歌知道他手腕摔斷了，甚至可能前臂也摔碎了。

哈米許朝警察扔石頭和碎片時，蒙歌聽到他叫他名字。如果蒙歌現在站直身子，一定能在他們抓到他之前，快速爬上鐵皮屋頂。「別管他了！」哈米許大吼。不跑太蠢了，警察一定已鎖定所有孩子。就算他們沒看到蒙歌，也一定看到如麵粉袋摔落在地的男孩。他們不久便會來抓他。

蒙歌聽到鐵皮屋頂傳來腳步聲，虛張聲勢和挑釁的孩子開始撤退，他知道其他人都翻過牆，衝向安全的社區。他們要丟下他了。

紅髮男孩現在安全帽已不見，呼吸十分急促。蒙歌從腋下抓住他，將他拖到鏟斗機底下。遠離安全燈光後，四周一片漆黑，他們看到警察的手電筒在地面照出一條條光線。男孩嘴裡發出嗚咽。蒙歌伸手摀住他的嘴。其他時候，蒙歌這樣碰他，他一定會痛揍他一頓。現在他頭靠在蒙歌身側，他們看著警察的手電筒掃過車輛。蒙歌這時認出了他。他是巴比．巴爾，蒙歌班上同學的哥哥，他是著名的破處王，意外生下一對雙胞胎。他的血已浸溼上衣袖子，從身上的味道，蒙歌知道他尿褲子了。

除了碎石上輕輕的腳步聲，四周一片寂靜。警察緩步向前，並關掉他們劈啪作響的無線電。蒙歌的臉在黑暗中抽搐。「別丟下我。」蒙歌感覺到聲音在他掌心回響，男孩的眼淚流到他指根。

光線照到鏟斗機底下。有力的雙手抓住巴比．巴爾的腳踝。警察俐落地將他拉出，男孩從碎石上滑出，像躺在輪板上的技師。巴比一手受傷，另一手像抱寶寶一樣將傷手抱在懷裡，所以無法反抗。

咻一聲，他就不見了，快得跟變魔術一樣。

「他媽裡面有另一個王八蛋。」警察大喊。

蒙歌逃離燈光，手腳並用越過碎石爬向鏟斗機另一邊。他聽到兩名警察繞過長邊，跑來圍堵他。

他不像其他孩子靈巧，他們能像精瘦的貓跳過一個個機具，但蒙歌找到著力點，在警察繞來之前，爬上了駕駛艙。他知道自己絕不可能安全爬上簷槽。他吊在空中時，他們會抓住他的雙腿。於是他轉了一百八十度，想跑向敞開的大門，但他們已擋住了去路。他逃不掉了。

「你這小王八蛋。我逮到你會他媽幹死你！」警察的臉上竊笑。他爬向蒙歌時，其他警察則擋住蒙歌的逃跑路線。「我會幹死你。我一定幹死你。」他一次次重複。

哈米許會跟他說，警察只是想讓他害怕。他想羞辱和威嚇你，這樣蒙歌便會放棄反抗，從屋頂下來。但哈米許不在場。

「你會很爽。」警察說：「如果你現在下來，我會先吐口水，比較不會痛。」他們自顧自大笑起來。蒙歌聽到其他警察知道他多下流，同時譴責又喝采。「你有姊妹嗎？」

蒙歌溜到更高處。

黑暗中傳出砰一聲。他不確定怎麼回事。但不管警察被什麼打到，他都不再出聲了，那東西把他的帽子打掉，身體撞上一旁的攪拌機。他臉上流下深色的鮮血，黑得像暮色中的糖蜜。他有一點血噴上了機具黃色的金屬。

哈哈回到梯子最上面，朝下方警察扔半塊磚。蒙歌知道新教徒為了打群架有留磚頭。現在他們排成陣列，將磚頭傳給梯子上的帝王。哈哈磚頭扔得準。

「愣什麼愣？跑啊，他媽臭龜頭！」

蒙歌看到機會。磚頭如雨飛來，趁警察紛紛躲到機具下，蒙歌衝下鏟斗機頂，瞬間跑出大門。他原本衝過了廂型車，後來他緊急煞車，衝回廂型車，打開後門。他沒多等被抓的男孩，但他不擔心，因為他聽到潮溼的街道上，全是運動鞋聲和喘氣聲。

3

聖克里斯多福弓背坐在湖邊喃喃自語，揮手趕走咬人的蠓蟲。蒙歌看不出他在生氣，還是在醒酒。那人背對他們蹲坐，不知是想搗住臉，還是要嘔吐。微風吹亂他稀疏的頭髮，吹散汗水和髮蠟形成的髮束，讓人看到他褐色頭髮和白色髮根。他的虛榮令男孩驚訝。像茉茉一樣，老男人用超市的染髮劑染髮。他一定是肩膀套著黑色垃圾袋，坐在家中廁所自己染的。

蒙歌看得出來，他已將剩下的酒放在兩塊巨石之間，浸在寒冷的湖水中。那人只要穿一身西裝，拿一袋酒，這樣他便滿足了。

蒙歌撿木頭回來，加羅蓋特教他用溼木和綠枝生起微弱的星星之火。他們聚在上風處，讓翻騰的黑煙驅走黑色的蚊蠓。蒙歌放入長著苔蘚的樹枝，後來火焰熊熊燃起，散發光芒。每次多加一根，他便望向男人確認。加羅蓋特打開三塊早已退冰的千層麵，把鋁箔放入悶燒發亮的灰燼中。蒙歌雙手放到他空空的肚子上。

聖克里斯多福保持距離。離開火焰，黑暗變得柔滑。彷彿天空想模仿寧靜的湖水。天空從黑暗中，悄悄爬向水面，最後和湖面合而為一，而聖克里斯多福最終被墨黑的夜晚吞噬。

「這名字好好笑。**蒙**、**歌**。」加羅蓋特說。他抽著一根彎曲的菸。之前他把手捲菸放在緊身的牛仔褲後口袋，手捲菸都已壓扁，琥珀色的菸草從菸紙縫露出。

「我想是吧。」蒙歌看他用手指堵住裂縫，熟練得像長笛手。「我父親是民族主義者。他希望小孩能擁有傳統蘇格蘭名字。」

「對，但蒙、歌啊。我是說，**老天爺**，這根本是虐待兒童。」

「聖蒙哥。他是格拉斯哥的主保聖人。他有次憑空生火……或拿什麼生火，我其實不知道。」他對格拉斯哥神話幾乎一無所知，十分難為情。不知多少次，他被拖到教室前面大聲唸出城市的歷史，面紅耳赤聽著自己的聲音，卻連一個字都記不住。

他們第一次罵他「蒙古人」時，他哭著回家。裘蒂和他躲在烘衣櫥。裘蒂用茉茉的冬季大衣幫蒙歌擦臉，他開心玩著瓦斯熱水器，聽著開關和機械運轉的聲音，心情才逐漸平復。她告訴他聖蒙哥的神話：永遠不飛的小鳥，永不生長的樹，永不敲響的鐘，永不游水的魚。全部的傳說中，他最喜歡關於鳥的故事。殘忍的小孩殺死知更鳥後，聖蒙哥讓知更鳥起死回生。裘蒂說，父親死後，茉茉放棄自己時，是蒙歌的力量讓她起死回生。他愛裘蒂。她對他說謊，但他會原諒她。

加羅蓋特拿酒敬他。他雙眼茫然，全是酒意。「真的很不可思議。看，我以為自己只是人渣，結果我其實是個幸運的男人。喔，這週末假期，在這美麗的湖畔，受兩個聖人保護。一人能安全帶我渡河。另一人在我們走時，能點亮火焰。」他用拳頭敲著心臟。「只要我能再找人借點錢。那我會開心到他媽吹口哨了。」

聖克里斯多福從黑暗中發抖走來。他待在光線邊緣，像參加派對的害羞賓客。加羅蓋特打個嗝，招手要男人找塊石頭坐。場面尷尬不已，聖克里斯多福假裝自己沒在生悶氣，像一匹剛才四處奔馳的馬，此時跳回來，努力融入話題。他乾瘦的雙腳毫無血色。湖水冰冷，他雙腿和藍色瓷器一樣光滑。

聖克里斯多福在火焰旁解凍身體，全身散發一股發酵奶味，除此之外，味道也有點像金魚乾飼料。加羅蓋特皺起眉頭，稍微向上風處移動，靠到小屋的牆上。蒙歌看他拉起上衣，一手摸著鼓脹的肚子。像是學校筆記本的內頁，就連肚子上，他都有刺青。他們坐在火邊喝酒，久到大家雙眼都被煙燻得冒淚。打開愈多罐啤酒，話題變得愈陰鬱和帶刺。對蒙歌而言，感覺像走下公寓樓梯，每下一層樓四周變得更黑，光線變得更暗。

「……於是我抓住她，她超飢渴。」加羅蓋特在火光中解釋。「她告訴我她丈夫知道，卻一點都不在乎。所以我心裡想，如果這臭婊子不在意，我就不用擔心留下痕跡了，對吧？」

蒙歌再次把膝蓋縮到胸前。他不喜歡男人舔自己牙齒的樣子。

「所以你怎麼做？」聖克里斯多福辜負聖人之名，他朝地唾沫，只想趕快聽到下流的細節。

「總之，我抓住她。」加羅蓋特靠向男孩。「她穿著一件藍色睡衣，前面印著窩在一起的小貓咪。我沒脫她衣服，因為你知道，她又不是復活節的小羔羊，有時最好別冒險。所以我不囉嗦，開始動手。」他雙眼在火光中像一對貓眼石。他手朝上，比成杯狀，向前伸出。「你知道。我一直摩擦，餵著這匹小馬。」

蒙歌不禁脫口而出。「等一下，那小姐有匹馬？」

兩人朝他眨眼，接著放聲大笑。「不是，孩子。我是指她的小妹妹，她的陰唇。下次你摸到，看感覺有沒有像馬的嘴唇。」

聖克里斯多福彈舌，發出馬嘶聲。

加羅蓋特大笑，短菸掛在他嘴邊。蒙歌又來了，他分不清別人嘴上說的話，和他們真正的意思。他感覺眼睛又因為緊張眨個不停。他試著大笑掩飾，並融入話題，不要被排除在外。

聖克里斯多福沒空管男孩。「然後呢？」

「所以我把她放到沙發上，我們開始辦正事，**真的**提槍上陣了，對吧？我正要頂到最深處時，她說：『**喔喔喔，我們上樓去房間做**。』」他身子彎向火焰，吐的口水滋滋一聲消失。「所以我怎麼樣，我把她抱上樓，她就像掛在衣鉤上的舊大衣一樣。」

蒙歌想起他們在學校技術課程做的大衣衣鉤。他們將金屬扭成G字形，加熱後沾上粉末塗料，鎖到便宜的木頭上。他咬著下唇。

聖克里斯多福拍自己的大腿。「你太壞了。」

「我把她抱上樓，我一定走錯房間了，因為一進門，我發現是年輕人的臥室。但她手緊抓著我，於是我們便不管了。」

「她也是隻飢渴的小狗。」聖人說。蒙歌好奇自己認不認識這女人。

「總之我讓她彎腰，在單人床上幹她。」加羅蓋特起身，屁股對著火光前後頂。他蒼白的臉在酒後腫脹，像是夜空中的月亮。「這時候，我看到她的地毯，你絕不會相信，嗯？」

「什麼？**什麼！**」

加羅蓋特走近火光。他挺起背，蒙歌看到他牛仔褲的隆起，他的老二緊貼著他的髖骨。蒙歌垂下目光。加羅蓋特抽了一口菸，製造懸念，吊兩聖人胃口。「結果啊，我一年前，才他媽拆過她女兒房間地毯，重鋪這塊花紋地毯。」

「好。**所以呢**？」

「一個好的地毯工絕不會忘記他做過的活。結果我也在這塊地毯幹過她女兒。」加羅蓋特頭向後仰，沾沾自喜。他大呼口氣，像是驕傲的煙囪。

愣了一秒，聖克里斯多福大聲長嚎，像狗被刺傷一樣。「啊，你真是壞透了。」他的斷牙十分尖銳，令人害怕。他拍著膝蓋。

「哼，我對婊子沒什麼印象。但我絕不會忘記精心鋪好的地毯。」

蒙歌不懂這笑話。他來回看著兩人，但他懂這時別多問。

「她那時十五歲。跟她媽一樣小隻。」加羅蓋特從塑膠袋拿出一瓶威士忌。他咕嚕喝了幾口，好像那只是薑汁汽水。「我很早就學到，要找那種住漂亮大房子的。為了雙層窗碎唸丈夫的女人可能都欲求不滿。」他抓著牛仔褲前面，撫摸自己，然後捏住，像要把它勒死一樣。

聖克里斯多福停下，不再嚎叫。「我不知道你是做地毯的。」

「地毯、廚房、年輕女兒。你說得出來，我都能幹。」他說完自己輕笑。

聖克里斯多福點點頭，默默散發著崇敬。「你一定過得很好，年輕又能揮霍。」

「對啊。我手一直都很巧。」加羅蓋特手抓住側腦。「但他媽讓人失望的，是別的部位。」

「可是你眼前還有大好人生。」聖克里斯多福手伸向威士忌，像小孩要抓瓶子一樣，他虛弱的手指抓著空氣。加羅蓋特將酒給他，他喝完喘口氣後，抹抹嘴說：「你當初根本不該進巴林尼監獄。像你這樣的年輕人？坐牢？」

蒙歌看過巴林尼監獄。哈米許做得太過分，像偷來機車和一袋袋不乾淨的安非他命時，蒙歌曾聽茉茉用那地方威脅他，他曾見哥哥一聽，嚇得不敢說話。

蒙歌臉色一定充滿疑惑，因為加羅蓋特看他一會，目光轉向聖人。「你他媽幹嘛跟孩子說這個？」加羅蓋特把菸彈向那人。「你嚇到小兄弟了。」但他的笑容告訴蒙歌，他沒在生聖克里斯多福的氣。他也不介意嚇到蒙歌。

「跟他說什麼？」那人光腳跳起來。他在髒兮兮的西裝褶線找那根菸。

「說我們有坐過牢。」加羅蓋特朝蒙歌竊笑。「他會以為自己跟兩名罪犯出來。」

蒙歌摳著膝蓋的結痂，假裝非常專心。「你為什麼坐牢？」

「私闖民宅。」加羅蓋特馬上說。他口氣莫名地像在說謊，但蒙歌不確定。「那是意外。我從天窗摔進一間倉庫。等我找到出口時，手上不小心抱著四十八件足球上衣。」

聖克里斯多福發出個聲音，好像想反駁他，但加羅蓋特踢起地上的碎石，碎石飛向他。動作之快，害蒙歌嚇一跳。「對。私闖民宅，差不多。」聖克里斯多福不情願地附和。他的語氣讓加羅蓋特竊笑。

「你呢？」蒙歌問。他的傷痂已從皮膚剝下。「你為什麼坐牢？」

聖克里斯多福看著加羅蓋特，再回望男孩。他不答腔。加羅蓋特替他回答了。「居無定所。」

聖克里斯多福一臉受到冒犯，但不發一語。

「他們會因為**這種事**讓你坐牢？」蒙歌說。

「還有太醜。」加羅蓋特大笑，他把焦黑的千層麵鋁箔從灰燼中拿出。「誰餓啦？」

鋁箔燙得無法拿在手上，他們只好等它變涼。大家顧著吃沒烤焦的肉和彈牙的乳酪，話變少了。

聖克里斯多福把晚餐放到一旁，好像自己沒興趣一樣。他又拿起威士忌，灌進肚子裡。蒙歌覺得食物有股煙燻味，十分可口。千層麵塞進肚子時，他望著火焰，想著坐牢、可憐的女人和馬的事。等他吃完最後一口，他呼吸著新鮮的空氣，全身感到沉重和疲累。他的臉一定不由自主抽動著，因為加羅蓋特直盯著他。

「你在學校一定有因為那個被捉弄吧？」

「有時候會。」蒙歌說。他手放到臉頰，肌肉抽動時他用食指去按。他搓揉時，能感覺到皮膚向上抽。

「不要揉自己了。」加羅蓋特說：「那哪有幫助？」他靠過來。「手拿開，我想看。」加羅蓋特用粗糙的手捧住蒙歌下巴，將他臉歪向火光。「我覺得很不可思議。」

「不要笑我。」蒙歌想從他粗糙的手中掙脫。

「不是，我認真的。感覺像你的臉有自己的想法。你甚至沒開口，它便反應你內心真正的感受。」加羅蓋特將蒙歌臉頰轉向火光。男孩剛才沿顴骨搓揉，那塊皮膚現在已乾燥發紅。加羅蓋特用手指溫柔地撫摸他的顴骨。「這樣有好一點嗎？」

「沒有。」蒙歌縮起身子，脫離加羅蓋特的掌握。

加羅蓋特臉皺起，好像胃痛一樣。「想像一下，神給你一張美麗的臉，然後又這樣他媽的毀了那張臉。真是個壞心王八蛋。」

「太殘酷了！」聖克里斯多福罵著。

「可憐的小蒙歌。你真他媽的好緊張。」加羅蓋特頭歪向遙遠的月亮，接著突然發出可怕的嚎叫。蒙歌嚇得想拔腿就跑。加羅蓋特低頭朝男孩微笑，他尖銳的門牙咬著下唇。「跟我一起叫。」

蒙歌搖搖頭。加羅蓋特站起，朝男孩伸出一手。他拉著他進到夜裡。「叫嘛，你會感覺好一點。」

蒙歌將頭向後仰。他沒注意，但天空終究不是全黑的。每個角落都充滿星星。就算他以為自己找到一片空洞，在雙眼適應黑暗後，天空會再次點綴星光，並會出現像星星留下的白痕。他不曾見過這樣的夜空，不曾見過夜空如此晴朗，沒有一絲社區橙色燈光。

他嚎叫一聲。膽怯的一聲，尾音草草結束，然後垂下頭。

「不是那樣。要像**這樣**。」加羅蓋特吸口氣，彷彿吞噬了夜晚，接著他叫得像怪物一樣。叫聲撕裂寧靜的夜，讓蒙歌好希望回復寧靜。他望向黑暗的湖水，害怕有東西回應。

加羅蓋特放棄了。「好啦，如果你不叫，那來跳火堆。」他小跑一段，跳過餘燼。「來吧！」聖克里斯多福很享受這些蠢事，但他聽到之後坐正。「孩子，先把尼龍外套脫下，不然你這輩子都脫不掉了。」

蒙歌脫下他的藍色風雨衣，並感到湖水飄來的寒意。他走進黑暗，跑一段跳起，飛過火焰。他輕鬆越過餘火，慶幸自己沒有丟臉。他內心冒出一股喜悅，劃破了寒冷。他跟著加羅蓋特繞回，輪流一直跳，兩人像瘋子一樣歡呼。突然之間，星空、火焰和幽深的湖泊都變得令人自在，一時間，他忘記在格拉斯哥的一切，忘記自己為何被送來和這些男人相處。

他們跳了一會火堆，最後加羅蓋特開始撞蒙歌。他們在空中碰撞，像重金屬樂迷一樣衝撞彼此。蒙歌不跳了，假裝喘不過氣。加羅蓋特大字形倒在卵石上。他打開一罐坦南特啤酒，遞向男孩。「我早上會替你煮水，但你現在先喝這個。這能幫助你睡覺。」

蒙歌發現，他一整天都沒喝東西，沒喝湖水，也沒喝奶茶。他聞了聞酒罐，聞到熟悉的發酵味。他感覺兩人望著拿酒的他，但他對酒有所提防。在快樂的泡沫下，他看過酒中深藏的悲傷。他緩緩將酒罐拿到嘴邊，第一口酒緩解了乾涸的喉嚨，但濃厚的燕麥味讓他一陣噁心。兩人點點頭，一臉滿意。蒙歌發現如果他喝一口啤酒，留在嘴裡一會，再吞下喉嚨，比較沒有霉味，比較不噁心。如果他吸一口，來回在牙齒間沖漱，啤酒會失去膨脹和沉重的感覺，變得像臭酸的洗碗水。

男人來回喝著威士忌，蒙歌截下新柴，準備放入火堆。過一會，他將冰冷的肚子轉向火焰，暗淡的火光沒有一絲溫暖。他雙眼變得沉重，聖克里斯多福再次開口。「所以你長陰毛了嗎？」

拉格啤酒讓他變得大膽。「你們倆都只聊這個嗎？屄、足球和陰毛？」

「只是男生間閒聊的話題而已。」加羅蓋特竊笑。「你多大了？」

「我說過了。快十六歲了。」

「所以你長很多陰毛了？」

「也許吧。」蒙歌鄙夷地笑說：「不干你的事，對吧？」

「變成男人又不丟臉，大毛怪。我們所有人都一樣。」加羅蓋特以美國人的方式舉起手，要和蒙歌擊掌。「來，擊個掌，大傢伙。」

蒙歌累了，他伸手去擊掌。加羅蓋特瞬間扣住男孩的手腕，將蒙歌抓到他大腿前，用前臂勒住蒙歌喉嚨。暴力突如其來，他的拉格啤酒滾入黑暗中。蒙歌忘記了星空和火焰。加羅蓋特用粗壯的手指按壓蒙歌肋骨，找到他的舊傷。「我問你問題，他媽別給我耍嘴皮子。」

「我不是故意的。」

加羅蓋特放開他，動作和抓住他一樣迅速。蒙歌手忙腳亂站起。他遠離兩人許久，雙眼被煙燻得發紅。他不敢去揉。

「別小題大做，小兄弟。」加羅蓋特一臉厭煩。他模仿蒙歌毫不受控的臉。「只是跟你鬧著玩而已。」

聖克里斯多福咕嚕咕嚕喝著啤酒，笑得像個白痴。

蒙歌不想像個孩子，所以他擠出輕鬆的笑容，假裝自己開得起玩笑。「很好笑，加羅蓋特。」他感覺加羅蓋特的手指彷彿仍壓在胸前，按著他的瘀青。蒙歌溜到黑暗中，假裝去湖邊尿尿。雙眼習慣後，湖水和天空擁有一樣的顏色，但湖水微微反映著月光，天空則毫無光澤。湖面來的微風充滿雨的氣味。蒙歌在湖邊等了良久，看著被火光照亮的兩人，他們像是立體布景，一邊喝酒，一邊抽菸，望向一片空無。他在腦中構思幾句話，想重新融入兩人，這時加羅蓋特朝黑暗大叫，宣布該睡覺了。聖克里斯多福點頭同意。

蒙歌從黑暗中浮出，走向湖邊只有一個睡袋的紅帳篷。加羅蓋特嘖了嘖，說有野鹿之類的，並指了小屋裡的兩人帳。男孩太累了，不想找麻煩。酸臭的啤酒在他胃裡翻騰，加羅蓋特用運動鞋踩熄小火，他站在一旁等待。加羅蓋特再次指向小屋的帳篷。他像父親一樣充滿威嚴，看著男孩爬進帳篷裡。

蒙歌穿著足球短褲和藍色風雨衣躺在裡頭，抓著腿上的蠓蟲包，身下的地板和廚房瓷磚一樣冰冷，他再次想到，自己今晚和明天都沒有更保暖的衣服，心不禁一沉。他摩擦冰冷的雙膝，鑽進睡袋，雙手握成拳，夾到雙腿間，希望能溫暖一點。但一切都徒勞無功。他身下的土地十分貪婪，他身體一發熱，石頭便將熱全吸走。

起初不能住一人帳，他覺得好可惜，但現在在黑暗中，他很高興不是獨自一人。火光外，湖中潛伏的東西令他害怕，夜晚也出乎意料寒冷。蒙歌將身體蜷縮成一團保暖。他等著另一人來睡覺時，眼皮漸漸沉重。他聽他們走到湖邊，靜靜交談，大聲尿進湖中。大量的威士忌似乎沒能為他們禦寒。從他們短促的吸氣聲，他知道他們和他一樣快冷死了。

加羅蓋特掀開帳篷門。感覺喝醉的他費了好大的勁，才彎下腰，鑽進小小的空間。他拉上拉鍊，將兩人關在一起。加羅蓋特倒到他潮溼的睡袋上，口中發出一聲喘息。封閉的帳篷充滿他的味道，混合了威士忌、香菸、髒襪子和溫熱的腋臭。帳篷像閉起的嘴，變得十分潮溼。「你還好嗎，小兄弟？」他靜靜問。他像謹慎的打字員，手指在黑暗的空氣中摸索蒙歌。他尋找著他，最後手摸到蒙歌的側臉，他下巴長著柔軟的細毛。不知何故，他的手指繼續移動。加羅蓋特無名指撫摸蒙歌的下唇，冰冷的徽戒貼到蒙歌的臉頰。

蒙歌抽開。「我沒事。只是累了。」

「啊，你在這啊。」

蒙歌聽到加羅蓋特摩擦雙手，並朝雙手吹氣。「他媽的冷，對吧？」黑暗中他伸出粗壯的手臂，壓到蒙歌身上，將他拉向他，靠到他胸口。「我們靠在一起會比較暖和。我沒當過童軍，但我看過夠多電影，我知道我們最好靠在一起，不然我們早上會凍死。蘇格蘭的夏天，對吧？」

那人緊緊抱著他，讓他靠在他胸膛。蒙歌轉身背對他，但加羅蓋特緊貼著蒙歌的背。加羅蓋特身材不算壯碩，但他身上每一塊都是肌肉。即使隔著兩層睡袋的尼龍布，蒙歌仍感覺到他的肚子貼緊他嬌小的背，他們之間沒有一絲空隙。「聖克里斯多福不會凍死嗎？」蒙歌說：「你不想去跟你朋友睡嗎？」

「不用。不要打擾他的安寧。這對那老王八蛋來說很難得。」

「怎麼會?」

「老傢伙最近過得不好。他多半在大東方收容所過夜。你知道那間收容所嗎?心臟不好可不敢住那。」

蒙歌看過杜克街威爾帕克那端的收容所。那是棟老舊的棉紡工廠,維多利亞式的樓面莊嚴堂皇,看起來像座監獄。那裡如今一晚能收容三百人,裡面有一個個小隔間。早上他們會鼓勵大家不要逗留在石階上,但遊民仍會像幽靈一樣徘徊。這是少數哈米許會過馬路繞路而過的建築。

「別擔心老傢伙。」加羅蓋特說:「他許多夜晚都是在水溝度過,現在恐怕覺得自己在天堂咧。」

加羅蓋特手臂重重壓著蒙歌胸口。那人呼吸火燙,愈來愈慢,蒙歌感覺他睫毛搔著他的脖子。

「你跟我,我們就靠在一起。像山上的部族一樣。」

突然之間,蒙歌好想說話。他張開嘴,字句滔滔不絕湧出。他甚至沒思考,彷彿身上開了一道縫,無止境的故事從他體內噴湧而出,填滿黑暗。他一開始是低語,沒有停頓和標點。

「我六歲時我哥教我怎麼騎腳踏車我爸已經過世了所以哈米許說他會教我他一直說可是我耶誕節收到腳踏車之後他都不教我最後到了夏天他說我害他很愧疚於是他帶我到外頭。」

蒙歌聽到加羅蓋特睡袋側面的拉鍊拉開。接著他的睡袋拉鍊被慢慢拉開。加羅蓋特的牛仔褲貼到他赤裸的雙腿,感覺意外冰冷。男人的手移動到男孩的腰。加羅蓋特將自己拉得更近,身體貼住蒙歌的背。他雙手張開,像海星一樣,黏在蒙歌肚子上。

「哈米許甚至不讓我用輔助輪他直接把輔助輪拆了叫我永遠不要用後來他騎上腳踏車便騎走了他讓我在後頭追一路騎到最高的山坡上接著把我放到腳踏車上抓住座椅他放手之前說我摔下來的話他會

他媽打死我。」蒙歌在黑暗中繼續述說：「腳踏車搖搖晃晃但我撐在上面好久好久後來速度愈來愈快快到我腳變成在空踩因為踏板一直打到我我只好抬起雙腳。我一時間好高興。」蒙歌這裡吸了口氣。他感覺得到男人雙唇微微張開，輕輕觸碰他脊椎的關節。「我滑到底時不知道該怎麼辦因為哈米許沒教我怎麼好好停下來或轉彎於是我只好繼續向前撞上一輛紅色的車我的臉手臂膝蓋都受傷腳踏車把汽車輪圈撞掉了我倒在地上流鼻血大哭這時哈米許跑來將我抱起我們一起跑去躲在茂密的矮樹叢裡。」

加羅蓋特顫抖吐出一口臭氣，然後開始打呼。蒙歌感覺身邊的手臂變得毫無動靜。他不再說話了。兩人在同一個睡袋，的確變得溫暖多了。他覺得自己的擔心真的好傻。

4

窗檯上有一小排齒痕，那是完美半月形的焦慮。蒙歌整個下午會跪在凸窗，看著街道尋找她的身影。他的牙齒會咬入軟木，含鉛乳膠漆的金屬味會充滿他的舌頭。公寓裡處處是他焦慮的痕跡。毛巾邊緣都被他咬得溼爛。制服上衣的下襬都皺成一團，他常塞到嘴裡，咬到噎住為止。木抹刀的刀柄上滿是深深的凹痕，因為他會用臼齒去咬。

大鬧警察之後，蒙歌大都待在窗前。後來幾天，他都盡可能繞遠路，避開哈米許，並躲避他的視線。但完全沒用。

蒙歌有天放學回家，哈米許獨自坐在廚房。一層層乾淨的衣服掛在頭頂的晾衣繩上。裘蒂一直東忙西忙，維持屋子整潔，並定期換床包，漂白白色床單。結果現在哈米許坐在底下抽菸，毀了一切。

「哈囉。」蒙歌嚇一跳，沒想到自己能輕鬆打招呼。他看到哥哥有點失望，但也有點鬆口氣。他的書包從肩膀滑落。

「你一直在躲我。」哈米許說完，心照不宣大笑。他指節上有新的刺青。哈米許喜歡用舊的縫紉針和漏墨的原子筆替自己刺青。一手指節刺的字是「Adri」，另一手則是「anna」，拼起來是雅卓安娜，那是他嬌小、紅通通的女兒的名字。「說來好笑。我才應該擔心遇到你尷尬。」

哈米許的刺青有種不連貫、隨性的感覺。字跡原始，不曾經過設計，也不追求統一規畫。哈米許早上更衣時，蒙歌試著解碼。牛頭、匕首和盤據的毒蛇隨機出現，從脖頸到膝蓋，鋪展在哈米許蒼白的皮膚上。他全身有百萬道針刺，染著暈開的藍墨水，圖案像夜晚的星座一樣滿布全身。

「你有看到茱茉嗎?」蒙歌一一打開廚房櫥櫃，希望裡頭有食物，但他心裡有數。

「沒有。她可能跑路了。她有欠誰錢嗎?」他將菸彈進水槽一堆碗盤中。「留一碟牛奶和十根榮爵牌香菸給她。她有需要便會回來。」

蒙歌垂頭喪氣走出廚房。裘蒂下班前都沒東西吃。如果她今晚不回來，他要熬到早上才有東西吃。

「那天晚上，你還沒謝謝我救你一命。」哈米許語帶威脅。他跟著弟弟來到客廳。蒙歌一屁股坐到長沙發，希望他趕快說一說。「你他媽是在想什麼?又不是在演《現代啟示錄》。你他媽幹嘛不把紅髮混蛋丟下?」

「他受傷了。」

「**所以呢**?我為你拿磚頭砸警察。你只在那假裝自己是南丁格爾，我可能會因此坐牢。」

「他差點死了。他屎都拉出來了。我不能扔下他。」蒙歌雙眼望著空白的電視螢幕，現在最好別直視哈米許挑釁的眼神，最好透過螢幕反射觀察。「總之感覺不大對。」

哈米許將蒙歌抓起。他刺青的手抱住蒙歌的脖子，額頭抵在弟弟額頭上。他一定在哪看過父親安撫或馴服兒子的方式。這動作應該要讓人感到溫柔，但他心情不爽已久。蒙歌繃緊肚子肌肉，準備承受攻擊。

「警察一戶戶在找我們。他們希望知道誰一直在搶建商。遲早有哪個臭雞掰會告密，這全都是因為你狠不下心。」

他一拳打來時，沒如蒙歌所料打在肚子上。哈米許手向上揮，打中弟弟鼻子。這是源自小時候的骯髒招式，蒙歌本就容易流鼻血，現在鼻血泉湧而出。他雙眼噙淚，但忍住不哭。他已學會不讓哥哥得逞。哈米許喜歡看到眼淚，如果你流淚，他便會逼出更多眼淚。蒙歌拉起毛衣衣襬，塞在鼻子前。衣服纖維像吸血蟲，沒有塞子的作用。

「別哭了。又沒斷。」哈米許用指節把眼鏡推上鼻梁。他露出微笑，在那一瞬間，蒙歌看得出他想和好。哈米許常像這樣反覆無常。這就是他危險的地方。「聽著，我那天一直看著你。我一點都不高興。」

蒙歌能想像他在屋頂瞪著他，透過眼鏡，把每一刻盡收眼底。「我甚至不該出現在那才對。」

「這就是重點。**你應該要出現在那**。你是我弟弟，可你一直那樣，簡直丟人現眼。」

「**哪樣**？」

「好像你高人一等。四處亂晃，好像他媽的死娘砲。」哈米許頓了頓，看這句話他有沒有反應。

蒙歌慶幸自己半張臉藏在制服毛衣下，感覺右眼開始抽搐。他捏住流血的鼻子。

「你覺得爸會怎麼說？如果大哈哈還在，他肯定會因為你鬼混揍你一頓。你不偷東西，也不幹爆任何東西，你遇到警察，甚至無法自己逃掉。」哈米許從嘴唇捻起一絲菸草。「忙著去抱你的巴比．巴爾。」

「才不是那樣。」

「我覺得自己沒把你教好，蒙歌。好像我不曾讓你明白如何成為男人。」他看起來真心失望。他原本挺立的肩膀下垂，彷彿遭遇挫敗，他在街上絕不會露出這模樣。「我感覺我沒好好帶你長大。」

蒙歌知道哥哥對他感到責任重大，但要說是哈米許帶他長大，那也太蠢了。他們年紀相差不多。

假如你扔顆石頭到水池裡，彷彿是叫前面漣漪帶後面的漣漪。蒙歌不算聰明，但就連他都知道辦不到。前面的漣漪只能讓後面的漣漪跟著，自己都不知要去何方。

茉茉不喜歡小孩叫她母親、媽咪，甚至叫「媽」都不行。她說她太年輕，不適合這爛稱呼。她生下哈米許時才十五歲，生下蒙歌時才十九歲。他們三個孩子沒差幾歲，簡直像挽著胳膊出生。蒙歌是唯一出生時沒有哭的。其他兩個孩子出生時都嚎啕大哭，拳頭緊握，臉色青藍，但她說，蒙歌只用哀傷目光向上看著她，好像他已覺得她令人大失所望。

茉茉看起來像裘蒂的姊姊。她天天提醒孩子。蒙歌記得有次一家四口分著喝一罐汽水，排隊等著看《森林王子》。蒙歌問能不能去角落餐車買熱狗，搞得茉茉神經衰弱。

「我喜歡黃芥末醬。」他反駁。他才五歲。

「你才不喜歡，蒙歌。」茉茉威脅他，但她小兒子吃不多。她整整三天沒看過他吃任何實質的食物了。他是個常分心的小男孩，總是擔心東、擔心西，東摸西摸，四處亂跑，不會乖乖坐在廚房桌上。

蒙歌轉身，不再看著冒出蒸氣的熱狗餐車。他望向燈光明亮的海報，她知道她快失去讓他吃點扎實食物的機會。茉茉嘟著嘴，買了昂貴的熱狗，抹上明亮的黃芥末醬。蒙歌吃了一口，臉馬上憋成紫褐色。他天生固執，沒吐出來，並努力咀嚼。裘蒂說她會幫他吃，但茉茉氣得七竅生煙，直接將熱狗扔進垃圾桶。

女售票員問他們要看什麼時，茉茉仍怒髮直豎。「四張兒童票。」茉茉說，她想假裝自己是小孩子。

哈米許目不轉睛盯著明亮的燈光。蒙歌看到他雙眼向上望著西方，嘴卻向著茱茱。「媽。」他明知道自己不能這樣叫她，但現在卻清楚說出口，像鐘鳴一樣。「媽，你覺得我們進戲院能買爆米花嗎？」

售票員嗅到一絲可疑，歪嘴笑了。她一臉滿足，迫不及待在休息時間，去跟撕票員講這八卦。哈米許甚至來不及把目光從明亮的海報轉開，茱茱便抓住他手臂。她把他身子轉半圈，他臉上同時充滿好奇和恐懼。即使那時，茱茱也只比她大兒子高幾公分，但她像肉販抓雞一樣把他揪起來，讓他踮起腳，並痛打他後腿。裘蒂數著，**一下**、**兩下**、**三下**。茱茱臉脹得通紅，她像職業高爾夫球手，再次舉手，全力揮擊。蒙歌向前踏，擋到哥哥前面。結果茱茱手揮得太快，打中他柔軟的肚子。熱狗從他口中飛出。如果他剛才硬是吃下那熱狗，現在便會吐出一大團噁心的嘔吐物。

「所以我一直在想。」哈米許手已握在門把上。「我必須和你多相處一點，必須解決掉你的事。」

「我這樣就好。」蒙歌透著血跡斑斑的制服毛衣說話。他把鼻子上的血塊吸掉。

哈米許湊近到讓人不舒服的距離，並踩住蒙歌腳趾。他將拳頭握緊舉高，揮向蒙歌的臉。男孩嚇得全身縮起，哈米許的拳頭停下，離他脆弱的鼻子只剩半公分。「第一課，」他啐道，「他媽的永遠別再用那種口氣跟我說話。」

蒙歌對二月的期中假期五味雜陳。學校能讓他喘口氣，不用成天擔心茱茱，而且他天天期待學校的免費晚餐。學校關門一週時，他變得無精打采。裘蒂沒空幫他轉移注意力，她現在在義大利咖啡廳輪更多班。少了茱茱的補助，她的薪水幾乎無法養活他們倆。

平時裘蒂會讓蒙歌中午去找她，他們會在咖啡廳後方座位分食一片冷凍披薩。安佐會拿一片冷凍披薩出來，用膝蓋將披薩上的冰撞開，並摺成兩片。和魚塊、香腸一樣，他把披薩浸入同一鍋黏稠的麵糊，快速拿去炸。最後披薩會變成一團澱粉食物，外皮起泡酥脆，內餡是滿滿融化的起司。蒙歌會將外皮剝開，讓裡頭的岩漿冷卻再吃。他們吃完後，都會覺得油膩又疲倦，但在這之下，有一股踏實的飽足感，令人安心。

蒙歌雙腿在桌子下盪，問裘蒂法文動詞變化。他法文很爛，每句話都說得像有嚴重口吃，即使是簡單的概念，像湯匙有性別，都令他焦躁到想摔東西。那感覺像是一場沒人告訴他規則的遊戲。他追問裘蒂規則時，她只聳聳肩。他用法文問裘蒂時，發音會出錯，於是裘蒂會先糾正他的發音，再給他完美的答案。她就是這麼厲害。他頭趴到桌上，告訴她她一定會上大學，住到西區漂亮的房子裡。她圍裙朝他一揮，回去工作了。

蒙歌的一天還有一大段空白。有時他會在窗前咬著窗框，有時會去找坎貝爾太太。他會敲她家門，問她需不需要幫忙。她是個閒不下來的女人，有事做她最快樂，所以她多半會拒絕。但有時蒙歌站在她門墊上，她會用手梳過他茂密的頭髮。他喜歡她短指甲摩擦他頭皮的感覺。他去過幾次才發覺，這才是他的目的。

裘蒂偶爾回家會捎來有人目擊茉茉的消息。來咖啡廳吃冰淇淋的人會看到她在黑格丘，或懷裡抱著一堆新買的東西，在巴拉斯市集搭上公車。這些女人不曾和她說過話，她們只看到她，並說她看起來身體健康，煥然一新，過得很好。裘蒂會笑著說謊答道，對呀、對呀，茉茉過得不錯。哈米許生下女兒雅卓安娜後，她好高興當奶奶了。

但裘蒂回家之後會勃然大怒。她拿除臭劑噴工作鞋時，會用難聽的字眼咒罵母親，蒙歌每次聽了都臉色發白。她對茉茉尖酸刻薄，只有女生能罵得這麼狠。她說這感覺像擁有一隻不能承認牠跑掉的狗，而這隻母狗十分任性，你只能希望她發情完會回家。起初，消息會讓蒙歌感到安慰。他那一刻會懷抱希望，畢竟母親沒有被殺，也沒漂在渾濁的克萊德河上。但如果她活著，為何不回家？後來他也變得討厭聽到這些消息，他不想聽到她過得很開心，或她在特隆門街吹口哨逛街。

期中假期時，他和哈米許保持距離，遠離哈米許及其女友、新生寶寶和丈母娘住的公宅，也繞過男生踢足球和與羅伊斯頓天主教徒爭地盤的荒廢空地，

扔磚頭事件後，警察不斷開車經過社區街道。無論是誰，只要有機會供出搶劫建築工地孩子的身分，警察都會登門拜訪。幾乎所有人都知道是哈哈，但沒人敢冒險告密。那名警察仍在住院。他的下巴被砸碎，打上四根鋼釘，從今以後無法張嘴吃固體食物。

公寓後頭有個乏人問津的安靜地方，那是一塊亂糟糟的綠地，夾在高速公路和最後一排烏黑的砂岩公寓之間。市議會以欄杆盡可能圍住願意規畫的土地，對面公路局則以欄杆圍住川流不息的高速公路。兩道欄杆之間，有一塊不屬於任何人的草地，像是十二公尺寬的煉獄。期中假期期間，蒙歌會坐在草地上，摘著散亂的野花，為警察的事感到內疚。有時老人會帶著沒牽繩的狗經過，令人緊張一下，但蒙歌多半都一個人。他拿出筆記本，畫著公寓環環相扣的磚格。他筆不離紙面，畫了兩頁磚牆和窗戶，窗戶上還有著細密的百葉簾。但畫畫無法讓他冷靜。他合上筆記本，接著合上雙眼，下巴靠到交疊的手上，感覺著衝向愛丁堡的車子所揚起的微風。

無人的草地另一端有個鴿舍，長寬兩公尺，高四公尺，共兩層樓。這棟方形的角樓感覺是匆忙打

造的，材料用的是老舊的鐵皮、幾片沉重的前門和從自助餐廳拆來的光滑美耐皿桌。整棟鴿舍傾斜，外表搖搖欲墜，但還算堅固，每道縫都已釘牢或焊死，屋頂鋪上厚厚一層柏油紙。屋頂有道滑門天窗，天窗上吊著個鐵絲網籃，像某種捕鳥陷阱。雖然都是用垃圾蓋的，但鴿舍有種以己為榮的感覺。不論是誰蓋的，都有好好打理。他們為鴿舍漆上保守單調的橄欖色，讓鴿舍融入地景。鴿舍其中一面有道門，上頭有三根沉重的鐵杆，每根都鎖著拳頭大的鎖頭。

蒙歌在草地畫畫兩天了，如今第三天，鴿舍門終於打開。裡面有個年輕男孩，他將東西拖到稀薄的陽光下，好像在通風。他一派輕鬆做著例行工作，蒙歌從筆記本上方看他。那男孩後背一定很強壯，才能將大籠子輕鬆地從鴿舍搬出。他腳勾到地，身體搖晃，修長的雙臂拍打身側。從遠處看，他的長手臂和動作熟練的雙手有種衝突感。他可以是男孩，也可以是男人，端看他轉身的動作或陽光的角度。

他身穿麻灰色的厚棉羊毛運動服，頭上戴著深藍色的針織漁夫帽。他耳朵外張，像兩片蒼白的捲心菜葉，帽子鬆鬆垮垮放在頭上，好像無法蓋住耳朵一樣。他有一頭顯眼的棕金色頭髮，雙頰通紅，彷彿受到風吹雨淋，有種常在戶外工作的感覺。他讓蒙歌想到農夫，動作堅決，獨自作業。他在戶外進行例行工作時，顯得心滿意足。

男孩沒看到蒙歌，或有看到他，但不在乎。他臉轉向天空，看著鴿子在公寓上方飛翔。他在雲間注意到什麼，鑽進鴿舍。他踏著沉重的腳步上階梯，天窗滑開，他像一艘木製潛水艇的船長，從屋頂探出頭來。他一雙大手抱著某種生物。蒙歌看他撫摸牠，輕聲對牠呢喃，然後拿到嘴前親吻。他將鴿子扔到空中，灰金色的鴿子振翅而飛，越過公宅社區的石瓦屋頂。

「咕、咕、咕。」他朝鳥的背影喊。

他的小鴿子迴旋公寓。牠跟著其他鴿子向下飛，暫時不見蹤影。蒙歌望回鴿舍，男孩仍在天窗，但他現在向下瞪著他。男孩鑽回鴿舍，從底下的門走出，大步走向蒙歌。

「你要在這裡坐多久？」他唐突問道。蒙歌看得出他臉上的力量，他從寬大的顴骨到下巴有結實的肌肉，他等蒙歌回答時，肌肉充滿生命搏動。

「干你什麼事？」很勇敢，也許有點笨。哈米許打過的鼻子還沒好，而且這男孩足足比他高一個頭。

但男孩原本板著一張臉，充滿情緒，現在卻慌亂起來，又變得像個男孩。他嘴巴張開，像一張大弓，牙齒飽滿潔白，但中間有著大縫。「只是母鴿看你在這，」他比向消失的鴿子，「可能會被你嚇到，不肯回來。」

「鳥怎麼會怕我？」

男孩望向天空，一臉擔憂。他內心矛盾，直接趕走陌生人感覺很壞心，他不是這樣的人。「聽著，那你能保持不動嗎？把書放下，翻頁可能會嚇到牠。」

蒙歌點點頭，合上書。男孩鬆口氣，朝他露出笑容。他長得很有趣，牙齒有著大牙縫，長了對招風耳，還有彎曲的鷹勾鼻。但他笑時令人安心，散發某種純真。他雙眼望向天空時，嘴上永遠帶著笑容，蒙歌情不自禁盯著他瞧。感覺這男孩一天都沒踏上過蒙歌熟悉的街道，不曾需要擺出冷酷的姿態，為了自我保護大搖大擺，威脅著要隨時動手。他散發的氣質讓人感覺不需提防或害怕。蒙歌不禁朝他回笑。「我是蒙歌。」

「我知道你是誰，」男孩說：「你家哈哈以前為了好玩，老是來揍我。」男孩仍望著天空，但他一手伸向蒙歌，將他拉起。他拉得好用力，蒙歌一時間身體騰空。男孩拍他背時，他聞到男孩身上的清新氣息。「我是詹姆斯．傑米森。我住在你們家後面一條街。裘蒂在房間跳舞我都看得到。」

蒙歌閉上一眼，搔搔後腦。「不好意思。她八歲時上了三週的高地舞蹈，就無法自拔了。」

「我不介意，」詹姆斯說：「她跳得不好看。但我在街上看到她時，她總是對我們超好。」

大家都討厭哈米許，但每個人都愛裘蒂。受不了哈米許或茉茉的人，對她仍有高評價，這點證明了她的好心腸。蒙歌不知道自己該作何感想。有時他覺得在陌生人眼中，他是這大方好女孩的另一個人生汙點。

詹姆斯帶著蒙歌走向鴿舍。離鴿舍大概六公尺時，他們趴下。詹姆斯雙手拿著一捲白色曬衣繩。蒙歌看那條繩子經過草地延伸到鴿舍。他們等著某件事發生。詹姆斯輕輕咕咕叫，模仿鴿子從喉嚨發出的滿足顫音。「咕、咕、咕。」他發出每一聲時，頭會前後搖擺，像在忍著噴嚏。他雙眼掃視天際線，尋找金羽鴿子的身影。蒙歌有幾次張開嘴，想出聲，但詹姆斯手指放到雙唇上，蒙歌只好又趴回潮溼的草地。

最後金羽鴿子迴旋回來，飛過公寓屋頂。詹姆斯全身放鬆下來。「咕、咕、咕。」他現在跪在地上，每一聲都彎下腰。

鴿子停在鴿舍屋頂，他們仍靜靜等著。另一隻外表較平凡、體型稍大的鴿子飛下，繞著金羽鴿子。牠停在柏油屋頂，打量著詹姆斯的鴿子。他們硬鳥喙交扣，像在角力一樣親吻。

「啊，牠們在輕咬彼此。好！」蒙歌感覺詹姆斯發出連續低沉的聲音。詹姆斯的鴿子稍微低下身子，外來鴿爬到牠身上。男孩移了移身體，用力扯動曬衣繩。鐵籃瞬間落下，蓋住這對愛鴿。鴿子瘋狂振翅，接著停下不動。「耶，太讚了！」

詹姆斯衝向鴿舍。他用自己美麗的鴿子引誘並成功抓到別人的鴿子。蒙歌跟在他後面。鴿舍裡面，有個木梯能爬到搖搖晃晃的第二層，接著有第二個梯子通往天窗。牆面上有十幾個用散木做成的鳥籠，上面蓋著鐵絲網。每個鳥籠都裝著一隻焦慮的鴿子。裡頭臭氣薰天。

詹姆斯．傑米森將引誘用的金羽鴿子放回籠子。他小心走下梯子，手裡抓著新的鴿子。「我想抓這傢伙兩年了。看。牠的品種是『騎師賊』。」他轉動灰鴿，檢查牠的鳥喙和屁股。鴿子只眨著眼。「這是『矮子』佛萊尼根的球胸獎鴿。他一定會氣死。我希望能親眼看到他的表情。」

「你不會還他嗎？」

詹姆斯舌頭吐出。「幹，誰要啊！目的是占為己有，這是我多年的目標，我要擁有東區最好的鴿子。」

他讓蒙歌撫摸鴿子柔軟的絨毛。蒙歌眼中，這隻鴿子相當平凡，但鴿子開心咕咕叫著，在陌生人手中，甚至一點也不緊張。「我要花點時間好好寵牠。你知道，讓牠好好信任我。要確定牠不會去追其他母鴿，進到別人的鴿舍。」

「你不擔心自己鴿子不見嗎？」

「誒，我天天在丟鴿子。這行就是這樣。你讓牠們飛出去，牠們會隨心所欲去飛，你一定得冒險。如果牠們想回來，就會回來。如果牠們不想回來，就不見了。」

「聽起來像一首西部和鄉村歌曲。」

詹姆斯聳聳肩。「我覺得在這行算很實在。」
「什麼？引誘鴿子打砲嗎？」
詹姆斯的眼神讓蒙歌覺得自己很幼稚。「如果我的鴿子離開我，我怎麼會生氣？我鴿舍不夠好，留不住牠們，是我的錯。牠們一定是不夠開心，才不想留下。」兩隻鴿子透過籠子鐵網啄著彼此。詹姆斯手伸到牠們之間，將牠們移開。「你不開心，你他媽就會離開，對吧？」他問蒙歌。
「蒙歌！蒙歌！」鴿舍外頭，有人在叫他的名字。叫蒙歌就有這好處，沒事不會有人喊這名字，所以只要有人大叫這名字，他們一定是在找他。裘蒂聽起來既興奮又煩惱。蒙歌頭從鴿舍探出。她看到他從鴿舍冒出十分驚訝。「你在裡頭幹嘛？」
蒙歌聳聳肩，拿起背包。「你怎麼沒在咖啡廳？」
「安佐讓我提早下班。」
詹姆斯和裘蒂沒向彼此打招呼。詹姆斯仍握著他的獎鴿，看起來喜不自勝。
「我有新消息。坎貝爾太太跟我說的。你跟我來。」
蒙歌將背包背上。他走出鴿舍時，詹姆斯抓住他風雨衣一角。「等一下。你明天會再來嗎？」
「也許會。」蒙歌敷衍他。
詹姆斯再次將眨眼的鴿子遞向他。「**啊，摸吧**。你一定是幸運兒。」
裘蒂和蒙歌等街燈亮起，家家戶戶拉下窗簾，坐到電視機前之後，才走出公寓，前往主幹道。他們向西走，明亮的夜晚公車向反方向駛去，載著一夜狂歡的夫妻回家。他們走在車水馬龍的道路旁，車上一張張喝醉的臉望著他們。時間晚了。蒙歌牽著姊姊的手，走在靠路緣這側，替姊姊擋住公車的揚塵和水窪濺起的水。

天空下著綿綿細雨，空氣仍有濃厚的冬霜氣味。等他們走到皇家醫院巨大的建築物前，夜班護理師已聚集在外，在急診部的遮雨篷下抽菸。裘蒂小時候，皇家醫院讓她害怕。對她來說，那棟建築物像維多利亞時期的女校長，嚴肅冷血，警告你要規矩。它像城堡一樣，雄偉俯瞰城市。建築物有著厚實的尖塔和圍繞著屋頂的古典欄杆，處處散發著封閉感，彷彿它不是醫院，而是監獄。它比兩人想像中更古老，建築西面累積數十年的風雨和車輛廢氣，現在已烏黑一片。你絕不會想去那裡。砂岩外牆坑坑洞洞，暗藏陰影，讓城市更為幽暗，也成為裘蒂的噩夢。她花了好久才相信，大家來這不祥的地方，能讓身體康復。

蒙歌手摟著裘蒂肩膀。她好久沒好好吃東西，兩人都是，裘蒂總讓他吃掉大半冷凍披薩，蒙歌已不記得何時看過她獨享一整盤食物。

他們等待過馬路，紅綠燈控制著商業大街的脈動。醫院正對面有塊如島嶼一般的三角形空地。那塊荒廢的空地一邊是一間無窗的酒館，另一邊是拆除一半的公寓，破瓦殘礫散落一地，讓島嶼像飽受轟炸的戰區。廢墟中間停了一輛白色拖車。在細雨的夜中，它灑出銀色的燈光。車流從三面飛逝而過。

小吃攤吸引一排貨車司機，他們在那等待著晚餐，而清道夫則等待著他們的早餐。穿著短袖的男人聚集在合成木做的遮雨板下。他們抽菸發抖，來回踮動雙腳。雨水從脖子滴入上衣。

在黃色的光暈中，她就在那裡，撥動煎鍋上滋滋作響的肉塊。裘蒂想轉身離開，但蒙歌緊抓著她，他們耐著性子等待隊伍向前。女人一臉滿足。她向熟客噓寒問暖，似乎早已認識彼此。她不時停下手，捧住他們的臉，問他們生病的老婆身體可好，或孩子有沒有聽話。她專注聆聽客人，一個清潔隊員聊到他工會和公司的衝突。蒙歌看她深入追問，表示自己十分在乎。裘蒂轉向他，小聲說：「拜託你，不管你做什麼，千萬別讓我笑出來。」

他們從黑暗走出，來到隊伍前方，踏入令人暈眩的日光燈下。「你好。」她說著，彷彿他們在公車站巧遇。「你們倆大老遠跑來幹嘛？」

蒙歌在那一瞬間便原諒了她。他放下內心一塊大石，轉向裘蒂，但她下顎緊咬，雙眼瞇起，像刀切開的兩條縫。「你要說的就這樣？你好？**去他媽的你好？**」

裘蒂想從蒙歌手中掙脫，但他不肯放手。他向上望著茉茉，深情注視她。他心想，**拜託，讓我再看她久一點**。

「聽著，小姐。」茉茉指著她女兒，油膩的刮刀從她手中伸出，像神的手指。「就是這種態度，我才不想去拜訪你們。」

「拜訪我們？拜訪！」裘蒂以前很少發飆。她們以前常會開玩笑說，哈米許把她倆的憤怒都搶走了。但現在裘蒂天天都在生氣。蒙歌方才還一臉愛慕，如今瞬間嚇醒。他看裘蒂頭向後甩，溼髮瘋狂飛舞。「誰他媽的**拜訪**自己小孩。去你的瘋婆娘。你應該要每天晚上回家，確認孩子有吃飽，是否保持整潔，然後哄他們上床睡覺。你要確認他們有寫功課，中餐夠不夠吃，然後如果你他媽的夠幸運，你會有十分鐘自己的時間，接著新的一天再他媽的重複一次。」她用力回指著母親，刮刀幾乎碰到她手指。她表情扭曲，發出緊張的笑。「哼哈。」

蒙歌看茉茉退縮了。好幾個計程車司機嘴巴張大，肥厚的舌頭上仍有嚼到一半的大塊香腸肉。他們聽到她尖叫的控訴，內心都感到不安。她發出笑聲時，他們不懂何處好笑。裘蒂臉上流下淚水。

「你不能這樣，你絕不能丟下小孩，自己消失。你不能他媽去找人打砲，讓他們以為你死了。」

「我們只是希望你知道我們想念你。」蒙歌突然情不自禁地說。他內心恐懼油然而生，生怕茉茉將拖車拴到車上，再次揚長而去，留下兩人在這塊安全島上，面對周圍十幾個陌生男人。裘蒂瞪他，好像他是叛徒。

茉茉從出餐口彎身出來，深深親吻蒙歌一口。「親愛的，我有回去公寓兩次，拿乾淨的衣服和髮膠之類的。對不起，我有留紙條。」

蒙歌下巴一沉，轉身瞪視姊姊。

「幹嘛？媽明知道你快放學回家，她卻連三十分鐘都不等，你知道之後心會比較不痛嗎？啊？」

茉茉扣好罩衫最上面的兩顆鈕子，從孩子上方說：「怎麼樣，強尼，嗯？我為這些忘恩負義的孩子，犧牲我的身材。你現在懂我為何喝酒了。」她向下望著蒙歌。「去一旁等著，我待會有空去找你。」

「可是——」

「我在工作。去找個位子。」

茉茉不能從小吃攤走出和他們聊天，但她給姊弟倆撒滿麵粉的培根、血腸捲和各一杯茶。蒙歌看姊姊遲疑一下，才接下她的份。野餐桌上全是雨水，但拖車擋住了風。蒙歌擦乾座位，讓裘蒂坐。他們握著熱茶，從保麗龍杯吸收溫暖。裘蒂的大衣袖子露出一截底下的粉紅色毛衣。趁她沒注意，蒙歌拉了拉，並用手指勾住毛衣的洞。晚上的車流飛逝，一輛輛紳寶汽車上，一個個母親好奇望向他們，蒙歌努力躲避她們的目光。

「裘蒂？」他語氣有點猶豫。「試著記得她的好，嗯？她不是全都那麼糟。」裘蒂盯著他。蒙歌繼續說時，用手指數著母親的好。「她很好笑，雖然不是故意的，但很好笑。她不會記仇，也不會糾結不好的事。她幾乎不曾唸過我們。她、她會……」他頓了頓。「那個ㄓ開頭的詞是什麼？形容雖然被擊倒，但會重新站起的那個詞？」

裘蒂毫不退讓。「真爛、真噁心、整天酒醉、真他媽的自私？」

夜班人的早餐潮結束時，茉茉從小拖車跳下。茉茉和她孩子長相截然不同。漢米爾頓家每個小孩的深膚色都來自父親黑愛爾蘭人血統。蒙歌不曾看過父親任何照片。廚房抽屜一度有一捲底片，但茉茉永遠都找不到。母親比裘蒂矮，光腳只有一百五十二公分，但她將頭頂淡褐色的鬈髮盤起，讓人有更高的感覺。她皮膚比孩子都白，貌似十分脆弱，但那只是表面。

母親穿著油膩的圍裙，底下穿著一件截短的牛仔褲，腳上是一雙全新的白色運動鞋，鞋側有著鮮明的耐吉勾勾。茉茉發現他們看著這好東西。「我背會痛，要站在熱煎台後面一整天。」她手裡拿著保麗龍杯，裡頭裝著明亮濃稠的橘色汽水。汽水有股像酒精的酸臭味和濃烈的藥味，即使下雨仍聞得到。裘蒂已在摳桌子的木頭。

「你在這裡工作多久了？」蒙歌覺得可以從安全的問題開始。

「兩週，差不多。」茉茉坐到蒙歌旁，點著潮溼的香菸，但看來點不著了。「喬奇認識一個叫艾拉的利物浦胖女。胖艾拉擁有一隊餐車，她這裡需要人上夜班。」

「誰是喬奇？」蒙歌問。

茉茉梳了梳後頸垂下的頭髮。她之前的燙髮已低垂鬆弛。蒙歌心想，頭髮幾週便能長好多。「喬奇是我的新男友。」她抽著鼻子說：「他在特隆門街經營一家當鋪。喔！等著見他吧。他是個大帥哥，我覺得他像矮胖版的尼可拉斯．凱吉。他非常愛孩子。」她將蒙歌頭髮從他眼前撥開。她喜歡看著他，他保留了她和他父親可愛且未崩壞的一面。他不像哈米許尖銳，也不像袞蒂令人厭煩。「你想要康懋達64[7]嗎？你想要的話，喬奇能幫我搞一台？」

蒙歌搖搖頭。他不想要電腦。

茉茉雙手放到桌上。她注意到袞蒂在看她的指甲。她指甲在街燈下顯得十分赤裸，但她手一動，蒙歌便看到珠光閃爍。「你喜歡嗎？」她問袞蒂。「我覺得你的**覆盆子貝雷帽色**讓我有點沒精神。年輕女生現在都塗這種膚色。我過一會才習慣，但我覺得這顏色比較乾淨，更年輕。對吧？」

袞蒂注視著母親，茉茉轉向蒙歌，問她臉上是否有東西。

「你跟他住一起嗎？這個喬奇？」袞蒂問：「我是說，我想你跟他住一起吧，但為什麼？」

「幹嘛不要？老天爺，我才三十四歲，袞袞。」蒙歌知道姊姊討厭這像寵物的叫法，她說這讓她聽起來像跳舞猴子。「再過幾個月你就十七歲了。我在你這年紀就在教哈米許上廁所。有什麼壞處，嗯？喬奇對我很好，他帶我去中國餐廳，點開胃菜和主菜給我呢。」

7　一九八二年推出的家用電腦，並曾是史上最暢銷的電腦型號。

「也有蝦餅嗎？」蒙歌問。

「有。我想的話，還能點炸餡餅。」茱茉目光回到裘蒂身上。「我必須趁還來得及，從人生多擠出一點快樂。」

裘蒂隔著桌子朝蒙歌點點頭。她臉上溼淋淋的，雨水讓她皮膚蒼白，光滑如蠟，她表情意外冷靜。「他才十五歲。你還沒養大你的小孩，你這自私的臭婆娘。」又開始了。裘蒂和茱茉再度為了蒙歌而唇槍舌劍。他感覺自己永遠卡在中間。她們隨時會拿鹽漬豬小腿肉蹲跪下來，像誘狗一樣，引誘他靠向其中一方。

「喔，別鬧了。我們都知道你最愛扮演家庭主婦。」她雙頰凹陷吸著菸。蒙歌在桌下尋找裘蒂雙腳，他用雙腿勾住她腳踝，不讓她走。

茱茉說：「聽著，我現在有點錢。不多，但有點錢。」他們聽著新運動鞋磨地的聲音。「我會回家，付清所有帳單。我們可以一起去杜克街買日常用品。你們想吃什麼巧克力餅乾都沒問題。」她握住裘蒂的手。蒙歌覺得裘蒂想刺死她。「你們必須再自力更生一會。等我確認自己和喬奇的未來。」

時間晚到已可稱為早了。路邊又重新停一排黑色計程車。他們從車流中加速彎出，蒙歌看計程車司機個個鬆口氣，頂著大肚子，走入雨中。「我們可以來看你嗎？我們可以看你住哪嗎？」他感覺自己側臉開始叛變。

茱茉下巴靠到他肩膀，伸長脖子，親吻他抽搐的臉頰。「不行，孩子。現在不行。」

「為什麼？」這答案對裘蒂來說不夠。

茱茉向前彎身，雙手緊握住她手，令裘蒂大吃一驚。「這句話是女人對女人說的，你可能還不懂男人，但我必須讓一切對他來說很輕鬆。現在要任性或讓他感到麻煩還為時太早。」

「讓他感到麻煩？」

「你有一天會懂。我必須讓一切再輕鬆一陣子，這就是原因。」她再次解開罩衫上面兩顆釦子，起身去服務其他男人。「我必須找個好時機，再向喬奇坦白我有小孩。」

5

蒙歌被找去了。他弓背坐在電視前，手中畫著細密的螺旋，不知如何結束。裘蒂見他猶豫，於是關上電視，提醒他如果不聽哈米許的話，事後會多慘。

哈米許大都待在一間建於一九六〇年代的潮溼公宅。麥康納奇太太住在頂樓，哈米許讓她最小的女兒珊米瓊懷孕了，所以她只得讓他踏進家門。蒙歌看得出來，哈米許待在那有力求最好的表現。他處處約束自己，繃著一張臉，按捺著性子。這讓他一出麥康納奇太太家，便將壓抑的殘酷全釋放出來。但哈米許知道自己不能放肆，珊米瓊才十五歲，麥康納奇太太能以猥褻未成年人罪讓他坐牢。無論如何，她的醫生當時通報了社會局，社會局也報了警。幸好珊米瓊向所有人說謊，說自己不知道孩子的父親是誰。於是公務人員在出生證明書上，用漂亮的字寫上**不明**二字。哈米許把那字複印，刺在自己右耳後面。

蒙歌站在麥康納奇太太家的門檻。他還沒被請進門。沙發上六個男孩擠在上頭，他們都是曾出現在工地的熟面孔。他們大腿貼大腿，甚至坐到沙發扶手上。他們全穿著尼龍運動服，身上貼滿惹眼的色塊和贊助商圖案，像一團團黑色塑膠袋。音響的電子樂瘋狂脈動。有人找來一張盜版的卡爾．考克斯[8]銳舞派對現場演出。DJ將警報聲重疊到破碎的舞曲節拍上，聽起來節奏飛快，充滿威脅，蒙歌感到好緊張。

紅髮男孩是唯一抬頭望向蒙歌的人。他朝他稍微點頭，澄澈的藍眼睛轉回電視上。就這樣，那就是蒙歌救他所得到的感謝。他手臂看來壓碎了，粉紅色的石膏尾端，一隻隻瘀青的手指伸出。石膏上已畫滿老二，圖是用玩賓果的粗麥克筆畫的，每根老二都冒著青筋，並驕傲簽上自己的名字。男孩藍色雙眼茫然，薄唇呼哧呼哧吸著一袋強力膠。他手臂一定痛不欲生。

其中一個麥克費森家的兒子坐在沙發上。據傳聞，他們一共是四兄弟，但無論何時，街上同時只會出現兩兄弟。四兄弟輪流進出波爾蒙少年觀護所，次數多到麥克費森太太去觀護所像去當鋪一樣，能否贖回他們端看當時手頭緊不緊。梅爾．麥克費森坐在沙發的破扶手上，白色的鼓棒無聲敲著雙腿。他左手敲著死板的節奏，右手加入飛快連擊。他手突然停下，鼓棒拿在空中，像舉行儀式一般。鼓棒呈一直線，鼓棒尖在鼻子下交會。他等著節拍，蒙歌彷彿聽到遊行歌曲停下，接著他再次繼續無聲擊鼓。那男孩全心投入。他總是在練習，準備參加在老堅毅工人俱樂部舉辦的奧蘭治兄弟會樂儀隊競賽，那家俱樂部坐落在立場偏天主教的卡爾頓區，四周設起柵欄，窗戶一扇也沒有，十分挑釁。

無聲的電視上，英格蘭女人將花瓶浸入液體，告訴觀眾如何讓釉表面產生裂紋。每個男孩都張大嘴巴看著螢幕。他們前方矮桌上有一堆摺好的尿布，旁邊是一堆偷來的汽車收音機、喝一半的調味酒和一把巨大的戰斧。

戰斧是土製的。有人拆了圓頭槌的把手，鎖上一片磨利的金屬。蒙歌知道其中一個男孩的叔叔仍在造船廠工作，他有辦法替他搞來金屬剩料。斧頭像中世紀的武器，能將手臂劈斷。男孩細心擦亮戰斧，並用絕緣膠帶，將手把綁成藍、白、紅條紋。他將斧刃磨得亮晶晶的，光用眼睛看彷彿都能聽到摩擦聲。蒙歌不禁一直盯著戰斧。

8　卡爾．考克斯（Carl Cox, 1962-），英國知名電子音樂ＤＪ，九〇年代相當受歡迎，並為《ＤＪ雜誌》百大ＤＪ票選第一名。

珊米瓊．麥康納奇坐在單人扶手沙發。她身穿哈米許寬大的毛衣，將粉紅色的嬰兒塞到毛衣下，試著將她嘴巴對準。蒙歌稍微看到她的側乳。脹奶看起來十分痛苦。胸部下方都布滿青色的血管，彷彿在女孩肋骨縫上兩顆巨大的鵝莓。女孩看起來無比疲憊，淚水快奪眶而出。嬰兒十分煩躁，像有腸絞痛一般哭鬧。她頭上五束纖細的頭髮繫成一束，並綁著可愛的蝴蝶結。

女人不再替花瓶上釉，她將花瓶拿向攝影機，給觀眾看精巧的花紋。年輕人不可思議地面面相覷。他們額頭有著如珍珠般的白色粉刺。紅髮男孩說：「那真的太美了。」他們全都點頭同意。

珊米瓊開始忙進忙出，想趁母親下班回來前擦乾淨桌面。蒙歌記得她在學校的樣子。她比他小一年級，有點男孩子氣，身材苗條，但要說像營養不良的男人倒也不至於。她身上總飄散著蘋果洗髮乳的味道，大家覺得她是全社區最美的女孩。蒙歌發現各個年紀的男生都想接近她，但當然最後吸引到她目光的是哈米許。對女生來說，哈米許是個挑戰。他天性火爆，處處和人作對，但當她們能讓他稍微變溫柔，她們便會沾沾自喜。哈米許告訴珊米瓊，她在身旁時，他會感覺自己更強大。光是她一人，便讓他想振作人生。蒙歌發現在那之後，她的姿態全變了，她腳步輕盈，像個B罩杯的救世主。她怎能抗拒他？

「哈哈！」她尖叫。蒙歌總覺得哈米許的稱號聽起來很怪，像爛演員裝出的假笑。「哈哈！叫他們不要把腳放在媽媽桌上。」

蒙歌知道哈米許不想離開屋子。他不希望帶男孩軍團去溼漉漉的街道上亂晃。要鬧到天翻地覆，現在還太早。

她努力整理那堆汽車收音機，但電線都隨便切斷，一直彈開。嬰兒在她厚重的毛衣下哼著氣。蒙歌記得珊米瓊很聰明，數學符號對她來說像母語一樣。她搖了搖桌上的瓶子，看哪一瓶剩最多。「你有錢嗎？」

「我原本想問你一樣的問題。」哈米許目光黏在電視上。

珊米瓊看起來快嚎啕大哭了。有個男孩不看電視，直接盯著她脹奶的下緣。「哈哈！」

哈米許目光從電視移開。他很氣自己錯過上裂紋釉的畫面。「幹嘛？你奶奶沒給你嬰兒錢嗎？」

「那是要給她穿耳洞的錢。」

「聽著，我只需要幾鎊公車錢。我要去牙買加街簽個名。」他朝桌子點點頭。「我甚至能把收音機拿去派迪市場，趁下午前賣一賣。然後我們就可以拿到政府補助和賣這些的錢。」

「不要。」

「你到時候錢夠她穿四次耳洞了。」

看到哈米許必須和人講道理、討價還價令人不適。蒙歌習慣他予取予求，若茉茉和裘蒂對他稍有違逆，他看過他恐嚇她們。蒙歌好奇他過多久會開始揍珊米瓊。

電子音樂聲中，有個歌手開始尖聲唱：「**你讓我感覺好真實**。」蒙歌一直待在門口。顯然還沒人允許他開口。「我可以給你錢，哈米許，」他說：「如果你要的話？」

男孩全都轉頭望向他。過去沒人叫過老大「哈米許」。

「好，我會還你。」哈米許皺眉瞪著珊米瓊。他從來不說「麻煩了」或「謝謝」。

蒙歌翻找風雨衣口袋。裘蒂有給他錢買文具，他沒全花完。哈米許把他推進走廊，兩人進到狹窄的廚房，哈米許敲他後腦。「不准在他們面前再叫我名字。叫我**哈哈**。兩個字，你再笨都不會搞錯。」

廚房很窄，比茱茱家的小。蒙歌知道哈米許曾試圖去政府登記，想擁有自己的公寓。政府女專員被他嚇死：十五歲的女孩不該和十八歲的男人住在一起。

蒙歌將硬幣放到他手中。「我有你能賣的東西。如果能幫到寶寶的話。」

「像什麼？」

「像遙控車和太空侵略者遊戲機。」

「不用。我已經賣掉了。」哈米許迅速改變話題。「聽著，我有東西要給你。」他手伸進牛仔褲後口袋，再將手伸向弟弟，喀嚓一聲，三吋的刀刃彈出。蒙歌向後退，撞倒垃圾桶。他抓住美耐皿廚檯，盯著短刀。哈米許朝他肚子比畫，笑容癲狂又愉悅。「你他媽在建築工地遇到麻煩之後，需要刀來保護自己。」

那其實稱不上刀，銀刃短小，並配上假瑪瑙手柄。頂多能用來削蘋果，或切斷舊的晾衣繩。哈米許彷彿讀懂蒙歌的想法，他將刀刺入一袋白糖。一下、兩下、三下。白糖從袋中傾瀉而出，撒了一廚檯。

蒙歌手放到口袋裡，手肘緊貼著身側。「不要。我他媽不想要。」

「沒得商量。」哈米許把刀遞向弟弟。

「要是警察攔住我怎麼辦？要是警察發現我身上有刀呢？」

哈米許哼一聲。「幹白痴喔，蒙歌，你看看自己。警察攔你幹嘛？你這麼弱，你光骨頭能撐住身體，我都嚇一跳。」

「我不想要刀。」

哈米許把刀收進手柄。他拉開蒙歌風雨衣口袋的魔鬼氈，把刀放進袋鼠口袋。「聽著，白痴，我愈跟新教比利幫混一起，芬尼亞混蛋會愈想傷害我漢米爾頓家人。就算你不想要，為裘蒂收著。你永遠不知道，何時必須捅哪個臭雞掰。」他小心翼翼黏好魔鬼氈。討論到此結束，哈米許舔舔手指，沾著白糖吃，白糖在他門牙間發出嘎吱聲。「還有件事，我週五需要你幫忙。」

「我？」他比向客廳，客廳傳來兒童電視節目重複的刺耳聲響。「為什麼比利幫的不能幫你？」

哈米許翻著廚房紙箱。他一邊找甜食，一邊找家電去典當。「那是我和你一起相處的好機會。我跟你說，我要告訴你怎麼當個男子漢。我不會讓你害我丟臉。」

「但我週五要幫坎貝爾太太的忙。」

「老天。」哈米許搖搖頭。「週五！」他語氣表示一切敲定。他上唇噘起，神情厭惡。「那天如果還要我去把你揪出來，你他媽會後悔。」

裘蒂在海鷗啼叫聲中難以專心。她將作業攤開在摺疊桌上，知道自己只有三十分鐘時間，接著她男人會帶炸魚薯條回來，到時候，她必須隱藏身上的學生氣息。三十分鐘後，摺疊桌會收起，化成一張堅硬、不舒服的床，他會鋪上床單。

反正，誰會在乎「義大利人統治非洲殖民地時犯下的致命錯誤」？她班上一半的同學拿著地圖，連愛丁堡都找不到。

輪胎壓過碎石的聲音傳來，她將作業塞回包包。像平常一樣，他們並肩坐在露營車階梯最上層，俯瞰愛爾蘭海。西基爾布萊德是裘蒂去過離家最遠的地方。這裡離格拉斯哥只有四十五分鐘車程，卻彷彿在世界另一端。露營車營地坐落在一塊牧場上，面對石灰色的地平線。以家為榮的格拉斯哥人在此季節會來這租露營車。他們會把車窗裝設紗窗，將舊輪胎填滿盆栽土和勿忘我花。他們會樂觀地帶來躺椅，載一車子的飲料，開心拋下陰暗的天氣，來享受幾小時的陽光。

外頭很冷，風比城裡大，但裘蒂喜歡清新自然的氣息。每一口空氣彷彿都以海鹽拭淨，口口晶瑩剔透。他們在戶外沉默地吃完炸魚薯條。她看著海時，他端詳她的側臉，心裡自覺幸運，這美麗健康、意志堅定的女孩竟能屬於他。他們吃飽喝足，滿嘴油膩之後，裘蒂拿起剩下的焦黑麵糊，高高扔起，給在空中迴旋的飛鳥吃。他握著她冰冷的雙手一會，然後帶她回車中，將摺疊桌鋪成床。

起初他保證自己會離開妻子。但裘蒂愈讓他得逞，他便愈少提起了。她很訝異自己居然鬆了口氣。

裘蒂躺在那，細數他背上的斑點，然後將它們分類。她將棕色的老疤和血紅的痘子分開。她不想再來這裡了，但她覺得自己別無選擇。他買了十四塊炸魚薯條給她，聰明的她知道這花了多少錢。她躺在他身旁，靜靜說：「如果一個男人一次買十四塊炸魚薯條，花費為兩鎊又二十五便士，女孩要多久才會離開？寫出計算過程。」這是陷阱題，因為她不知道女孩欠他的油錢。

她畢竟沒那麼笨。他是第一個告訴她自己有潛質的人。「裘蒂·漢米爾頓，只要你努力，你能走很遠。你怎麼會一直藏在哈米許陰影下？感覺像糞便下的一顆鑽石。」在其他四年級生面前，他朝她微笑。

同年紀的男孩似乎都不理她。大多數人知道她哥哥的事，所以不敢。其他同學也不喜歡她質疑他們在課堂上給的答案。對這些男孩來說，不如找個騷妹，並在游泳池淋浴間後面幫她指交，何必自找麻煩，勾搭高高在上的裘蒂，招惹惡名昭彰的漢米爾頓流氓。

她翻身仰躺，望著木天花板。她好奇自己是否在尋找父親的角色。不，不只如此。她一直在扮演蒙歌的母親，並希望得到喘息。她現在隨時都感到疲倦。這是場交易（她心知肚明），但在那短暫的三小時，這男人會照顧她，她可以放下所有不屬於她的重擔。骯髒溼黏的四分鐘，換來三小時的平靜。

她享受不享受，對方不再在乎了。起初他會問她感覺如何，擔心她緊繃會不舒服，但現在不舒服的話，他會很高興。他會壓在她上頭，凝視她雙眼，他眼中會充滿色欲和某種恐懼。他害怕她收起膝蓋，叫他滾。他灰色的眼睛似乎在說，**拜託讓我先射出來**，她知道這是他這輩子發生過最美好的事，因為他在她體內進出時會重複說著：「謝謝你、謝謝你、謝謝你。」她一開始很喜歡。現在雖然他一次次感謝她，但他不再問他是否弄痛了她。他只為所欲為，然後親吻她額頭一次。那油膩的痕跡，感覺有點像考卷下方的紅勾勾。

男人再次醒來。他坐起身。葛利斯彼老師搔著她的腳底。他嘴巴左上排的牙齒都掉了。他像這樣駝著背，轉頭朝她笑，讓她好希望他沒這麼做。

葛利斯彼老師一開始引她上鉤時，他帶她去艾爾遊樂園。他拿出新的五十鎊鈔票，讓她暢遊所有遊樂設施，像搖晃到令人尖叫的雲霄飛車、沉重垂掛的海盜船，還有她最喜歡的飛旋旋轉杯。繽紛的燈光、香甜的棉花糖和爆米花甜膩的花生香氣，讓離家遠遊的夜晚格外醉心。裘蒂仍能看到那時的他，為所有遊樂設施買單後，緊張站在陰影之下，像個離了婚的父親，而她則享受著屬於她的七十五秒快樂。

另一次，他帶她到西基爾布萊德。那是九月潮溼的夜晚，她第一次因為羞恥和怨恨，靠緊了膝蓋。一開始在他溼悶的福特新銳車中，她心情便不好。葛利斯彼老師沒發現自己聊太多關於女兒的事，她就讀私立哈奇森文法學校，讀那裡的學生多半都能進愛丁堡大學。她見他滿口為吉蓮感到驕傲，內心嫉妒萬分。一想到沒人為她如此著想，她好心痛。

「你覺得吉蓮會和她現代研究課老師做這種事嗎？」他手摸著她制服裙邊的脫線時，她問道。

他臉上露出噁心的表情，她見了身子縮入皮椅。吉蓮．葛利斯彼永遠不會沉淪至此。裘蒂咬著下唇，但她還是笑了。「哼哈。」

「你愈早長大，不要再發出傻笑愈好。」他嘟囔。

狹長海灣映入眼簾。低垂的太陽映在海上，像銀色魚鱗閃閃發亮。裘蒂這一刻決定，她會讓他為所欲為，她不再在意了。她搖下車窗，頭靠在門框上。海邊的空氣冷卻了她發燙的雙頰。

蒙歌將灰色的鴿子壓在板子上。他像詹姆斯教他的，緊握著牠，鴿子咕咕叫，但絲毫沒掙扎。詹姆斯將他從藥妝店買來的一包染劑混合，抹到鴿子身上。染劑盒側面印著露齒微笑的美國人，兩個男孩目光從她的髮色投向鴿子的翅膀。

「別弄到牠眼睛，鴿子瞎了就不能飛了。」詹姆斯說。

他輕輕畫出一條條長線，將染劑塗滿鴿子全身。他塗滿翅膀時，蒙歌放開雙手，因為鳥被黏在那塊廢層板上了。牠有種被羞辱的感覺。他們等顏料漂洗上去。「這符合科學，對吧？」詹姆斯露齒而笑，晃著他黃褐色的頭髮。「大家都愛金髮。」

鴿子全身散發漂白劑的酸臭味。蒙歌雙眼刺痛，但他臉沒有抽搐。他喜歡這裡。詹姆斯伸來幾次，想用染劑刷塗蒙歌太陽穴。他只好閃身躲開，同時小心不要弄丟白金色的鴿子。

過去這週，他天天都來鴿舍玩。詹姆斯大方招待他，並高興除了鴿子之外，有人能聊天。他讓蒙歌抓鴿子，餵鴿飼料和水。第二天他們坐在潮溼的草地上，詹姆斯和蒙歌分享他的火腿三明治。到了第三天，詹姆斯也為他做了三明治，塗滿奶油，麵包皮充滿嚼勁。相對於哈米許，詹姆斯個性直率，一點也不複雜。他給他東西時，蒙歌不需退縮。他坐在涼涼的草地，吃著鹹鹹的火腿三明治，這時他訝異地發覺，自己週一上學會覺得難過。

鴿子羽毛並未像盒子上的照片化為陽光沐浴下的洛杉磯金髮。牠變成淡黃色，像老太婆的褲襪，但總之詹姆斯一臉滿意。他小心沖洗鴿子，把強烈的化學物質全沖下翅膀。他將牠放回其他鴿子中，牠們紛紛探頭，色迷迷看著牠。

「我覺得牠們迷上牠了，」蒙歌說：「但我覺得牠更迷上自己了。」

詹姆斯忙著將公母鴿子配對，讓牠們開始求偶。他週末會再讓牠們分開，放飛到城市之中，那時牠們會像受盡委屈、欲火焚身的一團飛羽。如果牠們夠美、夠飢渴，便會將另一人的鴿子引回詹姆斯的鴿舍來迅速大幹一場。

一隻略帶藍羽的鴿子在鐵絲網後方來回走動。牠全身膨脹像充了氣，熱切吸引著任何和牠晶亮目光相交的母鴿。「牠看起來很自大，對吧？這隻健壯帥鴿。」

「牠叫什麼名字？」蒙歌問。

「我不知道，我想過要叫牠亞契，但聽起來感覺不對。」

蒙歌透過六角形的鐵絲網看著牠。「好，叫牠蒙歌好了。」

詹姆斯大笑，然後嘶啞地大咳。蒙歌注意到他常這樣。那是老人的咳嗽，喉嚨溼黏，氣息發自肺臟，充滿濃痰。詹姆斯拿起一隻較小的米灰色鴿子。牠一臉緊張，身材嬌小，像隻母鴿。「不對，如果要叫誰蒙歌，這隻才適合叫蒙歌。」

「牠看起來連料理雞都吸引不了。」

「這正是我的意思。」詹姆斯抓起那隻米灰色鴿子，撫摸牠雜亂的頸羽。「但你說話別那麼難聽，小蒙歌會聽到，牠這小混蛋可敏感了。」

蒙歌盯著小鴿子，他用小拇指撫摸牠頸羽，牠嚇得縮一下。他不得不承認這名字很適合牠。「我以前沒遇過另一個蒙歌。我會照顧牠，讓牠變得比那裡的杜夫．朗格[9]更強悍。」

詹姆斯鴿舍地面有放玻璃碎片，以免老鼠來吃脆弱的鴿子。他突然興奮舞動，腳下碎玻璃嘎吱作響。「就是這個！牠的名字是杜夫，不是亞契。」他轉向略帶藍羽的鴿子。「我在此命名你為：『瘋狂性愛之鴿』杜夫。」

「杜夫．朗鴿。」

「不行，我取那種名字會被揍。一定要更有詩意。一聽到便讓其他養鴿人心生恐懼，像『悲傷天空的王者』之類的。」

「那『宗教排外者』柯南[10]呢？」

「不行啦！」但蒙歌聽得出來詹姆斯喜歡。

他們走到鴿舍外，給鴿子情侶一點隱私。他們趴在參差不齊的草地，聽著傍晚微弱的車囂。最後一絲陽光已藏到羊毛似的雲朵下，在短暫的時光中，一切都沐浴在柔和的桃紅色光芒中。蒙歌閉上雙眼，試著感受光中的溫度。「你到底怎麼開始養鴿的？」

他想像詹姆斯聳聳肩。「就我爸介紹給我的。」

蒙歌感覺人人都知道漢米爾頓家的大小事，但詹姆斯不曾告訴他任何關於他家的事。「他也是養鴿人嗎？」

「不算是。」詹姆斯又咳了咳。「他在找一個我們能一起做的事。我想他有罪惡感吧。」

蒙歌好奇擁有父親是什麼感覺。「你長得像他嗎？」

「像。」

「你動作像他嗎？」

「像。總之我媽以前常說。」

「她現在不覺得了嗎？」

詹姆斯瞄他一眼，眼神一閃而過，彷彿想從蒙歌的雙眼尋找什麼，也許是殘酷，或期待他瞇眼，像壞心的女人聞到八卦一般。「對不起，我以為你知道。」他把草連根拔起。「那時有超多輛大黑車，我以為社區所有人都知道。」他拿著一根青草滑過雙唇。「這就是他有罪惡感的原因。我媽死

---

9 杜夫・朗格（Dolph Lundgren, 1957-），知名瑞典演員，為好萊塢銀幕動作英雄的代表人物。

10 此處指的是電影《王者之劍》（*Conan the Barbarian*），這是一九八二年的美國電影，由奧立佛・史東執導，阿諾・史瓦辛格飾演主角「野蠻人」柯南。

後，他必須回去工作。他經常離家工作。他是一座石油鑽塔的管道安裝工人。薪水不錯。」

「在蘇格蘭？」

「對，但在最北邊，接近挪威了。他工作兩週，放假兩週。但通常感覺更短。他說海上起濃霧的話，石油巴吉不能起飛。」

「石油什麼？」

「直升機。他離岸好幾百公里，天候不佳不飛。太陽會讓海上的濃霧散去。他說有時因為海霧，甚至連亞伯丁都看不到。你會以為冬天比較嚴重，但並沒有。最糟的是夏天。」他現在和蒙歌四目相交。「你真的沒看到來哀悼的黑車？」

「沒有。」蒙歌說，而且他發自內心。他不知道傑米森太太過世了。「你媽媽的事我很遺憾。你家一定很安靜。」

「有時候是。」

「我家也很安靜。」蒙歌用手順了順一根青草，想用草葉吹出口哨。青草先是一陣振動，然後發出尖銳的聲響。「你知道，你想來隨時都能來玩。」

「謝啦。但不重要，我不會再待在這。我一滿十六歲，就會離開學校，離開這鬼地方。」

「對，可是你要去哪？」

「我不知道。也許去北方吧。去找個能在戶外的工作。我喜歡在戶外，去哪都比這裡好。我在這只覺得自己在為一個從不回家的老頭子，扮演開心的家庭主婦。」

蒙歌無法想像少了哈米許，且不用擔心茱茱出事的生活。他擠出笑。「不如這樣，如果你留下來，我十六歲便跟你一起走。我是說，我甚至不曾出過東區。你帶我去謝特爾斯頓，告訴我那是西班牙我都會相信。」

詹姆斯聽了不發一語。這讓蒙歌感覺很奇怪。他感到尷尬的時間一點一滴過去。他應該閉嘴，但他內心想填滿空白。「你知道，我以為我媽也死了。但她沒死。她在醫院外面煎血腸。」對一個失去母親的男孩說這種話十分愚蠢。他低頭將臉埋入草地。

社區街燈亮起時，蒙歌幫忙詹姆斯打掃剩下的鴿籠，並鎖起鴿舍，為一天畫下句點。他們走回公寓時，詹姆斯給他一根棕色的長羽毛，那是小蒙歌換下的羽毛。「這應該給你。」

蒙歌在手中轉動羽毛，羽毛外邊柔軟蓬鬆。小蒙歌仍是隻幼鴿，牠還未成熟。他原本想跟詹姆斯說，但詹姆斯先開口了。「我要去舊噴水池那跟幾個女生碰頭。你想來嗎？」

「不要。最好不要。」他不喜歡裘蒂回家時，家中空無一人。他想在她從咖啡廳下班之前點亮燈。

詹姆斯又開始大咳。他從運動服口袋拿出藍色的吸入器，深吸兩口。他羊毛帽如常戴在耳朵上方，冰冷的空氣凍著他耳尖。「也許你該回家，暖暖身子？看電視？」

「不要。我還沒準備回空蕩蕩的家。你確定不跟我來？我知道有個女生只要買核桃巧克力給她，她會讓你指交。」

蒙歌再次摸著小蒙歌柔軟的羽毛。他好奇自己會不會有朝一日覺得這一切聽起來很美好。「不用，謝了。」

「來嘛，是不是男人啊。」詹姆斯露出半張笑臉。但他已轉身，慢慢走向公園。

等蒙歌回家，所有燈已經打開，她坐在廚房摺疊桌前。她身上仍穿著厚重的風衣，用一只高腳杯喝威士忌，並用另一只高腳杯當懶人菸灰缸。她紫色睫毛膏已暈開，弄得臉上都是奇怪的藍色痕跡。他知道她剛才在哭。她一定發現了他正瞠目結舌看著她。

「別光站在那張嘴吃蚊子，」茉茉抽了抽鼻子，「來給我抱一個。」

蒙歌走向母親。她將他抱到大腿上，像《聖母憐子》雕像一樣抱著他。他現在快十六歲了，身材高大，不適合再被當小孩了，但他讓她寵溺他。他全身抱住她，臉埋進她頭髮。她頭髮全是香腸的油味和泥炭的土味，並混雜香菸和黃箭口香糖的味道，這全是他熟悉和懷念的味道。但他深聞她頭髮時，底下的氣味全是另一人的肥皂香，基底還有喬奇家的味道和陌生人浴巾的麝香。蒙歌試著忽視。

「我真的以為你死了。」

「啊哈！」她尖叫一聲，雙臂展開，像埃及木乃伊。「可惜啊。**還活著！**」

蒙歌仍笑不出來。「晚上有各種報導。有的年輕女生先是失蹤，後來發現被殺了。我很擔心你。」

「喔。真貼心。」她臉朝他靠來。臉上出現他上次見到她時還沒有的皺紋。舊妝卡在她皺紋裡，像血管一樣。「如果你是瘋狂殺人魔，你仍覺得我算年輕女生嗎？」

蒙歌搔搔臉。「一定的啊。」他知道她會喜歡這句謊話。

茉茉開心踏著小巧的雙腳。「喔。我忘記我在你身邊心情有多好。」她親吻他臉頰。怪的是她吻他時張著嘴。他感覺得到她溼溼的舌尖。她已經醉了。「要是我能找到跟你一樣好的男人多好。我真不懂我為何沒把你養壞。像另外兩個就壞掉了。」

「裘蒂還好啦。」蒙歌說：「她未來會當醫生或太空人。我覺得你應該為她感到驕傲。」

茉茉發出不悅的哼聲，心懷不軌地露出笑容。「不重要。誰會喜歡不好玩的女人？」她又在酒杯嘩啦啦倒了威士忌。蒙歌不知道今晚稻草人會不會出現，那時她會兩眼無神，變得像怪物一般。他仔細觀察她，她看起來自得其樂。也許一切不會有事。「你整天和**她**關在一起受得了？她一點都不好玩。我敢說我生下她時，那討厭鬼手裡就拿著待辦清單。」

「我們在一起都玩得很開心。」

「那是我討厭她的另一個原因。她大到能抱你之後，便在社區忙東忙西，好像你是她的孩子。」

「蒙歌，你不能開這麼多燈⋯⋯」他們沒聽到鑰匙開鎖的聲響。裘蒂站到他們面前，手裡拿著溼透的披薩盒。「老天啊，**你**在這裡幹嘛？」

「你跟母親打招呼的方法真特別。」

裘蒂將披薩盒放到桌上。她粗魯地抓住蒙歌手臂，將他從茉茉大腿拉下。她讓他坐到椅子上，指向冷冷的披薩盒。「來，吃。」蒙歌照吩咐做了。裘蒂伸出食指，浸到茉茉優雅的玻璃杯。她吸手指時眉頭皺起。

茉茉雙眼茫然，眼白全是血絲，彷彿她待在游泳池太久。她下巴以詭異的角度張開，雙眼瞪著在蒙歌旁的裘蒂。男孩撕開爛成一團的披薩，拿給母親。她伸手要接，但裘蒂拉住蒙歌手腕。「你吃飽之後，**如果**有剩，才能給她吃，你吃飽之前不行。」

裘蒂開始收拾髒碗盤。「所以我們何其榮幸讓你大駕光臨？哼哈。」

「我只是覺得我要來看我的孩子。」茉茉在廚椅上坐挺，想在自家中維持點尊嚴。「這有錯——」

「別浪費唇舌，茉琳。」她語氣冰冷，但不過分。蒙歌抬頭望向她。裘蒂一臉疲倦。「喬奇怎麼了？」

「沒事。喬奇沒事。不是什麼重要的事。我只是想來看我的兒子。我唯一的真愛。」她手伸過桌面，和蒙歌十指交扣。他們深情望著彼此，像一對愛人。

「太好了。所以這只是來拜訪一趟？很高興我們能排入你的行程。」裘蒂頭髮向後綁，露出整張臉，馬尾粗得像鋼纜一樣。她頭髮和表情一樣繃緊。她翻了翻廚房抽屜，拿出一疊紙，重重放到茉茉面前。上頭充滿憤怒的紅字，彷彿一字一句都朝他們吼叫。「他們威脅要切斷電力、瓦斯和電話。房屋協會的人已寫了三次信，說家裡似乎沒有成年人。如果你不出現，他們會通報社會局，你的寶貝兒子會進安置所。」

茉茉大吼。「不知道是哪個王八蛋告密。」她將紅字信件扔到地上。「他媽的這鳥公寓！光走在街上，每個多嘴的傢伙都會知道你的私事。」

「你週一早上要趕快去和市政府說。」

「好，我找時間去。」

「不，你週一早上一定要去。」

茉茉一手遮住嘴，彎身向蒙歌說話，彷彿裘蒂不在場一樣。「**看吧，我就說她他媽一點都不好玩。**」

裘蒂閉上雙眼。蒙歌看她雙手垂在身側。茉茉將菸灰從另一只紅酒杯倒出。她倒了杯威士忌，接著加入汽水。她推向裘蒂。「來，親愛的，也許這能幫你放鬆一點。」

裘蒂雙眼瞬間張開。蒙歌之前都沒注意，但現在他在她臉上看到哈米許的狠勁。她雙眼會褪色成黑灰色，如亞爾郡的燧石一般，她會緊咬下巴，和哈米許要狠狠揍人時一模一樣。她將玻璃杯掃下桌，杯子飛向對面牆上。濃濃的橘色汽水潑濺在白色的檯面。

「你這無恥的賤貨。」茉茉不喜歡看到好好一杯酒被浪費。「你沒資格教訓我，小姐。」

「你幹嘛回來？」

「**你幹嘛回來，你幹嘛回來**。」茉茉學她說話，用酸溜溜抱怨的口氣。「好啊，你想知道我就說吧，都是你的錯。我跟喬奇本來一切順利，結果你們倆居然出現在小吃攤。」

「我們的錯？」

「對。」茉茉仰起鼻子，身體背對他們，彷彿她剛才說出致命的侮辱。「我見到你們覺得很難過。有點罪惡感。結果我一跟喬奇說我有孩子，他便甩了我。他說這樣太麻煩了。他說他不想要成家。」

裘蒂重心全放到一腳。她瞇起雙眼，彷彿聞到腐臭味。沉默半晌後，她開口了，「我四處打聽了，發現喬奇．敦巴自己有四個小孩。三個女兒和一個兒子，全都還在上學。哼哈。」

「我又沒說他**沒小孩**。」

「你和一個陌生人住一起，和他小孩玩扮家家酒。你有替他們煮飯嗎？」

「不是這樣。我在那不是為了他們。」

「你有替他們燙學校制服？替他們做三明治當午餐嗎？」

「不是每天都有。」

「等一下，什麼？」蒙歌目光來回望著兩個女人。「媽……」她討厭他這麼叫她，「你替另一個男孩燙衣服？」

「沒有，蒙歌。」茱茱手越過桌子，但他收回了手。裘蒂一手放到他後頸，他全身發燙。

「我知道你來這裡不是因為我們。」裘蒂說：「我知道你跟單親爸爸和他可愛的小孩演戲。我敢用蒙歌性命擔保，你來這裡是因為他受夠你喝太多酒。我敢說他受夠你去特隆門街，害他顏面掃地。」

「你不曾愛過我。」

「我愛過。」裘蒂真心點點頭。她抓住蒙歌手臂，帶他走出廚房。「你可以待到和政府交代清楚為止，接下來你必須離開。我每週五會去小吃攤，拿付帳單的錢。你只需要付錢到蒙歌十六歲生日。之後你能隨心所欲摧殘自己，想辦法早點一了百了。」

裘蒂希望弟弟會哭。哭泣太奢侈，她不曾享受過。對她來說一切都不同，她沒有能哭訴的對象，無論是茱茱或哈米許都無法給予任何安慰。但蒙歌有她。他們蹲在公共垃圾棚後面時，她希望他能哭。她只要想到哈米許，便能看到長期壓抑悲痛所累積的憤怒。她見過太多鬱鬱寡歡的男人。「你知道她是騙子，對吧？」

其他時候，蒙歌會為母親辯護。那是他在這場家庭悲劇中的角色，在茱茱身上找到她最後良善的一面，並永遠提醒家人。他知道自己的台詞，但他無力背誦。

「你知道她一接到喬奇電話，馬上會離開。」

蒙歌彷彿被雷劈到，他嘴巴張開，再也無力反駁。「她真的有照顧喬奇的小孩嗎？」

「有，」裘蒂說：「我發現你嘴又在狂咬了。我說不出口。」

只要還能忍受，他們便一直待在垃圾堆的陰影旁。垃圾堆臭氣四溢，但他們等愈久，茱茱愈可能昏睡。他們背風擁抱在一起，坎貝爾太太拿魚下來餵公寓野貓時，被他們嚇了一跳。蒙歌當時正在告訴裘蒂鴿子男孩的事，結果坎貝爾太太把蒙歌和裘蒂趕上樓睡覺。她在樓梯間一路責罵他們，但蒙歌看得出她嘴角的憐憫。「你們這樣嚇個老女人，真是兩個臭小鬼。」她在兩人手中各塞一塊亮橘色的乳酪。乳酪是從圍裙口袋拿出來的，彷彿把乳酪放在那非常正常。乳酪邊緣很乾，但她逼他們在離開前吃完。「你們倆看起來都快得佝僂病了。」

「謝謝你，坎貝爾太太。」裘蒂說。

坎貝爾太太牽起裘蒂的手。她梳了梳裘蒂臉上鬆落的頭髮。「聽著，親愛的，如果今晚你們有任何原因不能睡在樓上，下樓來找我，好嗎？我可以鋪張小床，讓你們倆睡覺，我不會多問。」坎貝爾太太頓了頓，但她不肯放開她的手。「我不能干涉另一個女人的事，你們了解，對吧？但你們只管開口，好嗎？」

蒙歌走向前，給女人一個擁抱。但她將他轉一圈，像跳華爾滋一般。「少給我來這套。噢，你這膽小鬼，蒙歌．漢米爾頓。有夠浪漫的傢伙。」她將孩子趕走。「走吧，你們。快走，別讓我丈夫吃醋。」

漢米爾頓家一片寂靜。茉茉在她房間，呼吸粗重。他們靜靜關上門。裘蒂手指放到嘴唇，但蒙歌早已心裡有數。他們玩這遊戲很久了。不要發出聲音，別驚醒稻草人。

他們第一次遇到稻草人時，蒙歌才七歲，而裘蒂八歲半。裘蒂看得出來，弟弟無法理解另一個媽媽，茉茉遇到低潮時，便會變成滿腔怒火、四處破壞的酒鬼。那是晚餐時間，他們在看卡通《鬼火故事》[11]，但茱茉在他們放學回家前便開始喝酒。哈米許問有沒有東西吃，她放聲大笑，只告訴他電子爐怎麼用。哈米許一氣之下，將她手中的威士忌瓶奪過來，像倒冷茶一樣倒到水槽。

她痛揍他一頓之後，內心一陣驚慌。她該去哪找更多酒？她打電話給住隔壁的男人。他來家裡，他們拿一瓶烈性葡萄酒到她房間共度一段時光。哈米許趴在地上，他後腿全是紅痕。他們擠在電視機前，吃著裘蒂做的鹹麥片。男人終於離開時，茱茉衣不蔽體，完全醉了。她已越過好玩的那條線，現在她滿腔怒火，心情糟糕，深覺自己被騙了。

「你知道我剛才被逼著做了什麼嗎？」她責怪哈米許。他們知道，但他們還沒學會確切的文字。他們只能鬥雞眼死盯著電視，忽略男人的哼聲。孩子坐得近到能聞到螢幕的靜電味。「哼，那是**你**的錯，就是這樣。」她指著大兒子，朝他非難。孩子全靠在一起，像三隻嚇壞的貂鼠。那天裘蒂發明了「稻草人」一詞。

茱茉終於倒下時，裘蒂在哈米許紅腫的後腿塗上卡拉明藥，蒙歌則看著無聲的電視，轉過一個個頻道。電視播了一部狼人電影。那是一部喜劇片，內容是關於美國青少年處理他另一個可怕的自我。三個孩子張大嘴，坐在原地，頭無力撐在柔軟的脖子上，這時裘蒂靜靜說：「啊。那就像茱茉。她不是一直都是同一個自己。看。」

蒙歌和裘蒂吞下最後一口坎貝爾太太給的乳酪。他們站在黑暗的走廊，聽著茱茉不平穩的呼吸，努力解讀她傳遞的訊息。她睡著了。**很好**。裘蒂抱了抱弟弟，和他道晚安。他們分別走進各自的房間，連一點聲音都沒發出，但不知何故，茱茉仍被驚動了。黑暗中，她的聲音粗啞溼黏。「蒙歌？蒙歌？親愛的，是你嗎？」

蒙歌望向姊姊。她臉上一片慘白，拚命要他別答腔。茉茉在床上翻動。笨重的雙腳落到地毯上，蒙歌知道他必須怎麼做，才能讓她平靜，並確保她安全。「對，茉茉。是我。怎麼了？」

她醉成如此，必須更久才想得清楚。孩子站在黑暗中，等待她回答。「來，」可憐的聲音說：「來這裡，和茉茉睡覺。」

你年紀不小了，裘蒂用唇語說。

「我知道。」但他無法向裘蒂承認他多想去，他多想陪著母親，並再次感到安心。

「蒙歌，你不能和她一起睡。」裘蒂低聲說。

「蒙歌、蒙歌。來，蒙歌，今晚睡這裡。」茉茉呻吟。

茉茉含糊呢喃著。他可以靜待其變，分毫不動，最後她大概會沉沉睡去。但他要如何告訴裘蒂，這對他和她都很重要？「我應該去陪她。我可以注意她狀況。確保她晚上不會亂晃。」

裘蒂不發一語。她別開身子，一臉噁心，重重關上房門。他聽到小門閂扣上。哈米許有次踹開她門，那時裘蒂剛開始有月經，為了報復，她把他所有褲子口袋全剪了。好長一段時間，哈米許都必須用雙手拿所有東西，像伯利恆的乞丐。

蒙歌替茉茉倒了一大杯有金屬味的自來水，溜進溫暖的房間。「屁股抬起來。」他命令道，她在床上擺出螃蟹的姿勢，全身顫抖，好像隨時會崩垮。蒙歌從她肚子抓住褲襪鬆緊帶，幫她脫下。她舒服地吐口氣，躺在床上，拍拍她旁邊的位置。蒙歌脫下自己的衣服，只留一條平口內褲，爬到她身

---

11 《鬼火故事》（*Willo the Wisp*）是一九八一年出品的英國卡通，在晚間新聞前播出，老少咸宜，並受大家歡迎。

旁。她拉上羽絨被，身體靠向他，他用身體裹住她嬌小的背。她在他懷中像個孩子，一個喝醉、口臭、渾身尼古丁味的孩子。蒙歌溫暖的大腿上側靠著她冰冷的雙腿下側。他用腳輕輕按摩她的小腳，直到它們不再像冰塊一樣。

「我睡不著。」她含糊說。

「你想聽故事嗎？我可以跟你說有個女生贏了足球大家樂，這輩子都不需再工作的故事。你喜歡這故事。」

茉茉像孩子一樣搖搖頭。「不用。唱首好聽的歌。」

「像什麼？」

「你知道幾百首好聽的歌。唱你從排行榜錄的歌。關於愛情的歌。」

蒙歌躺在她身後。他需要讓她和他待在這裡。他靜靜唱起情歌，他不確定歌詞，但他很清楚歌曲給他的感受。

6

橘色的福特卡普里跑車停在壞掉的街燈下。某個不怕麻煩的年輕人為了放心和女友熱吻，爬上燈桿把線拔了。陰影中的跑車停在擋風牆旁，牆一側吹著風，另一側則是泥濘的草地。那是一輛華麗的車子。即使在昏暗中，它仍自信展現南瓜般的橘色，毫無俗氣汽車的尷尬感。那輛車外表像充滿力量的野獸，蒙歌只曾在美國進口的玩具盒上見過。

哈米許手抓住門把，平頭銼刀俐落一劃便把鎖打開，坐進車裡。蒙歌偷偷退回陰影中。哈米許發動轟轟作響的引擎時，蒙歌背已抵著煤渣磚。「上車，廢物。」哈米許只說了這幾個字。蒙歌不覺得自己能跑得比咆哮的車快。

車裡掛著一顆顆鏡面球，還有毛皮頭枕，裡頭感覺不像一般車的內裝，反倒像下流的紳士俱樂部。哈米許緩緩開過後巷，蒙歌沉入長絨毛座椅，不想讓人看到他坐在贓車中。他們來到亞歷山卓大道的紅綠燈前，哈米許打空檔，重踩油門。車子發出暴烈的吼聲，聲音響徹公寓，公車站的人都嚇一跳。

「我不喜歡。」蒙歌臉在抽動。

哈米許又讓引擎轟轟作響。迎面而來的頭燈照亮他厚重的眼鏡。「你不坐正，我就繼續，不要像個白痴一樣。」

「可是車是你偷的。」

引擎再次尖叫，車子打入檔。「所以呢？有人想阻止，就要先他媽逮到我們。」

高速中，亞歷山卓大道的燈光無比美麗。溼漉漉的街道上全是倒影，反映著明亮的炸魚店和舒適的酒吧。一棟棟公寓飛逝，蒙歌看著燈光隨家家戶戶的客廳同步變化。快樂的家庭待在溫暖的家中，全看著一樣的頻道。不久，公寓已落在後頭，右邊羅伊斯頓低矮的房子出現在山坡上。那是天主教的地盤，漢米爾頓家不能去。

再過去便是塞特丘一棟棟破碎的承諾。高聳的高樓公寓屋齡不過二十年，屋況已殘破不堪。那是蒙歌見過最高的建築。屋頂消失在濃密的雲霧中，像一條爬越無盡雨水的長梯，或像頂住烏黑積雨雲的支柱，以免烏雲崩垮落下，悶死整座城市。

福特卡普里跑車懂得飛翔。每次哈米許在紅燈停下，再次加速時，蒙歌會倒入座椅中，加速的力量大到像哈米許坐在他胸口一般。只是這股壓力感覺像自由。哈米許讓引擎巨吼，轉動方向盤，車子繞著安全島行駛。他們等紅綠燈時，蒙歌指向明亮的小吃攤。四周寧靜，茉茉在出餐口，日光燈照亮她蒼白的胸。她的孩子看母親和清潔隊員打情罵俏。哈米許搖下車窗，再次讓引擎轟然作響。引擎聲中，他大叫：「**幹你媽老酒鬼，吃我屌啦！**」

蒙歌馬上從座位滑下。他轉身想向茉茉道歉，但他們已朝特隆門街呼嘯而去。哈米許放聲大笑，蒙歌發覺自己也很開心。「別嚇到尿褲子了，她不會知道是我們。」哈米許說：「她在男人面前絕不會戴眼鏡。」

橘色野獸呼嘯過商業大街，並向右轉，經過報社，進到喬治廣場。哈米許開得像他擁有整座城市，一手放在方向盤上，另一手向窗外一臉鄙視的女生揮手。蒙歌額頭貼著冰冷的玻璃，看著上千個故事經過：穿著暴露的年輕女子下班喝酒；活潑的藝術學院學生彼此聊天，手在空中比畫；律師手中抱著牛皮紙文書袋，散發任重道遠的氣息。距離他生活圈不過三公里半，許多人都在積極生活，個個看起來比他聰明多了。

哈米許將車開上寬廣的亞吉街。這裡的人階級較低，像他們一樣。他們已靠近克萊德河，這裡的店鋪東西賣得比較便宜。建築物外表都無人清潔，無法綻放過去金色的榮光。格拉斯哥人穿過雨霧時，甚至不會向前看。他們不會抬頭望向菸草領主[12]自建的宏偉建築和柯林斯式圓柱。蒙歌感覺很嫉妒。如果他能天天走在這些街道，絕不會將城市的美麗視為理所當然。

「你還好嗎？」哈米許問：「你不是想吐吧？」

「我從沒看過這一切。別開那麼快。」

他們開了一會，穿梭在西尼羅街和蘭福魯街，然後回到霍普街。車子停在中央車站的紅綠燈，他們看年輕女子靠在一起，走向酒館和夜店。她們柔軟的手臂上方有著粉紅的雞皮疙瘩，仍有著甩不掉的嬰兒肥。哈米許停到她們旁邊，引擎發出誘人的低語。女孩朝他們笑著。

哈米許輕彈一下油表。「浪費這輛帥車感覺好可惜。你覺得我們上工前，來趟冒險怎麼樣？」他從運動服口袋拿出一罐特級啤酒給蒙歌。再拿出另一罐，和弟弟的酒罐敲在一起。蒙歌看到白沫灑在座椅上，心裡有點難過，但哈米許似乎不以為意。「敬勇敢的漢米爾頓家男人。」

香菸槽裡有一疊別人的卡帶。哈米許放了偽裝者合唱團，他嘲諷蒙歌要「停止哭泣」，並順著叮鈴噹啷的副歌舞動。哈米許看起來很快樂，車開得飛快，他啤酒罐夾在雙膝之間，一手伸出窗，摸著

---

12 菸草領主（Tobacco Lords）：為十八世紀一群蘇格蘭商人，他們透過菸草貿易致富，讓格拉斯哥成為世界貿易城市，並建造了許多知名建築。

落下的雨。蒙歌想看他難得滿足的模樣，但城市已在下方飛逝。他們開上橋，越過克萊德河，飛越蒙歌無法命名的社區。

等他們來到海邊，便難以分辨陸地和海洋的交界。哈米許將車停在最高的山丘，兩人坐在引擎蓋上。他們下方是坐落在寒冷愛爾蘭海岸上的寂寞牧場和錯落的小鎮，傍晚的燈火形成一片璀璨的星辰，哈米許手摟住蒙歌，彷彿在道歉一般。「也許我們下次白天來冒險，嗯？」

蒙歌不介意。這是他來過最寧靜的地方。「我們可以把頭燈關掉嗎？一下下就好。」

哥哥照他說的關了燈。哈米許喝完啤酒，然後替蒙歌把他的酒喝完，他們在暮色下並肩而坐。過一會他說：「我不是故意要一直對你那麼嚴厲。」

「我知道。」

「我只是有時覺得心理壓力很大。你知道，比利幫的事，雅卓安娜的事，尤其還要照顧你。」

「我沒要你照顧。」

「我想你的確沒造成什麼問題。」哈米許輕拉蒙歌耳垂。蒙歌很少聽到哥哥這樣說話。在家中，你無法展現溫柔的一面。講溫柔的話，事後讓社區的人藉此對付你，是件愚蠢的事。「我們要一起面對，蒙歌。我對你嚴厲是因為我不希望你變得軟弱或不成材。」他拉著蒙歌耳垂，然後用力扭。

蒙歌好難過，他真正的哥哥回來得太快了。「我想裘蒂不大對勁。她沒好好吃飯。」

「是嗎？」哈米許聽起來覺得很無聊。「我敢說學校沒有男生想幹她。」

「等一下，我以為我們要一起面對？像三劍客？」

「那是逗你玩的！比較像教父跟他兩個沒用的笨跟班。」哈米許將酒罐捏扁，扔過空中。「來，想看個魔術嗎？」

哈米許開過一連串彎曲的道路。他車速很快，蒙歌想到哥哥一定自己來過這裡，不禁覺得很難過。車子繞過樹籬和農場欄杆，最後車子停下，面對一座小山坡。在最後一絲淡紫色天光下，蒙歌視線依稀只能看到前方十公尺。

「好。」哈米許說：「你覺得如果在山坡上放下手煞車會發生什麼事？」

「那好蠢。」蒙歌說：「你會向後滑。」

「沒錯。」

哈米許放下手煞車，蒙歌準備好，等車像要遠離頭燈的光線，向後滑下山坡。結果車子好一會不動，然後以非常緩慢的速度，確實向山坡開去。蒙歌感到哈米許炙熱的笑容。「超不可思議的吧？」

真的很奇怪。車子自己爬上山坡了。

「這是詛咒之類的。放在這山坡上的東西不會向下，都會向上。這裡有電流。很嚇人，對吧？」

哈米許打入檔，繼續開上山坡，但蒙歌好想再做幾次。

他們停在陰鬱海邊的一座小港口。哈米許買了一袋炸魚。蒙歌不小心把炸魚全浸到麥芽醋裡時，他沒多說話，只說：「現在別急著吃。我知道我們該去哪。」

等他們來到一座乾燥的石長牆，溼軟的炸魚仍十分溫熱。哈米許將車停到路邊，他們爬過那道高牆。四周一片漆黑。細長的蕨類植物不時刮過雙腿，讓他們又驚又嚇，笑著跳起。遠方大概一公里半的地方，有著淡淡的人造燈光。

他們終於來到明亮的城堡時，蒙歌好奇地問面前建築為何，因為他不曾見過這樣的地方。他見過中央車站旅館和烏黑砂岩所建的格拉斯哥大教堂，但那些地方是為大眾和旅客所打造。這棟建築全屬於一人。建築華麗宏偉，規模介於一棟堅固的城堡和巨大莊嚴的豪宅之間。主建築背對洶湧的海洋，庭園和起伏的圍牆繞過他向外延伸，沒入到黑暗中，彷彿無邊無際。透明的紋路玻璃窗透出微弱的搖曳火光。建築有著大面窗戶，房間無比奢華，蒙歌看得出來建築內外擁有無數美麗的事物。

「超美的，對吧？這是卡爾津城堡。」哈米許站在一棵老樹下，雙手扠腰，驕傲得像個領主。「珊米瓊想在這裡結婚。」他吹口哨。「你知道要偷多少車才付得起嗎？」

哈米許指向一座橋，橋通往一座下沉式的庭園。橋兩端都有守衛砲塔，早已荒廢多時。「那裡很適合和女生打砲。」他說得一副理所當然。「拿一瓶巴克法斯特葡萄酒，帶她們來這裡看看城堡。她們會讓你用手摸個爽。」他露出笑容，嘴裡全是黃色的炸魚薯條。

蒙歌看著哈米許掛在一根粗樹枝上玩，心想自己多喜歡哥哥愛玩的一面。哈米許此時遠離格拉斯哥，不用在意眾人的目光。新教男孩對他寄予厚望，社區其他人則對他毫無期待。在這裡，蒙歌看到了哈米許曾經的模樣，他愛惡作劇，內心勇敢，擁有各種衝動的想法。他只求第一個玩，從不害怕跌倒。這一刻，他彷彿仍未變壞。看到他再次成為孩子，蒙歌幾乎無法承受。

「哈米許？」蒙歌知道他在得寸進尺。

「幹嘛？」

「我愛你。」

蒙歌看著哥哥來回擺盪，這時一雙手揪住他領口。為什麼他們總是先抓領口？夜班警衛剛才已偷偷越過潮溼的草坪，一成不變的海浪聲掩蓋了他的腳步。他手臂緊緊扣住蒙歌下巴，讓他頭向後仰。

「逮到你了，幹你媽的小混蛋！」

哈米許還沒放開樹枝，蒙歌便動手了。他一輩子和虐待狂哥哥相處，一切化為血淋淋的教訓和直覺。蒙歌動作迅速，他先將頭向前擺，然後向後撞。他感覺那人鼻骨一軟，他知道他把骨頭撞碎了。他身子蜷曲成球，全力一推，讓男子失去平衡。夜班警衛跌到爛泥巴上。蒙歌從他手中掙脫，拔腿就跑。

男人在地上打滾，雙手緊抓著他被痛擊的臉，蒙歌跑過哈米許，想躲入安全的黑暗之中。他經過哥哥時，抓住哈米許溼滑的運動服，將他拉離警衛，循原路鑽入蕨類草叢。這裡的夜班警衛不難制服，可能他不常面對闖入城堡的格拉斯哥小混混。但他們爬過石牆時，哈米許一臉欽佩。蒙歌看得到他牙齒在月光下閃閃發光。哈米許最愛作惡的刺激感。他撥弄外露的電線，發動車子說：「天啊，蒙歌。你一副害羞小生的樣子，但我覺得你不知道自己的能耐。」

他們一路說說唱唱，回到城內。哈米許一臉笑嘻嘻，貶低天主教徒打手，為弟弟內心閃現的暴力感到驕傲。「你幹倒那老雞掰真屌。」他露齒笑著。「下個月，你一定要來幫我們對付羅伊斯頓的塞爾特小子。那群王八到時候怎麼死的都不知道。我等不及要看你把狠角色揍成芬尼亞智障。」

塞特丘後頭有一條滿是汙泥的渠道，渠道通往克萊德河的北岸。夜色之下，周圍低矮的工業建築顯得漆黑緊密。哈米許將福特卡普里跑車停在空蕩蕩的路中間。油箱還有足夠的油能把車燒了。蒙歌試著和他講道理。他們玩得夠盡興了，他們能不能將這輛車毫髮無傷停回路邊，就這一次，不要破壞他們遇到的美好事物。

「你是笨蛋嗎？我收了八十鎊要把車偷走燒了。喬．莫里森與其把車賣了，不如申請竊盜險還賺得比較多。」

哈米許點燃他塞入加油孔的破布，蹦跳遠離那輛車。車子轟然爆炸，化為一團熊熊火球。蒙歌瞬間無法呼吸，腦中所有思緒化為烏有。那畫面光彩奪目，要破壞美好的事物，竟然能如此之快，又如此完全。兩兄弟背對火焰小跑而去，他們坐到塞特丘墓園的矮牆，看著燃燒橡膠的黑煙綿延，沒入映著光的雲朵。今晚就此結束，蒙歌感到十分哀傷。他們不久會回到社區。他希望未來能找裘蒂一起到海邊吃香醋炸魚薯條。

他們看著塞特丘孩子三三兩兩靠近火團，趁消防隊澆熄一切之前，找東西扔進熊熊火焰。山坡下，工業建築被消防車閃現的藍色燈光照亮。兩名男孩看著藍光循路穿過迷宮般的街道，駛向渠道。哈米許先開口了。「在城堡時，我為你感到驕傲。」

蒙歌不覺得驕傲。他頭髮因為警衛黏稠的血凝固，感到噁心。「為那件事驕傲很令人難過。」

哈米許食指和中指夾著短菸。下方城市一半都已荒廢。蒙歌無法理解，不只是因為太年輕，也是因為這十五年來，他只在附近的六條公寓街道生活。哈米許緊握左拳，試著壓下自己的脾氣。蒙歌不懂更多，不是他的錯。「這裡沒有工作了。你一定要他媽的強悍起來。像你老待在學校，到底有什麼意義？」

「對，但你甚至試都不試。」他太快回嘴了。蒙歌做好準備。

哈米許將菸彈開，香菸迴旋落入夜色之中。他彎起身，像收到一半的摺疊刀，踏上回家的漫長路。

蒙歌跟在他身後，像隻被踢的狗，跟在主人的腳後跟。

哈米許嘲笑道：「學個一技之長，那是學校教我的事。我告訴他們我想去讀大學，學會所有關於工程的知識，他們說：『你知道，那不適合像**你**這樣的孩子。』」哈米許模仿標準西區口音，從他提高音調的方式，蒙歌知道他在模仿高中過勞的女校長紐曼。「難過的是，我懂那酸溜溜臭婊子的意思，但我仍問她：『**為什麼？**』她肥胖的下巴搖晃，吸口氣說：『你不是唸大學的料。』」

蒙歌聽過哈米許對裘蒂說過同樣的話，他現在知道痛苦的源頭了。「你相信她？」

「一開始不相信。紐曼告訴我，如果我這麼喜歡建設，就去加文申請當造船學徒。她一天下午叫我去海邊，替我付了公車錢什麼的。我穿著最乾淨的制服，晃到港口，有一群男人往反方向走。他們剛才得知自己被解雇了。他們的午餐盒仍是滿的。」哈米許步伐停下，俯瞰下方建築低矮的城市。「大人全哭喪著臉，而這裡有個傻瓜，打著制服領帶，要來當學徒。三百五十個男人被趕回街頭，而我還在要求公車津貼。真丟臉到家了。」

「真難過。」

哈米許原地轉身，一指戳著弟弟的胸口。他們剛才越過格拉斯哥的邊境，而之前留在城裡、憤世嫉俗的他，一直等著他回來。「我不需要你同情我。」

蒙歌的側臉又開始抽動。他的臉平靜一整夜，甚至他撞傷夜班警衛時都沒動靜。

哈米許盯著他臉上熟悉的抽搐，嘆口氣。「你恨我嗎，蒙歌？」

「不會！」他脫口而出，發自真心。蒙歌咬著內側的嘴唇，補了一句，「但我不想跟你一樣。」

他以為哈米許會揍他。但哈米許只轉身背對他大笑。蒙歌退開半步，以免他突然來個右勾拳。

「很好笑。我看到茉茉也想著同樣的事，結果看看我。我十五歲就覺得自己老了，十八歲就當爸。」

「這是你恨她的原因嗎？」

「我不恨她。」哈米許大笑，但笑聲充滿酸楚。「好，也許我恨她吧。但我們不都多少怪罪她嗎？」

「我不怪罪她。我只想愛她。」

「你還年輕，白痴。時間會證明一切。」

說完之後，哈米許轉身，用盡全力奔跑。蒙歌心知自己必須跟上他。羅伊斯頓不是漢米爾頓家的人能悠哉散步的地方，哈米許甚至連這裡都毀了。低矮的公宅上，有人用噴漆噴了巨大綠色的三葉草。兄弟倆沒停下欣賞。他們是兩個闖入天主教徒地盤的孩子，沿著閃爍的街道向前奔跑。

7

茉茉一整個早上都在努力重新當個裘蒂心目中的好人。她來來回回，一下燙著同樣四塊毛巾，一下哀怨地盯著電話，但每次裘蒂靠近，她便重新掛起微笑，掩飾她被拋棄的恥辱。為了證明她改頭換面，她一整個下午都在燉肉，丟入切丁的牛肉和香腸肉。廚房全是蒸氣。空氣瀰漫著牛高湯和焦洋蔥味。

蒙歌躺在走廊地毯，雙腿靠在牆上。他珍惜著茉茉在家的時光，聽她拿唯一一把好廚刀切菜，用湯勺攪拌湯汁。裘蒂不時會越過他，走到廁所。她翻著白眼，好像在乞求他長大。「叛徒！」她聲音沙啞。「自重一點行不行。」最後她不再瞪他，開始用腳踢他側邊。「對不起喔、真不好意思。」她每次經過都假裝意外踢到他。但蒙歌是隻忠心的狗。他不肯移動。

他最後起身，跟著她走到房子各處。裘蒂在染她的長髮，他無聲飄進她房間，慢慢貼近她。他坐到她附近，悄悄移動到她身旁，最後舉起左手，接下她的髮夾。他無聲懇求著她來吃晚餐，看來在她答應以前，他都會纏著她。

他姊姊總算加入他們，坐到摺疊桌旁。她側身坐在椅子上，好像隨時會起身離開。蒙歌如坐針氈。茉茉從鍋中舀起一碗碗馬鈴薯，馬鈴薯又大又白，像雪球一般，裡頭還有脆口的香腸肉。有長的那種，也有充滿嚼勁的方形那種。最後她淋上香氣四溢的肉湯。

他母親上完班已洗好臉，但她微笑時，蒙歌仍看得到卡在皺紋中的媚紫睫毛膏。他們拿麵包蘸著肉汁，她隨意閒聊，並向他們介紹小吃攤的常客。夜行性的覓食者一輩子都在黑暗中四處為生。她說，他們像飛蛾一樣朝她撲來，恬不知恥地述說著各種白天無法傾訴的私事。「總之，胖艾拉告訴我，她上一個雇用的女生賣的不只是香腸和炒蛋。那淫蕩的婆娘寫了一張祕密價格表，打手槍買十送一。」茉茉說到一半不禁笑了，一時間以心碎的女人來說，她看起來算快樂。「頭三週，所有長途貨車司機都在問我**特餐**是什麼。我一直告訴他們是咖哩醬炸魚薯條，他們一直看著我，好像我是白痴一樣。『不是，』他們會說：『我是說**特別的**那個特餐。』」

裘蒂雙臂交叉在胸前。「也許你應該試試看。」

「什麼？我才不要為了幾個錢碰男人的老二。」

裘蒂目光望向蒙歌。他們倆心知肚明，茉茉曾為更少錢，幹些更糟的事。他雙腳在桌下找她的腳，想趁她破壞這餐之前踢她。她嘴角已彎起，嘴中全是譏諷。「也許你應該論斤計兩來賣，價格比較好。」

茉茉放下叉子，心虛地摸著身上的肥肉。

兩女人眼中充滿怒火，但並未瞪著彼此。蒙歌內心焦急，想填補這段空白。裘蒂只吃幾口燉肉，此時動作已停下。「你不餓嗎？」他拿麵包蘸著盤子問。

她面色鐵青。「我沒什麼胃口。」

他稍微轉動她盤子，彷彿這能幫上忙一樣。「再吃幾口。」

茉茉再次拿起叉子，食不知味吃著。「別管她，蒙歌，如果她不想吃，那她就不想。」她轉向裘蒂。「總之，你現在是個女人了，跳過一、兩餐沒什麼壞處。你不能吃得像十二歲的男生一樣。你知道大家說的那個基因？」

「寫出來。」裘蒂馬上說。

「寫什麼？」

「『基因』這兩個字。」

茉茉將裘蒂的盤子從桌上搶來。她將剩下的燉肉全倒回鍋裡。

電話響起。茉茉將鬆落的鬈髮抓起，用長鯊魚夾夾好。她講電話時從不站著講。她認為每通電話都是坐下抽菸的機會，並會好好聊上一段。她最喜歡別人打錯電話。

蒙歌等母親離開廚房。他雙手攤在桌上。「拜託！你幹嘛每次都要找麻煩？」

裘蒂沒答腔。她頭靠在蒙歌手上。她焦糖色的髮絲閃爍光澤，散發香氣。他能感覺到她太陽穴的陣陣脈搏。她全身發燙。他們聽茉茉接起電話。她總會向對方重述號碼，這般殷勤總會激怒裘蒂。

「喂，漢米爾頓家。**五五四，六一**——」她說著一口漂亮的英文。「啊，老天！喔，原來是**你**？你打來幹嘛？」

孩子聽茉茉和喬奇吵架。他們沒吵多久。茉茉意志薄弱，剛開始冷若冰霜，但那份倔強快速融化。她不久便像青少女抱著電話撒嬌。裘蒂坐直身子，嘆了口氣。蒙歌幫忙刮掉她指甲上的舊指甲油，並重新用茉茉的指甲油一根根塗好。指甲油是霧粉紅色，像嬰兒的耳垂一樣。

茉茉回到廚房時滿臉潮紅。「週末甚至都還沒過。」她握了握裘蒂的手，兩人見了好驚訝。「你覺得他愛我嗎？」

在裘蒂反應之前，蒙歌便知道姊姊會潑她冷水。裘蒂讓她母親幻想一會，接著抽回手。「你當然不是又要離開了吧？」

「幹嘛不要？我不該快樂嗎？」

裘蒂頭朝蒙歌一擺。她不再多說。

短暫一瞬間，茉茉感覺不知道自己身在何方。後來她回過神來，將蒙歌抱入懷中。蒙歌深吸口氣，不確定自己何時才能再次接近她。他感覺她重量放到右腿，彷彿想站穩，接著她語氣變了，之前所有興奮都蕩然無存。她語氣平淡，彷彿有人將她這顆氣球洩了氣。「不、不，你說得對，裘蒂。我應該待在這裡。」

裘蒂雙眼睜得像茶碟一般大。蒙歌知道自己該說些什麼，讓茉茉回到喬奇身邊，但他沒開口。他雙手抱住母親，不發一語。

茉茉朝電視的遊戲節目說話。她數自己剩下的零錢時，蒙歌將風雨衣從頭上套下。他晃到她身旁，不著痕跡地確認她喝的只是自來水。然後跟她說，他幾小時後回來。

由於母親突然回家，他上次見到詹姆斯已是好幾天前。蒙歌仍覺得很內疚，因為他提到茉茉起死回生的事，但詹姆斯的媽媽卻已過世——真正、無法挽回的過世。

詹姆斯不在鴿舍，但新的鴿屎和木屑代表他稍早有來。蒙歌緩緩走過社區。那是個陰冷潮溼的週日夜晚，正適合好好洗個澡，熨燙工作制服，公寓瀰漫著一股昏昏欲睡的抑鬱。他知道詹姆斯公寓後頭正對自家，但他不知道確切的門牌號碼。他遊蕩在空無一人的街上，裝作若無其事，並查看門鈴尋找傑米森的名字。蒙歌快放棄時，在最後一間樓梯口最上方的門鈴找到綠筆寫的「傑米森」。

「誰？」不是詹姆斯的聲音。

「你好，詹姆斯在嗎？他可以出來玩嗎？」蒙歌好尷尬。他不擅長這種事。

但門彷彿冷笑一聲打開了，他鬆口氣，慶幸自己能踏入乾燥的樓梯口。樓梯間貼著金色和棕色菱形壁磚，和肩膀同高。每層樓都有花形彩繪玻璃窗，讓石樓梯間充滿美麗破碎的光芒。這裡和蒙歌是同一個公宅社區，但他看得出來，負責此處的政府專員更認真保養樓梯間。住在這裡的家庭（稍微）過得比較好。

傑米森家在最上層，家門是雙扇門。詹姆斯靠著欄杆，打著赤腳，穿著厚厚的針織阿倫毛衣和一件尼龍足球短褲。他面無表情，一臉倦容，雙手交叉站在那，像個無聊的保鏢。他看到蒙歌爬上樓，表情變得柔和。蒙歌沒打招呼，便隨著他進門，坐到沙發另一端。

電視上播著賽馬的精采片段。詹姆斯的父親拿著一只粗織大球袋正收拾東西，嘴裡抱怨著賽馬名次。蒙歌進門時，他沒和他打招呼。他賭的馬輸了，他漫不經心打包東西，彷彿之前打包過無數次。傑米森先生像詹姆斯一樣高大，肩膀寬厚，一副很能幹的樣子。他的頭髮一樣是亞麻色，但兩邊已有銀白髮絲。他氣色健康紅潤，彷彿一月會去長泳。他目光不離電視地戴上海軍藍毛帽，蒙歌發現詹姆斯平常戴帽子是在拙劣地模仿父親。

男人終於將目光投向兒子，他眼神像北海一樣灰暗。接著傑米森先生望向蒙歌。看到他輕蔑的目光，蒙歌不自覺將左腳破洞的運動鞋藏到右腳後，但兩腳其實差不多。他不知道傑米森先生是否聽過漢米爾頓家。

詹姆斯的父親走到走廊，將一條線路從牆扯下，回到客廳時，他將電話線路纏上米色的話機，再將電話塞進球袋，連看都不看兒子。「你懂規矩。如果你要打給我，用戴利太太的電話。」詹姆斯緩緩點點頭。傑米森先生雙眼再次從上到下打量蒙歌，蒙歌莫名地想手掌朝上，伸出雙手。

「好。」他拉上球袋，並拿出捆緊的紙鈔，抽起一疊。他將錢拍在桌上。「那就三週後見。看你這次能不能剩點錢，好嗎？試著……」他想說些什麼，後來又看了蒙歌一眼，便不說了。「總之別搗亂。好好去學校上課。好嗎？」

他沒有擁抱詹姆斯道別。他只點點頭，彷彿兩人在街上擦肩而過。

男人吹著口哨走下樓梯後，蒙歌才開口。「哇。他真好相處。」但詹姆斯咬著牙，一動也不動。詹姆斯不像平常無憂無慮，蒙歌幾乎認不出他來。「你沒跟我說你爸在家。」

「他沒在家。他只是週末回來而已。」

「但我以為他假期有兩週？」

「對，沒錯。但他告訴我，他在彼得黑德認識一個女人。他想早點返北，和她相處一段時間，再回石油鑽塔。」

蒙歌不知道彼得黑德在哪。他不發一語。

「顯然卡蘿琳是海鴿鑽塔公司的空服員。」詹姆斯頓了頓。「她和女兒在培育約克夏㹴犬。她們養了十一隻。真他媽酷斃了。」

詹姆斯感覺不想再多聊。他重重按著遙控器，在同樣四個頻道快速轉換，蒙歌只好托著臉頰，別開臉。詹姆斯最後停在重播的英國喜劇。他們沉默不語看著退休老頭讓鋼琴滾下約克夏山坡。

客廳格局和蒙歌家一樣，但東西都更豪華，品質更好。地板鋪著合尺寸的羊毛大地毯。裝潢和家具都經過仔細搭配，讓沙發能配地毯，地毯能配窗簾。他家有種奢華感，彷彿一切都一次購足，並未分期購買，一磚一瓦拼湊而成。壁爐上放著相框，有一張是一家四口去相館拍的照，另一張照片有著詹姆斯和一個年紀較大的美麗女孩。

「我不知道你有姊姊。」

他循著蒙歌的目光望去。「潔芮丁。她嫁給威士忌經銷商。」

「酷。」

詹姆斯哼一聲。「大家叫他傑若。但他本名叫**傑利・貝利**。對，就是大麻的別稱，你相信嗎？他們倆根本是笑話。她以為自己很了不起，因為她住大房子，家裡有衛星電視。但我知道她華而不實。大麻太太喜歡週二和週四下班來，拿冷凍食物給我吃。」

「也許她想確定你有東西吃？」

「真的？我敢說她有罪惡感。」

蒙歌想到裘蒂。他自然而然想到下個問題。「你為什麼不去和她住？」

詹姆斯轉頭直盯著他雙眼。「她為何不問我？」他臉轉回電視。這是另外一個人，不是他在鴿舍認識，勤奮、熱情和清新爽朗的那個男孩。

「好了啦，不要這樣。」蒙歌用肩膀撞他。

他對裘蒂這樣時，她會撞回來，不久他們會彼此打鬧，短暫忘記原本讓兩人煩心的事。蒙歌又撞他一下。詹姆斯動也不動。蒙歌感覺很蠢，於是便靠著他身體。詹姆斯稍微移動身子時，蒙歌原本打算坐正。結果詹姆斯將壓住的手臂舉起，放到蒙歌另一邊肩膀上。蒙歌身子縮一下，以為要被打、被彈或被勒。但他提防到一半，卻漸漸發覺他沒有要傷害他。詹姆斯沒有推開他，反而替他騰出空間。

蒙歌靠向他，填滿詹姆斯身側。詹姆斯的胸口如浪起伏，蒙歌隨之晃動。他隨他肋骨上下，聽著他的呼吸，內心感到安穩。詹姆斯手臂很沉重，但蒙歌喜歡他的重量。在他手臂下，他感覺很安全。詹姆斯的羊毛衣搔著他的後頸，他聞到他腋窩的麝香、殘留在身上的肥皂香氣和皮膚淋雨後的鹹味。詹姆斯的手指在空中彈動，跟隨著他心不在焉的思緒。蒙歌閉上雙眼，手指輕敲著他胸膛。

詹姆斯看著電視中的笨拙老頭，偶爾笑出聲時，全身會跟著震動。蒙歌不發一語。他無法專心看電視，只會陪著詹姆斯笑，一直慢他半拍。他們維持這姿勢坐了許久。一切感覺莫名地不對。蒙歌擔心這一刻會結束。

「很多錢，對吧？」蒙歌一開始沒聽清楚，於是詹姆斯又說一次。「那筆錢，很大一疊。」

傑米森先生在桌上留下大約兩百英鎊。蒙歌一直努力避開目光。

「他薪水不少，那是他唯一離開的原因。他們會付加班費和安全津貼。他在大海上沒地方花。」

「那是為了讓你養活自己嗎？」

「他不曾過問我花在哪。」

詹姆斯抬起手臂站起。那感覺像二月早晨，厚重的被子被人拉走一般。

層板櫃上有一些水晶裝飾和數層的精裝書。書本散發高貴的氣質，像學者的書房一樣高雅。詹姆斯拿一本下來，打開給蒙歌看。那根本不是書，而是酒紅色的錄影帶盒。上頭沒一本是真書。

這本假書中裝著一疊新鈔。「大約兩千零四十九鎊。我不會把他給我的錢全花光。我存下大半的錢，等我準備好，便有足夠的錢離開。」他將新拿到的錢摺起，放到裡面，並像丟空香菸盒，隨手把假書扔到桌上。他坐到另一頭，離蒙歌很遠，並將扁平的腳蜷在身下。他繼續盯著電視。

「『宗教排外者』柯南呢？」

詹姆斯大笑，蒙歌看到快樂的大牙縫，心裡再次高興起來。「結果牠真正的名字叫『古蘇格蘭太陽』。牠很有名，但牠不肯好好住下，於是我帶牠去嘉森洛克找買主。那人付我四十鎊，說『矮子』佛萊尼根逮到我，一定會捅我一刀。」

「但你沒有用偷的。那不是關鍵嗎？」

「對，但有的白痴不接受。你在場。我是正正當當抓到牠的。佛萊尼根我管他去死。咕咕、咕咕。」

「我很難過你賣掉牠。」

詹姆斯伸直一腳踹蒙歌。「一定要賣掉。如果不賣，鴿子可能會想回家，並把你的獎鴿帶走。」他將腳放到一旁。「你一定要讓牠們移動。讓牠們搞不清楚方向。這行就是這樣。」

蒙歌剛才靠著詹姆斯，如今感覺好空虛。他原以為詹姆斯可能想要人陪，也許他獨自在家很寂寞，但可能想要人陪的是蒙歌。

「你餓了嗎？」詹姆斯問。

他不餓，燉肉在他肚裡重得像鉛塊一樣。但他仍跟著詹姆斯來到廚房。櫥櫃裡全是色彩繽紛的紙盒。那裡像是阿拉丁的藏寶洞，裡面有各式各樣的澱粉點心。茉茉到商店不曾走到那幾條走道，她只會在肉類和蔬菜區，頂多走到罐頭湯那條。詹姆斯看著他的存糧，無聊地嘆口氣。

小巧的晚餐桌上方，有一系列十字架掛在牆上。小十字架是用不同品種的棕櫚葉綁成。上面有一個個小孩的名字，字跡一樣，但用不同顏色的筆。他母親一定是留下了每年棕枝主日[13]的十字架。

「幹！」

「幹嘛？」詹姆斯把兩塊巧克力餅乾疊起來吃。

「沒事。」

他之所以不認得詹姆斯，是因為他們上不同學校。他不是公立學校裡超收學生中的另一張陌生面孔。詹姆斯是天主教徒，笑容滿面地倒了兩碗零食，並撒上巧克力脆片。蒙歌接過碗，目光避開十字架。牛奶從他下巴滴落，他下定決心，絕不會跟哈米許提起這名芬尼亞男孩。

他們晚上坐在電暖爐旁，觀賞電視上的皇家大匯演[14]。他們躺在藍色的地毯上，不斷朝嘴裡塞著奶油酥餅。英格蘭喜劇演員出了名不好笑。而英格蘭喜劇演員在王后面前表演，不只不好笑，還莫名地油腔滑調，阿諛奉承。除此之外，現在台上的表演者一副娘腔娘調，讓兩名男孩都不大舒服。那畫面令人厭惡，大家對他大加嘲笑，笑得愈大聲，他身子擺動愈快，說話愈含糊。

「你離開這裡的話，」蒙歌問：「要去哪？」

詹姆斯目光從喜劇演員身上移開。他垂頭望著地上。「我跟你說過了。除了這裡，哪裡都好。我想生活在一個大家不會一直離開的地方。我不在乎一個人。我在乎的是大家他媽一次次離開。」詹姆斯看著他。「我走了，你可以嗎？」

他聳聳肩。「你想怎樣都好。」

詹姆斯躺到蒙歌和電視之間。他在電視閃動的光芒中打量蒙歌的臉。「你很不會說謊，蒙歌・漢米爾頓。」他伸出手，想以粗手指碰觸蒙歌，去摸他抽搐的臉頰。

蒙歌撥開他的手。「他媽為什麼每個人都想碰我臉？」

詹姆斯用手肘撐起身子。

蒙歌瞇起眼，像在進行視力檢查一樣。他開始大笑。

詹姆斯回頭望向明亮的電視，又轉回來看著蒙歌。「你在笑誰？」

「我從你的大耳朵可以看到不同顏色的光。你耳朵在發亮。」

詹姆斯把耳朵按平。

蒙歌用腳撥開他雙手，大耳朵再次彈回。「你像小飛象一樣。」

詹姆斯撲來，用力抓住蒙歌腳踝，扭到一邊。蒙歌膝蓋卡一聲，他全身扭動，減輕腳的痛楚。

「再說一次，」他大吼：「你他媽敢再說一次。」

「小飛——」

但他還沒講完，詹姆斯已壓到他身上。他膝蓋頂在蒙歌身側，左手將他臉壓在地上。厚地毯磨著他滑嫩的臉頰。詹姆斯將他手臂扭在背後。「我聽不到？大聲點啊。」

平時，哈米許輕而易舉便能制服蒙歌。蒙歌已學會迅速放棄抵抗，因為抵抗只會延長攻擊。他學會蜷曲成一團。手肘收到雙膝之間，臉埋進前臂裡。這樣能讓哈米許感到沒勁。揍一團毫無反應的肉塊一點都不好玩。

---

13 棕枝主日，這是主復活日前的主日，象徵聖週的開始。主耶穌基督在這天騎驢進入耶路撒冷，民眾手持棕櫚樹枝歡迎。

14 英國王室受命音樂家或演員所執行的演出節目。

「投降。」詹姆斯命令他。

「啊呀！才不要。」

詹姆斯又扭他手臂。「投降。」

「好啦。」

他放開他，蒙歌急忙逃走，背對他坐著，抱著他痠痛的手腕。詹姆斯下手太重了，他突然驚覺自己和哈米許一樣。一想到此，他勝利的笑容消失，趕緊伸出手想道歉。但蒙歌轉頭時，他在劉海下狠狠瞪著詹姆斯，嘴角一咧，笑著說：「小飛象、小飛象。小、飛、象。你這大耳朵王八蛋。你耳朵拍一拍會飛起來嗎？」

詹姆斯再怎麼暴力，蒙歌都能忍受。詹姆斯以後會知道。

他們打鬧一陣，直到街燈閃爍亮起。蒙歌盡可能待晚一點。他拉起T恤，撫摸鼓起的肚子，因為吃太多奶油酥餅感到反胃。「我必須回去了。茉茉會擔心。」這是電視上美國人會說的話。他喜歡這句話聽起來的感覺，但他知道她不在乎。

詹姆斯表情緊繃。他張開嘴想說話，但蒙歌見他欲言又止，彷彿改變了主意。「咕咕、咕咕、咕咕。」最後他搖頭晃腦，發出鴿子叫回答。

「我明天放學會去鴿舍。」蒙歌盡量故作隨意，並假裝翻了翻風雨衣口袋。「你是上天主教學校，對吧？」

「對。」詹姆斯說：「我跟你說過，你家哈哈以前會追殺我。」

蒙歌抬起頭。他之前誤會了。「我以為你說的是大方向，像不經意的那種。」

詹姆斯坐起，雙膝靠到胸前。「不是。每天四點我都必須全力奔跑，逃離他和比利幫的追殺。以一個四眼田雞矮冬瓜來說，哈哈真他媽的跑超快。」

「對，他才華都浪費了。」

詹姆斯望著他的大腳趾，感覺想再說些什麼，但好幾次都垂下頭，頭髮落到他眼前。最後他對著桌上的流蘇燈開口。「我可以求你一件事嗎，蒙歌？我不是在開玩笑。但你願意再留下來一會嗎？如果你想的話，也許留下來過夜？」蒙歌看得出他在掙扎。「我有耶誕節餅乾禮盒，可以讓你先選。」

「不行。我媽。」蒙歌大拇指朝肩膀後方比。

「好嘛。拜託。」

蒙歌吐口氣。他知道心情沉重時的感受。

兩人下樓去借戴利太太的電話。女人似乎早在等他們，並讓他們獨自待在她乾淨的走廊。電話響了兩聲，裘蒂才接起。她聽起來和平時一樣，在咖啡廳上完一大段班已筋疲力盡。蒙歌告訴她他在哪，並說自己要住哪，還說他早上會去換制服。

「等一下，你**真的**有好朋友？」她聽起來既驚訝又鬆口氣。

「可以嗎？」

「可以。」

「那我可以住下來嗎？」

「好。如果我需要你，我會從後面垃圾堆朝你招手。注意我的狼煙。」

「你會幫我跟茱茱說嗎？」

「好。」她說，接著她厭煩地吐口氣，雙唇震動。「我看到她會跟她說。」

「什麼意思？」

裘蒂拿扁梳梳著頭髮。他聽到話筒傳來靜電聲。「蒙歌，你真的覺得她這次會留下來嗎？」

「喔。」戴利太太有好多隻貓，蒙歌數不清了。

「別在意。她有留張文情並茂的紙條。」

詹姆斯的房間一團亂。牆上海報交疊釘在一起。乾淨和髒的衣服都堆在地上，房間角落有一堆老舊的金絲雀籠，他改造來裝鴿子。上頭有一張賞鳥人士專用的蘇格蘭地圖，上面仔細標註湖泊和山丘的資訊，愛鳥人士能在每個山谷找到不同種類的鳥。詹姆斯圈起幾處打算躲去的偏遠地方。

兩男孩躺在一塊，詹姆斯睡正的，蒙歌則睡反的，兩人頭對著腳躺在單人床上。他們極力不碰到彼此。如果一人腳動太多，另一人只要一退，半個身子便會懸在狹窄的床墊外頭。

「你媽是什麼樣的人？」詹姆斯在黑暗中問。

這很難形容。你只有一個母親，沒得對照，不像新烤爐一樣能列出特色。「我不知道。她就是我媽而已。」蒙歌之前不曾想過。

他聽到詹姆斯摳著床頭板的舊貼紙。「她喜歡跳舞嗎？」

「喜歡。」

「她喜歡唱歌嗎？」

「她喝醉時比較愛唱。」蒙歌雙眼在黑暗中睜開。房間看來很奇怪，但莫名熟悉。他以為天主教徒的房間會空無一物，也許四處都掛著十字架，但他房間卻沒有。他一直覺得自己翻身會看到哈米許在床上吃穀片。「我姊說她根本不算母親。她說我們只是一個愚蠢少女犯下的錯，她生下我們之後都在後悔。我爸死後，茱茱決定要先考慮自己。」

「母親不該這樣。」

「裘蒂也是這樣說的。」他不想再談論她們的事了。「你媽是什麼樣子？」

「喔，她很不簡單。」詹姆斯馬上說：「她就算生重病也會假裝自己沒病。我每天放學回家，告訴她學校發生的所有事情前，她都不會讓我離開她的懷抱。如果潔芮丁比我晚到家，她必須排隊。她真的抱超久。我媽說這叫**榨汁**。她說如果現在不緊緊抱住我們，以後我們不會理她。她會盡力抱緊我們，把所有好回憶都榨出來。把所有事告訴她之前，她都不會放手。」

「聽起來很棒。」

「對。真的。」詹姆斯咳了咳，好像喉嚨有痰。蒙歌聽得出來，他深吸著氣，以免自己哭。

蒙歌不知該如何是好。他伸出手，摸著詹姆斯細瘦的腿骨。他握著拳頭，沿著骨頭敲，上上下下，像醫生感覺哪裡骨折一樣。他收回手，放到胸口。「她煮過最好吃的晚餐是什麼？」

「她超不會煮飯。」他抽了抽鼻子。「但我很懷念——不是食物，而是她在公寓裡照顧我們的感覺。她在廚房時，公寓不曾感覺空蕩蕩的。她過世時，我爸仍在石油鑽塔。她告訴他她沒事，但她其實生了重病。他們特別為他調了直升機，但她過世之後，他仍花了八小時才到家。」

八小時。蒙歌無法想像那麼遙遠的距離。

「我坐在這裡，陪伴她的屍體。等待他。」詹姆斯哽咽了。

蒙歌無法越過兩人之間的距離。他只能將手放到詹姆斯的手旁，讓兩人小指幾乎相觸。詹姆斯手上的熱氣越過空間，流竄蒙歌全身。蒙歌頭下腳上躺在那，彷彿在世界彼端聽著詹姆斯哽咽。他想安慰他，卻無法鼓起勇氣。

詹姆斯改變了一切。蒙歌手旁的小指伸來，勾住他的小指。剛才隔空發熱的那股電流竄上他皮膚，他全身為之燃燒。

蒙歌毫不遲疑地從床上坐起，調整方向，躺到詹姆斯身旁。他將男孩拉到自己胸膛，他扭曲的臉上全是淚水。他如同裘蒂抱著自己一樣抱著他，讓他思念他的母親。即使是短暫的一瞬間，能依靠他人的感覺很好。

8

蒙歌脫下制服，堆到客廳地板上。烘衣櫥很溫暖，祥和寧靜，他在裡頭感覺十分平靜。他手伸進毛巾之間，享受棉圈給他的感受。他將整隻胳膊埋進去，像被人擁抱一般。他一整天都在焦慮，詹姆斯懷念母親大哭之後，他一直十分難為情，不敢跟他說話。

蒙歌只是想幫忙，但早上天亮之後，詹姆斯不敢和他對視。太陽出來時，詹姆斯一早便去鴿舍，留下蒙歌自己吃高纖維穀片，彷彿他做了錯事和骯髒事。

蒙歌從烘衣櫥出來，站到凸窗前。他用大拇指甲摳柔軟的木頭，將過去幾個月留下的洞挖得更深。他看著看著，一個熟悉的男人出現在街上。雖然男人雙眼低垂，但他挺直身子，頭驕傲地抬向上帝。他小步走著，雙臂緊夾兩邊，小心翼翼減少自己占據的空間。他不像大多數男人，雙腿邁開，彷彿想昭告天下自己老二很大。他手臂僵硬，但手指尖微微划動。你幾乎無法察覺。但大家都看得到。

男人總是提著購物袋。他每天都去合作社購買生活必需品，讓自己活到隔天。他是個單身漢，東西都放櫥櫃裡。他向屠夫買了兩根香腸、幾包茶包和幾袋冷凍蔬菜，他用舊橡皮筋綁起的話，冷凍蔬菜能保持新鮮更久。

幾個遊手好閒的新教男孩注意到他。他們躲在巴基斯坦商店遮雨篷下，用手肘頂頂彼此，並在他經過時模仿他。查爾斯．卡宏的綽號是「小妞」，就算他察覺他們在模仿他，他也沒有反應。滿臉紅斑油頭小子比出下流的手勢，像手腕斷了一樣。他在宣傳隔日麵包優惠的螢光星形貼紙前來回走動。

其他男孩抽著菸，咯咯咯笑個不停。「嘿嘿！」卡宏先生手指顫抖，向他們打招呼。

好幾個家庭主婦無所事事地待在窗前，喝著茶，等待小孩放學回家。不管是誰，看到可憐的卡宏先生都會抽口氣，一臉憐憫。

「**嘿你媽個屁**。」小流氓大聲起來。「你在那挑釁，無視我們，對吧？」

面對他時，大家都稱呼他卡宏先生，背地裡，大家都叫他「傻小妞」。他沒停下腳步，也沒抬頭望向找碴的流氓。

「你在看我屁眼嗎？」小流氓故技重施，想激怒他。他轉向朋友。「哎唷，你有看到那老頭看我屁眼嗎？」他們全都附和。他們像穿了運動套裝的猩猩，開始跟上他，並瘋狂對孤身一人的卡宏先生比畫。他們唯一的目的是激怒和深深羞辱他，讓他失控。接著他們便能假裝被他攻擊，痛揍他一頓，並提醒他，他的地位有多卑微，他不是人類，不屬於他們。這老頭讓他們有優越感。大家不把他們放在眼裡，彷彿他們一無所有，但這人更微不足道。

那人繼續向前，嘴角藏著微乎其微的笑容。蒙歌不曉得傻小妞早已神遊在外，他其實不在身體裡，並早已學會在公寓上方翱翔。這是他的小伎倆。他身體可以沿著亞歷山卓大道向前，靈魂卻在杜克街飛翔，降落到斯卡拉電影院，坐進黑暗中，看著《彗星美人》的安妮．巴克斯特[15]發光發熱。

傻小妞住在一樓左側，那是小孩全會加速通過的一道門。和蒙歌家一樣，那是道素面棕色的門，但因為不斷洗去羞辱的塗鴉，顏色變得悲傷而醜陋。有次某人（哈哈的新教幫朋友）在垃圾堆找到半瓶噴漆罐。那幽默的傢伙在傻小妞門上噴上**戀童屁**幾個大字。裘蒂曾試圖在卡宏先生看到前清洗乾淨。她一定刷得很用力，因為摩擦聲終於讓他開了門。他看到她在那，制服髒兮兮的，全是漂白水和噴漆斑點。

「啊，壞孩子。他們連字都寫錯。我個人喜歡**變態叔叔**。聽起來比較文雅，更有節奏。你不覺得嗎？」

裘蒂喜歡傻小妞。她對孤單的人充滿耐心。但蒙歌對他保有戒心。他心裡明知事情真相，但他仍相信大家攻擊他的不實謠言。

蒙歌換衣服，套上風雨衣。也許最好的方式是去見詹姆斯，直接假裝那些破事和淚水都不曾發生。他走下樓時，傻小妞聽到他的腳步聲，打開門。「啊，蒙歌。幸好是你。你可以幫我嗎？」他手裡抱著娜塔莉。娜塔莉是隻褐黃色的惠比特犬，他的失能補助全花在牠身上。「我現在有點麻煩。」他朝外頭點點頭，不再多說。「你覺得你能帶娜塔莉出去遛遛嗎？牠一定尿急了。」

蒙歌牽狗出門，帶牠走到一排汽車旁。新教幫現在在尋找下一個目標，他試著躲避目光，但他聽到他們低聲鬧他，聲音不大，如果他問他們，他們會否認有叫他。但他絕不敢開口問。「蒙歌、蒙歌。」

惠比特犬不介意天空下著毛毛雨。牠皺起臉，快速完事，並把蒙歌拖回家。

「牠有尿尿嗎？」傻小妞問。

「有，牠有尿。」

「尿尿和**便便**？」

---

15 《彗星美人》（*All About Eve*）是一九五〇年的電影，由安妮．巴克斯特（Anne Baxter）飾演主角伊芙，她在電影中野心勃勃取代了自己的偶像。

「對，尿尿和便便。」

他將狗抱到懷裡。「乖女孩。要小姐在陌生人面前便便可不容易。」

「真的？你應該來看我們家裘蒂。她有時廁所門都懶得關。」

「噢，討厭啦！」傻小妞手揮了揮，像在揮一塊手帕。「我可以再耽誤你五分鐘嗎？我需要有人抓著牠，讓我剪指甲。我每次拿指甲刀靠近牠，牠都會逃到公寓另一邊。我姊以前會幫我，但她跟個巴基斯坦鰥夫交往後，便再也不出門了。」他一時間有點傷感。「但不得不說，她家窗簾確實很美。」

蒙歌一定點了點頭，因為傻小妞站到一邊，讓男孩進到公寓。蒙歌跨過門檻時，他努力不去看門上仍依稀可見的汙字。

公寓空間比樓上小，有一大塊都屬於樓梯間和門廊，所以感覺像老式一房一廚的屋子，而不是完整的家庭式公寓。傻小妞穿著駝色的高級毛衣。他有個古怪的習慣，不管材質多厚，他都會把衣服塞到褲子裡。打褶的褲子再加上清楚的腰線，會給人一種復古的感覺。他腳上的鞋子內外總是擦得光亮，並繫上一條閃亮的細金屬皮帶。傻小妞把可憐的惠比特犬交到蒙歌手中。狗抱起來很輕，全身簡直是皮包骨，他抱著牠，彷彿抱著零散的木頭。牠是蒙歌遇過最不讓人想抱的狗。

蒙歌不曾看過他在白天遛狗。上週茉茉提到，她上夜班前後，在社區空蕩蕩的街道都有看到一人一狗。茉茉因此不相信他，說他「像盜墓賊一樣偷偷摸摸」。但傻小妞喜歡不受注意。在陰影之中潛伏，這樣更安全。

「你幫了大忙，孩子。我這年紀，不能到處追著牠跑。」他用手抓住娜塔莉的爪掌，拿個剪子依循剪了指甲。「牠是隻笨狗。八年來，我們每個月都剪指甲，你會以為牠到現在應該習慣了。這告訴你……」他咯咯笑了笑。「連狗都期待不同的結局。我有天要讓牠如願以償，到時候，我不剪牠指甲，我把牠腳塗紅。等著瞧。」他親吻牠耳朵之間。「你覺得怎麼樣？你這傻妹。」

蒙歌越過傻小妞，掃視他的房子。房裡井然有序，所有東西都充滿效率，一絲不茍，一塵不染。茉茉說卡宏先生是個家庭主婦，但他的家庭只有自己。

「他是單身漢。」她說，她孩子聚在廚房窗前，看他將床單和襪子掛上晾衣繩。

裘蒂抽抽鼻子。「他造成什麼傷害？」

「我敢說他打超多手槍，所以他必須每天洗被單。」哈米許語氣輕蔑。「噁心的老單身漢。」

他們唯一同意的是，蒙歌不該在這單身漢門外逗留。如果他不得不在樓梯間玩，他應該在樓上坎貝爾家和漢米爾頓家之間的樓梯玩。

剪指甲速度很快。蒙歌將娜塔莉放到地上。牠鑽進籠子，聞起自己私處。傻小妞大笑。「這習慣超好笑。牠在檢查你有沒有把牠私處偷走。」狗確定一切都在，無精打采走到沙發，蜷縮在角落。

「喝杯薑汁汽水，孩子。讓我道個謝。」

蒙歌正要開口拒絕，但傻小妞已走進狹窄水槽間。男孩跟著他走過去。麵包箱旁有台錄放影機和一台彩色大電視。他情不自禁。「哇！你有兩台電視？」

「對。我煮飯時喜歡看《體育集錦》。」他用長杯倒了薑汁汽水。「你喜歡看足球嗎？」

蒙歌搖搖頭，並望向運動鞋。他不擅長踢足球，並一直為此感到丟臉。他想換個話題，挑動另一塊的傷痂，最好不是自己的。「所以卡宏太太負責煮飯嗎？」

那人反應飛快，連口大氣都沒吸。「講清楚，孩子，你是說我姊姊還是母親？因為我知道你指的不是我老婆。」

他嘴上的微笑意有所指，蒙歌發覺自己太過分了。也許他不想像大家一樣，隔著紗窗瞇眼偷窺，他想看清真相。「對不起，卡宏先生，」接著他補了句，「只是我一輩子都住在你家樓上，但我覺得自己不認識你。」

「真的嗎？」他咯咯笑一聲，把杯子給他。「好吧，至少你是第一個承認的。通常大家都自以為對我瞭若指掌。」

窗框上停了隻鴿子，牠樣貌平凡，毫不特別。傻小妞走到窗戶旁，從縫隙塞了點碎麵包給牠。蒙歌注意到他皮膚光滑，頭髮茂密。他不像他外表裝得那麼老，也許他比茉茉年紀大，但大不多，他比坎貝爾太太年輕多了。他假裝自己是個領養老金的孤僻老頭。他仍能出去工作，仍有用處，仍有人能愛他。

「你還好嗎，孩子？」他看到蒙歌若有所思。

「沒事。我剛才在想鴿子的事。」他延續這個謊。「我有個朋友有個鴿舍。他對逃跑的鴿子很有興趣。我學了很多關於鴿子的事。」

「是這樣啊？」他將最後一塊麵包塞到窗外。「我父親常從窗台把鴿子困住。我媽以前會把牠們做成美味的鴿肉派。」

「好噁心。不要告訴我朋友。」

傻小妞大笑。「他不想要我的食譜嗎？他叫什麼名字？」

蒙歌不知道這重不重要。他連自己跟鴿舍男孩還是不是朋友都不確定，更不知道自己安慰他，想做對的事時，是不是做錯了。「詹姆斯。詹姆斯．傑米森。」

「**詹姆斯。詹姆斯．傑米森**。」那人低聲複誦，用手指敲敲窗框。「詹姆斯。老派，沒什麼想像力，但是很可靠的好名字。詹姆斯個性非常穩定。他聽起來可以信任。」

「真的嗎？」

「對。我已經喜歡他了。」傻小妞指向垃圾棚另一邊的公寓。「他住在那裡，對吧？我以前會和他父親一起搭早班公車上班。他是個悲慘的大混蛋。沒空跟任何人聊天。你買給他一副新牙，他也不會對你笑。」

「他看我的眼神像我把他家地毯踩髒了。你以前跟他一起工作嗎？」

「沒有。我是政府雇用的石瓦工。他提著工會提包，肯定是造船工人之類的。也許是搭架工或鉚工。」傻小妞用乾淨的指甲敲玻璃。鴿子眨眨眼。「我看過那男孩從窗戶探頭。他半夜會在那邊。有時早上會在那裡。」

「我想他在找鴿子。」

傻小妞點點頭，但下唇伸出，好像另有想法。

「他還不錯，只是不愛交際。」蒙歌搖搖頭，彷彿想換個話題。「我不知道。他在鴿舍是個好相處的傢伙，從來不會讓我不開心。」傻小妞皺起眉頭，好像不大懂蒙歌的意思。「就是，你知道有些人喜愛一樣東西，他們不會讓你碰？像哈米許有張品克．佛洛依德[16]的專輯，他都不讓我拿。那張專輯

---

16 品克．佛洛依德（Pink Floyd）是英國搖滾樂團，以前衛搖滾風格風靡全球，是流行樂史上最暢銷且最具影響力的樂團之一。

打開是一張畫，我只是想看那幅畫，可是他都不讓我碰。或者、或者坎貝爾太太不讓我碰邊桌上的裝飾品。總之詹姆斯不一樣。他很愛自己的鴿子，整天都和牠們在一起，但我一遇到他，他便讓我抓住一隻。我覺得他人很好。」

傻小妞又用手敲敲木窗框。「善良真誠的詹姆斯。」他思考一會。「他鴿舍屋頂是什麼做的？」

蒙歌聳聳肩。「我不知道。柏油紙？」

他手指摸著鬍鬚。「不行、不行、不行。那樣不行。他必須一直更換才行。屋頂角度怎麼樣？」

蒙歌對角度沒概念。他伸出手，比一個三角形，聳聳肩。傻小妞手握住他雙手，花點時間依照蒙歌的印象，確認屋頂的坡度。他先將男孩的手攤平，最後蒙歌確認屋頂大概十五度左右。

「不行、不行、不行。那樣撐不久。太平了。嚴重的霜凍幾次，柏油紙會吸水溼掉。」他抓著男孩的手思考一會。蒙歌側臉開始抽搐，傻小妞突然回過神來。他放開男孩。「對不起，孩子。老習慣改不了。屋頂！我講到屋頂有時會忘我。」

「沒關係。」蒙歌說，他放下雙手。「謝謝你的薑汁汽水，卡宏先生。」

傻小妞伸出手，好像他希望男孩留下，但後來他改變主意。「你願意再來嗎？我可以拿一點培根條，給你看娜塔莉的把戲。」

蒙歌知道自己不會，但他有禮貌地說了謊。「好。」

「叫善良真誠的詹姆斯在柏油紙上釘屋瓦。這裡的環境會破壞所有沒建好的屋子。」他帶蒙歌走出短走廊。前門有五道鎖，他費了點時間才打開。

9

蒙歌睡著了。他在冰冷的地上醒來，帳篷上有著斑駁光線。加羅蓋特呼吸不大規律。他的呼吸炙熱，充滿發酵味。他手臂如重物壓在蒙歌肋骨下方。他們襯衫已掀起，蒙歌感覺得到加羅蓋特肚子上的汗積在他下背的凹陷處。酒讓年輕的男人睡死，但似乎即將甦醒。蒙歌感覺得到他屁股上有個腫脹物已充滿血，卡在加羅蓋特的義大利牛仔褲中，不時抽搐脈動。

蒙歌雙拳握緊。拳頭蒼白，失去血色，他鬆開手時，雙手發麻。他數著，週六一夜、週日一夜、然後回家。

靜謐的早晨，湖岸仍飄著薄霧，加羅蓋特帶蒙歌來到湖邊。他教男孩如何準備釣線，將魚內臟、擋豆和重鉛串在一起。他教蒙歌如何打結，固定魚鉤，如何將魚鉤拋入最深的水池。他從密封袋拿出散發惡臭的七鰓鰻肉塊當餌。加羅蓋特一直大口抽氣，吞著口水，以免自己嘔吐。

蒙歌脫下運動鞋，踏進冰冷的湖水，水深及大腿。冰冷的湖水讓他好想像閹伶一樣尖聲唱歌。除了湖水輕拍湖岸，偶有蠓蟲飛舞外，這座湖十分寧靜。晴空下，湖面澄淨如鏡。蒙歌低頭便能清楚看到水中蠕動的腳趾。他不曾面對如此廣闊的景色。

湖對岸是一面如牆的茵綠山坡。再過去是起伏的山丘，荒蕪的山林延伸到蒙歌視野之外。陽光照亮東面的峭壁，西面則是一片陰影。陰影中點綴著白雪，看似破碎的顏料，又猶如老舊的白色乳膠漆，漸漸從布滿苔蘚的山丘剝落。那像是神做出的粗糙手工藝品。每座山都像從巨大的燧石鑿出。有的山脊尖銳如刀，讓蒙歌想起哈米許自製的戰斧。

一陣強風吹過湖面，拉扯著風雨衣的下襬。他不曾吸過如此清新的空氣，加羅蓋特沒注意時，他頭向後仰，伸出舌頭，品嘗微風。風嘗起來有著和青草一樣的翠綠氣息，也混雜一股來自遠古的棕黃氣味，彷彿風窮其一生，飛越了潮溼的泥煤山谷和古老森林，尋找自己究竟要前往何方。

如果他知道怎麼描述，他會說他聞得到松林的清新，香桃木、野豌豆和金雀花的芬芳，而在一切之下，更聞得到散發潮溼麝香的黑沃土，以及亙古不變淨化世界的雨水。但對蒙歌來說，那是翠綠、是棕黃、是潮溼、是乾淨。他難以形容。一切聞起來就像魔法。

加羅蓋特並未受魔法之風感動。他破壞一切，朝湖水吐著一口口痰。痰像飛旋的星雲一樣飛過蒙歌。整個早晨，男人話說得非常少，彷彿宿醉未醒，無法開口。他釣竿夾在雙膝之間，點燃第五根菸。蒙歌深入冰冷的湖中。他想保護這份未受玷汙的驚奇。

聖克里斯多福也對奇景不為所動。他晴朗的早晨都全身顫抖躺在一人帳中。早晨的時光一點一滴過去，加羅蓋特血液中酒精濃度下降，狀態變得更糟。繼前一晚之後，兩人至今不曾交談，蒙歌從加羅蓋特不斷望向聖克里斯多福帳篷的樣子來看，加羅蓋特心情不好，想找地方發洩。

加羅蓋特搖晃走入長草叢拉早屎。他彎過聖克里斯多福的帳篷，踢掉營繩。帳篷落到熟睡的醉漢身上，像裹屍布一樣包住他。蒙歌看輕薄的尼龍布隨著他的鼾聲上下起伏。

聖克里斯多福終於起死回生時，陽光已緩緩從東面的峭壁移開。他穿著羊毛西裝，在湖邊彎身，像野獸舔著冰冷的湖水。他跪坐在地，眨眼了好一會。加羅蓋特不理他，在火堆旁忙事情。他在火堆放了兩罐豆子，三人坐在一起，吃了一點早餐。他們沒有開罐器，花了好久才打開堅固又燙手的罐頭，加羅蓋特終於在岩石上敲開罐頭時，有的豆子撒到了碎石地上。聖克里斯多福用黃色的手指沾起豆子，放到嘴中。他不時會意外咬到小石頭，一口爛牙會停止咀嚼，放聲咳嗽，將小石頭吐到營地另一頭。

蒙歌自己坐在一旁，厚重的雲朵飄來。雲朵剛才都聚集在高聳的山丘上，但現在它們找到了空間，湧入平靜的山谷。雲朵匯集累積，向下迫近，像煙霧一般填滿四周。

那是很詭異的景象。光線變化十分神奇，能給予大地截然不同的顏色。早晨的陽光讓山丘充滿深綠、淺綠和古銅色。如今羊毛般的雲朵像沉重的窗簾落下，將一切化為毫無生息的灰色和棕色，彷彿土地沒有自己的顏色。

萬物從綠色化為灰色時，他想到詹姆斯，他眼中的光芒毫無預兆地消失了。他好想看到他眼中的綠色和金斑。他是不是再也看不到那雙眼了？——他甩開這念頭。

男人翻找空袋子，壓扁的啤酒罐鏗鏘作響，他們想找一口酒來抑止身體的顫抖。在明亮的天光下，蒙歌第一次仔細打量加羅蓋特。他年紀不比哈米許大多少。他惹眼的牛仔褲披在肩上，全身唯一的贅肉是眼窩下方的眼袋。他弓身向前，將剩下的食物攤在岩石上。他們還剩不少酒。他們有一手罐裝啤酒、一瓶威士忌、還有四分之一瓶某種透明的酒。食物的話，他們有兩條巧克力棒，包裝上有彩色青蛙那種。那種巧克力棒奶味很重，適合給長牙的幼童吃。蒙歌好奇那是不是給他的。也許他們帶來是想討好這名陌生男孩。

一口啤酒暢快下肚後，聖克里斯多福來到湖邊。他現在身體比較不抖了。他用衛生紙包住一把半腐爛的小魚，放在胸前口袋，從城裡一路帶到這裡。這解釋了他為何身上散發惡臭。他教蒙歌怎麼把魚鉤穿入魚食道時，蒙歌努力憋著氣。聖克里斯多福將魚餌投入平靜的湖中，將剩下的魚放回西裝口袋。

「沒有更好的事了，對吧？就我們三個男生一起釣魚，嗯？」至少他比悶悶不樂的加羅蓋特狀態好。「我不敢相信你從沒釣過魚。真可惜。再也沒人教孩子怎麼自力更生。我有一週遇到個傢伙，甚至不知道怎麼補腳踏車輪。他直接把腳踏車抬起，扔進運河。」

「為什麼？」

聖克里斯多福搖搖頭。「我不知道，但我等他走了，涉水過去，搬去當鋪當了二十五鎊。」

「我會修腳踏車。我學校成績不好，可是我會修東西。而且我懂鴿子的事。」

「別擔心成績。人只要願意動手，絕不缺工作。格拉斯哥是工人的家園。」

蒙歌想起哈米許告訴他造船工人的事，每個月有上百人被解雇。聖克里斯多福已迷失在另一個時代。蒙歌拿顆石頭，在湖面打水漂。「這座湖叫什麼名字？」他想假裝隨口問問，但他其實仍不知自己身在何方。

「我才不要告訴你。」聖克里斯多福說：「如果我告訴你，所有社區的渾小子都會騎著改裝機車和越野腳踏車跑來，破壞這天堂。沒錯，你媽告訴我們你哥的事了。」他沉吟一會。「你哥怎麼沒教你怎麼釣魚？」

「這對他來說太文靜了。」

「你沒有爸爸能教你嗎？」

「他死了。」

「啊，對不起。你年紀這麼小，一定很想念他。」

蒙歌無法說出自己多想念他。那股感覺太過龐大，無法化為言語。「我當時還小。」

聖克里斯多福同情地嘆口氣。「有趣。我看起來，你媽就有種離過婚的感覺。她是滿腔怒火的小女人，看起來總像被騙走什麼一樣。」

蒙歌不知該如何回應。他很高興聖克里斯多福繼續說話，填補空白。「我想我父親死時，我媽很高興。我爸不是壞人，但他就是太愛賭馬了。起初我以為我媽會再婚。她算年輕，但長相普普通通。」他轉向男孩。「承認自己媽媽長相普通，感覺很壞心嗎？」

蒙歌聳聳肩。

「不會嗎？畢竟我說的是實話。大家不覺得她是美女，但當個伴可以。她讀很多書。」聖克里斯多福轉向湖面，將鬆垂的釣線轉回。「你媽有再婚嗎？」

蒙歌搖搖頭。「她有在努力。你媽呢？」

「喔，沒有。那已是好幾年前的事了。我父親死後，珍妮特把家裡的老房子賣了，在加文買了間一房公寓。她給所有人一小筆錢，說她希望趁自己有能力，讓我們享受。換句話說就是『把錢拿去，他媽別來煩我』。」他大笑。「她從沒再婚，我覺得她這輩子沒再讓人幹過她。但最後，她獲得她一直想要的。」

「她想要什麼？」

聖克里斯多福咯咯笑，好像答案很明白。「遠離男人。」

蒙歌將最後一顆石頭扔向湖泊。

聖克里斯多福將釣線從水中拉起。小魚不見了，魚鉤上只剩一團微小混濁的魚內臟。模糊的黏液中，有著魚肝和魚心淡淡的紅色紋路。要從二度破壞的魚身勾出內臟，魚鉤肯定勾得很深。「王八蛋！牠把我魚餌吃了。你應該要注意的。我敢說是隻他媽的狗魚。我怎麼沒感覺牠拉魚線？」他沒在問蒙歌，反倒像在問湖神。

蒙歌好奇那人是否還有感受。他臉上、雙手和前臂布滿暗淡的血管，血管彷彿從肌肉中浮出，希望能有所感受，任何感受都好。就連他發黃的眼球都爬滿細小的血管，蒙歌不禁想到嘉麗博迪咖啡廳的香草冰淇淋：奶黃色的冰淇淋球淋上紅色覆盆子糖漿。

聖克里斯多福將魚鉤上的魚內臟刮下，扔入湖中。他轉頭朝蒙歌啐道：「都是你的錯。讓我講一堆我媽的事。去別處玩。不要觸我霉頭。」他對自己補一句：「我沒這麼沒用。」

蒙歌沒答腔。很難斷言聖克里斯多福是否是個廢人，畢竟從一開始，他便無法再更廢了。目前為止，他這趟唯一的貢獻是教會男孩古老的釣魚技巧。這座湖裡全是魚，所有蘇格蘭的湖泊都是如此。但超市小魚被撕碎的內臟，彷彿證明他連這都會失敗。

聖克里斯多福將西裝外套袖子捲起。他前臂很細，夠讓羊毛袖子捲好幾次，幾乎快捲到手肘。他將另一隻小魚勾上魚鉤，拋入湖水。沒多久，浮標彈了一下，小魚不見了。「太狡猾了，王八臭魚！」

他膝蓋以下已溼。他脫下西裝褲，涉水走到水深及腰的地方。他內褲鬆垮，像是用舊床單做的襠布。他雙臂伸出，和枯樹一樣靜止不動，魚游近時，他緩緩用雙手做了撈魚的動作。接著他奮力一撲，沉入水中。他再次浮出，雙手揮舞，嘴裡一邊亂吐，一邊咒罵，他抓著鬆落的內褲，以免內褲從雙腿滑下。蒙歌放下釣竿，說要去上廁所。他必須背對聖克里斯多福，才憋得住笑。

男孩沿著長湖的湖岸漫步而去，聖克里斯多福毫不在意。那裡有一塊矮小的樹林延伸到湖邊。蒙歌穿梭其中，沼澤吸吮他的鞋子，爛泥淹上他赤裸的雙腿。他走到樹林更深處。湖邊很安靜，但少了湖水輕柔拍打湖岸的聲音，這裡更為安靜。他越過布滿苔蘚的巨石，沿著倒木小心向前爬，享受穿過樹葉、灑落地面的陽光。他把自己藏起，但四周毫無動靜。蒙歌好奇是誰最後見到這塊遭人遺忘的樹林。這時他突然驚覺，自己現在孤身一人。

他來到一條嘩啦作響的河川，淡水的支流流入廣闊的湖泊。由於豐富的礦物質，河水和湖水交會處布滿泡沫。河流繞過巨石，棕色魚群在四處游水，牠們悠游飛竄，無憂無慮。蒙歌涉水通過及腰的水流，這裡的水比湖水更冷，直接來自山頂的融雪。河床的苔蘚讓他滑一跤，冰冷的河水讓他難以呼吸。他趕緊用力跳起，大聲尖叫。在這一瞬間他心驚膽戰，趕緊爬到旁邊的巨石上。他越過河流，肥大的棕魚看著他的身影。

樹木變得稀疏，他又回到開闊的湖邊，朝兩男人反方向走。蒙歌沿著湖岸漫步，只偶爾停下來，將適合打水漂的石頭放到口袋。他轉個彎，看到面前出現一座古老廢棄的城堡。城堡自花崗石升起，踞立在和四周一樣灰褐色的山上，像浮在大地上的巨大方舟。它一定曾是令人驕傲的地方，橫越數個小丘，延伸到湖岬。城堡大廳三面的高牆依然聳立，另一面崩毀的城牆有塔樓的遺跡，塔樓大概四到五層樓高，上頭有狹窄的射箭孔。

蒙歌越過倒塌的牆，站在空無一物的大廳。塔樓一部分撞穿屋頂，倒在城堡中央。殘骸堆疊得像座堡壘。除了和哈米許闖去的卡爾津城堡，他這輩子不曾見過城堡，更別說進到城堡裡。班上校外教學要去史特靈或愛丁堡時，茉茉總是不讓他上學。「我辛苦工作賺錢不是讓你去摸窗簾布的。」四鎊五十便士永遠能花在更需要的地方。

他活了十五年，呼吸蘇格蘭的空氣，卻不曾見過峽谷、湖泊、森林或廢棄城堡。其實他見過，只是都在餅乾罐和旅遊巴士上。蒙歌躺到壁爐旁的石板上，轉動著頭。在這裡很難不感到陶醉。「有人嗎？」他的聲音在無屋頂的大廳回響。「咕、咕、咕。」他朝天空鳴叫著。

他不知道回家會是什麼感覺，他在一天之內，比過去十五年見了更多世界。他怎能待在社區，不試著去闖一闖？詹姆斯一直是對的。蒙歌希望詹姆斯和他在這裡，或裘蒂也行，但主要希望是詹姆斯。要是能和人分享這份新奇，一定無比快樂，對方會明白自己並非憑空捏造。蒙歌摸著赭色的地衣，感覺好沮喪，他不知如何向裘蒂、哈米許或茉茉重述這一切。就算他形容了，他知道他們也不會在乎。他們會叫他別壓著需要燙的衣服，或要他拿著偷來的汽車收音機。他們會望著他，嘴巴無聊咬動，想知道金綠色國度的故事何時會結束。

但詹姆斯可能不會。詹姆斯會聽他述說，蒙歌會給他看公羊骨頭的照片，詹姆斯會問現場有沒有腐臭味（沒有），他會問屍體底下有沒有卡著羊毛（有，羊毛是奶白色的，捲捲的）。他希望詹姆斯在這。詹姆斯會在乎。

蒙歌輕輕用後腦敲著石板。

他兀地站起，慌張小跑步起來。他必須移動，必須把想念芬尼亞男孩的罪惡感甩開。他跑到崩毀的壁爐旁，雙腳腳跟併攏。他朝空蕩蕩的大廳敬禮，接著腳尖、腳跟、腳尖、腳跟跳起鄉村舞。學校當初是在一個天寒地凍的冬天教學生跳舞。他們不得不取消了所有戶外運動，將公宅的孩子硬是湊成對（他們拿冰球棍攻擊彼此頭骨時，個個倒是活蹦亂跳），逼他們在寒冷的體育館繞圈跳舞。蒙歌抱著這份回憶轉圈。他一直很喜歡蘇格蘭傳統社交課程，但他絕不能承認。他輕盈舞過荒廢的大廳，伸長手臂，讓幻想中的裘蒂轉圈。

「你跳得不錯。」有個聲音憑空響起。

蒙歌不再轉圈。加羅蓋特爬過崩毀的牆，牙齒間叼根菸，雙手自信地插在口袋，絲毫不怕失足。「我忘了有這鬼地方。」他嘴巴比早上靈活不少。他拿出一罐新啤酒，喝了四大口。「如果你不想餓死，我們必須去找家店買東西。」他將酒罐捏扁，扔到廢墟陰影處。「或者我們可以在那老白痴把魚嚇跑前，把他烤來吃。」

蒙歌剛才一直暗自希望他們抓不到魚。他希望兩人會灌一堆威士忌，餓著肚子，早早睡覺。

加羅蓋特爬出城堡。蒙歌假裝拖拖拉拉綁著鞋帶，接著他衝到陰影下，找到啤酒罐。他把酒罐藏到風雨衣裡，爬過牆。加羅蓋特已大搖大擺走原路回去。蒙歌站了一會，注視他的城堡。他轉動拋棄式相機，花點時間取景，照了一張沒人想看的照片。

他沒戴手錶，但感覺他們走了好幾個小時。他們沿湖岸走，經過營地，然後繼續向前。他們距離彼此很遠，一路都沒說話。蒙歌自個在後方閒晃。他在為裘蒂摘野花，裝滿他胸口的口袋。他摘花時會替它們取名字：蠢女花、女屁眼花、藍色老屌花。

村莊已不像村莊。粗糙的石屋散落四處，像另一個時代遺留下的痕跡。他們經過的三、四間房屋，感覺都閒置已久。蒙歌從每扇窗向內偷看。

最接近道路處，有間只有單一空間的房子，那裡不只是間小店，同時也是當地的郵局，但主要是一個臭臉女人的家。店裡每樣東西都積了一層灰塵。店主飽經風霜，雙眼渾濁，在她目光下，加羅蓋特買了些菸草，買光店裡所有泡麵，再用剩下的錢買啤酒。女人不曾對他們笑過。蒙歌不曾聽過她的口音，她抑揚頓挫像在唱歌一般。那口音十分悅耳，蒙歌想再多聽她說話，但她馬上對加羅蓋特充滿厭惡，巴不得他們趕快離開，她才能繼續無所事事。她不喜歡他們過於輕薄的打扮，一眼便看得出他們是外來遊客。看到蒙歌的運動短褲、蒼白的雙腿和破爛的運動鞋時，她面露譴責。她一聽到加羅蓋特平淡含糊的口音，便瞇起雙眼。**格拉斯哥人**。她唯一說的是：「你們離開時最好把你們的垃圾帶走。我們不需要城市人把湖泊當大垃圾桶。」

趁鄉下女人沒注意，加羅蓋特朝她比中指，並把一個巧克力棒藏到袖子裡。回營地的路上，他將溫熱的巧克力遞給蒙歌。「這能讓你臉上露出笑容嗎？」

他們離開村莊時，經過一個紅色電話亭。電話亭卡在叢生的紅豆杉樹下。蒙歌突然停下。「我可以打電話給我媽嗎？」

「我沒零錢，小子。」他知道加羅蓋特說謊。蒙歌剛才親眼看到鄉下女人找零錢給他。

蒙歌的單眼抽動，彷彿痙攣要發作。他忍住失望，摸索口袋。他摸了摸風雨衣口袋，掏出兩枚銀幣。「沒關係。我有一些。」

他感覺很奇怪，第一次進到沒有尿騷味的電話亭。為求舒適，有人在地板鋪了花紋地毯，並在話筒下放了一張舊餐椅。放電話簿的檯子放著芳香劑和一株活生生的盆栽。蒙歌手摸泥土，感覺泥土回彈，剛澆過水。

他投下硬幣，手指懸空，停在按鈕上良久，直到電話聲中斷，硬幣又退出。要是他能打給詹姆斯多好，他是蒙歌唯一想說話的人。他不確定他的號碼，更何況傑米森先生已把奶油色的電話拆下，放進自己的球袋。這太愚蠢了。他怎麼會覺得詹姆斯現在想和他說話？

於是他按下家裡的號碼，但沒等電話響起，他便掛上電話。硬幣退出，他將硬幣投入，再打一次。茱茱第一聲便接起。蒙歌發現她在家大吃一驚，她居然沒去找喬奇和新家庭。

「喂？」她聲音已萬分焦慮。「五五四……嗯……六一，嗯……二二。」

「茱茱。是我。」

「蒙歌。蒙歌，我親愛的，真的是你嗎？你還好嗎？你在哪？」她的問題滔滔不絕脫口而出。

「對，是我。我沒事。」蒙歌想回答最後的問題，但發覺他不知道答案。「我不知道我在哪。這裡都是綠的，有個很深的湖，還有座老城堡。我們晚上才到這裡，所以我沒看到任何標誌。」

「他們有照顧你嗎？」

「算有吧。」

她聽起來像第一次舒了口氣。「那太好了。」

加羅蓋特手翻動，像在叫蒙歌加快。

「我學會怎麼生火。我也學會怎麼把魚餌勾到魚鉤上。」

「看吧！」茱茱聽起來真心鬆口氣。「我就是這樣跟裘蒂說的。我希望你去就是為了這個。男人的消遣。這樣你就能成為男人。」

蒙歌背對電話亭的窗戶。他撥著吊蘭，輕聲對話筒說：「我想回家了。」

「好。那回家吧。」

他沒料到她竟輕易答應。他不禁慌張起來。這全是她的主意，現在她居然反悔，把整個實驗扔進垃圾桶。「我不行。我們花了好久才到這裡。他們到週一才會讓我離開。」

「那你只要告訴我你在哪就好了。」

電話發出三聲嗶響。通話時間快到了。他感覺臉開始抽搐。「我不知道我在哪。」

「**喔，兒子啊**，對不起，蒙——」

電話斷了。他話筒繼續靠著下巴，假裝她仍在，並努力忍住臉上的暴動。他便這麼站著，直到加羅蓋特用戒指敲玻璃。「老天，我們回去天都要全黑了。蠓蟲會把我們叮死。」

他們回到火堆旁時，他雙腿被叮得全是紅包。加羅蓋特買了更多酒，心情舒坦，變得多話，他回營地的一路上嘰哩呱啦。他說如果聖克里斯多福有抓到魚，會教蒙歌怎麼去除魚內臟，並會教他設陷阱抓兔子。週日晚上，他們會吃燉兔肉。兔肉配泡麵。加羅蓋特保證那會是他吃過最美味的一餐。

蒙歌仔細看那男人，男人想讓臉上每一吋都露出笑容。這是加羅蓋特展現給他的第四種表情，他想一一分辨清楚。之前有在公車上鬱鬱寡歡的他，有在火堆旁講變態故事好色的他，和身體不適在湖邊釣魚的他，現在這個他，假裝自己是蒙歌最好的朋友，一副興高采烈的，像他假的大哥。

哈米許玩弄他時，他總是很慢才察覺。蒙歌每次都要等裘蒂叫哈米許住手，叫他不要把蒙歌當奴隸，不要灌蒙歌迷湯，害蒙歌任他擺布時，他才會發現。哈米許通常會突然莫名對他特別好。後來蒙歌漸漸學會懷疑他人的善意，但詹姆斯改變了這點。如今他看著加羅蓋特大搖大擺倒退走，穿過茂密的蕨類草叢。他興奮地說要設套索陷阱和陷阱箱。「我會教你我會的一切。」那人說：「你看你多幸運？」

他們終於來到營地，聖克里斯多福在冒煙的火堆旁晾乾西裝。他的內褲掛在身上，脊椎從乾癟的皮膚突出，像豆莢中的豌豆。蒙歌看到他突出的骨頭，為他感到可憐。他像電視上的非洲男童，差別在他們肚子鼓鼓的，而聖克里斯多福肚子內凹，幾乎是前胸貼後背。

他很高興看到兩人回來。七隻小魚整齊排列在石頭上風乾，牠們身上的虹彩已失去光澤，變得斑駁。聖克里斯多福繞著牠們，像隻驕傲的家貓。「不算多。」他一面說，一面將每隻魚拿到手上，輕輕戳動。「但明天我們會把魚勾上魚鉤，釣鱸魚或棕鱒魚。」

「好。」加羅蓋特搖搖塑膠袋。「應該可以。」

聖克里斯多福打開最後一瓶威士忌慶祝。他喝了兩大口，遞給加羅蓋特，加羅蓋特也喝了兩口。他們將酒拿給蒙歌，男孩將酒瓶放到嘴邊，但用舌頭抵住瓶口。

加羅蓋特打他。「你娘砲喔。喝下去。」他捧著蒙歌後腦，將瓶子塞到他嘴裡，抬高瓶子。炙熱火辣的酒液注入他食道。酒彷彿燒去他肺中的空氣。加羅蓋特等男孩噎完氣，又倒了一次酒。「再一口！再一口！再一口！」

蒙歌不久便醉了。

他整個晚上都忙著從森林拖長樹枝來，扔到火堆中。有根樹枝岔開，像兩隻手臂一般。他將樹枝當作美麗的女人，拉到胸前，在火光下和它轉圈共舞。他在碎石岸上跌跌撞撞，兩人看著他，為他喝采。他們用空豆罐裝湖水，放在火堆上煮。他們反覆裝水，將沸水倒到酸甜的中式泡麵上。泡好之後，每個人至少吃了兩杯鹹泡麵。他們吃飽喝足躺在地上，肚子裡全是澱粉和熱水，快意無比。

蒙歌茫然望向前方，眼皮漸漸沉重，並感覺眼珠子後方的血管在脈動。豆大的雨滴落下，在火堆上滋滋作響。不久化為滂沱大雨，大家只得四處跑動，拯救著可悲的小魚、條紋西裝和剩下的食物。他們各自躲雨，蒙歌在突如其來的大雨中失去他們的蹤影。兩個男人擠到小屋旁的兩人帳，蒙歌一人爬進了湖邊半垮的一人帳。

加羅蓋特剛才給了男孩一罐啤酒，蒙歌享受著啤酒滑順入喉的感覺，治癒了威士忌燒過的喉嚨。他躺下來，感受難得的平靜。紅色帳篷下的地面彷彿在移動。雨水繞過他的身體，流向湖泊。他感覺得到雨水的冰冷氣息，但他全身依舊乾燥。他喝著啤酒，閉上雙眼。他這輩子第一次喝醉，並隨雨水漂流。

10

他們將耳朵貼著地毯，屁股朝天，看似在禱告。兩孩子跪在客廳中間，聽他揮舞拳頭，打在她身上。他打傷她了。他揍的每一下，女人都痛苦大叫。可怕的尖叫最後都猝然停止，好像她想憋住丟人的叫聲。就連他在揍她時，她都在為他的名聲著想。

「他會殺了她。」裘蒂說：「做點什麼，蒙歌！」

「像什麼？」他想用手指塞住耳朵。

「我不知道。」她拳頭緊握，地理作業在她手中變得皺巴巴的。她原地踱步，眼神中全是驚惶。

「如果哈米許在，他會知道怎麼辦。」

流浪者隊輸了老字號比賽[17]。起初那是個美好的春天。路上公寓窗戶都敞開，電視和收音機都向街道播報著比賽。歐吉維先生和雙胞胎站在凸窗前，穿著軍團藍制服，砰砰砰敲著鼓。他們讓街上充滿奧蘭治兄弟會的傲氣。但塞爾提克隊率先得分，街道上氣氛緊張，一片死寂，就連歐吉維雙胞胎都不再偷看路人。柯林斯在上半場得分，後來裴頓又得一分，讓塞爾提克隊穩定領先。流浪者隊派上他們的金童麥考伊斯特，但一直難以追回比分。哈特利終於在八十四分鐘追回一分，街上爆出歡呼。賽後重點不是塞爾提克隊獲勝（因為他們沒機會贏下聯盟冠軍），而是他們終結了冠軍球隊四十五場連

17　老字號是指蘇格蘭格拉斯哥塞爾提克隊和流浪者隊兩大球隊，兩隊幾乎壟斷蘇格蘭足球，球迷又因不同的宗教和民族背景（愛爾蘭裔天主教徒和蘇格蘭本土新教徒），經常發生衝突。

勝的歷史紀錄。所有天主教徒將聚集在貝爾德酒館慶祝。坎貝爾先生無法接受。

「我們必須做點什麼。」裘蒂重複。

「什麼？」

「我不知道。老天啊，就這一次，你不能他媽當個男子漢嗎？」

但裘蒂・漢米爾頓是她自己的男人。坎貝爾先生將妻子拖過走廊地毯時，她衝出門，跑下樓梯。裘蒂重重敲著門，像來討債的信貸人員。蒙歌跟上來，他沒走到她身旁，而是稍微待在她身後。他腳步猶豫，費了點勁才站到姊姊前方。門打開時，裘蒂發現蒙歌手上拿著他們家的拖把和水桶。

這陣子很少見到坎貝爾先生站著。但他打開門時，全身填滿門檻到門楣的空間。「你們兩個他媽的想幹嘛？」

裘蒂有種特殊的勇氣，她從不覺得男人會打她。說也奇怪，因為三個孩子都曾目睹母親被男朋友揍過。但面對任何男人，裘蒂都敢回嘴，蒙歌雖然欣賞姊姊這點，但他覺得她太相信男人的節操。憑藉這份信念和勇氣，她嘴上經常不饒人。他們小時候，裘蒂常向小流氓撂狠話，而她信口開出的支票，之後哈米許都要幫她兌現。蒙歌被素昧平生的男孩揍過不只一次，對方每次都要他轉達姊姊，嘴巴別那麼賤。

裘蒂還來不及開口，蒙歌便說：「你好，坎貝爾先生。」他語氣盡可能開心。「換我清洗樓梯間了，我沒有肥皂絲。我能向坎貝爾太太借一些嗎？」

坎貝爾先生臉脹成紫色。他滿身大汗，好幾年沒這般活動，阻塞的肥大血管都在努力將血液送到全身各處。他梳齊的稀疏頭髮都已鬆落。「安妮現在不能過來。她身體不舒服，躺在床上。」

蒙歌努力露出垂頭喪氣的樣子，但腎上腺素流過全身。「她還好嗎？」

「干你什麼事？」

「如果她不能來門口，我可以進去嗎？我知道她都把肥皂絲放哪。我不會打擾。」

男人不知道要怎麼應付拿著拖把的男孩，但他臉上露出厭惡的表情，蒙歌知道他受夠了。「不行。把水桶拿給姊姊快滾。」

樓梯間下方有些動靜。樓梯下層出現一張小臉，他從欄杆朝上望，看著坎貝爾家門口的孩子。沒人留意他。坎貝爾先生手伸到門上，想將門關上。

「不好意思，一切都沒事嗎？」裘蒂發現機會快消失了，她比蒙歌更直接。「我剛才聽到很大的撞擊聲。我媽放在櫥櫃的週年紀念盤都快晃倒了。」

「安妮跌倒了。」坎貝爾先生說：「我叫她不要站在餐椅上清灰塵。」接著他露出笑容。「但她之後會學乖。」裘蒂還來不及開口，他便用力推門。門要關上之際，一個聲音從樓梯間傳來。

「葛蘭！」聲音清楚，自帶威嚴。「這在鬧什麼？」

傻小妞緩緩爬上樓梯，來到坎貝爾家門前。他身高和肩寬都只有坎貝爾先生的一半。他手指摸過褲子皮帶，將厚重的毛衣塞到褲子裡。「你酒喝夠了，玩也玩夠了。現在該上床睡覺了。」

「你他媽——」

「別想嚇唬我。」單身漢打斷他。「你嚇不倒我，葛蘭。我爸也會揍我媽。」

「是嗎？」

「對。我內心有股壓抑的憤怒。多克醫生告訴我的。你想讓我宣泄嗎？」

葛蘭・坎貝爾這輩子都在彎鋼筋。查爾斯・卡宏的骨頭會像冰冷的石板粉碎。坎貝爾先生滿腔怒火，臉色從淡紫色化成深紫色，雙拳緊握像兩隻腿蹄。他向嬌小的男人走了一步。「嘴賤的娘砲。」揍這變態會得到大家的讚揚。杜克街北面的每間酒吧都會請他半瓶威士忌和好幾杯啤酒。

「喔，君子動口不動手。」傻小妞說，但他沒後退。「你是在請我幫忙嗎？我聽說過這種事。也許你是想要我進門，抱著你一會。」傻小妞一手扠在腰上，舌頭滑過下唇。「嗯？你想要嗎？你需要小妞哄你上床嗎？」

這是善意，也是勇氣。為了這事不值得。這會毀了查爾斯・卡宏僅存的名聲。半瓶的威士忌和廉價啤酒仍等著坎貝爾先生。他仍能成為英雄。**我原本想揍那臭娘砲一頓，但你應該聽聽他對我說的下一句話。說真的，我最好在他想把手塞進我屁眼之前，趕快離遠一點。我又不是布玩偶。去他媽的噁心變態。**

新教流氓會聽說這一切。他們會將傻小妞生吞活剝。**哈！哈！卡宏先生。你也想哄我上床嗎？**

一聲猛力的吸氣聲傳來，彷彿有人忘記呼吸好一陣子。坎貝爾太太出現在門廳陰影中，彷彿她剛才一直都在門後。「別亂說話，小妞。我沒事。我只是跌倒了。」

她蒼白的臉上有塊瘀青，從下巴蔓延到眼眶。她眼骨的皮膚一定受傷了，因為她手帕上有著點點血跡。她左臂無力垂在身側，從她手歪扭放在圍裙口袋的樣子來看，他已打斷她的手臂。

他們全都一聲不吭半晌。蒙歌聽到竊竊私語，樓梯間每道門的貓眼後面都傳來腳步移動的聲音。

裘蒂率先打破沉默。「喔，坎貝爾太太。我真是太笨了，我又把晚餐燒焦了。哼哈。」這是謊話，但沒人會拆穿。見到坎貝爾太太，裘蒂臉上流下淚水，但她能假裝自己是擔心燒焦的牛排腰子餡餅。「我需要你幫我，不然我會被痛打一頓。」裘蒂手伸向昏暗的門口。她伸出細小的手臂，越過門檻，這動作既大膽又愚蠢。蒙歌看她手繞過坎貝爾先生，伸向那女人。他屏住呼吸，就怕激怒坎貝爾先生，讓他將手像樹苗一樣折斷。那瞬間感覺像一輩子，但坎貝爾太太終於走向裘蒂。她向前時，裘蒂大大鬆口氣。「喔，你真是救我一命。我不知道少了你該怎麼辦。」

「好的，親愛的。」坎貝爾太太聽起來仍驚魂未定，她走進裘蒂懷中，讓她扶著她上樓。她腳步猶豫，彷彿忘記路似的。坎貝爾先生擋住門口所有光線。坎貝爾太太轉向他，手帕仍壓著臉頰，靜靜說道：「你喝夠了，葛蘭。上床睡覺吧，親愛的。我下樓時，會替你準備晚餐。」

傻小妞看來欲言又止。他指頭在欄杆敲了敲，讓大家知道這事結束了，他們不會再提起這段傷痛，今天不會，未來也不會。他轉身默默拖著腳步下樓。傻小妞走了之後，坎貝爾先生退回公寓內，像隻好戰的布穀鳥。

蒙歌跟著兩女人走上樓。裘蒂手臂仍扶著坎貝爾太太。那女人身材好嬌小，蒙歌能想像姊姊將她抱起，抬著她進門。但裘蒂沒催促她，她們一步步向上，像喪禮隊伍一樣莊嚴。蒙歌看到坎貝爾太太腳上套著絨毛莫卡辛鞋，腳跟不斷鬆脫。她腳踝因為血液循環不好，十分蒼白。他下定決心，等他們安全進到家門，他會拿一雙厚厚的運動襪給她穿。

他們樓梯走到一半，彩繪玻璃窗的光線將她瘀青的臉照得無比鮮豔。坎貝爾太太說：「他跳舞一直很厲害。光看他那大塊頭，你們想都想不到。」她小聲說著，好像在喃喃自語。

裘蒂鼻子用力噴口氣。「男人為足球這麼生氣，我覺得真他媽的丟臉。一群輸不起的傢伙。」

坎貝爾太太手從裘蒂手中掙開。她爬了幾階，然後轉身，一臉疑惑。「不是。完全不是那樣。」

「就是啊。足球只是男人的藉口，讓他們喝酒打架，發洩怒火——」

「你還太小，不懂男人，也不懂他們的怒火。」坎貝爾太太將自己受傷的手從圍裙口袋拿出，並放到懷中撫摸，彷彿抱著一隻可憐的小羊。「二十七年來，那男人天天都去造船廠。那裡的大梁像雙層公車般大，會用鐵鍊吊掛到各處。他頭上隨時都懸吊著一噸重的鋼筋，要是落下砸死他，便會留下我和三個孩子，以及床墊上一塊無人能填鋪的凹洞。他**心裡有數**。每個男人都心裡有數。」

裘蒂咬緊牙齒。「那他應該很慶幸，一切都過去了。」

女人的目光望向彩繪玻璃窗，望向後面的垃圾棚。她沐浴在綠色和藍色的光線中，讓她看起來像肉販的部位標示圖，介紹哪塊肉最美味。「有的男人以前午餐會喝六、七品脫啤酒。他們的休息時間只有一小時，但他們會一杯接著一杯。我聽說吧台手整個早上都在幫他們倒酒，他會在吧台上排好一百杯、甚至一**千杯**酒，讓男人午餐鐘響時，可以拿了就喝。喔，而且他們還會用跑的！聽了這些你認為男人快樂嗎？」

「對不起，坎貝爾太太。但我知道許多人不快樂。那也不是藉口……」裘蒂朝女人的臉點點頭。好像她無法明白說出口。

蒙歌看見坎貝爾太太凝視著裘蒂，接著彷彿看穿了她。蒙歌不曾看過有人覺得裘蒂很笨，或覺得她一無所知，但蒙歌很訝異，坎貝爾太太的眼神透露出這種感覺。

「葛蘭回家，我們坐下來吃晚餐時，我會問他那天過得如何，他唯一說的是：『很好、還不錯、還可以。』於是我會閒聊別人的事，或誰交了新男友，或瑪麗．麥克盧爾不喜歡新來的牧師。」坎貝爾太太嘆口氣，身體顫抖。「你想像他內心累積的恐懼和失望，沒人問過他這一生快不快樂，問他應不應付得來。沒有男人會告訴你他們內心真實的感受，因為他們一旦說出口，便會失聲哭泣，而這座他媽的城市已下了夠多雨。」

坎貝爾太太用手帕壓一下傷口。她將手帕拿起，感覺血已凝固。「他們辛苦一輩子得到什麼，嗯？他們被西敏寺西裝筆挺瞧不起人的混蛋解雇。那群混蛋就算看著地圖也鐵定找不到格拉斯哥在哪，他媽根本不在乎大家要養家糊口。他們聽說這群男人是國家的問題，他們不怕做苦工，所以阻礙了進步。於是那高傲的紅髮婊子拿起墨水筆，決定將他們一筆勾銷。大功告成、就此結束、一切完蛋。」

坎貝爾太太在他們面前，完全變了個人。剛才的脆弱已消失，她俯瞰他們，氣憤填膺。「所以現在，裘蒂．漢米爾頓，這和足球無關。這和他喜歡喝點小酒、不喜歡我做的菜無關。你們只不過是兩個笨小孩。你們完全不懂這一切。完全不懂。」

裘蒂雙手緊握。「拜託！你只是在欺騙自己。你這樣是在放過他。」

坎貝爾太太開始走下樓梯。裘蒂伸出手，但女人甩開她。她走到她家那層時，轉身向上望著漢米爾頓家的孩子。「自從你們穿尿布，我就認識你們，我認識你們自私的母親甚至更久。要說誰最懂得為所愛的人找藉口，非你們兩個莫屬。你們難道不能諒解我嗎？」

11

聖克里斯多福悶悶不樂來到蒙歌帳篷。男人剛才在另一頂帳篷中吵架。兩名醉漢掀起一場反應遲鈍、口齒不清的戰鬥。內容可悲，處處抱怨，並自怨自艾。他聽到他們互相翻起舊帳，挖開自尊心的傷口，計算自己的付出。他們聽起來都受傷了。蒙歌在大雨中，只聽到隻字片語，但聽起來聖克里斯多福嚎啕大哭（也許兩人都是），後來兩人又一起大笑，或嘲笑彼此，他分不清楚。男孩睡睡醒醒。

如今換身穿潮溼西裝的聖克里斯多福躺在蒙歌身旁。這帳篷對兩人來說太小，但那人仍擠了進來。他假裝體面，穿上了潮溼西裝外套，但他沒穿褲子和襪子，他磨破皮的腳直接浸在雕花皮鞋裡。

蒙歌後背貼著帳篷，雙膝彎在胸前。他能感到雨水落到皮膚上，但身體卻奇妙地沒溼。帳篷好幾處積了雨水，他必須不時推防水布，將水傾倒，防水布才不會壓到他身上。聖克里斯多福在暮色中凝視著他，他雙眼像水窪一樣渾濁。

聖克里斯多福看著他，不發一語。蒙歌眨眨眼，既困惑又恐懼。他肚子裡的威士忌翻騰。他想嘔吐，希望能將毒液排出。

蒙歌想填補昏暗的空間。他開始滔滔不絕，說起哈米許教他騎腳踏車的事。但聖克里斯多福不想聽他的故事。

「別說了。」他敲了敲蒙歌的膝蓋骨。起初是輕敲，後來他握起拳頭，重重搥他的膝蓋。舊痂傳來微微的抽痛。「你躺這樣，硬骨頭朝著我，我怎麼睡。」

「你怎麼沒去睡大帳篷？」

「他是他媽卑鄙的傢伙。老是在騙我。就是這樣。」

蒙歌伸直雙腿，聖克里斯多福也讓自己躺得舒服一些。蒙歌起初想再仰躺，但男人口臭撲面而來，灌入他鼻腔，令人難以忍受。何況，帳篷太窄，他們不能並肩躺著。聖克里斯多福發起脾氣，逼得男孩轉過身，臉朝向寒冷的尼龍布。雨一直下著。地面碎石移動，一隻手臂悄悄放到他身上，就像前一晚，但這次，蒙歌知道那人十分清醒。

有個東西碰到蒙歌的腿。感覺彷彿兩根手指，摸索著他，想伸進他赤裸的大腿間。那東西溫暖，黏答答的，一時間他們貼著彼此，像是不同體溫的皮膚相連，一人滑溜潮溼，一人渾身乾燥。它貼著他一會，然後滑入他大腿間。男人抽了口氣。

起初聖克里斯多福似乎滿意了。後來他開始前後摩擦。他惡臭的口氣噴入男孩頭髮。

「不要！」蒙歌將大腿夾緊，腳踝互相扣著。「你在幹什麼？」他身體朝反方向扭，聖克里斯多福痛得嗚咽。蒙歌身體已緊貼帳篷布。沒地方逃了。

整個週末，聖克里斯多福都餓著肚子，營養不良，和輕木材一樣空洞。現在他變得更為飢餓，好像他不願再挨餓下去。他參差的指甲扣著他喉嚨，用力拉扯，彷彿要將氣管從脊椎扯下。接著他伸出赤裸的腿壓住男孩，蒙歌感覺固特異皮鞋的縫線刮過他小腿。「別傻了，小子。你愈掙扎就愈久。」

「拜託。不要。」蒙歌擠出話。

聖克里斯多福沒答腔。他將火燙的東西再次塞入他大腿間，開始自顧自哼唱。他頂了又頂，嘴裡不斷哼唱。

西裝外套袖子捲到了男人前臂，他用一隻長手扣住男孩雙腕，另一手掐著他脖子，令他難以呼吸。最後一絲天光中，蒙歌看到男人手臂上的毛髮。黑色的毛髮立在蒼白的皮膚上，像是雪地裡的森林。蒙歌緊繃的氣息吹到毛髮上，毛髮全換了方向，彎曲流動，像河中的長草。他試著去想美麗的山丘。雨大得如地獄一般。

加羅蓋特拉開帳篷時，他蜷縮在帳篷另一端角落。紅色帳篷內幾乎一片漆黑，但火堆餘燼照亮加羅蓋特的側臉。蒙歌聽到聖克里斯多福在朝湖尿尿。他駝著的背散發著滿足，也許是舒坦。他的尿在夜裡拋出一道弧，大聲注入水面。他肚子放鬆，朝黑夜放屁。

「你沒事吧？」加羅蓋特輕聲問：「怎麼了？為什麼他在吹口哨？」

蒙歌搖搖頭。他無以名狀的感受一股腦全擠到嘴邊。他不知道該如何解釋聖克里斯多福剛才對他做的事。就算他知道，羞辱感也讓他難以啟齒，他抽痛的喉嚨卡住了聲音。

加羅蓋特戳了戳睡袋。他指尖搓揉，聞了一下，臉馬上抽開。他走回夜色中，留蒙歌躺在黑暗裡。蒙歌不知道他是打了他，還是推了他，但有人驚慌落入水中。聖克里斯多福抽著氣，掙扎浮到水面，游回到岸上。加羅蓋特再次拉開帳篷，他聽起來真心感到憤怒。「你真的失控了！噁心的王八蛋。我會他媽報警。」

男孩聽到聖克里斯多福咯咯笑了，他將溼透的外套啪一聲攤到石頭上，接著費力彎身，爬進另一頂帳篷。他疲倦的身體躺到睡袋上時，發出滿足的嘆息。

加羅蓋特爬進黑暗中，尋找著蒙歌。「好了、好了。」他試著安慰他，並向角落的蒙歌打招呼。

「我真的很抱歉。聽著，我早上會跟他說。不會有事的。」

蒙歌的聲音聽起來好遙遠。他的喉嚨仍在陣陣抽痛，難以吞嚥。「一點都不好。他他媽的碰了我！他不該那樣。」

加羅蓋特必須靠近才聽得到。「我知道。」

「我大哥會他媽的殺了他。**把他宰了**。」

「我知道。」

「拜託。我只想回家。」

「我知道、我知道。我們會回家。早上就回家。」他將男孩拉向他，手臂抱住他肩膀。

蒙歌告訴加羅蓋特哈哈會對聖克里斯多福做的所有事，藉此安慰自己。他能想像他牛仔褲腰帶上掛著戰斧，不屈不撓進到鹽市場、特隆門街、布里蓋特市集附近每一家昏暗酒館，並搜索鐵路鐵橋底下，查看每一張醉漢的臉，直到他找到他在找的混蛋。他想找的混蛋，沒一個能逃過他的追殺。到時候，他戰斧鋒利的斧刃會唰一聲揮下。

加羅蓋特耐著性子聽，在正確的地方嘆息，等男孩呼吸平緩。他手摸著蒙歌的背，像有耐心的父親安慰他，並拍著他，彷彿他是咳不出來的孩子。他們在沉默中對坐，聽著風雨衣在他撫摸下沙沙作響。蒙歌摸著他抽搐的臉。

「加羅蓋特？」

「什麼事？」

「如果我想現在離開，就是**現在**，我該往哪走？」

「噓，馬上就天亮了。白天一切感覺會好一點。」加羅蓋特手一定累了。他如父親般的手開始畫圈，一圈圈移動，愈來愈低，最後滑入風雨衣栓扣的鬆緊帶下，輕輕撫摸蒙歌屁股上方溫暖的區域，小山谷中的細毛才開始生長，蒙歌身子不禁一縮。加羅蓋特手上的徽戒十分冰冷，順著脊椎向上滑動。

加羅蓋特叫蒙歌閉嘴時，蒙歌才發覺自己在哭。他小時候不是個愛哭的孩子。自小有記憶以來，哈米許便一直以他的哭為樂，他想找到每人心中裝滿淚水的水球，並將它刺破。哈米許會坐在他胸口，用手指重重戳他，好像他的胸骨是打字機一般。每打完一句話，他會把他耳朵當曲柄扭轉。最後他會伸出手掌，重重推一下蒙歌的臉。新的一句。

我，蒙歌．漢米爾頓，怎麼是這麼好騙的傻蛋？打字、扭轉、推一下。新的一句。

我，蒙歌．漢米爾頓，為什麼總是惹上麻煩？打字、扭轉、推一下。新的一句。

就連裘蒂，遇到合適的機會，也懂得利用他不太哭的個性。她會叫蒙歌去茉茉私藏食物的地方，因為兩人偷馬鈴薯鬆餅。他們會安靜坐在烘衣櫥裡，大口吞著厚實的三角形鬆餅。茉茉逮到他們時，裘蒂會說是蒙歌的主意，他雙腿會被皮涼鞋狠狠揍一頓。裘蒂會待在房門後面，等他拖著火辣的雙腿，走進房間，但他雙眼會是乾的。她會擁抱他，並告訴他為何是他，因為他不曾哭泣，他不曾讓任何人得逞。

加羅蓋特嘶啞著嗓子，低聲叫蒙歌不准哭了。他一手抓住蒙歌足球短褲，試著將褲子拉下。蒙歌用盡全身力氣，一手緊抓著鬆緊帶，另一手抵著加羅蓋特的胸膛。多年來對抗哈哈的經驗，讓他特別會防禦。強壯的雙腿能抵住另一人的重量，全身能蜷曲繃緊，如蛤蜊緊閉。一時間，他似乎能將加羅蓋特從身上推開。

最後一絲火光照亮加羅蓋特雙眼。蒙歌看到他下巴一咬，發覺他已鐵了心。他重重揍了蒙歌一拳，這是哈哈不曾做過的事。他手肘壓到蒙歌早已瘀青的喉嚨，用力向上頂，蒙歌不禁將頭向後仰起。這時他趁勢將男孩翻身。

12

茱茱重新出現後的幾週，她都魂不守舍。喬奇會打電話來，茱茱會把家當一股腦掃入手提包，衝回去找他。五天左右，他會把她還回來，彷彿她是一本圖書館借過期的書，她外表會凌亂不堪，醉得迷迷糊糊，彷彿剛從浴缸出來。裘蒂說她覺得喬奇也酗酒，因為他不論晝夜，隨時都會打來。他們會聽到他一次次告訴茱茱她很漂亮。雖然茱茱知道自己不漂亮，但茱茱很想相信這句話。她告訴他，她現在累到不漂亮了。

上夜班讓她變成夜行性動物。蒙歌不只一次，早上醒來上學時，看到前門敞開，茱茱穿著沉重的大衣，坐在廚房桌旁。

她棕色手提包裡的東西會撒落一地，她搖搖晃晃找著家裡鑰匙時，甚至會把東西一路從樓梯間撒到門口。

坎貝爾太太一週會來兩次。她臉上仍帶著瘀青，眼眶發黃，並會問蒙歌學校過得如何。她不會多說一句話，也不會垂下目光，她會牽起他的手，將摺好的茱茱白色胸罩放入他手中。她嘴裡會一面抱怨天氣，一面默默讓他握住胸罩，連一句茱茱壞話都沒說便離開。下一次，她帶來自家烤箱烤好的罐頭牛排和腰子派。接著她拿出個塑膠袋給他，裡頭裝著茱茱前一晚掉的東西，包括六件內褲、一瓶香水和一塊解凍的方形肉塊。

蒙歌關上正門，小心把茱茱所有東西放進她包包。他母親又把胸罩脫下了，但那天早上，胸罩在廚房桌上，她在剝花生殼，並把花生殼扔到胸罩裡。桌上有一瓶空的烈性葡萄酒。看來她天亮前便一直坐在這抽菸喝酒。

「我提早關門。」雖然他沒問，但她宣布。「我再也不管了。」

蒙歌親吻她溫熱的頭髮。她用他們沒有的錢重新燙了頭髮。她頭皮全是化學藥劑的味道。他煮了水，照她喜歡的方式，替她倒兩杯紅茶。她的頭垂在胸口，緩緩來回晃動，像過了就寢時間的嬰兒。蒙歌看她抵抗睡意，他試著將燒成灰的香菸從她指間拿起，但她推開他。

「快走啦。老天。你真像個小女人。」她將菸灰彈到褲襪上，接著撥到地面。他不敢去掃。

越過屋子後面的綠地，共用垃圾棚的上方，對面公寓已點起明亮的燈光。蒙歌看著詹姆斯家燈火通明，詹姆斯離開家，一定會關上那盞燈。蒙歌知道他會早起去鴿舍。他會花一小時餵鴿子，趁其他人放出誘鴿之前，讓鳥飛一飛，四處活動。那正是東區養鴿人的習慣。他們多半沒有工作，所以他們沒有正常工作時間。

詹姆斯在廚房明亮的燈光下化作一道剪影。他向外看，看到蒙歌看著他。他們仍未交談，連一次都沒有，但他向蒙歌比了個大拇指，臉上露出疑問。蒙歌直接比了個倒讚回應。詹姆斯大笑。

「別在窗戶邊了。」茉茉說：「不要偷看女生上工換衣服。真是服了你。我居然養出個偷窺狂。」

茉茉經常從拖車偷肉回來，像黑血腸最後一截和半退冰的培根塊。蒙歌打開電爐，想準備一頓熱呼呼的早餐替她暖胃。蛋在白色油水中滑過煎鍋，碰到一塊塊培根油脂，並碰到昨天的黑血腸碎片。他等到中心凝結，才翻動它們。他將盤子從桌上推向她時，盤子發出類似粉筆的聲響。這早餐是她喜歡的口味。

茉茉發出反胃的聲音。「我沒看錯吧。」

「我可以幫你做熱粥。」

「別忙了。」她聽起來很疲倦，但一點都不想睡。

「也許你想去躺著休息？」

她將香菸捻進蛋捲。她雙眼清澈。夜班生活在她身上已成規律。「我想出去。」

她幾乎走不動了。她手臂放在蒙歌肩膀，他扛著她下樓。中途她爬上欄杆，非常任性，她向下滑時，他不得不扶著她。耶。茉茉歡呼，蒙歌不可能不受她的快樂感染。他沒有從門口攔住她，沒用各種伎倆把她騙到沙發，讓她沉入柔軟的軟墊中無法起身，裘蒂發現會氣瘋。

凌晨的光線是淡藍色的，讓鮮豔的萬物變得無比沉悶，它奪走了陌生路人臉上的生命力。他需要摟著母親，才能避免她在亞歷山卓大道上跌倒。有時她靠著他，感覺全身的重量都放到他身上。接著她會踏幾小步，晃到另一邊，他會趕緊拖著腳步跟上她。他用盡力量和專注力，兩人才沒摔進水溝。

上早班的人從溫暖的雙層公車瞠目結舌看著他們。從他們憐憫的表情，蒙歌知道母子倆讓人不忍卒睹。蒙歌試著挺直身子，雙眼望向地平線，假裝他們這趟旅程有個目的地，但其實沒有。她臨時起意想走一走，他阻止不了她。

「你小時候，我們常這樣。」她酒沒退，但冷風吹紅她鼻子，現在她看來完全清醒。他摟著她的腰，她雙臂抱著他，彷彿是一對年輕的愛人。「我走不出家門，但你會一直跟著我。就算我被公車撞了，另外兩個小孩根本不在乎。但沒有，你永遠都陪著我。」

她帶著兩人走向市中心。也許賭場或中央車站底下的角子機仍開著。稻草人喜歡光。他希望她會打退堂鼓，但她沒有。喝醉酒不是讓她躺平，就是讓她莫名興奮。恐怖的是，他永遠不知道這次是何者。

他們要去市中心，必須經過大墓地。那裡空氣最為清新，陡峭的山坡會讓她頭腦清醒。這時間，那裡將一片寂靜，不會有人看到他臉上的緊張和尷尬。他像拖船輕輕撞著她，帶領她走向墓園。大墓地能俯瞰下方的城市。他看到塞特丘如手指般的高大公寓，以及市中心密集的維多利亞建築。坦南特啤酒廠已在將酵母排入空中。

「我覺得喬奇不愛我。」等他將她放到約翰．諾克斯紀念堂台階，她美國製的運動鞋已沾滿泥土。「他把我當傻瓜。」

蒙歌蹲在瞪大眼睛的教士雕像附近，摘著過了花期的番紅花。這時節很難找到仍未枯萎的花朵。「也許他不喜歡你喝酒。」

「屁啦。我才三十四歲。我唯一該做的就是喝酒。喝酒、跳舞和大笑。」晨光中，她看起來雙頰凹陷。她從包包拿出烈性葡萄酒。蒙歌感覺得到他眼瞼彷彿通了電，開始發麻。他們出門前，他有把酒從包包拿出，但她趁他沒注意，狡猾地放了回去。「我敢說你覺得三十四歲超老，對吧？我生下哈米許時，可不比你大多少。你父親嚇傻了。你應該聽聽他媽罵我罵得多難聽。」

蒙歌不記得他祖母。他有個模糊印象，她似乎是個自以為是的長老教會信徒，她會在加鹽餅乾上抹果醬，假裝那是高級餅乾。「告訴我父親是怎麼樣的人？」

「喔，別又來了。」她努力點著歪曲的香菸頭。蒙歌擔心她會忘記他問起父親的事，但尼古丁似乎讓她思緒專注了些，她最後說：「他沒什麼特別的。有一大堆人比他好看。但他很會說話，是個很有魅力的王八蛋。他像哈米許一樣擁有勇敢的靈魂，內心像你一樣溫柔。」她雙眼凝視前方，望著蜿蜓的克萊德河。

「他有小孩，你為什麼讓他去混幫派？」蒙歌問了她上千次。三個孩子都問過。

「我阻止不了他。我試過，但他其實不曾真的屬於我。我們只生活在一起半年，他就被刺死了。

裘蒂那時仍睡在嬰兒車上，因為我們買不起哈米許的床。我們只會在屋子裡玩。」她眼神冰冷，雙眼濡溼渾濁。「我的意思是，警察最先通知的甚至不是我。他那天晚上沒回來，我還得打電話給他母親，是她告訴我他被刺死的事。我待在空無一物的家，撫養他兩個小孩，她甚至沒想到要主動打電話通知我。」

蒙歌原本想把半枯萎的番紅花拿給母親，最後卻讓花隨風飄下山坡。「我不是故意要讓你難過。」她手伸向他，他坐到她旁邊。「別傻了。你從沒為我人生帶來一點悲傷。」他聽到她抽鼻子。

「你出生是個美好的驚喜。我週二送走了他，下個週一多克醫生便告訴我，我懷上了你。」

「你一定嚇死了。」

「真的。我去看醫生只是要拿抗憂鬱藥。」她把菸彈到墓碑上。「他們來找過我。」

「誰？」

「刺死他的孩子，他們是一群芬尼亞孩子，特別穿上正裝，也許是他們母親逼的，但他們拜訪我時，像是外國代表團。那四個天主教男孩殺死了無畏的哈哈，敢走上這幾條街，其實非常勇敢。他們內心一定滿懷罪惡感。我記得他們全身溼透，不斷顫抖。他們等暴風雨正強時才來，比較安全。」

「你想傷害他們嗎？」

「我一開始想。我當時不斷又吼又叫。裘蒂當時不肯吸奶，她一直是個麻煩的孩子，再加上發生的一切，我精神極度緊張。但這些男孩全都和你現在的年紀差不多，他們站在我門口，看起來好年輕。我想他們當初刺死他時，都以為自己是強悍的男子漢。後來經過所有報紙報導，他們的母親不久得知了哈哈有兩個孩子，這便讓所有人難以承受。最難過的都是女人。他們只是拿著剪刀亂跑的男孩。」

「哈米許有朝一日會報仇。」

「他是這麼說。但好笑的是，他們以前會替哈米許買尿布。有段時間，他們甚至會寄錢給我，大都是信貸支票，耶誕節偶爾會寄來十英鎊。」她深吸口氣。「對，總之在鬧出事情之前，都只是一場遊戲，都很好玩，嗯？」

茉茉難過時會裝出一副雲淡風清的樣子。她張開一隻手，從頭到尾按摩每根手指，壓著指頭之間柔軟的皮，並輕輕壓實每一吋皮膚，如戴手套一般。蒙歌腦中想著要怎麼攢錢，替她買一副真正的手套。但她突然挺直上身，石階吸去兩人身體的熱氣。「我有跟你說過你名字的由來嗎？」

「有，講過一百次了。」

「喔，你聽膩了嗎？我給你這名字一定是瘋了。」

「這是芬尼亞名字。」

她手揮一揮，像不當一回事。「不是。聖人屬於我們所有人。但我記得戶政人員盯著我，好像我瘋了。我**確實**瘋了。我甚至不是寡婦——我連自己都說不出口。你父親一直是『**可憐的喬瑟琳・漢米爾頓的兒子**』，他不曾是我的男人，不曾是『**可憐的茉琳・布坎南的丈夫**』。我只是覺得你需要一點格拉斯哥的特色。那可能是你父親真心深愛的事物。我覺得那能帶來一點平靜。」

「對我來說可沒有。」

「但你是啊。你是我最親愛的兒子。」她摸摸他手背。「但我想叫這名字很辛苦。」

「叫史蒂芬就沒事了。大衛、約翰也行。」

他們坐在山坡上，在早晨清新的空氣中聞到濃郁的柴油味。所有人都想開車進灰色的城市，亞歷山卓大道已塞得動彈不得。茉茉親吻他冰冷的臉頰。「我一定會難過死。」

「什麼事？」

「等你遇到個女孩，離開我的時候。」

「你自己先離開我的！」他聲音情不自禁拔尖。

她手又揮了揮，好像他不懂。「現在就連跟裘蒂分享你，我幾乎都捨不得。」這句話是真的，兩人因此有點不自在。「我知道她覺得我是個糟糕的母親。她處處都在提醒我，自己能把你養得更好。那評頭論足、自以為是的臭婊子。」

「媽！」

她拍一下他膝蓋。「我跟你說過，不要叫我**這個**了吧？」至少她替他揉了揉她剛才拍的地方。「但我真的會。你開始親別人我會難過死。」他不需望向她，便知道接下來的話題。她不是拐彎抹角的女人。他幾乎聽到她雙眼轉向他的聲音。「所以你遇到對象了嗎？」

「沒有。」他緊緊將她拉到身邊。「你是我唯一的女孩。」

她將他推開，嘴裡沒一聲笑。「親愛的，我開始為你擔心了。你耶誕節就十六歲了，應該要開始追女生。哈米許到你這年紀，加文到羅伊斯頓的每個父親都來警告過他。」她不發一語一會。「有什麼問題嗎？」

「沒有。」他感覺自己臉紅了。

茉茉看起來異常關心他。裘蒂曾跟她說，他們可能會被政府趕走，她理都不理。哈米許曾讓未成年女孩懷孕，她絲毫不生氣。但現在她凝視他雙眼，真心擔憂。

「我只是沒興趣。」接著他抱著希望補了一句。「還沒興趣。」

她抽抽鼻子。「**聽著**。我不在家，不代表我沒在注意。坎貝爾太太告訴我你做過的所有事。她跟我說你去了傻小妞家。」

「卡宏先生需要幫忙。」

「對，我敢說他他媽的需要！」她下巴咬緊，彷彿準備戰鬥。「你那雙柔軟的小手肯定能**幫上大忙**。離他遠一點，蒙歌。聽到了嗎？我絕不要養出個單身漢。」

蒙歌站起的時機剛好。他整理她輕薄風雨衣的披帽。草原狼假毛很適合她斑駁的染髮。「我們回家吧，你看起來累了。」

「謝謝你。」茉茉擦去她眼睛下方流下的一條條睫毛膏。他將她拉起，他們差點倒在番紅花叢。

「聽著，我需要你幫忙。我必須戒酒。這次不開玩笑。」接著她毫無諷刺之意，喝下最後一口烈性葡萄酒。茉茉捶了捶小胸部，讓胸部挺高幾公分，當胸部再次垂至原位時，她嘆口氣。「看吧，我不能讓喬奇走。如果讓他走，恐怕不會有人再對我好了。」

蒙歌不予置評。他帶母親走下溼軟的山坡。她滑倒時，他會將她扶起。

他那天沒上學。其他小孩趕向第一堂鐘聲時，蒙歌替母親洗了溫水澡。他放了一疊毛巾到烤箱烘熱，他扶她上床時，他將毛巾放到她身上，讓她全身溫暖。茱茱情緒煩躁，焦慮不安。於是蒙歌脫下學校制服，爬上床睡到她身旁，他抱著她，直到她身體顫抖消退，沉沉睡去。

裘蒂從學校回來時，天空再次變暗。她打開房門，他們四目相交，不發一語。他以為她會鬆口氣，但裘蒂一如往常，臉上透露失望。

晚間新聞播放時，蒙歌疊了一盤烤吐司，和茱茱坐在一起，她盡情吃著。他不讓她離開他的目光，以免她挖出私藏的烈性葡萄酒，緩和身體的顫抖。他替她拿出換洗衣物，兩人一起搭乘雙層公車進城，走進會議廳。

他之前便去過戒酒無名會，但通常是和裘蒂一起。茱茱多年來試過多次戒酒十二步驟，但她清醒的日子總是不穩定和不明確。她戒酒幾週後便會宣布自己痊癒，但沒多久又再喝起酒。她像個魯莽的孩子，以為可以不用輔助輪騎腳踏車，但馬上就摔車，磨破膝蓋。她費盡唇舌向他們爭辯，**喝杯酒**和**酗酒**的不同。好幾場戒酒會，裘蒂都在後頭照顧蒙歌，最後蒙歌都已知道，如果你有酒癮，一杯和一百杯都一樣。茱茱不同意，她覺得清醒很無聊。

會議廳是在老舊的共濟會廳堂後方。會場的感覺像一場學校集會，房間鋪著漆木地板，前方有一塊木製舞台。有條走廊能通往一間無窗的小廚房，戒酒會前後，成員喜歡聚在溫暖的熱茶桶旁。蒙歌在那裡感覺最舒適。戒酒會時，他會拿著茱茱的大衣，靠著熱茶桶，讓熱量傳到全身，並聽所有人自白。

戒酒會結束時，酒癮者不論薪水高低，會聚在摺疊桌旁，相互真心同理，和睦相處。蒙歌喜歡在他們之中，雖然他雙眼被煙燻得刺痛，但他喜歡擠過緊密人群，讓鼓鼓的冬季外套給他如擁抱的感受。

茉茉牽起他的手，將他拖到一群女人中，她們一邊吃著豬後腿三明治，一邊八卦。

「哎唷，你看你長多大了？不過幾天前，你才在我家地毯前滾翻。」隔週三的諾拉用冰冷的手捧著他的臉。她的香菸飄出一縷煙。他雙眼抽搐，不算嚴重，但夠明顯了。茉茉嘆口氣。

「哎唷，你的臉還是會這樣？」每次諾拉看到他都會問起同一件事。她是來自羅伊斯頓的家事服務工，身材胖嘟嘟的，兩隻眼睛老是四處梭巡，皮膚發黃，像廚房的舊油漆。她有一頭黑白相間的短髮，每天抽四十根菸已四十年，嘴巴邊緣滿是皺紋。她開口時，都用拉長音的「哎唷」來開頭，感覺像在說：「我哪有資格說話？」她這麼說是不想把自己太當回事，就怕哪天神不同意，劈開天空駁斥她。

「哎唷，別在意臉抽搐了。你交女友沒？我敢說小姐跟你在一起，連心都想掏來送你，可得看緊錢包。」她朝茉茉眨個眼。這也是她每次見到他都會說的另一句話。

「我真希望他交女友，諾拉。我兒子看來是大器晚成。」

「哎唷，真幸運。趁現在多享受他的陪伴。我再也沒見過我兒子了。你們真該看看他們娶的是什麼可憐玩意兒。」

茉茉指著他褲襠。「我叫我家哈米許偷看一眼。看來他的都還在，好好的。」

「**媽！**」他聲音拔尖，又破音。許多人轉過頭，嘴上叼著菸。

「你這臭小鬼。我講多少次別叫我……」

那一圈女人稱讚著蒙歌，彷彿他是二等閹牛。諾拉手放到茉茉手臂安慰她。「哎唷，你媽只是擔心你，蒙歌。女人獨自撫養孩子很辛苦。」她說完轉回看茉茉。「我是說，看我大兒子，有輛新車，有間玻璃房，這兩週去托雷莫利諾斯全包式旅館度假，而我在羅伊斯頓，廚房壁紙還東翹西翹。」她將菸蒂丟進保麗龍杯。我以洛・史都華[18]之名發誓，如果我人生重來，我只生女兒。」

茉茉一臉嘲諷。「老天。女兒才糟。」

18 洛・史都華（Rod Stewart, 1945-）：著名蘇格蘭歌手，美國六〇年代中期「英潮入侵」的代表音樂人。

13

裘蒂眺望休耕的北亞爾郡田地。地面仍有殘霜，眼前一排排犁過的地看起來像棉被的縫線，雪白的霜線劃出每道深溝。棕色的田地延伸到地平線，炭黑的海洋和暗淡的天空相會。長途公車已將懸念消磨殆盡，他們一路顛簸，來到這片虛無之境。蒙歌對她什麼話都說不出口。他將披帽拉起，無法面對她。

葛利斯彼老師逃走了。他和裘蒂交往向來謹慎克制，所以葛利斯彼老師消失，其實是蒙歌跟她說的。

高中校園廣闊，裘蒂和老師通常分別出沒在不同的建築物。她喜歡藝術和語言學院寧靜的組合屋，葛利斯彼老師則會躲在教師辦公室。她偶爾會抬頭，看到他站在主樓梯頂端，透過嵌了鐵絲的安全玻璃窗，向下凝視著她。他臉上會漾起微笑，眼中閃爍一絲欲火，並瞬間捻熄。裘蒂喜歡這點。她覺得自己聰明伶俐。

他們固定週四見面做愛。偶爾是週六，他會告訴妻子他去打高爾夫球，但他們開車去露營車多半是週四晚上。他曾放過她鴿子，讓她一人站在公寓陰影中，事後他會找些藉口搪塞，像孩子感染痲疹或老婆背拉傷。下一週，他會更頻繁地纏著她，飄過充滿她香水味的走廊。有時他會在走廊叫住她，糾正她某些小違規，不擇手段將她籠罩在自己的陰影下，讓她黃褐色的眼珠投向他。

上一週，他錯過週四露營車之約時，她慶幸自己獲得平靜。但過了週末，他沒在走廊上纏著她，她走去現代研究課那一帶，他也異乎尋常地不在。

她弟弟站在電暖爐前換衣服時，怪腔怪調說：「**我知道你不知道的事。**」他一下扣著制服鈕釦，一下彎身舀一匙穀片塞進嘴裡，眼睛一秒也不離開卡通。「你要不要猜猜看。」

蒙歌光著屁股，像小孩一樣天真無邪。公寓其他地方都沒暖氣，但他不該裸體站在她面前，尤其他已十五歲。就算他心智尚未成熟，身體已是年輕男人。他胯下和大腿長了一叢淡棕色的毛髮，他原本圓胖的屁股如今精瘦方正，充滿肌肉。他翹起赤裸的屁股，朝她搖擺。

「別鬧了，穿好內褲。」她在心裡哀悼，他以前還是可愛的小男孩。晚上她會隔牆聽到他使勁摩擦，但沒多久便結束。他洗澡洗太久，熱水器水都用完時，她知道他幹了什麼好事。曾幾何時，她還必須拿浴巾追著他，幫他擦淨身體。

「**我知道你不知道的事。**」他朝她露出笑容，希望她猜，但裘蒂不肯猜。「**好啦！**葛利斯彼那胖子逃走了。古達老師說他從現在開始會負責教我們。我聽他說葛利斯彼沒來上班，沒打電話請病假之類的。他直接消失了。」蒙歌穿上他的黑長襪。「古達問我們葛利斯彼有沒有給我們作業，全班他媽的都說謊。」他單膝跪地，彈著一把幻想的空氣吉他。他沒料到裘蒂聽了會嚎啕大哭。

裘蒂感到腳下的地板傾斜。像一面即將拆除的石瓦山牆，她臉瞬間崩垮，生活隱私滾落一地。她徹底被摧毀，腦中不成套的床單，如今都將攤在大家面前。她知道老師為何離開。她知道自己做了什麼，讓葛利斯彼老師消失。

蒙歌在公車上，不願坐在她旁邊。他坐在長椅對面，臉貼著車窗，目光直盯著黑色田野。裘蒂不記得上次他對她如此失望是何時。

她好久才止住眼淚。接著她告訴蒙歌所有關於葛利斯彼老師的事，像他的度假露營車、寬廣的海洋邊界和令人興奮尖叫的飛旋旋轉杯。她沒告訴他葛利斯彼老師曾說過，他相信她。他輕易誘騙了一個傻女孩，讓她相信自己能離開這城市，相信她能逃出困住所有人的陰溼街道，最終擺脫哥哥和弟弟。她頭腦很好，這點是沒錯，**但她一點都不特別**。她比不上有家教的伯斯學生，也比不上瑪麗・厄斯金私立學校的愛丁堡上流名媛。腦袋是長在她脖子上，但能確保她前途的卻是他。她要怎麼告訴蒙歌，他第一次指交她時，她便相信了他，並質疑自己？

葛利斯彼先生保證會幫她上格拉斯哥大學，她卻不相信自己能靠聰明才智辦到。對裘蒂來說，大學等於另一座城市，那裡的郵遞區號宛如護城河，能隔絕像她一樣的東區垃圾。但其實那只是間古老的大學，尊貴的英格蘭紳士到此就讀，只是想在接受優秀教育的同時，見識一下大英帝國的邊疆，更別說他們能和愛嗑搖頭丸和喝調和啤酒的當地女孩瘋狂亂搞四年。

哈米許說這些他全都知道。哈米許手頭有貨時，會賣上等大麻給大學新生。他會拿純菸草，在上頭撒上碎牛肉湯塊魚目混珠。他用一點大麻便能賣一整班學生。

他必須抓準時機。他會把握新生週，那時他們身上還有祖母給的零用錢，也還沒在這座城市學到教訓。每次名字叫陶比或多姆的學生，聞著一袋袋菸草和茉茉的過期湯塊，驚呼味道和他們「上次在果亞」聞到的屌貨一樣，哈米許臉上的笑容都差點失守。

哈米許稱九月最後一週為「梅子季」。你必須在梅子過熟，格拉斯哥讓藤蔓腐爛前，騙光這群王八蛋。不久，這座城市會向他們展露真實的天性，那時便太遲了。但三年下來，他賺的錢已付清茉茉的信貸。他甚至買了錄放影機，而剩下的錢，還替珊米瓊租了台全身日曬機。

上次哈米許口袋裡裝滿新賺來的錢，一進門便嘰哩呱啦時，裘蒂已和葛利斯彼老師勾搭上，並幻想自己能去西區。她張大嘴巴，聽哈米許驚嘆學生在拜爾路豪宅住的豪華公寓，屋內有寬敞的木地板和挑高天花板，屋子中央不只有一盞向下照的裝飾燈，而是有一盞巨型大燈向上投射燈光。這讓她腦中充滿白日夢。

每年梅子季，英格蘭人會刻意低調，乘坐著母親破爛的福斯轎車上學——賓士車對北方來說太囂張了。他們會穿著纖維稀疏的燈芯絨褲，外頭套一件上蠟的巴伯爾皮外套，駝背走在大西路。他們頭髮蓬亂，卻不失造型，帆布包中會放一本破舊、紙頁捲起的普魯斯特，並故意露在外頭。他們會穿得像要參加亞伯丁郡的松雞射擊季。

「我想他們媽媽告訴他們，格拉斯哥都是農夫，隨處能打牙祭時，這群蠢蛋隨身聽開太大聲，以為她說能來打野雞。」哈米許跟每個新教男孩都講過這笑話，還對裘蒂講兩次。「只有有錢，才能打扮得像你不在意錢。我是說多到永遠不用去算的財富。」

格拉斯哥青少年穿著他們買得起的衣服，塗著厚妝，噴滿體香噴霧，看到公車上層的駝背燈芯絨男時，心中羞恥感油然而生。大家的夢想是買得起美麗的衣服；要能拋開一切，隨心所欲穿著是全然不同的夢。

哈米許馬上會騙走他們的錢。他會面露竊笑，聽他們跟他說，他們打算去聖安德魯斯大學或羅伯特戈登大學找姊姊，她們的名字總是提莉、坦雅、泰斯等上流的名字。他們會問他斯凱島哪個季節最宜人。「我他媽哪知道？」他會說：「我幹他媽又不是你們的僕人。」

每年過節，這些學生都會回家。有人問他們在哪讀書時，他們會回答格拉斯哥，朋友會點頭贊許。年輕的多明尼克·巴克斯頓多麼聰明勇敢，生活放蕩得恰如其分。他們畢業後總會回家鄉，絕不會真的在此落腳。

但對哈米許來說，最糟的不是英格蘭人，而是來自西區、伯斯和愛丁堡那群沒下巴、穿羊毛衣的軟腳蝦。那些蘇格蘭人講一口標準英語，字字清楚得不可一世，甚至連伊頓公學的貴族學生都望塵莫及。他們能背誦多首勞勃·伯恩斯[19]的詩，而且不開玩笑，他們真心喜愛蘇格蘭傳統歌舞會和蘇格蘭風笛。他們熟知佛伊歐湖每一條美麗的步道，認為卓佛旅館的週日烤肉最美味，但被「白天的觀光客毀了」。對哈米許來說，這些蘇格蘭人讓自己淪為雜耍秀的玩偶。中產格拉斯哥人最糟糕，他們一點都不忠誠。合他們意時，他們會像穿時髦外套一樣披上城市特色，但他們不知城市霜寒，也不知城市的所求。這些格拉斯哥人怪得恰到好處，對英格蘭人來說永遠充滿娛樂性。他們父親沒有在克萊德河上被解雇，也沒有在卡多萬的採煤面拖過礦渣。他們的父親趕著短途客機，飛往倫敦，在金絲雀碼頭點商業午餐，吃著蘇格蘭煙燻鮭魚。他們喜歡吃燕麥餅配法式鵝肝醬，喝蘇格蘭「生命之水」時用的是玻璃杯，而非玻璃瓶。

哈米許看他們一眼便知道自己討厭他們。他各方面都嫉妒他們。於是他一面大笑他們多容易上當，一面騙走他們的錢，讓他們抽得肺裡全是牛肉湯塊粉。

他跟裘蒂說，她不可能上大學。那地方不屬於像她一樣的格拉斯哥人。

19 勞勃·伯恩斯（Robert Burns, 1759-1796）：蘇格蘭愛國詩人，作品多半以蘇格蘭語寫成，歌頌蘇格蘭文化、傳統和人民，對蘇格蘭文學影響深遠。

裘蒂聽著海鷗啼叫，心知自己無法向蒙歌解釋這一切。

她跟他說的就夠了。在公寓裡，牛奶從蒙歌下巴流下，裘蒂告訴蒙歌葛利斯彼老師在她肚裡種下了孩子，這是他消失的原因。她告訴蒙歌，葛利斯彼老師說那不是他的孩子。他在路邊停車區朝她大吼，像被斯塔福郡鬥牛獖困住的家鼠。她當時覺得很好笑，明明被困住的不是他，他卻表現得像困獸之鬥。他手緊握方向盤，指節蒼白，一一列出同班同學的新教名字。他嗓子粗啞，照字母順序唸出名字，像早上點名一樣。

「是麥康納奇嗎？」

「不是。」

「尼利？」

「不是。」

「尼可森？」

「不是的。」

「拉特雷？」

「怎麼可能！」

「啊，好了。別對我說謊，孩子。我敢說是拉特雷。我看過你們女生笑得花枝亂顫，在書桌內側刻下他的名字。」

「老天。絕對不可能。」拉特雷絕對沒那麼大膽。

「布坎南？」他問：「那是布坎南嗎？」

「等一下，什麼？布坎南不可能排拉特雷後面。」她朝他冷笑。「你愈猜愈不對了。」

葛利斯彼老師敲著方向盤。「莫金森？」

「不是！」裘蒂發出長嘆。「我只跟你上過床而已。」他臉色慘白，像煮過頭的捲心菜。「**老師**，是你的孩子。」

她叫他**老師**時，他通常很喜歡。他在她上面時，他會請她這樣叫他。但現在不喜歡了。他不相信胎兒是他的。「像你這種女生都這樣，你們像狗發情，跑到街上亂睡。我就知道。我早知道你就像社區其他蕩婦一樣。」他一次次喃喃自語，斥責自己多蠢。「你現在永遠不可能讀大學了。」

她無法告訴他，她多討厭躺在他下面。她一點都不享受，恐怕要過一輩子，她才肯讓另一個男孩進到她身體。

那天他沒帶她回東區，而是把她丟在他家附近，柯金蒂洛赫附近的牛街。她問自己在哪時（她對世界這端一無所知），他說：「**臭**……牛街。」並重重甩上門。他學生名單上的任何男孩恐怕都比他成熟。

現在葛利斯彼老師離開了，他們坐公車到拉格斯，準備轉乘下一班公車到西基爾布萊德，然後到露營車營地。這是蒙歌的主意（這是個蠢主意），但她沒更好的想法。

裘蒂越過走道，坐到弟弟身旁。她壓著他，害他全身都貼在窗戶上，不得不回應。她以為他會失望或生氣，但他望向她，眼中只有深沉的悲傷，她發現自己不喜歡他如鏡子般的目光，希望他再次別開頭。蒙歌張開手。他拿著一把寶寶軟糖，特別為她挑出紅色的。

蒙歌從沒在白天看過海洋。他們在拉格斯換公車時，他拉著裘蒂走向大海。裘蒂不能讓他多待一會，覺得自己很差勁。下一班公車在露營車營地入口放他們下車。他們沿著柏油路走到圓形空地，找到她熟悉的那一排露營車。雖然天氣仍寒冷，格拉斯哥的退休人士已在準備享受短暫的夏天。他們在老舊的威士忌酒桶上種植矮仙丹花，重新連接冰凍的水管。退休人士狐疑地看著兩個小孩，裘蒂後悔他們沒換下學校制服。

來這裡找他是個笨主意，但她心裡一角暗自期待他會在露營車，因為她無法想像他在別處。她對葛利斯彼老師印象不多，只有他站在下拉式南非地圖前的樣子，或在摺疊桌壓在她上頭的模樣。她從來沒見過他走在街上。他會像坎貝爾先生一樣用口哨吹著〈比利小子〉嗎？或像哈米許一樣一臉機靈，昂首闊步？除了他在學校上課和放學對她做的事，她其實對他一無所知。她只知道他放入她腦袋的，以及從她身體奪走的。

露營車像個米色的金屬罐，摸起來十分冰冷。他們透過鼓起的紗窗，望進空無一人的車內。蒙歌開始拉門。

「你在幹嘛？」她知道有十幾雙眼睛盯著他們的一舉一動。底層敗類不該出現在他們精心整理的花床之間。

「他可能留了紙條在裡面，」蒙歌說：「或**可能**留下他真正的地址。我們能聯絡他，讓他幫你。」

裘蒂之前沒多想。她不曾想過自己想從他身上得到什麼。說來很蠢，但她只是想確定他明白，這絕不是一場誤會。對人充滿信任是種負擔。有時她就是無法相信別人會如此惡劣。但多年來和茉茉相處，她早該洞悉人性。

蒙歌又試著拉鍍鋅把手。門很薄，哈米許輕易便能踢開，他會知道愛迪達鞋要瞄準哪裡。蒙歌掏了掏風雨衣的袋鼠口袋，拿出哈米許給他的小刀。他完全不知道如何開鎖，但這根本稱不上鎖。他將刀卡到門閂，門馬上應聲打開。

裡面乾淨又冰冷。葛利斯彼一家只留下必要家具，準備將車賣給下一個格拉斯哥人。少了葛利斯彼太太精心的擺飾，露營車在裘蒂眼中好陌生。她不得不再次確認，自己有沒有認錯車。不，**就是**這輛。她手摸過摺疊廚桌下，感覺一塊塊乾掉的黏液突起。他們做完愛後，葛利斯彼老師喜歡挖鼻孔，並抹在膠合板下。是這車沒錯。

「這裡就像魔術師的帽子。」蒙歌讚嘆空無一物的空間。葛利斯彼夫婦溺愛著兩個孩子，花大把銀子升級了豪華內裝。

蒙歌找到化學馬桶，大聲尿尿，聲音聽起來像廉價塑膠桶。「喔，完了！」他大叫把腳抬起。「我覺得這沒有接管。」糖漿般的黃色尿液從馬桶周圍溢出。裘蒂馬上直覺要去找抹布，想清理乾淨。

「你在幹嘛？」蒙歌躲開馬桶。裘蒂還來不及回答，他便伸出手，把牆上的相框掃下。那是張裝飾照，裡面是一張因弗雷里的黑白照片，並以水彩著色。相框摔破在地。他露出微笑。

裘蒂血液沸騰。她將雙人床的床單撕了，那張床屬於他妻子，他不肯讓她躺。貧戶裘蒂只能將就躺在摺疊桌，或躺在鋪了粗糙毛圈布料的格紋長椅。他如果真的很急，他會將制服裙掀到她腰上，她會靠在金屬水槽，聽餐具叮噹作響。

裘蒂手摸過枕頭。枕頭有洗過，但他味道已深植其中，上頭仍有他的汗臭和髮油味。她能聞到他的味道。她將枕頭套撕開，將鵝絨從枕心挖出。她將兩個枕頭開膛剖肚，脹紅臉大聲尖叫，最後她終於喘不過氣。她弟弟站在狹窄的門口，看她肩膀上下起伏，每一口氣彷彿都將怒氣多吐出一點。「等一下。枕頭裡可以全是羽毛？」蒙歌睜大眼睛，感到不可思議。「幹他媽的！」他拿起枕頭揮向裘蒂。她倒到紅木牆，肩膀撞破膠合板。他又打她一下，空氣中飄散如雪花般的新鮮鵝毛。裘蒂也抓起一個枕頭，他們爬到露營車各處，從床跳到長椅，毫不留情揮打彼此。那是一場路途漫長、戰火不斷延燒的戰爭，他們摧毀一路上所有事物。露營車搖晃，輪胎咿呀作響。

最後一顆枕頭扁掉之後，他們才停手。裘蒂的左耳流著血，金耳環已脫落，但她一點都不在乎，她甚至沒有朝蒙歌大吼。車內每一吋都布滿厚厚一層纖維和羽毛。「是他活該。」蒙歌驕傲說。但這太幼稚了，根本不足以報復。

他們回到外頭，冬日落到雲朵後方，蒙歌終於看到天空和海洋的交界。他們的頭髮和制服上都沾滿羽毛。蒙歌蹲到露營車下，從後輪移除固定磚。裘蒂看著他，緊張地發出咯咯笑。「你在浪費時間。他會把這車賣了，永遠不會回來。」

她弟弟沉吟一會。傷害下一個來度假的人感覺不大公平。哈米許不會在乎。但讓陌生人尖叫衝入愛爾蘭海感覺很殘忍。

「你好無聊。」蒙歌嘟著嘴，但他沒有放回磚頭。他扳動支架拉桿，讓輪子落地。他用力推時，露營車向前滑行。車子開始滑下山坡，漸漸加速。「啊、啊、幹！」他大喊。「跑、**快跑！**」

裘蒂蜷在扶手椅，一直忽視努力讀約翰．多恩[20]的他。他臉脹得通紅，但她對他渾然不覺。她在想別的事。他甚至沒發現她在哭。

「幹他媽的麥克葛雷格怎麼這樣對我們？」他抱怨。「這是欺負蘇格蘭人，要我們唸標準英語一點都不公平，煩死人了，逼人讀這狗屁。」

麥克葛雷格老師惡名昭彰。面對**特別**的孩子（沒前途的孩子），他開的處方箋便是「多恩老大」。英文老師知道他們已無藥可救。約翰．多恩像一大劑盤尼西林，專治奄奄一息的肺結核病患。如果任何孩子跟不上課程，他不會浪費時間拖著他們讀完《卡斯特橋市長》[21]。他會要他們坐到教室後面讀多恩老大。大多數學生會在封面內頁畫畫。麥克葛雷格老師不在乎。

它先吸吮我，現在換你，

在跳蚤體內，我們兩人的血液融為一體。

蒙歌搔搔自己。「那女的得了疥瘡，他還在寫情詩。『家』發音一不準，麥克葛雷格就有臉揍人；而幹他媽這老髒鬼詩人字隨便拼，大家卻叫他『大師』。」蒙歌將薄薄的詩集扔到房間另一頭。「我喜歡那首詩。」裘蒂自言自語說。她擦了擦臉，擠出笑容。「詩人是想騙女人和他睡覺。我們一長胸部，老師就應該教每個女生那首詩。」

蒙歌搖搖頭。「我想把約翰．多恩的骨頭挖出來揍。」

20 約翰．多恩（John Donne, 1572-1631）：英國玄學派詩人，作品主題主要為宗教和愛情，擅長比喻，文字充滿感性。

21 《卡斯特橋市長》是湯瑪士．哈代（Thomas Hardy, 1840-1928）一八八六年的小說。

「揍？你敢？」

「對。」他狐疑地看她一眼。「你有什麼問題？」

裘蒂拉一下她羊毛褲襪。她站起身，和他站到房間中間。「要不你替我做一件事，我做起司烤吐司給你吃？」

她突然好心起來，蒙歌知道有人要耍他了。「我不餓。」

「我需要你幫忙。我希望你幫我做一件事，而且你必須當個男子漢。」

又來了，那個詞。大家全都想看這名深藏在他內心的男子漢。「你先跟我說是什麼事，不然我不會答應。」

「好啊。」她又頓了頓。「我要你盡全力揍我。」

他放聲狂笑不止。但裘蒂沒在笑。她牽起他的手，放到她肚子粗糙的合成纖維毛衣上頭。毛衣緊貼身體，散發均勻的溫度。「如果我生下這小孩，永遠都讀不到更多詩了。」

他將手抽走。「你瘋了嗎？」

她沒放手。「沒什麼。現在甚至還不是嬰兒，只是個小蝌蚪。如果我再多等，它會有神經、會有耳垂……」裘蒂生物一直學得很好。她用自己所學給他壓力。「別擔心。現在只是一團黏液和細胞。如果打出來，我可以直接沖掉。」

「我辦不到。那是嬰兒。」

「不是。一切結束後，就永遠都不是嬰兒了。」她嘆口氣，試著柔聲對他說：「蒙歌，如果我生下這嬰兒，我就會變得和茉茉一樣。你不希望我那樣，對吧？」

「當然不要。但也許我可以照顧他。我又不會去哪，所以哪有差？你還是可以上學。你可以唸大學。政府會給我們一間小公寓。我們會得到一筆不小的補助。」

她聽到之後，全身冰冷。她不曾想像照顧弟弟和嬰兒的生活。「不行。我不要那樣生活。如果你不幫我，那我要去找工作。馬奎斯包裝公司那裡有在徵實習，我會摺紙箱。」她撫摸他乾瘦的臉龐，面露微笑。「但你會幫我。我知道你會幫我。」

「我不會。」

裘蒂從他面前退開。她流暢地踏到椅子上，站到窗框上。

「你在玩什麼把戲？」

她轉身。「你記得稻草人要茉茉往下跳的事嗎？如果我不把這孩子打掉，我會跳下去。」他記得很清楚。他絕不會忘記母親在溼滑窗台上的模樣。她只要隨時覺得小孩不夠愛她，不時便會爬上去。裘蒂雙眼出現一道陰影，她有時解開困難的數學題時會出現這眼神。「啊，我現在明白她為何這麼做了。我不要這樣生活。」

蒙歌雙臂抱住她的腰，將她拖下。接著他重重把她推倒在安樂椅上。她雙腳不禁向上抬起。「幹你娘。」

「蒙歌——」

「幹你娘。」

蒙歌在黑暗的廚房悶悶不樂。他手指摸著野花壁紙，欣賞圖案拼貼呈現出的立體感。他望向詹姆斯的公寓。詹姆斯哭過之後，他們仍未說話。他希望自己現在有個朋友。

中間櫥櫃裡有茱茱從杜克街老人酒館偷來的玻璃杯。他拿起一個杯子，把母親廚房裡所有酒和調味料倒進去，像棕色、紅色和黃色醬料，以及酸掉的脫脂牛乳。他加入生蛋、止痛藥粉和半瓶黑胡椒。在這聖代特調上頭，他又擠了洗碗精和一點廁所漂白水，最後加進自己的一滴痰。

「來，把這喝了。」他把藥給裘蒂。

她坐在窗台，看著狹窄的街道。她剛才又哭了。她看了大笑，但後來卡在淚水和笑聲之間。他從她身邊退開，內心感到冒犯。「你要我幫忙的。喝了。」

裘蒂雙臂抱住他肩膀，她撥亂他後頸的頭髮。他感覺很舒服。「你這大傻瓜。蒙歌，器官是分開的。子宮和胃沒連在一起。我可能會拉肚子，對，但胎兒不會受到影響。」她把杯子放到窗台。他們從房間另一頭都仍聞得到。「打我，不然踢我也行，看你。就這次。我保證。」

蒙歌一臉蒼白。他搖搖頭。

裘蒂不解他為何如此不情願。夏天下雨時，他們會為了找樂子，等對方剛好跨過門檻時砰一聲，用門撞彼此的臉。對方手裡剛好拿著茶的話，算得兩分。

「我為你付出多少時間。」她靜靜開口。「我坐在烘衣櫥，安慰受傷的你的每個下午。你甚至不肯為我做這件事？」裘蒂擦了擦眼淚。「我以為你愛我。哼哈。」

「我愛你。」

「不，你不愛我。你只愛我為你做的事。你和其他人一樣糟糕。」

他拇指的指節壓著他抽搐的眼皮。「就這一次？」

她點點頭。「對，就這一次。」

「所以你說。就、這、一、次。」他必須重述，必須再三證實。

裘蒂將他眼前的頭髮撥開。她讓他知道不會有事。「就這一次。」

他花許久時間才下定決心，他不曾真的碰過她，並希望她能改變主意。裘蒂朝他大吼。終於，她弟弟將拳頭向後伸，他痛苦尖叫，一拳打在她肚子上。他拳頭抽得很短，這一下甚至連她腹部的空氣都沒打出。但裘蒂看到了她需要的那股勁。「很好。蒙歌，再一拳，用力點。」

「但你說就這一次。」

「對，但你必須好好打。」

他又打她一下，這次力量更強，但他手腕發軟了。

「再用力點。」

他又打她一下。她沒反應，唯一在抽氣的人反倒是他。

「再用力點。」

他又打她一拳。她動都沒動。

她咬著牙。「拜託，蒙歌。在幹嘛啦，就這一次。好好當個男人。」

他拳頭向後伸，拳頭蒼白又發紅。他揮向她，順著拳頭畫出的弧，他灌注了狹窄肩膀中全部的力量。這拳扎實擊中她，她一口氣全吐出來。他沒料到自己會有這手感。他堅硬的拳頭打在裘蒂如枕頭般柔軟的身體。她肉身瞬間吸收了衝擊，毫不反抗。她彎下腰時，他不禁對她感到不可思議。女人的身體超乎想像，不但能承受衝擊，也能給予溫暖和保護。那感覺和揍男人截然不同。他偶爾反擊哈米許時，哈米許的身體組織，像骨頭、軟骨和肌肉會將力量反彈，蒙歌手臂會感到疼痛。你傷害男人，他會傷害回來。

他此時腦中浮現出坎貝爾太太，並痛恨自己。

裘蒂再次回復呼吸，她站起身，將蒙歌抱入懷中。他臉上毫無血色，一片慘白。甚至連臉上的抽搐都因為缺血停止不動。腹部瘀青的是她，但再次安慰他的仍是她。一如人生所有事情，他無法讓她依靠。他們兩人內心都這麼想，但彼此都沒說出口。**沒用的傢伙**。

「謝謝你，蒙歌。」她呵護著他。「我去熱一點坎貝爾太太的肉湯，然後我們可以窩在一塊？《史酷比》待會要播了。」

最後其實沒有用，但裘蒂沒告訴蒙歌。他們最好別再多談這件事。她要求一個溫柔的靈魂施行暴力，這讓她覺得自己踩髒了一塊新雪。

沒有用，她肚子持續變大。傻小妞總在紗窗後注意一切。他發現快樂的女孩走在街上失去了笑容。他告訴坎貝爾太太，於是坎貝爾太太拿牛排和腎臟派給裘蒂。下一週，她做了以前女孩會做的事，她帶裘蒂去卡爾頓區找吉普賽女人。未成形的胎兒消失了，蒙歌以為這全是自己的錯。

14

蒙歌躺在地上。男人用完他之後，蒙歌無法入睡，也無法動彈。他覺得自己若裝死，便能邀請死神將他帶走。他試著停止呼吸好幾次。他沒照裘蒂教他游泳時的指示，將氣憋到胸中，保存氧氣，而是吐完最後一絲氣息，直接停止呼吸，拒絕讓空氣進入體內。他不曾成功。他的身體是個不忠的叛徒。

太陽早早升起。雨已停，但空氣溼黏厚重，水氣觸手可及。太陽升到頭頂上，照亮紅色帳篷，將一切沐浴在強烈的櫻桃紅光下。加羅蓋特離開時連拉鍊都懶得拉上，但他溫柔擦淨了蒙歌身體，並將足球短褲拉回他腰上。雖然帳篷門隨風飄動，但空氣滯悶，難以呼吸。裡頭瀰漫威士忌味、汗臭、血味和稀屎味。肥大的虻蟲降落在尼龍布面，在他臉前幾公分幹著彼此。

蒙歌感覺得到自己有黑眼圈，他用手指稍微一碰，便痛得縮起。他猶豫一會，終於開始感受自己的身體。他下巴破了個口，先被睡袋拉鍊勾到，接著被防水墊磨破。他肋骨十分疼痛。昨晚加羅蓋特扯他頭髮，將他扣在地上，因此他頭頂也感到火辣。他雙腿溼黏，全是自己的血和屎，還有不是他的東西。但他最痛的地方在體內，在肚子和心臟之間。他試著用手去摸，但他摸不到，痛楚愈來愈劇烈。

紅色帳篷外毫無聲響。他唯一聽到的是輕柔的水波和蟲蠅聚集的懶洋洋嗡鳴。他必須去湖邊，泡進令人麻木的湖水中，將一切沖洗而去。他想沉入水中，永遠不再浮起。

蒙歌翻身，身體傳來另一種新感受，像他必須去蹲馬桶，將自己清空。蒙歌脫下襪子。他用襪子擦掉赤裸的腿上最不堪的髒汙，爬出帳篷。

男人坐在營火灰燼旁，沉默不語。兒童吃的巧克力棒放在石頭上，像兔子陷阱。

「喔。早上都幾點啦？」聖克里斯多福直直望著蒙歌的眼睛，臉上沒有一絲悔意。蒙歌不想迴避，但他目光不禁低垂，望向地面。他想直直望著那人的臉，讓他低下頭，但他辦不到。「我以為你想睡一整天。真浪費。我們還要抓鱒魚。」

加羅蓋特背對著男孩。他不發一語。聖克里斯多福靠近，瞇眼望著男孩，仔細看他的瘀青。「老天，你怎麼他媽有黑眼圈。我們打的嗎？」他的聲音莫名透露著驕傲。講到他們失控，他彷彿享受其中，毫無罪惡感，蒙歌好奇這老酒鬼記得多少。「幹。我一定喝到斷片了。我喝醉酒，在空棺材都能跟人打架。」

蒙歌正對他們向後退。他緩緩退向樹林，回到他昨天感覺自由自在、無拘無束的涼爽安靜地方。

「你要去哪？」聖克里斯多福問：「你還沒吃你的泡麵。」

「我只是要……」蒙歌痛苦嘶氣，「去上廁所。」他嘴中發出的聲音十分沙啞，毫無氣力。他摸摸發腫的喉嚨。

加羅蓋特在除一尾小鱸魚的內臟。他微微轉頭，看蒙歌退入樹林。他從肩膀上方朝男孩說話，「別走太遠，蒙歌。小男孩在黑暗的森林裡，會發生不好的事。」

蒙歌鑽入森林中。他一路跑到湍急的河流旁。他蹲到高大的蕨類植物間，讓身體排泄。拉出來時，他感到一陣刺痛，發覺自己肛門已裂開。結束之後，他褪下全身的衣服，走進水流中。紫色的新瘀傷擴大，和他格拉斯哥藍色的舊瘀傷相交。昨天冰冷的河水讓他尖叫退縮。如今他全身沉入水中，體內灼熱，幾乎感覺不到寒冷。他摸索河床，找到一塊滿布孔洞的石頭。他以粗糙的石頭當作浮石，摩擦皮膚，刷洗全身，直到他渾身寒冷，皮膚發紅刺痛。沒有用。他仍感覺自己十分骯髒。後來他吐了，黃色和紫褐色的嘔吐物從嘴中湧出，畫出一道弧。他看著嘔吐隨水流漂向大湖。

「那只是場小遊戲。」加羅蓋特說：「只是有點失控而已。」

那人靠在一株山毛櫸，靠近蒙歌扔下的衣服。他抽著菸，並用除內臟的刀挑著拇指指甲下的泥土。刀刃照到少數穿過樹葉的光，閃現光芒，令人膽寒。

蒙歌下唇開始顫抖。他掐住嘴唇，指甲緊扣著肉，逼嘴唇停下。「對我來說不是遊戲。」

「啊，拜託。你知道男孩子都這樣。每個人都做過類似的事。這只是成長的一部分。總比讓女生出問題好。」

蒙歌很氣自己。他無法直視那人，只能對著河水說話。他聲音粗啞，不像自己。「你等著瞧。等我告訴我哥你做的事。他會他媽的殺了你。他有把戰斧，他會劈開你那顆臭腦袋。」

加羅蓋特對傳說中的哈哈一無所知。他笑了笑，撥撥他整齊的劉海。「那就可惜了這好髮型。」

蒙歌扔出手中的石頭，但加羅蓋特動作飛快，馬上躲開。石頭擊中樹幹，落入了蕨類草叢。下層草叢吞噬所有聲響。他們再次獨處。加羅蓋特將刀摺起，塞到身上。「聽著，我可能太超過了。但你能說你不享受嗎？」他現在露出笑容，露出尖銳的牙齒。「連一點都沒有？」

蒙歌緩緩搖頭。「沒有。」

那人從牙齒間抽口氣。「幹，那我**真的**很抱歉，小兄弟。」加羅蓋特思考一會，甚至有點自責。

「但我真的很驚訝。尤其在聽過茉茉描述你的事之後。」

他體內彷彿失去了所有鮮血，但他身體瞬間沸騰鼓脹，每一吋都充滿怒火。他臉色同時慘白又通紅。「不管他們說了什麼，絕對都不是真的。」

「是嗎？」加羅蓋特懊悔一下，但他尖銳的門牙咬住下唇，瞬間又變回野獸。「但我聽說不是那樣。那正是你和我們來這趟的原因。要處理你的問題。讓你成為男人。」

「這就是你讓我成為男人的方式嗎？」

「不是。我想不是。」他說：「但我們帶流浪兒來呆望這綠油油的山坡，是出自一片好心。所以你別不知感激。下次別他媽在那小家子氣。」加羅蓋特拿起男孩的內衣、T恤和平口內褲。「在巴林尼監獄，你不能穿自己的衣服。你絕不可能穿同一件內褲兩次，天啊，而且內褲從不合身。就算洗過，你在上頭仍聞得到另一個傢伙的味道，仍感覺得到之前上百人穿過。」他用手指搓揉灰色的棉布，然後將蒙歌內褲扔進河水。「你要洗乾淨。我們不能像動物一樣。」

蒙歌掙扎著朝下游走，去撿被扔過去的衣服。他看著衣服，那是他穿過上千遍的熟悉衣服，卻不知它們現在屬於誰。

加羅蓋特看著男孩手腳揮舞，愈發無趣。他酒醒後十分煩躁。「總之，動作快點。聖克里斯多福還要教你怎麼抓鱒魚。別的不說，肯定很好笑。」他轉身走向營地，卻停下腳步，將香菸屁股彈向蒙歌。「以免你一時想不開，你不能告訴任何人發生什麼事。不能跟媽媽說，也不能跟哥哥說。如果他們知道你做的事，還有你有多喜歡，你永遠無法成為男人。」

「我不喜歡。」他用盡全力清楚說。

「真的？」

這一刻，蒙歌心裡有件事改變了。這件事媽媽的吻無法安慰。這也不是哥哥拿刀就能捅死的惡霸。不是有人煮碗熱湯便能解決。羞辱和罪惡感只能由他來背負。蒙歌知道加羅蓋特是對的。他不能告訴任何人。

「而且，」加羅蓋特走入蕨類草叢中，「大家都知道你是個淫蕩的同性戀。噁心的小娘砲。到時候就各說各話，看誰比較可信。」

這時他發覺，男人會再次下手。

等他回到營地，加羅蓋特將蒙歌後背包清空，準備再去一趟村莊的商店。蒙歌看他將筆記本和桌遊扔到碎石上。這是屬於小男孩的玩意兒。那些東西感覺不再屬於他。那些對他來說不重要了，扔入湖中也無所謂。

加羅蓋特檢查了剩下的酒。威士忌只剩幾滴，還有幾罐啤酒，男人一陣驚慌。他們原地繞圈大吼，翻找每個口袋。營地旁的三人都空著肚子，但加羅蓋特發現他們無法滋潤喉嚨時，才決定要再去一次商店。

蒙歌看到自己的機會。「我可以幫你提酒。」他語氣盡可能隨意。如果他能去郵局，他能問鄉下女人他們在哪。他可以再次打電話給茉茉，她能打給哈米許，接著哈米許會帶上他造船廠的戰斧，將這些男人切成碎片。蒙歌需要回去那小郵局。

加羅蓋特看著蒙歌滿臉是傷的微笑，自顧自大笑。「蒙歌，別開玩笑了。你那張臉別想去什麼商店。」

「為什麼？」蒙歌手摸著他受傷的眼睛。他眼眶腫脹，眼睛已完全閉起。他周邊視覺模糊，但他臉上的抽搐被這一揍，已不再發作，他的臉部肌肉嚴重受傷，無法動彈。

「別管為什麼。」加羅蓋特將空背包甩到背上。「那鄉下臭老太婆早覺得我們是人渣。如果她看到你的臉，她會報警，我們會因為打架入獄。不行。你待在這。最好確保那白痴不會把自己淹死。」加羅蓋特轉身離開。他站在蕨類草叢邊緣說：「別亂跑。別幹任何傻事。最後是看誰比較可信，你家人已知道你那模樣。」接著他消失進樹林中。

蒙歌坐到一塊布滿苔蘚的石頭上。他能走能跑，但不知要往哪個方向。他不知道茱茱跟加羅蓋特說過什麼，他不知道是什麼事會讓家人相信陌生人，而不相信他。他臉上發燙，肚子陣陣抽痛，他將膝蓋抱在胸前，沒受傷的眼睛靠到膝蓋上。他突然又感到孤單，不是昨天魔幻般的感受，而是身上溫度全被抽走的感覺。他感到一陣恐懼，他可能永遠回不了家了，再也見不到裘蒂和詹姆斯了。

「開心點，沒什麼好煩的。」

他看著聖克里斯多福拿魚鉤勾住米諾魚，將牠們扔入湖中。他生性緊張，所以他垂放的時間不夠讓任何魚游近。那人彎身，臉湊到水面上，尋找獵物。「幹！這臭湖連一隻魚都沒有。」他沒有特別在對誰抱怨。「我以前每週六會和父親去卡特河釣魚。我們回家都會提一大桶鱸魚，隻隻在桶裡扭動，又肥又臭。我們抓的魚多到父親會叫我去家家戶戶把魚送別人。」那人脫下扁帽，搔搔禿頭。「這湖一定他媽的毀了。」

加羅蓋特回來還要許久，蒙歌無法忍受他的抱怨。他打算把這人打發到一邊，他才有機會思考接下來該怎麼辦。「那裡還有一條河。裡面全是某種肥魚。」他將手張開，和肩膀同寬。

聖克里斯多福眼睛睜大。「原來臭魚都躲在那。」他將釣線捲起。「告訴我在哪，嗯？」

比起自己探索，帶聖克里斯多福穿越森林速度慢上不少。他爬不過倒木，必須停下，坐到樹幹上，一腿接一腿晃過樹幹。他穿著老舊的工作西裝，跌跌撞撞踩過茂密的蕨類草叢時，那畫面十分詭異。他的魚鉤不時會勾到樹枝或樹葉，蒙歌必須替他解開。第三或第四次時，蒙歌一邊用靈巧的手解開打結的魚鉤，一邊端詳那人的臉半晌。斑駁的林蔭下，陽光照在男人雙眼上，他雙眼有一層蒙歌之前沒注意到的白膜。

蒙歌總算知道那人為何要將臉湊到湖水上，為何每顆石頭都會滑倒。他的眼睛不行了。聖克里斯多福已看不清楚。

他跟著蒙歌來到河邊，一路嘴巴都沒停過。蒙歌沒在聽，也不再思考山谷寧靜的魔力。對他來說，一切都毀了。他將大朵的藍鈴花踢掉，手故意抓住蕨類的莖，拔下所有羽葉，讓它們原地等死。

他們來到河邊，找到最深的地方。河水寬闊處，蒙歌看到魚懶懶吃著掠過水面的小蟲。他指著魚，看聖克里斯多福循他的手臂向前望。但男孩知道他看不到魚，再也看不到了。男人將釣竿朝下游揮，讓魚鉤落在兩塊大石間。他拿出香菸點燃，雙手插到口袋，像在公車站一樣等待。

蒙歌涉水到對岸。他想離渾身發臭的男人遠點。第一天下雨之後，他身上沒乾過，但全身潮溼有個好處，他不會去想臉上的刺痛，以及在肋骨擴散的輕微抽痛。緩緩向前的話，河中落腳點都很穩，中途只有一顆石頭不平衡。蒙歌感到石頭搖晃，馬上小心調整重心，以免摔進河裡。雖然很幼稚，但他決定不要提醒聖克里斯多福。

另一側河岸潮溼的泥土上有根斷木。蒙歌坐到上頭，泥地發出溼屁聲。他在上頭搖晃一會，將樹幹壓下去，再讓它彈上來，同時想像自己衝入下方草叢，好奇自己能多快穿越蕨類草叢。

「他媽沒屁用。」聖克里斯多福最後說：「他媽這些臭魚都不咬餌。」

蒙歌看得到魚線在水流中起伏。男人錯過了他指的地方，浮標在渦流中瘋狂晃動。「你為什麼要那樣？」蒙歌問。

「我以為你指那裡。」

「不是，我不是那個意思。我是說，你為什麼昨晚要那樣對我。」

聖克里斯多福和他只隔一小段距離，此處河寬只有六公尺。但蒙歌看得出來，男人沒有直視他。他以為自己直視著蒙歌，但其實沒有。「你從沒參加過童軍嗎？」

茉茉負擔不起童軍制服，在東區街頭，學會繩結，獲得天文徽章有什麼用？

「他們全都會這樣。男生單獨在一起時，我們都會這樣。找點樂子。而且，對有些人來說，這就像傳統。只是你窮的時候，最好別提起，但有錢的時候，呵、呵、呵。有錢公子哥全都會搞在一起。牛津裡全都是。他們都住寄宿學校。他們那的人全都愛隨意搞一下。」聖克里斯多福拿出兒童吃的巧克力，遞向蒙歌。

蒙歌不知道聖克里斯多福對多少男孩解釋過。他竟隨口就可以編出這段鬼話。他像這樣拿出巧克力棒，對小孩打招呼多少次了？一想到此，他頭開始抽痛。

「你坐牢不是因為居無……」蒙歌不熟悉這個詞。

「居無定所？」聖克里斯多福馬上接話。「不是。我坐牢不是那個原因。」

在這之後，兩人一片沉默。兩人之間，河水洶湧奔騰。

蒙歌害怕加羅蓋特。他擺動頭時，會讓他想到凶惡的比特犬。他粗野健壯，全身彷彿用鈍刀雕刻而出，但沒用砂紙磨平。而聖克里斯多福再也嚇不倒他了。現在他怒火中燒，這老頭做了壞事，他居然放過他。他吞一口口水，用受傷的喉嚨盡全力大吼。「巧克力你自己拿去塞你屁眼！」

男人把巧克力放到河岸，彷彿蒙歌是能引誘來的一隻狗。「隨便你。反正你以後會喜歡。這樣好過讓女生出問題。」

又是這謊言。蒙歌想到裘蒂和她的**問題**。他想到她稍微鼓起的肚子，好奇露營車裡的男人有沒有硬插入她。

聖克里斯多福嘆口氣。他搔搔滿是鬍碴的臉頰，換了話題，好像他們剛才在聊天氣。「蒙歌，孩子，你答應我的魚在哪？」

蒙歌在河岸另一邊。他可以這時轉身，鑽進高大的蕨類草叢，聖克里斯多福絕不可能追得上。但他能去哪？就他所知，他離家好幾公里遠。公寓搞不好已在山脈另一端。

頭頂上，樹葉啪啪作響，大雨即將落下。加羅蓋特會淋成落湯雞。蒙歌指向腳邊魚群。牠們終究不是棕色，五彩的魚鱗閃爍彩虹色。「你從那裡釣不到。你的魚餌會被水沖掉。如果你踩那些大石頭，你可以過河，從這裡釣。」他轉身離開，不確定自己會不會又朝他大吼。

他在摘藍鈴花時，聽到聖克里斯多福過河了。那人喃喃禱告，冰冷的河水讓他不時屏息。蒙歌見那人驚惶失措，不禁露出微笑。他想把藍花瓣弄成糊，並聽到聖克里斯多福在湍流中突進，嘴裡呻吟著，「老天、我的老天。」不久那人不再碎唸，他快到岸邊了。

聖克里斯多福踩到鬆動的石頭。河床滿是苔蘚，他的皮鞋無法止滑。水深只及腰，但他面朝下摔進河裡，釣竿和那袋釣魚工具全脫手。蒙歌看著他的羊毛扁帽順水漂走，男人大聲尖叫，聲音痛苦，充滿恐懼。

蒙歌擔心他會淹死，於是他想也不想，跳入水中，涉水奔向他。那人雙手揮舞，吞了好幾口水，並掙扎著想站穩。「我的腳踝！」蒙歌伸出手，勾住他的翻領。他像是一袋中空的骨頭，全身毫無重量。蒙歌在渦流中站穩，用全身的力量將聖克里斯多福拉正。

聖克里斯多福雙手劈著水面，他多年抽菸、長年久坐的肺臟十分虛弱，蒙歌將那人拉向他，而聖克里斯多福沒扭傷的腳找到了著力點，手緊抓住蒙歌前臂。

這一刻能注意到許多細節，像那人動作無比笨拙，冰冷的雨水讓河水顯得溫暖，釣魚用具全毀了。蒙歌能注意許多事，而他最注意的可說是最微不足道的可笑小事。但蒙歌雙眼盯著。他瞪著男人的手，男人修長的手指抓住他的前臂。手指尾端已被尼古丁染黃，他指甲彎曲，有著樹皮的顏色。手指關節上長著黑毛，每個關節糾結粗糙，有如嫁接的樹苗。這正是前一晚抓住他的同一隻手。滿是汙垢的指甲刺入他手腕的皮膚時，男人將他惡臭的老二插入他大腿之間。

哈哈曾教過他一招。那招非常聰明，他稱之為「開心好朋友」。這招能在流氓或惡霸來找碴時，讓他們放下戒心。哈哈教他直視對方的眼睛，身子維持不動，眉頭連一絲敵意都不要有。哈哈教他看著那人，用嘴巴和眼睛露出最大、最燦爛的笑容。臉上堆滿笑，彷彿看到一籃小狗，或看到蓋．福克斯之夜漫天的煙火。正當流氓奇怪你為何笑得像白痴一樣，你用右腳勾住對方腳踝，全力推對方胸口。這時如果你身上有帶刀（刀應該永不離身），你就能順勢拿刀捅他們。

水從男人坑巴的鼻尖滴下。蒙歌露出笑容。昏暗的天空彷彿明亮起來。

蒙歌勾住聖克里斯多福沒受傷的腳，抓著他翻領的雙手向前一送，將男人推入水中。聖克里斯多福放開他手腕，雙手向外揮，尋找支撐點，但四周卻只有水。蒙歌將他壓入水中，數到五。雖然哈哈訓練過他，但蒙歌天性善良。他數到十，便再次抓住他翻領，將他從水下拉起。他只是想嚇他。他只希望他把手放開。

聖克里斯多福像噴泉一樣噴發。他從肺臟嘔出河水，朝蒙歌咳嗽和唾沫。他那對無神的眼睛拚命轉動，神情瘋狂，驚惶失措。**很好**，蒙歌心想，**讓他害怕**。

男孩張開嘴想警告他，但聖克里斯多福手還沒握緊，便朝他揮舞拳頭，拳頭擊中蒙歌黑眼圈的傷。男孩鬆開手。他感覺撕裂的屁股跌坐到河床，他在水中轉身，背對世界。

他站穩腳步時，手中已拿起一塊石頭。那塊石頭不大，不過是耶誕橘子的大小，但他揮擊時，石頭擊中聖克里斯多福太陽穴，那人向後倒入水中。

蒙歌再次抓住他領子。他膝蓋抵在那人胸口，用全身的力氣向下壓。他壓到那人靠到河床，接著踩到他身上。聖克里斯多福的手抓向天空，但蒙歌不許他起身。後來沒多久，聖克里斯多福便溺死了。

15

少了男孩跟著他，加羅蓋特動作比較快。湖另一頭，雲開始在山丘聚集，彷彿它們被困住，找不到出路。風吹過山坡，擾動湖水時，湖看起來怔忡不安，充滿怒火。雨水滂沱落下，等他來到小商店，全身已溼透。

他在那條走道來回滴水時，鄉下女人緊盯著他，他拿了一手臂的義大利餃罐頭和水果酒。商店酒品有限，只有基本款。他不得不買一瓶不適合牛飲的上好威士忌，還有積了一層厚灰塵的一手啤酒。

「笑一個多少？」他拖延時間問。但他的魅力對她無效。她讓他走入大雨中，並鎖上店門。

加羅蓋特躲進紅色電話亭，吧唧一聲坐到木椅上。雨水嘩啦打著玻璃，但裡頭基本上是乾的。他拿起電話簿，把香菸放在封面上，像一個個受傷的士兵。他想保存住菸草，於是他將不成形的香菸撕開，抖出菸草，集中放到口袋。他吹開啤酒罐上的灰塵，滿足地喝一大口。

天空變得很有壓迫感。雲朵全面籠罩，最後一絲陽光消失。雨要停還要好久。加羅蓋特讀起電話簿。裡頭名字不多，還一再重複。在這一帶，大家不會長途移動。他隨機選個名字，轉動手中硬幣。他沒剩多少錢，他們酒已喝到超出預算，他算零錢時，發現自己的錢不夠所有人搭公車回格拉斯哥。他想到蒙歌，不知道帶男孩回城市，讓他能說出自己的說詞，是否明智。

這種事經常發生。城市年輕的男孩淹死在湖裡，這裡的水域比加氯的泳池要來得更深、更渾濁。晚報上有各式各樣的報導，像年輕人在山上凍死，或在陡峭的山上摔破頭。這事十足可信。意外經常發生。

加羅蓋特將硬幣投入投幣口，撥出號碼，靜靜等待。正要掛上時，話筒另一端虛弱的聲音回答。

「喂，是E．比頓太太嗎？」

女人聽起來很喘，好像長途跋涉來接電話。也許這是在無數農舍中的一個電話，也許她剛才在洗熱水澡。「我是波克特醫生。你知道，**大醫院**的醫生。」

「什麼醫院，醫生？我不曾去過什麼醫院。」

「大醫院。在愛丁堡的醫院。總之，我們收到你的檢驗結果了，**對**，你的一般科醫生寄來你的就診資料。**迪肯醫生**，沒錯。他寄資料來讓我們檢驗，恐怕得告訴你，我們必須把兩邊都切了。」

「什麼兩邊？」女人說：「我只去找迪肯醫生看我的咳嗽。」

加羅蓋特在起霧的窗上畫了朵花。「正是如此，比頓太太。我們必須截斷你雙腿，這樣才能改善你的咳嗽。這全都相關。別哭。我們可以試著保住膝蓋以下，但外科醫生目前不大確定，他要親自看過才知道。」電話傳來三聲嗶響，電話斷了。加羅蓋特暗自竊笑。

如今雨滴在空中橫飛。湖泊先消失了，接著是白色房子，最後連紅豆杉也看不見了。加羅蓋特再次翻過電話簿。他想找個他唸起來喜歡的名字，打算告訴對方，他是他們失蹤多年的兒子。他希望那女的年紀夠老，但話說回來，這裡每個人感覺都很老。充滿活力的人早就到了大城市，或往更南方去了。

他在巴林尼監獄時，曾做過差不多的事打發時間。他沒有能打電話的對象，所以他會隨便撥出一個格拉斯哥的電話號碼，和任何接起電話的人聊天。大家普遍都很友善，可能有點困惑，但人都很好。他們會走到窗邊，向他巨細靡遺形容天氣。**下雨**，大多數時候都在下雨，但聽到不同的陌生人描述上千種不同的雨，他能感到平靜和喜悅。有的人會打開《晚間時報》，唸當日頭條給他聽。偶爾他們會忘記自己在和誰說話，不小心唸到強暴、謀殺新聞時，他們會中途停下，換成當地政治新聞。寂寞的老人是最好的陪伴。這些人會一球球述說老字號的比賽，不放過任何一絲細節，讓他感覺身歷其境，彷彿自己就在帕克黑德球場邊，享受塞爾提克隊的勝利。

其他時候，加羅蓋特也會遇到小孩，他的媽咪去辦事，留小孩一人在家。有時他會遇到小男孩，這時他總是馬上掛斷電話。

他原本已在撥電話，想像著老太婆兒子的模樣，但他停下手。等硬幣回到手中後，他撥出一組不同的號碼。這是深藏在他記憶中的號碼。

一個年輕女孩接起電話。他聽到背景小聲放著流行音樂，人聲喧嘩，可見房子裡全是人，充滿快樂的氣息。「喂。」她嬌聲說。

「賈桂琳，是你嗎？是我。我是安格斯。」

他幾乎能聽到女孩臉一板，不再好聲好氣。「你要幹嘛？我以為我們跟你說別再打來了。」

「我知道。但我出來了，我在外頭，有找人幫我。我現在變好了。」

「外頭。哪裡？你在哪，安格斯？」她語氣透露一絲驚慌。他能想像她環顧四周，好像他可能從走廊的櫥櫃走出，或躲在沙發後面。

「我在北方，我跟幾個男生週末出來釣魚。我只是記得今天的日子，想說給你打個電話。」他喝了一口滿是灰塵的啤酒。「我戒酒了，賈桂琳。那些都過去了。所以我能跟媽媽說話嗎？」

賈桂琳不答腔。他聽到她把話筒輕輕放到桌上，跟另一個房間的人說話。一連串門關上，流行樂變得幾不可聞。熟悉的聲音出現在話筒另一頭。「安格斯？你要幹嘛？」

「嗨，媽。」他投入更多硬幣。「我只是想打電話給你。」

「好。就這樣？」

加羅蓋特好奇她現在長什麼樣子。

他能想像母親以前快樂的模樣。格拉斯哥市集節[22]時，她曾在索科茨租一輛奶白和酒紅色的露營車。她帶安格斯、賈桂琳和最小的伊凡搭火車去玩。那週雨下個不停。她第一天從露營車窗向外望，哭了整個下午，雨瘋狂打在金屬屋頂上。他知道她多努力工作，才能負擔這一週的假期。她是地方學校的清潔工，東撙西節，存了一整年錢。

孩子在長椅跳上跳下時，她走出露營車，來到海灘。她提著一桶桶溼沙礫回來，在合成地氈上鋪出一塊沙坑。整個下午，她為了孩子，在大雨中來回將沙提回露營車。加羅蓋特不記得更快樂的時光了，他們四人躲在露營車，在私人的小沙灘玩耍。溼透的母親跪到火爐前，蒸氣從她身上升起。

她聲音現在透露一絲溫暖。「我要你別再打電話來了。」

「我知道。我想告訴你，我出獄了，媽媽。我在努力。」

「我知道。」

他大拇指摩擦話筒。「我找了個小工作。沒多厲害。在羅伊斯頓路上的一間地毯安裝公司鋪底

22 蘇格蘭最古老的假期佳節。源頭是一百年前，格拉斯哥主教准許在七月舉辦為期八日的市集活動，四面八方的人會聚集至此，買賣貨物，現代則轉變為度假和娛樂為主的節日。

埶。」他等她說些什麼，但她沒開口。「我晚上會去戒酒無名會。我盡力遠離酒精了。」

「你從哪裡打來的？」她的語氣和他姊姊籠罩同樣的擔憂。

「沒事。」他說：「我不在屋子附近。我出門釣魚了。」

他以為她聽了會安心，不再多問。他離加羅蓋特住宅區很遠，不可能去打擾她。但她沒安心，她聲音變尖，語調上揚。「你跟誰釣魚？」

「誰也不是。就一個戒酒無名會認識的老頭。」

她一定將嘴巴靠近話筒，因為她下一句話變得含糊。「安格斯。有小孩子跟你一起去嗎？」

「沒有。我知道規定。」

加羅蓋特天生便會騙人，小時候便學會說謊，他發現只有這個辦法能讓他得到他想要的，像同情心、巧克力蛋、午假、足球鞋或看一眼鄰居小孩的私處。曾有一段時間，他幾乎靠說謊行遍天下。起初這只是他有意無意的習慣，但後來進到巴林尼監獄，說謊已不只是讓人生更輕鬆的潤滑劑，如今更成為他的天性。加羅蓋特天生便會騙人。他母親已狠狠得到教訓。

「老天。」她輕聲說：「安格斯，拜託你別傷害那男孩。」

他不知道她何時開始不再愛他，但他想知道，也想回到那之前的時光。她現在已接受他真正的天性。她已站到伊凡那一方，相信了弟弟的說法，並馬上打電話報警。現在，加羅蓋特讓最後一枚硬幣落下，他知道四個人永遠不會再回到索科茨海岸，一起坐在奶油和酒紅色露營車裡的沙坑。

電話嗶了三聲。加羅蓋特聽到母親最後一聲嘆息。她的嘆息結束前，呼氣聲有點粗糙，像砂紙摩擦一樣，彷彿在說，戒菸已來不及了。

16

蒙歌信步穿越鴿舍前的草地。他不時停下來，假裝對腳下的東西感興趣。沒人注意到他，每一分鐘，他都更靠近鴿舍，最後他近到無法再假裝自己只是散步經過。詹姆斯在裡頭，在一群棕鴿的鴿籠彎腰。他一邊拿注射器塞進鴿子喉嚨，將藥灌入，一邊輕聲說話。天窗的光灑落，除了他和那隻鷂鳥，身邊一切都暗淡無色。他看起來像一幅油畫，彷彿天堂在朝他微笑。他頭髮閃閃發光，像拉糖做出的王冠。

蒙歌無精打采靠在門框，臉頰貼著漆木板。「我認識的一個女人差點被丈夫殺了。」詹姆斯身體沒有畏縮，聽見他聲音也沒嚇到。蒙歌這時才發覺，他有看到他在鴿舍徘徊，卻不打招呼。

蒙歌在四周尋找話題。角落最低的長凳上放了兩疊屋瓦。蒙歌打開屋瓦的話題。「你買屋瓦了嗎？」

詹姆斯看一眼屋瓦。「沒有。」話題似乎已結束。蒙歌臉離開門框。顯而易見，兩人友情已結束，該是他離開的時候。這時詹姆斯又開口了。「某天晚上，有人在門口放了兩片屋瓦。隔天晚上又多了兩片。屋瓦超重。這事真詭異。」

「就這樣？」蒙歌知道不只這樣。他知道傻小妞必須費盡心力，才能把屋瓦搬給他。他要搬好幾個晚上才搬得完。一人一狗會潛伏在陰影下，他的購物車會在黑夜中咿呀作響，娜塔莉會緊張拉著牽繩。

詹姆斯給蒙歌一個牛皮紙袋。裡面有屋瓦釘、瓦片鑽和精細的技術圖，指示釘子要從哪穿過屋瓦。蒙歌打開摺頁，圖畫得很乾淨，但沒人署名。「哇。屋瓦屋頂。你會有全社區最好的鴿舍了。」

「對。」但他看起來並不高興，也依舊不望向蒙歌。

蒙歌理解害羞和羞恥的感覺，而且他對詹姆斯有股柔情。「聽著，我們把鴿舍接好水管，你每週便能賺四十五鎊的租金。這是兩層樓的大房子。能輕鬆容納一個單親媽媽、六個小孩和四隻比特犬。」

詹姆斯似乎沒心情開玩笑。他再次背對他，並彎身清理鴿子爪子上的木屑和鴿屎。看來他想獨處。

蒙歌轉身離開，以免臉開始抽搐。「聽著，我不知道我做了什麼，詹姆斯。但對不起。我真的對不起。」他鞋子摩擦地面，腳下的碎玻璃嘎吱作響。他只是在朋友為母親難過時安慰他。那一點都不噁心，但一切感覺都錯了。

「沒事啦。」天窗上的鴿舍陷阱在詹姆斯臉上投下深深的陰影。他耳朵變得更尖了。

「我不是怪胎——如果你懷疑的話。那只是一個擁抱，又沒有什麼意思。」

「我知道。」詹姆斯封上裝著屋瓦釘的牛皮紙袋，扔到一邊。「你又在剁嘴唇了。」他頓了頓，補了一句：「你想吃蛋糕嗎？」

「蛋糕？」

詹姆斯朝角落點點頭。長椅上有個白盒子。蒙歌打開蓋子，裡面有個海綿蛋糕，金黃的層次中填滿鮮奶油。上頭有個裝飾用的泰迪熊，還有用糖漿錯寫著**牛日快樂**。蒙歌盯著字跡良久。他覺得心情糟透了。「你有腳踏車嗎？」

「幹嘛？你要送我嗎？」

「詹姆斯，我不知道今天是你的生日──」

「我只是開玩笑。有，我有腳踏車。」

「那我們去找個地方玩。」

「哪裡？」

「我不知道。去個好地方。去我們不曾去過的地方。」

「可是去哪裡？」

蒙歌聳聳肩。他伸直手臂，食指向前指，慢慢轉身。「喊停。」

詹姆斯那天第一次朝他笑了。那只是個歪斜的微笑，卻比鴿舍的天窗的光還耀眼。「他媽的白痴耶。」他看蒙歌原地轉了好幾圈。「好了、好了。停。」

蒙歌停下，他手指向東方。這是個好方向，任何方向都是好方向。

他們將薑汁汽水和蛋糕塞進詹姆斯書包，並拿來足球打氣機，在嘶嘶聲中，將傑米森先生的拉特瑞腳踏車輪胎充飽氣。腳踏車長年沒人使用，車身生鏽，橡膠手把已被汗水侵蝕，光是把腳踏車推出樓梯口，蒙歌的雙手就已汙黑黏膩。腳踏車白色骨架上貼著金色和綠色的止洩帶，彷彿在說**我以身為芬尼亞為傲**。蒙歌爬上狹窄的座位時，詹姆斯感覺他格外沉默。「但教皇本人親自為這腳踏車祈福過。」

「有點太招搖。我他媽會被捅死。」

詹姆斯踩著老舊的拉特瑞腳踏車，蒙歌坐在後座。他身體僵硬，坐得直挺挺的，只稍微扶著詹姆斯的腰。詹姆斯身子前彎，全身上下起伏，像騎夏爾馬一樣踩著踏板，努力讓兩人向前。起初他們穿梭在熟悉的街道，經過每天都見得到的面孔，蒙歌一方面害怕詹姆斯停車，說想回家，一方面害怕兩人遇到哈哈那群人。要是他們看到他坐在一個男孩身後，腳踏車是塞爾提克隊的顏色，他會被揍死。

「這樣不對啦。你**必須**往你選擇的方向騎。這是唯一的規則。」

詹姆斯嘴上雖然哼一聲，但他將腳踏車轉向了東方。街道偏離時，他們會隔一條街再左轉，不斷朝午陽的反方向騎。中途好幾次，詹姆斯想放棄。街道一開始感覺愈來愈不妙。他們經過一處社區，公寓排列緊密，瀰漫著窮困潦倒的氣息。他們騎在兩排破爛的公寓之間，所有窗戶為了安全，都以木板釘死。詹姆斯身體發抖，蒙歌手抓住他身側。「繼續騎、繼續騎、繼續騎。」再過去景色一定更廣闊。

終於城市像舒了口氣，鋪展開來，房屋遠離彼此，天空不再受砂岩建築所限，變得更加遼闊。公宅的規畫變成一個街區有四棟屋子，但屋前庭院大都無人照料，長滿雜草。他們被巴林尼監獄擋住時，蒙歌也覺得到此為止。詹姆斯在山坡上喘氣，他們站在原地，看著監獄。巨大的建築圍著鐵絲網，像維多利亞時代的工作坊一樣雄偉森嚴。

「我叔叔帕迪．葛蘭特因為重傷害關在裡面。」詹姆斯說。

「莫歐．麥康納奇在裡面，」蒙歌說：「還有喬．麥康納奇。」大家都有認識的人在巴林尼監獄裡。

只有這樣嗎？這裡就是道路的終點嗎？這就是雙腳能帶他們所到最遠之處嗎？蒙歌感覺朋友的熱情逐漸消散。他和詹姆斯換位子，強迫身材高大的男孩坐到狹窄的座位。「我再來騎十分鐘。如果我們沒看到好地方，那我會一路騎回家。好嗎？」

「好，就這樣。」

他們繼續向前騎，但現在速度更慢，心情更沉重。他們爭論要不要騎過天橋，越過高速公路。蒙歌不信任橋梁，新教比利幫和天主教塞爾特幫只隔著一座天橋。另一邊，他看到另一座社區，但再過去有一排矮樹，那裡沒有高大的建築和瓦斯廠破壞地平線。

他們騎往矮樹林，矮樹前出現一片草坡，他們好開心。草坡一邊是高爾夫球場，胖嘟嘟的中年男子穿著色彩柔和的毛衣，像一顆顆繽紛的糖果。再過去有個池塘，大到可說是座小湖。池塘中滿是藻類，像白內障一樣渾濁，但美麗的天鵝划過綠色的水面。四周一片寧靜。那裡只屬於他們。

「看，我就說吧。生日快樂。」

詹姆斯打他腰。「根本瞎矇的。」但他臉上全是笑意。

蒙歌沿著道路彎曲前行，並緩緩繞著圈，想壓車讓詹姆斯掉下去。他們不斷笑鬧，想把彼此拖到池塘邊，扔到天鵝群中。天鵝受夠他們便游走了，兩個男孩爬到矮護堤，蒙歌推著舊腳踏車穿過長草叢，露水讓輻條閃閃發光。從山坡頂端，他們看到左方個密集的灰色城市，另一邊則是無數蓋到一半的新房子，房子以亮橘色的磚頭打造，空間寬敞，提供給有車和薪資高的家庭。

詹姆斯打開盒子。蛋糕已扁掉，字都融到海綿蛋糕中。那不重要。他們用手塞到嘴中，吃得手都黏黏的，並躺在草地上，讓溫暖的奶油卡在喉嚨。詹姆斯風雨衣口袋藏了瓶四分之一瓶的威雀威士忌。他喝一大口，拿給蒙歌。「讓你卵蛋長點毛。喝吧。我們騎舊腳踏車，他們不能抓我們酒駕。」

他只吞了幾滴。酒讓他害怕，但他沒讓詹姆斯發覺。威士忌入喉時癢癢的，但在低矮的雲朵和清新的草地上，他喜歡酒煙燻和泥煤的味道。那就像篝火之夜，不過是在他們把舊腳踏車輪胎扔入火中之前；是在哈哈將髮膠罐丟進火中，讓它們刺耳爆炸之前。

詹姆斯拿出一盒壓扁的香菸。「看好。」他頭背對蒙歌，再轉回來時，嘴裡有四根菸，每根都卡在他的牙縫中。他露齒微笑，翻著白眼。

「你這騙子。」蒙歌大笑。「說真的，我不敢相信你這王八蛋心情這麼多變。現在笑得像白痴一樣。兩個小時前，我以為你會從鴿舍屋頂跳樓自殺。」

「你讓我開心起來啦。」

詹姆斯點燃香菸，遞給蒙歌一根，但他搖搖頭。任誰看過茱茱早上乾咳，指頭沾滿菸灰，翻找菸屁股，就絕不會想抽菸。他腦中聽到裘蒂的聲音。裘蒂這偽君子，她已經做了比抽菸糟糕太多的事了。

詹姆斯朝他皺眉。「你怎麼了？」

蒙歌沒發現自己眉頭緊鎖。「在你學校，天主教老師會想幹學生嗎？」

「不會。別傻了。我們有個教足球的，叫雷東神父，我們會戲稱他叫戀童神父，但就這樣。我們在更衣室時，他會站在角落監視我們。但我覺得他只是個混蛋。」詹姆斯朝空中吐個煙圈。兩個男孩看煙圈飄向池塘。「怎麼了？新教老師會想插你屁眼嗎？」

「沒有，我沒遇到。」蒙歌說：「但如果能不學數學，我可以讓他們插。」

「喔，插進來，老師。再深一點！」詹姆斯大笑。他們看退休人士緩緩繞著池塘散步。「數學我還好。我受不了的是語言。神父他媽超愛拉丁文。」

「你們必須經常上教堂嗎？」

「不用，但我們早上大都會在學校祈禱。」

蒙歌思考一會。他們在新教學校會舉辦週會，午餐時間會要求他們背主禱文。所以到底天主教徒有哪裡不一樣？為何他應該要討厭他們？「你怎麼記得所有舞蹈？」

「你說儀式嗎？噢，他們會在小時候教你所有動作。那之後，你就會一直記得。其實天主教徒不喜歡臨場發揮。」詹姆斯畫個十字。「至少學校是這樣。在家，我們禮拜日也不上教堂了。自從我媽死後，我爸不喜歡穿正式服裝，坐在長椅上。他說感覺像擁有一套上好的瓷器，卻少了可用的茶壺。」

「真是詩人。他是下一個勞勃．伯恩斯。」亞麻色的頭髮下，詹姆斯雙眼十分明亮。他比較不像在鴿舍悶悶不樂的男孩了。蒙歌確認詹姆斯心情好轉之後，打算來嗆他。蒙歌手放在腰上，假裝歪一下說：「你就是玻璃茶壺啊。臭玻璃。」

他們之間閃過一絲感覺。他錯估了。他太超過了。一時間，他以為詹姆斯雙眼的百葉窗會再次關上，明亮的雙眼會垂向地面。他後悔自己說出這句話。這時詹姆斯抽了最後一口菸。「玻璃？是啊，不過你也一樣吧。」

此時讓蒙歌緊張的，是兩人說不出口的話。詹姆斯沒有避開目光，沒有多說一個字。他的笑容一點一滴打開，每過一毫秒，蒙歌也笑得更開。他們便這麼坐著，相視而笑，直到嘴角發疼。

「你看起來好像你爸。」蒙歌終於說。

「幹，我才不像。」

「很像。但你看起來比較友善——你願意的時候。」他拔著草。「你應該要試著別一直那麼沉重和難過。」

詹姆斯手伸來，將蒙歌的頭髮從眼前撥開。他動作快速，彷彿不曾發生。他手來得不知不覺，稍縱即逝，像隻鴿子掠過。

蒙歌胸口出現一道他不曾察覺的裂縫。過去他不曾在意底下的空洞感。他若不去碰詹姆斯摸過的頭髮，他會痛不欲生。那感覺無比炙熱。他一心一意想感受詹姆斯留下的溫度。他閉上雙眼說：「我想吐。」

詹姆斯的臉上彷彿瞬間烏雲籠罩，是大雨，也是恐懼。蒙歌看出變化。他不禁抬起頭。他們在護堤上明明緊鄰彼此坐在一起，卻彷彿隔著克萊德山谷，向彼此笨拙打著旗語。詹姆斯靠近，縮短兩人之間的距離，並親吻他雙唇。他嘴唇乾燥，牙齒刮過蒙歌下唇。他們頭撞在一塊。

蒙歌揉著額頭。「你剛才頭錘我嗎？」

「如果你想的話，我們可以假裝那是頭錘？」他嘴上的笑容再次消失。

「別傻了。」蒙歌先掃視山坡，然後迅速親了詹姆斯一口。像是餓肚子時，咬一口火燙的奶油烤吐司。那吻正是這麼美好。

他們在某個刮著風的春日，將詹姆斯的母親葬在蘭伯丘，強風掃下樹上的花朵，白色的花瓣一片片貼在黑車上。

葬禮之後，他父親花點時間幫詹姆斯建造鴿舍。這全是他父親的主意，養鴿是個有男子氣概的好工作，能讓詹姆斯學會自律，懂得如何照顧比自己弱小的生物。何況，如果他們一起建鴿舍，便不需談論他母親的事。

他父親錯過三次輪班。他已盡可能停工一段時間。他父親保證：「聽著，如果你每天照料鴿舍一小時，我一眨眼就回來了。」於是他打包行李，讓詹姆斯一人住在空蕩蕩的房子，面對他們永遠無法一起流下的眼淚。

詹姆斯在少了母親的家中，躺在他的床上。床單十分乾淨，卻有股酸臭味。他父親把床單掛在晾衣架上太久，他沒想到風乾時要翻面通風。這種日常小事最讓詹姆斯感到沉重。因為他媽媽會知道該怎麼做。

他遵循父親的建議。放學會去鴿舍，天黑前回家。他會自慰，吃東西餵飽自己，然後再自慰一會。瞬間的快感一旦從身體消退，他便要面對另一個空虛寧靜的夜晚。他打開廚房的無線收音機和客廳的電視，接著躺回床上，好奇自己是不是被懲罰了。

他想甩開腦中的畫面，卻辦不到。那畫面是從新年開始，當時天主教男孩穿上藍格子褲，來到北側球場打蘇格蘭曲棍球。不動的話，風雨會把人剝下一層皮。大家紛紛把襪子拉高，巴不得拉到短褲邊，但史卓成神父見狀大罵，要他們別丟臉了。「如果你會冷，」他穿著高領長袖刷毛衣大喊，「就跑快點。」

拿曲棍球棍攻擊彼此九十分鐘後，雖然水溫不能讓腳趾恢復知覺，也洗不淨腿上的紅土，但只要能沖個溫水澡，男孩子都已謝天謝地。詹姆斯站在最後一個噴水口。他將蒼白的手指塞進嘴中。他努力別開目光，不去看派迪・克里克，他有著慵懶的笑容和寬大強壯的肩膀，洗髮乳泡沫滑下他的背，流入屁股。就像合成纖維毛衣上清不乾淨的絨毛，某種無形的靜電一直將他的目光拉回那男孩。詹姆斯別開身子。他知道若有人逮到他，他還來不及說出名字，大家便會幫他取上百個綽號。

詹姆斯從窄床將腳盪下。他手伸過頭，從床頭板和牆面之間拿出報紙。他將奶油色電話拿進臥室，撥打了報紙後面的號碼。號碼他已熟記於心。他已打了三次電話號碼，三次都沒打完，這次他手指找到勇氣，下定決心打完號碼。話筒傳來機械喀嚓聲，一個小聲的錄音歡迎他來到共線電話。

這裡能讓你找到像你一樣的男孩。

他不知道有多少男人在線上，但黑暗中有許多聲音。有的像他一樣，有濃厚的格拉斯哥口音，另一些人則來自蘇格蘭其他遙遠的地方，有人口音有著抑揚頓挫，有人聲音優雅，有人有教養，有人為口音感到羞愧。他們彼此有說有笑。他聽他們聊音樂，聊喜歡的酒吧，聊有時會去的夜店，聊他們能見面的地方，或比較不排斥，能讓他們平靜喝杯酒的店家。有的老人進來，會比其他人釣魚釣得更凶。他們會直率說出他們想幹的事，那些話詹姆斯不懂，但他喜歡聽起來的感覺。有時男人會找到對象，兩人會同意見面，並轉接到更昂貴的私人電話線。

詹姆斯通常不多話，光聽就足以令人安慰。今晚他聽得出來，有的男人已在撫摸自己。他第一次打通時，這讓他無比震驚，他不禁用手摀住話筒，緊張竊笑。但他後來習慣了這充滿節奏的攪動聲。他們會將話筒夾在下巴和胸口間，撐大的鼻孔呼吸粗重急促，雙手則幹著另一件更骯髒的事。這件事不難開始，只要有人（總是聽起來較年長的人）要求另一人描述自己，對方便會開始形容。有時詹姆斯一接通，一切早已開始。年輕的男人會描述身上每一吋細節，像他皮膚的顏色，或他擁有桃子般柔軟的絨毛，橫越肚子和結實的臀肌下方。

「像游泳選手的身體，不算太壯，但很精瘦，你懂吧？」一個住在鄧迪的人說。

「我喜歡，」伯斯郡的農夫喘氣說：「你能放幾根手指？」

他們聚集在一起，像圍了半圈陌生人，聽年輕人形容自己，並希望他美好的描述都是真的。

那農夫完事了。有的電話掛斷，新的聲音喀嚓出現。背景有另一個聲音傳來，那人有著輕鬆悅耳的嗓音，也是詹姆斯在眾人中尋找的他。「**喂喂喂**。」他說：「有人在**嗎嗎嗎**？」

「佛萊雪，是你嗎？」詹姆斯問。

「喔，太好了。」這蓋爾人的聲音愉快，他說起標準英文。「我正希望你在，托諾。」

大家問他名字時，詹姆斯都會說謊。他自稱**唐諾**，但其實聽起來像當諾，格拉斯哥口音的ㄉ音特別重，格外乏味。他比較喜歡佛萊雪叫他的口音。**托諾**。「我終於聽那首歌了，托諾。」佛萊雪說：「我撐了半個晚上，才在廣播上聽到。」

「你喜歡嗎？」

「我喜歡。」男孩發自內心快樂地說。他的聲音聽起來如薄紗般輕盈，彷佛躲在衣櫃中，話筒搗在嘴邊。「我甚至用錄音帶錄下了，但卡帶音質不好。我想下次到印威內斯，要錄到黑膠上。但我老媽已聽到煩了。她說我應該先存錢買耳機。」

詹姆斯喜歡他偶爾會在句子裡攙雜蓋爾語。蓋爾語會像敲一半的釘子，突出在句子中。男孩曾聽他把罵同性戀的話翻成蓋爾語，笑了一個小時。共線電話當時一片寂靜，大家都在聽佛萊雪重複那些語詞：càm、càm（同志）。一個接一個，無形的男人跟著他唸，像是留學生的晚間課堂。Fliuch（溼）、boireanta（娘娘腔），或詹姆斯最愛的，將男孩和屁股結合，缺乏想像力的：Gille-tòiin（男孩—屁眼）。

「我可以寄黑膠給你。」詹姆斯說：「如果我知道你住哪。」

「沒關係，托諾。也許改天吧。」佛萊雪推託掉了，這裡有各地的人在聽，太輕率了。「我爸和我週末開船去托本莫瑞。我在海港看到一隻迷失方向的鴿子。一隻傻傻的灰鴿，讓我想到你。」

「可能是我的鴿子。」詹姆斯大笑。「我沒有很擅長養鴿子。我弄丟的鴿子比我抓到的鴿子多。」

佛萊雪嘖了嘖。「好可惜。頂住啊……」

「我會好好頂你，孩子。」一個粗野的聲音說。詹姆斯聽了身體不禁一縮。一時間，他忘記他們並非獨處。

「**我會頂爆你**。」

一整個下午，他們躺在長草叢，看著雲朵從露營地山脈飄來。蒙歌很高興他們躺下來了，因為站著的話，他會不知所措。愛意的浪潮退去之後，羞愧的浪潮湧上心頭。那感覺像他已在淋浴，而裘蒂想平衡溫度，來回調整著冷熱水龍頭。這次他無法將膝蓋抱到胸前逃避。一切發生時，他可能會被燒傷或凍傷，無法退縮。

兩個男孩謹慎地隔了段距離。詹姆斯小指找到他的小指，兩人將手指勾起，彷彿回到在詹姆斯臥室最初的那個晚上。「你介意嗎？」他用這問題試探他，充滿禮貌，又十足貼心，彷彿在黑暗中不斷尋找下一層階梯。

「不會，我不介意。」蒙歌說：「詹姆斯？」

「嗯。」

「你爸不喜歡我嗎？」這點他一直放不下。「我對他做了什麼？」

「沒有。而且他討厭的是我。不是你。」

「你的親生父親怎麼會不喜歡你？」

詹姆斯翻身，手肘撐著身體。他不斷張開嘴想說話，但每次都把話吞回去，不說了。

「你可以告訴我。我很擅長保守祕密。」

最後，詹姆斯告訴他交友電話的事，自從他無法不去想派迪．克里克，他從報紙上找到號碼。

「……交友電話不是什麼噁心的事。只是聲音而已，男生彼此聊著音樂，聊著他們喜歡買的衣服，那一類的蠢事。有時你會遇到比較老的男人，他會問你噁心的問題，但大多數時候，只是年輕人聊天，找點樂子，說說笑笑。」

詹姆斯坐起，將膝蓋抱到胸前。「有個男孩子叫佛萊雪，他的口音絕對是世上最好笑的，他會說著超難過的事，但因為聽起來像一隻瘋鳥亂叫，你不小心就會笑出來。我最喜歡他了。他爸經營綿羊牧場，他以前常抱怨，他身旁只有黑臉綿羊，都沒有任何人，他每天只能四處亂晃，自己玩耍。對他來說，那像是謀殺，但對我來說，他可以一整天做自己，不需假裝。我想知道那是什麼感覺。」

「但這跟你爸有什麼關係？」

詹姆斯搖搖頭。「我快說到了。但你要了解，我一個字都不曾向人提過。」他用牛仔褲擦掉手上的土。「我不知道電話會花很多錢，對吧？老天在上，我發誓。我爸從鑽塔回來，打開電話帳單。我在學校時，他打去電話公司，他們告訴他我打的號碼，並說：『那是給喜歡男人的男人打的性愛專線。』」詹姆斯搖搖頭。「那不**只是**如此。說真的。」

蒙歌坐起。他感覺像裘蒂將上方熱水調大，羞愧感淹到脖子。

「我爸知道了。他知道我的性取向。」詹姆斯狠狠灌了口威士忌，像在懲罰自己。「從那之後，他都不曾正眼看過我。」

詹姆斯比他年紀大整整一歲，身材高他一個頭。那裡彷彿有條漆黑的道路，而詹姆斯站在路上。蒙歌知道自己不該跟去，他如果不踏上那條路，此刻仍能轉身逃走。詹姆斯看著他，彷彿能讀懂他的心思，他手放到蒙歌抽搐的臉頰說：「別像我一樣，蒙歌。對你來說，還不算太遲。」

但一切已太遲了。一直都太遲了。他們更年輕時，蒙歌和哈米許曾在浴室玩耍。他們會將貝殼水槽注滿，拿玩具兵互撞，在水中戰鬥。哈米許全身靠在水槽邊，蒙歌看不到，所以他依樣跳上去。結果陶瓷水槽裡原本有裂一道小縫（茉茉玻璃菸灰缸曾掉到裡面），他這一跳讓那條縫迸裂，水流一地。水槽完全裂開前，蒙歌曾將手放到裂縫上，想將水堵住。原本有用，不久便失敗了，他身體全溼，還被陶瓷缺口刮傷。他一下午都忙著想將水槽補起，但徒勞無功。

蒙歌用手肘撐起身體，親吻詹姆斯。比起其他吻，這感覺像他第一個好好的吻，動作笨拙，嘴唇壓得太緊。他鼻尖撞到詹姆斯的臉頰，他感到詹姆斯舌頭深藏的溫度時，不禁抽口氣。這讓他感到無比興奮。舌頭嘗起來像奶油和香草粉一樣香甜，他嘴巴像燃燒的泥炭和金色菸草一樣火燙。

詹姆斯手放到蒙歌胸口，將他溫柔推開。在靠近監獄的山坡上不安全。

拉特瑞腳踏車倒在地上，詹姆斯開始轉動前輪，看他能讓輪子轉多快。「她罪有應得嗎？」他過了半晌才問。「丈夫差點殺了她的那個女人？」

蒙歌不想去想坎貝爾太太和她瘀青的腳，現在不要。「沒有。沒人該被打成那樣。」

詹姆斯腳靠到輪胎，輪子瞬間停下。「怎麼會？問我爸。」

「他常動拳頭嗎？」

「不會。但他手背速度很快。要是他發現我們剛才做的事，你要知道，他會殺了我。」詹姆斯再次轉動輪子，放聲大笑。「但他會先殺了你。」

又來了，那條道路、那條小徑、轉彎處和警告。「才不會。我是漢米爾頓家的人。」他勇敢地說：「我會揍扁芬尼亞王八蛋。」

詹姆斯將他推開。「你現在是親過芬尼亞的噁心鬼了，智障。」

水龍頭又來了，熱水灌頂，他感到更羞恥。

「他絕不能發現，蒙歌。他很可怕。我是認真的。」詹姆斯轉動輪子。「像小時候，我要負責洗碗。有時我會忘記關櫥櫃門，或沒把抽屜關到底。差不多關好了，但沒有百分之百關好。他最喜歡等到你剛入睡的時候。你知道那美好的一刻，你腳趾放鬆，全身沉入床墊，慢慢墜入夢鄉。他會算準時機，衝進房間，拿明亮的大燈照我，將我吵醒，要我起床去關櫥櫃門。他會一路打你的頭到廚房，再把你揍回床上。」

「就為了一個打開的櫥櫃門？」

「對。他一整天不斷經過，卻不順手關好。他伸一根手指自己就能關上了。」

「就連哈哈性格都沒那麼扭曲。」

「有一次，潔芮丁坐在咖啡桌上，她的胖屁股弄破玻璃。她怪罪到我身上，於是他揍我一頓，接下來一年，我每週末都被送去帕克黑德，當玻璃工坊的學徒，就為了讓我學習玻璃的價值。我當年才十二歲。」

「那值多少錢？」

「我他媽怎麼知道？我的工作是並排停車時，坐在空無一人的廂型車上。」他又把輪胎停下。「我一整年週末都待在那輛白色廂型車中。之後我爸居然還有臉問我，怎麼沒交任何朋友。」

「真難過。」

「不是你的錯。但我那天晚上說的是認真的。」詹姆斯撥著蛋糕的殘渣。他在掌心轉動著裝飾熊。那是個廉價的塑膠製品。印刷差勁，錯位之下，小熊感覺有一半都融化了。裝飾熊太幼稚，身上感覺不適合掛著「十六歲」的飾帶。詹姆斯現在成年了。他能決定自己的事。他已是男人。「我會盡可能留下。但我必須走時，我會離開。」

詹姆斯想把小熊扔了，但蒙歌阻止他。他從詹姆斯手中拿走了小熊，舔乾淨上面的糖霜，趁詹姆斯沒注意放到口袋。

詹姆斯順著山坡，踩著踏板騎入城市，回到東區。拉特瑞腳踏車穿過細雨，它衝刺轉彎，像惠比特犬一樣身形細瘦，速度飛快。蒙歌比照之前，身體和詹姆斯隔一段，但現在他扶著他的腰時，用上了整隻手掌，手扣著他腰上突出的骨頭。他讓自己大拇指緩緩摸到詹姆斯費爾島毛衣下，摩擦他溫暖的肌膚。這事微不足道，卻感覺是一切。

交通愈來愈繁忙，兩個男孩騎上人行道，和晚上的車流相反，在溼漉漉的路緣爬上爬下。雨攀附在它碰觸的萬物上，從蒙歌鼻子滴落，也會附著在他的眼睫毛，讓頭燈的光像腦震盪一樣頭暈目眩。

「我以為你有對象？」蒙歌在雙層公車的巨吼聲中問。

「鴿子？」

「不是。巨乳妹，雪白胸部。女朋友。」

「誰？噴水池的女生？」詹姆斯停下車，坐到狹窄的座墊，滑到蒙歌雙腿間。他們一起緩緩滑下坡，比一整天都還親密。「沒有，我沒有女朋友。」詹姆斯說：「但我很努力要找一個。我爸發現電話帳單之後，他對我罵盡世上所有難聽的話。他將我扔出家門，所以我去睡在鴿舍，只能斜靠在邊邊，因為地上全是碎玻璃。大概十一點半，他來到鴿舍，我還沒來得及出來，他便想把鴿舍踢倒。他原本會把每隻鴿子的脖子扭斷，倘若我讓他這麼做的話，他大概也會把我頭扭斷。我不得不從屋頂的活門爬出，從後頭邊緣爬下去。他將我拖到街上，罵我從沒聽過的字。他吼得好大聲，庫洛登到巴林達羅奇都有女人探出窗外。」

蒙歌下巴靠到詹姆斯的肩膀。

「那天早上他說，除非我交女友，才能在他家生活。他說如果我想的話，『甚至能讓她懷孕。』無論如何，他不在乎。但我必須交個女友，不然我得離開他的房子。」車頭燈照過他們。「我向他保證會努力。畢竟我沒做出無法挽回的事，實際上沒有。所以我會去公園，帶一包新菸，找個人來玩玩。我認識班上幾個沒有父親的女生。對她們來說，我就像人形冰淇淋車。她們利用我，我利用她們。」

蒙歌的臉發麻，突然之間臉上又要發作。他稍微張開雙腿，放開詹姆斯。潮溼的空氣填滿剛才男孩在的地方。

他們騎過監獄，詹姆斯不發一語，滑過狹窄的座位。他填滿兩人之間的空隙，這次他的脊椎頂住蒙歌的身體。每節突出的椎骨像指節一樣，頂著最痛的地方。蒙歌朝沙色的頭髮吐氣。他雙手不由自主抱住詹姆斯的腰。他臉靠著謝德蘭羊毛，聞著羊毛脂的油膩氣息，和他腋下飄散的麝香。蒙歌向前貼著他，詹姆斯也和他一樣，向後緊靠著他。一輛柴油貨車突突地開過，空氣煞車器在雨中嘶嘶作響。

這時詹姆斯說：「我們不……我們不用再做那種事了吧。我是說，如果你不想的話？」

17

河岸有棵傾斜的樺樹，河道在那轉了個彎。那裡河岸向後退，泥土已被沖蝕，只剩一團裸露的樹根。蒙歌在水中將浮屍拖在身後，並將老人藏到樹根之間。聖克里斯多福在這漆黑處很安全，侵蝕的河岸和樹根形成天然的屏障。

他的釣竿和釣魚袋沒漂遠，但蒙歌四處尋找卻找不到那人的格子扁帽。他爬上河岸，牙齒不住打顫。大雨滂沱，如下冰雹一般。

等他回到營地，他全身都在發抖。加羅蓋特扔在地上的東西散落四處。十字戲棋子散落在碎石地，他最喜歡的筆記本泡在水裡，成了一團滿是鮮血的紙漿。帳篷門敞開，大帳篷口泡在水窪中。睡袋和釣魚用具全溼了。蒙歌爬進帳篷，想把水掃出去，但根本沒用。他縮到帳篷的後牆，感覺腎上腺素退去。

天空昏暗，散發灰藍色的暮光。雲朵低垂，加羅蓋特掙扎著尋找回營地的路。要不是看到小屋的廢墟，他可能會完全錯過營地。大雨沖刷帳篷，好幾條營繩都已鬆落。帳篷彷彿垂頭喪氣，被雨擊敗。沒人生火。

營地太安靜了。加羅蓋特走向兩人帳，以為會看到悶悶不樂並清醒的聖克里斯多福。他手伸入黑暗中，終於摸到不是潮溼的聚酯纖維和雨水窪的東西。他手摸到皮膚，那是條腿，手感冰冷。他點起打火機，男孩坐起。

「那老頭在哪？」

「他在另一頂帳篷。」雖然說話很痛，但蒙歌仍開口。「他一氣之下去睡覺了。」

加羅蓋特向後退，想去瞧瞧他朋友。但蒙歌抓住他手腕，努力掩飾他的驚慌。「別理他。如果他在睡，那他就不會想喝酒。」他說：「而且，我寧可跟你住同一帳。」

加羅蓋特露出微笑，在最後的藍色暮光中，他白色的牙齒呈現螢紫色。那人在雨中脫下風雨衣，然後躺在地上，脫下溼透的牛仔褲。加羅蓋特將更多水掃出帳篷後，將帳篷拉鍊拉上，他們在黑暗中坐一起。照亮兩人的是打火機的光和一小盞香氛小蠟燭。小蠟燭是他從商店買來的，充滿歡樂節慶的氣氛，耶誕節時中餐外帶店會放在櫥窗那種。蒙歌摸著受傷的臉頰，好奇能不能用蠟燭把帳篷燒了。

「釣魚怎麼樣？」加羅蓋特問，他想用小火焰讓身體溫暖。他赤裸的皮膚從腳踝到袖口全是刺青。

「糟透了。」蒙歌還不知道自己要跟男人透露多少，他沒事先盤算。他只知道不論他要做什麼，他會在早上天氣乾燥時動手，那時他能逃走。

蒙歌看他打開後背包，拿出義大利餃罐頭和斯凱島威士忌。他給蒙歌一個罐頭，蒙歌發現自己從前一晚至今都沒進食。上面有個拉環，罐頭蓋輕易便能打開。罐頭蓋和刮鬍刀一樣銳利。蒙歌舔了舔，銳利的邊緣讓他安心一點，他小心將它放到一旁。接著將罐頭拿到蠟燭上，想熱一下冰冷的義大利餃，但火焰只向空中投出一團團黑煙，於是他放棄了，直接吃下冷冷的義大利餃。他餓壞了，大把大把將黏糊狀的義大利餃塞進嘴裡。為了吞得更快，他只用鼻子呼吸。加羅蓋特轉開威士忌瓶栓，將酒遞給他。蒙歌小口喝了喝，馬上習慣了那味道。

「你期待明天回家嗎？」

蒙歌用手背擦嘴，酒在下巴留下汙漬。「期待。我們何時離開？」

「噢，不急。」加羅蓋特說。他對食物沒興趣。「我們給聖克里斯多福一個機會，釣隻臭鱒魚，嗯？」

原本依稀像希望的感受，在蒙歌心中被澆熄。加羅蓋特伸出手，放在男孩的膝蓋。「這裡！」他說：「你怎麼受傷的？」

蒙歌小腿有道傷口，傷口不深但很長。他將聖克里斯多福最後一口氣壓出時，一定被尖銳的石頭劃到。加羅蓋特張開嘴，倒口威士忌進去。他彎向蒙歌的小腿，讓嘴中酒液滴出。酒碰到傷口傳來強烈的刺痛。蒙歌掙扎，想將腿抽走，但加羅蓋特從膝蓋緊抓住他。他將自己沾滿威士忌火燙的舌頭貼上他的傷口。接著他像舔香甜的冰棒一樣，舔著他蒼白的脛骨。「口水能幫助傷口復元。有感覺好一點嗎？」

「我不想這樣。」他擠出最冷淡的聲音。蒙歌將雙腿收到身下，藏到他連帽風雨衣中。

加羅蓋特又灌了一口威士忌，蠟燭將陰影投向帳篷側邊。「如果你不想**這樣**，為什麼要把我的睡袋放到你旁邊，嗯？」加羅蓋特將卡在蒙歌臉上的毛屑拿下，拿到蠟燭上燒掉。

蒙歌發現他犯了個錯。他只擔心要如何隱瞞聖克里斯多福的真相，卻沒提防接下來的事。加羅蓋特表情扭曲，彷彿不大舒服。他伸出左腿，膝蓋上有個布條刺青，上面以粗體藍字寫著：**絕不後退，絕不投降**。

「很好笑。」加羅蓋特說：「聽完你媽跟我們的形容，我以為你聽到週末能透透氣，馬上會把握機會。她覺得你很噁心。她幾乎是哀求我們將你帶走。她很怕你會變得跟你鬼混的芬尼亞一樣，成為一個軟弱的男孩。」

蒙歌的臉繃緊，他感覺得到眼睛雖然腫起，但他的臉想抽搐。他的脊椎緊靠帳篷，從身體角度，他知道自己已縮到了底。加羅蓋特再次伸出手，他手勾住蒙歌後頸，將他拉向他。他頭一歪，將雙唇貼上蒙歌的嘴。那是強硬的吻，他的舌頭頂著蒙歌，撬開他的雙唇。蒙歌考慮張開嘴，讓舌頭伸入，將整根咬住撕斷，像屠夫切下的肉，新鮮顫動，那是茉茉最喜歡的一種。

「住手。」他無法將加羅蓋特推開，於是全身一攤，順勢讓自己倒下，從他手中溜開。「**我不想這樣。**」

加羅蓋特嘴唇全是自己口水。他眼神受傷。「哼，我們等著瞧。」他擦擦嘴巴，又喝了幾口威士忌。「何況，我們不當朋友的話，你憑什麼覺得我會讓你回格拉斯哥的家？我不可能讓你四處造謠，對吧？」

「我不會說出去。」蒙歌發自內心。他家人已不當他是人，他承受不了那份恥辱。他想到「小妞」卡宏住在過世母親的公寓，穿著舒服的室內鞋，並用眼鏡讓稀疏的頭髮不要落到眼睛上。他知道社區的人如何看待傻小妞。「**求求你。**」

加羅蓋特看起來在內心掂量。他搖搖頭，望向蒙歌，眼中全是憐憫。「我不知道自己能不能信任你，蒙歌。」

防水布下，地面因為滂沱大雨不斷起伏。細小的水流流向低處，找尋空隙繞過帳篷和男孩。此時蒙歌也感到一陣天旋地轉，彷彿萬物都在浮動。這是加羅蓋特對他露出的第六種表情，彷彿他是受害者，他受了傷，並對蒙歌感到失望。

他努力讓自己冷靜，內心想著格拉斯哥、裘蒂、溫暖的公寓客廳，以及他們窩在一起看著電視，與世隔絕時，空氣中瀰漫的靜電氣味。

「你能相信我。」他擠出笑。

加羅蓋特手抓住蒙歌手腕。帳篷在風中顫抖。「我是說，我們不當朋友的話，也許我不該再對你友善。」

18

過去幾天，他一直莫名樂觀，傻傻陶醉在喜悅之中。但現在他勇氣頓失，全新建立的信心消失了，肩膀再次如常垂下。蒙歌再次畏畏縮縮縮起身子。他將禮物藏在背後，希望自己不曾開口。

詹姆斯大字形躺在海軍藍的地毯，他的頭靠在父親的沙發，脖子的角度看起來像斷了。「幹嘛，別這樣。」

「就算了嘛。」

詹姆斯坐起，像猴子一樣雙臂圈住蒙歌，也許從頭到尾，這才是蒙歌的目的。詹姆斯繞過他身體偷看，伸手去抓包裹。蒙歌手臂伸直，將盒子拿到最遠處，但詹姆斯的手臂更長。「好啦，給你啦，放開我。」

「其實，你不想要我放開你。」詹姆斯露出笑容，但他照蒙歌說的放開他。

蒙歌向後蹲坐在地，不情願地把小禮物給他。包裝紙上有手繪的花紋，上面畫了上百隻俯衝的企鵝，牠們布滿條紋的翅膀伸直，在充滿圓滾滾雲朵的天空飛翔。他特別為詹姆斯畫的，他從筆記本割下紙頁時還屏住呼吸。他削尖筆，花好幾小時細心作畫，圖案像法式印花壁紙一樣細緻。

詹姆斯拆開包裝，拿出錄音帶，在手中翻轉。「裡面是什麼？不會是銳舞音樂吧，是嗎？」

蒙歌聳聳肩。「不是。沒什麼。就是一些熱門金曲榜上我喜歡的歌。」

詹姆斯將錄音帶放到一旁，彷彿這對他來說不重要。蒙歌抓著臉頰。他想抑制刺激肌肉的痛楚，阻止它擴散。畢竟那只是捲卡帶，但詹姆斯把它放到一邊時，他感覺那彷彿是他的心。後來詹姆斯做了一件出乎他意料的事。他將紙壓平，拿到陽光下，他看著包裝紙，好像那是他這輩子見過最華麗的作品。蒙歌看他的手輕柔摸過螺旋的花紋。「這也是送我的嗎？」

「你想要的話。」

「要，我很喜歡。」

「你不用客套。」

詹姆斯坐向前，親吻他。一切都如此熟悉。他們已越過笨拙觸碰和輕咬的過程。蒙歌經常道歉，他感覺自己好笨，而詹姆斯會捧住他的臉，將蒙歌的雙唇再次拉回到嘴上。現在他們的吻柔軟輕盈，毫不害怕被拒絕。一個吻能親好幾個小時。他們會躺在一起，嘴巴相連，蒙歌會將鼻子埋在詹姆斯的臉頰，他們會讓彼此默默梭巡，一人會改變方向，另一人則會跟上，一次又一次，直到有人手臂麻了，或微波爐響起。有時他們手會滑到T恤下，卻從不敢多做什麼。蒙歌知道自己想一輩子如此，親吻這個男孩。沒必要急於一時。

蒙歌縮了一下。他嘴唇旁的皮膚已溫存太久。皮膚像被蜂螫，微微腫脹發紅。

「我們要休息一下嗎？」詹姆斯通常不會停，他只會從蒙歌的臉頰開始，一路親到耳垂，再親到他領口下蒼白的肌膚。他們一直很幸運。有幾次，他們親到忘我。蒙歌緊張地在走廊鏡子前來回二十分鐘，檢查吻痕，詹姆斯則跟在他後頭，雙手拋接著冰塊。

他們躺在各自的垃圾、扔開的書包和空餅乾袋中。大電視前地毯上放著一個個穀片碗，像祭壇一樣。四處都是看一半的錄影帶和假的百科全書外盒，旁邊放著沒寫完的作業，他們比較想互親互視。蒙歌心想，如果《蒼蠅王》更像這樣，他可能會比較想看一點。

他會偷偷借走詹姆斯的衣物。這是他的貼身衣物，即使蒙歌穿著乾淨、甚至不錯的衣服，他仍會換上他的東西。一開始他穿了他的厚襪，他抱怨自己很冷，但詹姆斯的公寓其實有中央暖氣，讓他口乾舌燥，頭暈頭痛。後來他從晾衣架偷了一條過大的平口內褲，在制服褲下連穿三天，褲子變得鼓鼓的，像維多利亞燈籠褲一樣。

他們一整週早上都從鴿舍各自上學，放學再回來鴿舍集合，最後再去詹姆斯的客廳度過漫長的夜。客廳在公寓頂樓，正對陰晴不定的天空，遠離其他人的目光。他們各自回房時，兩人會隔著屋後的垃圾棚，在窗口擠眉弄眼數小時，假裝自己被殺，朝彼此比中指，並一直憋笑。

一天下午，他因為兩人分隔兩地，不斷失神，裘蒂在洗髒盤子。「小聲點！窗口那透出的是什麼光？[23]」

「什麼？」蒙歌臉頰靠著玻璃，感覺著冰涼的凝珠。

「她叫什麼名字？」裘蒂問。

「不關你的事。」他感覺更大膽了。他不再是孤獨的靈魂。

「有祕密啊。真壞。」她搔他肋骨，看著他發腫的雙唇。

「祕密！」他不客氣地大喊。「你才滿肚子的祕密。」他戳她肚子，她聽了全身不禁一縮。他沒意識到自己說了什麼。他在說的是週六早上他們喜歡的廣告，廣告中美國小姐寫下愚蠢的祕密，藏進填充熊的肚子。滿臉笑容的美國小姐肚裡沒有老師的孩子，她們沒有值得守住的祕密。

裘蒂將他手從肚子拍落。「你每天都變得更像哈米許。」

「老天，裘蒂，對不起。我沒想到。我不是故意的。」

「自己處理晚餐，羅密歐。」她把抹布扔向他。「如果你女朋友把你臉弄那麼痛，你靠近她之前，要多想清楚。」

和詹姆斯分開，時間過得好緩慢，令人難以招架。他雙腿不安分地抖動，搞得裘蒂心煩。數小時感覺無比空洞。他再見到他時，他會吃飯睡覺，思考要告訴他的事，有些事好傻，不值得再提，但他知道詹姆斯不介意。

某天下午，他們躺在詹姆斯的客廳，詹姆斯有點坐不住。他們看著電視時，他揮舞他的曲棍球桿。他突然坐起，表情瘋狂，自顧自地咯咯笑著，披上毛毯，把一條浴巾掛在肩膀。他將羊毛帽向上拉，拉到頭頂，像個尖王冠。「等一下、等一下。」他拿起球桿，彷彿那是儀式用的法杖，這時他轉身面對蒙歌，伸出右手，手伸出食指和無名指，彷彿在招公車。「猜猜我是誰？」

蒙歌哼一聲。「我不知道。披浴巾的傻瓜？」

「不是，我是你。」

他們兩人剛才喝著一杯自來水，不知何故，用同個杯子喝感覺水更甜了。蒙歌比向詹姆斯，要他把水杯給他。「幹屁啦，詹姆斯。為什麼是我？」

詹姆斯雙臂展開，散發聖人的優雅。他手指勾了勾，邀請信眾向前欣賞。「上前來吧，我的孩子。」

蒙歌考慮了一下。他想聽他的話。

23 取自莎士比亞《羅密歐與茱麗葉》第二幕第一景。

「是你，你是聖蒙哥。」詹姆斯將臉轉向天光。「這是他們在凱文葛羅夫美術館為你立起的雕像。你沒看過嗎？」

蒙歌從沒去過凱文葛羅夫美術館，雖然距離不過幾公里，但他不曾去過西區。承認這件事，他會覺得自己低人一等，他好希望兩人一模一樣，維持平等關係。蒙歌翻白眼，又比一下兩人的聖杯。

詹姆斯手勢莊嚴，以教宗之姿將那杯自來水給他。「祝福你，我的孩子。」

蒙歌喝一大口水。「等一下。你穿著你姊的運動褲嗎？」

詹姆斯馬上低頭看。「不是！」他過去三天都穿著這件運動褲，應該要洗一洗。「少來。別招惹聖人，孩子。」蒙歌大笑，詹姆斯再次抬頭。「幹嘛？你髮型是蘑菇頭嗎？」他走向前，拉著蒙歌的額髮。「等一下，你**真的**有剪蘑菇頭？」

他們一、兩天前有為此唇槍舌劍。他們從膽怯和溫柔改裝成侮辱的愛。這非常適合兩個男孩：真誠、刺激又幼稚。

「不是蘑菇頭。」蒙歌喝著有金屬味的水。他從破損的杯緣上瞄著詹姆斯。「真可惜啊，神經病。你成為聖人的第一個奇蹟應該是弄好你的大耳朵。」

「你不喜歡我的耳朵嗎？」詹姆斯聳立在他前方。

「喜歡。」他露齒一笑。「但你可以往左邊一點嗎？我看不到天空了。」

詹姆斯把馬克杯奪過來往下一倒，將水倒到蒙歌大腿。「你常尿褲子，對吧？」

蒙歌用腿勾住詹姆斯，輕易將他勾倒在地毯上，水濺得到處都是。他找到一個他能說出最殘酷的話、卻不會離開他的人。他不再在乎他雙唇是否疼痛。從晚間新聞到肥皂劇《加冕街》主題曲刺耳的小號響起，他們親吻、吸吮、齧咬、疊在彼此身上。他們親了又親，但不曾更進一步。詹姆斯身體和蒙歌摩擦時，蒙歌手摸上詹姆斯上衣，感覺他寬闊的後背肌肉波動，這便已足夠。詹姆斯雙手喜歡摸著蒙歌背部的曲線，輕柔撫摸他屁股長出的細毛。蒙歌會感到安心想入睡。

他們現在更用力推著彼此。透過詹姆斯厚重的運動褲，他感覺得到詹姆斯硬了。他手下移，用手背搓揉他最溫暖的地方，接著換用手掌輕輕握住。詹姆斯發出輕微的嘆息。他額頭抵住蒙歌額頭，呼吸滿是香甜的穀片牛奶味。「你想要嗎？」

「我不知道。」蒙歌不確定對方在問什麼。目前詹姆斯在這條路上遠遠超前，蒙歌只跟在後頭。他可說是手把手帶著蒙歌，而好幾次，詹姆斯停下來看他時，蒙歌都感到心痛，因為他覺得大耳朵男孩可能已和其他人走過這條路。他希望兩人能一起走過第一次。

詹姆斯手肘一撐，站起身，他褲子前方搭著帳篷，有點潮溼。他走出客廳時，蒙歌覺得自己被拋下了，而且無處可躲。他將膝蓋拉到胸前，不知道自己何處做錯了。

「我想給你看樣東西。」詹姆斯回到客廳，手中拿著一本雜誌。他翻過書頁，尋找特別的一頁，從赤裸歪扭的身體照片和廉價紙張的聲音，蒙歌知道那是什麼雜誌。「我有次去丹地拜訪阿姨。公車站有賣這類雜誌。我錯過兩班回家的公車，才終於鼓起勇氣買一本。」

「他們讓你買？」

詹姆斯聳聳肩。「對，畢竟十二鎊九十九便士就是十二鎊九十九便士。」

雜誌上全是大塊頭的美國人。他們有腫脹的肌肉線條，琥珀色肌膚凸顯了泳褲曬痕。他們不像他和詹姆斯有細瘦修長的四肢和柔軟的絨毛，或者蒼白的皮膚，一碰就發紅，溫度和情緒一變化便發青或潮紅。美國人身上的一切都是人造的，體格十分飽滿。他們毛都已除去刮淨，仰躺在地，雙腿抬高，看起來不像人，更像耶誕節的火雞。他們賣力齜牙咧嘴，眼神呆滯，假裝皺眉，彷彿十分享受。一人朝鏡頭露齒微笑，手緊掐著他的軟老二，像一管空牙膏。

「屁啦。他插進屁眼耶。」蒙歌指著兩個在木板長凳上的棒球選手。

雜誌規定不能展示完全勃起的陰莖，但那兩人一起擺出的姿勢概念很清楚。他曾想過詹姆斯屁股山丘般的曲線，但陰影中間隱藏的部分，至今不曾多想。下一頁出現了，一人仰躺在地，雙腿舉在空中，手戳著自己。看起來好痛。

「對。」詹姆斯頭靠到蒙歌肩膀。「我們就是這麼做的。」

「**我們**是誰？」蒙歌嗤之以鼻。

「像我們一樣的人。」

「喔，那誰當男生，誰當女生？」蒙歌真心問。

「嗯，**你**是女生。」

他肩膀從詹姆斯頭下抽走。「**你**才是女生。」

照片讓他性致勃勃。裘蒂在睡覺，哈米許在珊米瓊家過夜時，他會拿來哥哥紙頁乾硬的雜誌。雜誌中全是白嫩的女人。他特別喜歡跨頁裡的男人，所以他會將女人摺到背後，讓她們休息一下。他第一次摺書頁摺得太用力。事後不論他怎麼試圖壓平，皺褶都很明顯，絕對紙包不住火。就怕驚動姊姊，他想方設法立起咿呀作響的燙衣板。他熨燙到紙頁的墨都脫落，摺痕依舊清晰可見。那條線隔開了女人的嘴和舌尖上的軟老二。

詹姆斯翻頁，在美國人和軍用吉普車之間（甚至連吉普車都變大了），有張寫實的公車售票員和耍嘴皮子的蹺課生照片。場景像格拉斯哥雙層公車的上層，但售票員讓男孩趴在膝蓋上，用手打他屁股。學生朝鏡頭露出笑容。

「他一定是忘了帶他的月票。」詹姆斯說。

「可能是想偷投半票。」

「對，他看起來大概四十五歲。」

詹姆斯把雜誌從他手中奪去。蒙歌看雜誌飛過客廳，但畫面已烙印在他的視網膜後方。之後畫面都會在那裡，投射在羽絨被下面，像是在派拉德電影院的電影。

蒙歌第一次見到詹姆斯裸體時距離很近，他無法一覽無遺。蒙歌想把他推開，把他釘在地上，站到他上方，單純欣賞。但他們糾纏在一起，眉毛靠著眉毛，嘴對著嘴時，一切像透過門縫偷看一樣。眼前先看到一片光滑的雪白和潮紅，接著是手臂內側像冰川般的藍，靜脈像是紫色的河流，他看到詹姆斯的手肘擦傷時，蒙歌好想親吻他，而他蒼白的鎖骨彷彿開出一片狂熱的康乃馨。男孩全身骨骼仍在生長，皮膚光滑無瑕，像一張只擁有最柔和白色系的色彩圖。

他仰躺在地，肋骨像翻倒的船體，在寬大的胸膛上，兩個粉紅色的奶頭顯得十分迷你，格外好笑。高撐的肋骨下，肚子凹陷。他髖骨突出，代表他仍未填滿自己的骨架，但從背後的肌肉和渾圓的屁股來看，未來指日可待。他的身體鋪著一層白金色毛髮，彷彿無數花粉落在他身上。在昏暗的光線下，他依稀閃閃發光。

他腋下悶溼的細毛和屁股上的絨毛令蒙歌指尖發癢。比起蒙歌去過的任何地方，他的皮膚更像一片充滿驚喜的寬闊大地，令他樂於探索。他沿著短褲的鬆緊帶留下的軌跡漫溯，指尖滑去，凹凸紋路彷彿述說著旋律。他們探索著彼此，細瘦的四肢糾纏，笨拙又不熟練，雙手太急，手指太貪婪渴望，迫不及待討好另一人。他們身體分開，詹姆斯額頭緊貼蒙歌額頭，呼吸如太妃糖和奶茶，火熱地撲上他的臉。

他們雙手現在摸著自己身體。身體分開，卻又同步。他們自己偷走那份喜悅，透過呼吸向彼此分享。兩人呼吸漸漸急促，最後詹姆斯下唇勾著蒙歌的鼻尖，他呼吸仍不斷變快，雙唇黏膩，貼緊乾燥的牙齒。他們配合彼此的節奏。稍縱即逝的一瞬間，詹姆斯的背弓起，一切結束了。

蒙歌欣喜若狂，頭暈目眩，但後來，詹姆斯第二次下午留下他一人躺在地毯上。蒙歌伸手找詹姆斯，但他已翻身跪起，擦淨肚子上的黏液。他跪在凸窗下，背對著蒙歌，他的腎臟和側腹有著地毯壓出的皺痕。他伸手抓來家庭號的薑汁汽水瓶，大口喝著汽水，塑膠瓶皺起，向內凹陷。

兩人熱情消失得太快。現在詹姆斯坐在那，全身都是突出的骨頭。他脊椎如鉚釘，肋骨突出像加文古石棺中的屍體。他終於轉身時，背緊貼著牆，光坐在那，雙眼盯著地板。他們只隔著一塊花紋地毯，但兩人都無法直視對方，彷彿有個老師再也無法忍受兩人的搗亂，將兩人分開。

「我做錯什麼了嗎？」蒙歌問。**我怎麼了？**這是他長年說話的習慣。從不是**你怎麼了**？或**你還好嗎**？而只是**我做錯什麼了**？

詹姆斯大力咳嗽。他揉了揉自己胸口。有時他耳朵和大牙縫給他卡通般的友善感覺，但現在不然。如今在漸漸淡去的天光下，他歪著頭，下巴肌肉繃緊，眉骨下的雙眼盯著蒙歌，目光如寒風一般冰冷。他有斑點的綠眼變得一片暗灰，像瓦片一般，尖銳無光。「你覺得我很好笑嗎？」

「像哈哈的好笑，還是特別的好笑？」

「特別的。你……你覺得我像傻小妞嗎？」詹姆斯吸著吸入器。

蒙歌不知該如何回答。他努力理解詹姆斯想說的話，但他無法想像詹姆斯躲在一樓公寓，髮型拘謹，臉上少了大大的笑容。「我們不用再做這種事。」

「你不會告訴別人，對吧？」詹姆斯眼中的羞恥被恐懼取代。

「不會。怎麼會？**你**會說出去嗎？」他知道他不會，但這份關係需要他說出口。

「絕不會。」他手畫十字，這似乎讓他放鬆了點。他擦掉鼻子上的鼻涕。「這裡真他媽一團亂。傑米森老頭再三天就會回來。如果我不交個女友，他會把我皮剝了。」

「無論如何，他都會把你皮剝了。」蒙歌說：「他聽起來像我家哈米許。」

詹姆斯撐大眼睛，一臉痛苦。他和蒙歌躺在一起之後，跨越了無數障礙。這七分鐘彷彿跨越了一道鴻溝。「我不知道你怎能面對。」

蒙歌挑著腳趾下的棉屑。「我遇到你之後，事情變得比較容易。」他試著逗他笑。

「哈。我爸週末回家時，**你**想當我女朋友嗎？」

「幹嘛？戴假髮嗎？假裝我是梅里德，來自亞歷山卓大道？」

「我就知道。我就知道你是女生。」詹姆斯憋笑道。

為了讓他維持好心情，讓他臉上帶著笑容，蒙歌願意做任何事。「你看屁啊，大耳朵王八蛋？」

「沒有啊。」詹姆斯說：「我就是喜歡看你。真可惜。我們這輩子都只隔著一個垃圾棚。」

「沒關係。你爸回來之前，我們還有三天。」

「三天。」詹姆斯附和。「接下來就不再是傻傑米森。」

蒙歌這時撲向他，用拳頭打他胸膛。他挑戰他，要他回擊。暴力後總跟著激情，蒙歌不知其他方式。茉茉會用涼鞋打他的背，讓他奶白色的皮膚出現紫色瘀青，接著她會發現自己打得太過火，將他擁入柔軟的胸部中。裘蒂罵他，貶低他腦袋轉不過來時，會因為罪惡感，替他做一碗熱騰騰的白糖穀片粥。哈米許會用拳頭揍他，坐到他胸前。蒙歌開始呼救時，哈米許會用手摀住他的臉，手指會蓋住他雙眼，手掌的肉會塞住他張開的嘴。他們會坐在那裡許久，哈米許會讓他喘不過氣，最後蒙歌會安靜，像草地一樣平整，像復活節的羔羊一樣溫馴。

一開始是痛，接下來是吻。詹姆斯修長的手臂抱住蒙歌，將他熊抱抬離地面。他用盡全力，抱得蒙歌無法呼吸。他希望一切永遠不要結束。這時詹姆斯放屁了，一聲震耳漫長的巨響。屁味濃厚，惡臭沖天，全是牛奶和白糖的氣味。蒙歌用力推著詹姆斯，但他無法掙脫。他好快樂。

傑米森家浴室是淡淡的薄荷色。馬桶上方的四層層架上，只剩一層有盥洗用具。蒙歌在除臭劑罐、抗真菌足部噴霧和生鏽的除痔膏之中翻找。後頭有一組老派的刮鬍用具，包括刮鬍刷和直式剃刀。他不曾見過這些東西。蒙歌從架上把傑米森先生的刮鬍刷拿下。他聞了聞。刮鬍皂味像來自另一個時代。有股薄荷和松脂的明亮香氣，還有一股淡淡的洋茴芹藥味，幾乎像煤酚皂的味道。他用柔軟的刷毛刷著下唇，享受癢癢的感覺。

他等待洗澡水放滿時，他用刮鬍刷刷過鎖骨，然後沿著脖子，刷到赤裸的胸膛和左乳頭周圍。他一面刷，一面將頭仰起，看著天花板的紋路。傑米森太太一定親自把天花板降低了。她在周圍釘上了釘子，然後將線來回纏上，織出像手工編織的裝飾紋路。水槽上有一碗乾燥花，但蒙歌去聞時，乾燥花已沒有任何香氣。除此之外，這裡沒有任何女人住過的痕跡。

等他們爬進浴缸，洗澡水溫度不高。蒙歌先進去，坐到沒有水龍頭的那側。他感覺渾身溼冷，好像剛發完一場大燒，但皮膚每一吋感到快樂和平靜。詹姆斯進來，用修長的腿包住他。他端一盤香腸捲來，放在馬桶蓋上，蒙歌朝派對點心擺頭。「現在誰是小姐了？」

詹姆斯沒答腔，只咬一口香腸捲。無數碎屑翩翩落到他胸上，融化在溼淋淋的肌膚。其他碎屑落到水中，像水窪中的落葉。蒙歌扔一個到嘴中。油滋滋的香腸肉十分燙口。他張著嘴，舀溫洗澡水進口中。

詹姆斯又戴上漁夫帽，張著嘴，一邊嚼一邊大笑。蒙歌伸手把帽子從他頭上抓來。「你戴帽子我才不要跟你坐在浴缸。太怪了。」

詹姆斯用雙手蓋住耳朵。「我希望有人把我耳朵釘死。你不懂這感覺。你長這對耳朵去學校看看，根本不想坐到全班前排。」

「我不介意。」

詹姆斯朝口中擠棕色的蘸醬，又塞個冒著蒸氣的香腸捲進嘴裡。他滿嘴香腸肉，露齒笑著。「我想你可能會喜歡上我。」

「也許吧。」蒙歌將下巴貼近水面。「我現在只需要再看它們三天。我想我能忍住嘔吐。」

「三天。」詹姆斯剛才一時間忘記了，綠色的雙眼再次變得灰暗。

蒙歌腳趾伸到詹姆斯卵蛋下，害他身體蠕動，水波濺到地毯上。接著蒙歌坐向前，抓住詹姆斯雙頰，向上推，讓詹姆斯的厚嘴唇向外拉扯，擠出笑容。「聽著，如果我只剩三天，我不想跟一個愁眉苦臉的討厭鬼相處。」

蒙歌躺回浴缸，詹姆斯瞪他，揉著自己的臉。「我敢說我能把你揍扁。」

「我敢說你辦不到。」

「那是因為你有靠山。」他歪著下巴挑釁他。「你敢這樣跟我說話，只是因為哈哈。」

蒙歌點點頭。「沒錯。所以你最好小心你的芬尼亞臭嘴，不然我告訴我哥你給我看你的老二。」

「可是你**喜歡**。」他向蒙歌推起一波巨浪。

「對，但我不會告訴他**這些**。對吧？」

他們躺在浴缸，水的溫度漸漸消散。蒙歌用手抓住詹姆斯的腳。他之前都沒仔細看過。他的腳底意外柔軟，幾乎沒什麼味道。他含住詹姆斯的大拇趾，他們就這樣對坐，兩人表情堅定，後來詹姆斯先笑了，想把腳抽回。蒙歌從舌頭挑起一團襪子毛屑，喘氣說道：「你不配喝我的洗澡水。」

「什麼？」詹姆斯手指沾著水面，吃著仍漂在上頭的糕餅碎屑。

「這只是茉茉掛在嘴邊好笑的話。肉販那有的老女人會打量她，茉茉見了會說：『**臭老太婆，她不配喝我的洗澡水。**』我是說，你想像有一排女人，拿著保溫瓶排在走廊，哈米許負責拉開天鵝絨繩。『愛琳，你不行，你不能進來。我不喜歡你整形的樣子。你不能喝她的洗澡水。』」

「真希望我有天能見到她。無所畏懼的茉琳。」

蒙歌搖搖頭。「不可能。她令我難堪。」

「她聽起來是個有趣的人。」

「我們家裘蒂不這麼想。但我覺得她還好，只會害自己。」他靈光一閃。他將詹姆斯的腳抬到臉旁，按著柔軟的腳底，彷彿在打電話。「喂、喂。你想跟漢米爾頓太太約時間嗎？上午十一點？三位？平常的桌子嗎，先生？」

感覺很癢。「對。不如……」詹姆斯又咳嗽了。他伸手去拿吸入器。

蒙歌放開他的腳。「你要去看醫生。我不喜歡你咳成這樣。」

詹姆斯揉著他赤裸的胸膛，試著喘過氣來。「這沒什麼。」

「怎麼會沒什麼。我覺得是鴿子害的。」

「可能吧。」他想把話題從鴿子身上轉開。他不想讓蒙歌擔憂，眉頭緊鎖。「但有人擔心我感覺滿好的。」

蒙歌緩緩將臉藏到水下，掩飾他大大的笑容。他又浮出水面。「現在呢？你覺得你是我男朋友嗎？」

「要你是我女朋友才行。」

蒙歌將膝蓋向外抵住詹姆斯大腿。金髮男孩不禁掙扎投降。「好啦！我們不會告訴茱茱，但好，我會當你男朋友，蒙歌．漢米爾頓，總之接下來三天都是。」

這時換他放空一會。蒙歌躺在原地半晌，想著剩下的時間，分配和決定他要怎麼度過甜蜜的時光。當然，傑米森先生來訪之後，會有更多美好的時刻，但此時似乎不重要。他感覺有點幼稚。為何詹姆斯的父親必須回家呢？詹姆斯看蒙歌臉色陰沉。他要蒙歌在浴缸中轉身，讓他躺在自己的胸膛。

他們讓洗澡水濺到地毯上。蒙歌說：「好啦。你可以見她，但只能見一分鐘。」

詹姆斯再次開口時，他雙唇在蒙歌耳旁。他握住蒙歌雙手手腕，讓他無法動彈。「好。誰知道？也許我可以和你媽約會，變成你的新爸爸。一石二鳥。反正你本來就有點好笑。」

蒙歌提早去看她，可以的話，他會阻止她喝酒。詹姆斯知道時間和地點。她親吻蒙歌，並讓他躲到小吃攤吧台下，不讓常客看到。蒙歌抬頭望著她，她則聊著八卦，嘴上掛著虛假的笑容，盡力取悅客人。她低頭看向他時，笑容從她臉上消失。

茉茉會偷偷從保麗龍杯中喝酒。他趁她沒注意檢查了杯子。裡面裝滿烈性葡萄酒，聞起來像冰冷的藥混合腐敗的水果。她用同個杯子喝酒一定很久了。杯緣沾滿口紅，一整圈都有齒痕。

小吃攤瀰漫著炸洋蔥的香甜氣息。深夜廣播播著茉茉年輕時的輕柔搖滾樂，像虎克博士樂團、艾力．克萊普頓和肯尼．羅傑斯[24]。蒙歌坐在塑膠冰桶上，她給他一盒麵包捲。「你如果要打擾我工作，乾脆讓自己有用一點。」

她新燙的鬈髮比她所想得要鬈。她一面在麵包中塞入馬鈴薯餅和滿是油脂的培根，一面在滋滋作響的煎鍋上方拉著頭髮，想用蒸氣熨直。「那個寶琳，根本是個笨婊子。她燙成這樣，還敢跟我收十八鎊。這鬼髮型！我去她家，讓她小孩爬得我滿身。等我走出來，我看起來像他媽的孤兒安妮[25]。」她扯到自己臉都皺起。「明天會好一點個屁。」

「看起來還好。」她那顆頭看起來像被電到。

「甚至連個頭髮都燙不好。」

蒙歌撕開麵包捲，吃著中間柔軟的麵團。他用塑膠刀在兩面塗上亮黃色的人造奶油。他以為自己做得完美無缺，他想像司機會希望麵包捲滴著油，但茉茉用魚夾打他手。「別吃他們的麵包捲。還有不要浪費那麼多人造奶油。胖艾拉會罵死我。」她繼續拉鬆她的鬈髮。「你到底來幹嘛，要錢嗎？」

「怎樣？你有嗎？」

「沒有。」

「那我來是因為我想你。」

她搔他下巴底下。「我想也是。對不起，親愛的。你有好好上學嗎？」

蒙歌把毛衣前面的人造奶油擦掉。「沒有。我希望自己能早點離開，去當學徒或找個工作之類的。」

茉茉蹲到他旁邊，點了根香菸。她蹲在吧台下抽菸，不讓人看到。「我希望你能待在學校。」

「我覺得不適合我。我覺得我最好去工作。」

「那你自己決定吧，我不能逼你。學校對我來說沒屁用。」她瞇眼看他。「但蒙歌，要是學校老師出現在我家門口，我告訴你，我會把你揍飛。」

24　虎克博士樂團（Dr. Hook）：是美國搖滾樂團，活躍於一九七〇年代，風格為民謠和輕搖滾，音樂輕鬆好聽。艾力·克萊普頓（Eric Clapton, 1945-）是英國著名吉他手，獲獎無數，作品以藍調風格著稱。肯尼·羅傑斯（Kenny Rogers, 1938-2020）是美國知名歌手，主要風格為鄉村音樂，累積唱片銷量超過一億張。

25　孤兒安妮（Little Orphan Annie），美國知名報紙連環漫畫，初刊於一九二四年紐約的《每日新聞報》。

「才不會。他們巴不得我離開。」

「也是，你快是男人了。你該長大，自食其力。」她從咬得半爛的杯子喝一大口酒。她打開酒瓶倒酒時，金屬瓶蓋滾過油膩的地板。「啊，媽的。」茱茱聳聳肩，從瓶子喝一大口，好像她現在只好喝光了。她把酒瓶遞給蒙歌。

他搖搖頭。「我希望你不要喝。」

「它會帶來一點活力。讓我撐過一整晚。」接著她又補一句，「酒會讓我更有趣。男人喜歡女人有趣一點。我會拿到更多小費。」

茱茱愛喝的酒裡面，蒙歌最怕烈性葡萄酒。他聽過哈哈的手下稱之為「喧囂魔藥」。酒是混合了高酒精和高咖啡因，因此不僅會讓她母親喝茫，也會讓她同時太過緊張而失控。蒙歌撕著麵包捲，將麵團遞給她。茱茱將他手推開。「你看到我多胖嗎？如果我再變重，這輛拖車輪子會破。」

他將麵包塞入自己嘴中。「喬奇好嗎？」

茱茱突然變得神采飛揚。她雙手張開轉圈，蒙歌看得出來，自己聊到了好事。她一臉興奮，配上緊緻的鬈髮，她看起來好像抽筋了。「喔、我、的、天！我不敢相信我沒跟你說。有個小強盜來喬奇的當鋪典當一個寡婦的婚戒，結果喬奇不只賺到賞金，更好的是，對方答應讓他去伯恩提斯蘭的露營車度假兩週。你相信這種好事嗎？」

她棕褐色的褲襪小腿處有個洞。蒙歌用手指去摸。「我能去嗎？」

茱茱將他臉前頭髮撥開，噘起嘴。「喔，對不起，兒子。現在還是晨間電視說的蜜月期。我們必須好好享受**我們的**兩人世界。這非常重要。」她搔著腰。「喔，這褲襪好煩。站在煎鍋旁，我在想什麼，快把我悶死了。」

他手指戳進洞裡。「可以嗎？」

她哼一聲，然後點點頭。「好，弄吧。如果能讓你開心的話。」

蒙歌感覺她腿毛碴刺著他指節。他拉扯著洞，縫線迸裂開來，裂縫延伸，像雨水從她腿上流下。他又伸更多手指到洞裡，將褲襪拉開。褲襪從腳踝裂到裙襬上。他在另一腿的褲襪也撕個洞，將它撕破。茱茱手抓著吧台，開心尖叫。小時候他們很愛玩這遊戲。她褲襪破洞，不成樣子時，她會讓孩子將褲襪撕開。他們從不撕開中間，或腳趾的縫線，所以他們便能拉著母親穿著褲襪的腳，拖著她咯咯笑滑過地面，最後像雞肉從束口袋滑落，她白皙柔嫩的雙腿會落到地板上。

「喔，我又能呼吸了。」茱茱脫下破爛的褲襪，穿回運動鞋。茱茱將腳放到低矮的架上，拔著倒生毛，摸著靜脈曲張。「這條是抱你才長的。你真的很黏人，永遠不讓我放你下來。」

黑暗中，有個東西引起她注意。蒙歌看她向外彎身，望向日光燈的光線外。「你好，孩子。你麵包捲要包什麼？」

蒙歌坐起，從吧台上方向外偷看。他站在日光燈光線的邊緣，緊張地移動重心。詹姆斯・傑米森洗了熱水澡，刷得全身通紅，他頭髮俐落，整齊分邊。蒙歌見他如此努力，不禁露齒微笑，他之後會拿這事煩死他。「茱茱，這是我朋友。他叫詹姆斯。」

「等一下。你交到朋友了？」他看她小腿肌肉繃緊，手伸向陰影和他握手。「很高興見到你，孩子。我是茉琳，我是蒙歌的大姊。」

蒙歌打開拖車門，跳到泥土地上。他看得出來茉茉很喜歡詹姆斯。不過，詹姆斯轉身向蒙歌問好時，茉茉手放到耳朵背面，用嘴形無聲說，耳朵好可惜。

「你們倆怎麼會玩在一起？」她問。

「老天。拜託，我們才沒有玩。」

「我不知道你們都怎麼說，對吧？所以你們倆何時開始一起去賓果？打橋牌？打凱納斯特紙牌？」她露出自作聰明的笑容。「有好一點嗎？」

蒙歌眼睛開始脈動。「詹姆斯有個鴿舍。他養鴿子。」

茉茉做個好像要吐的表情。「我不知道你怎麼養那群豆子眼的傢伙。我敢說牠們光看到我就想在我頭上拉屎。」她從出餐口彎身出來，打量這個髮色褐黃的男孩。蒙歌希望她能扣好上衣。詹姆斯讓她仔細看他。茉茉歪頭，彷彿認出他來，身子又回到小吃攤內。「唉呀，你是吉米．傑米森的兒子嗎？」詹姆斯來不及回答，茉茉便拍一下吧台。「一定是。我看得出來。你跟你爸一樣是個大帥哥。」

詹姆斯沒回答，但他看起來不大自在。茉茉拿起保麗龍杯，替詹姆斯倒了點酒。「來，我親過他一次。好幾年前。你奶奶聽說我是新教徒，氣瘋了。但我一直相信宗教信仰要統一。」

詹姆斯伸出手，用雙手接下杯子，彷彿那是聖餐的聖杯。「謝謝你來致意，漢米爾頓太太。」

茉茉馬上因為這名年輕人感到溫暖。她舉杯致意。「但話說回來，蒙歌，要是你爸是傑米森先生，事情會有多不一樣。」她哼一聲，揮揮手。「不對，等一下，我在說什麼？詹姆斯，如果我是你媽，事情會多有趣。嗯？」

「我很希望這樣。」他說謊。他前排牙齒已沾滿酒。「我喜歡你的鬈髮。」

「看吧！」茉茉最喜歡別人稱讚，她不在乎對方是否真誠。她指著蒙歌罵他。「他才當我兒子五秒鐘，就已經稱讚我了。這才是對女生說話的方式。」

19

他們第二次躺在一起，初次的激情和貪婪已消失。他們不需著急，不需自私。事後他們躺在暖爐三根火紅的光下，只有太熱時才轉動身體。電火爐上頭有一堆塑膠假炭，假裝是真正的火爐。炭底下有個小風扇，它一邊轉動，一邊讓人造火光在天花板舞動。詹姆斯告訴他，他母親後來漸漸討厭這火爐。他們小時候，她很喜愛這火爐，但隨著生命愈接近尾聲，她說火焰讓她想到地獄。

蒙歌緊抱著他。詹姆斯手指走過蒙歌肚子。他做著白日夢，想像行者橫越蒼白的肚皮，潛入屁股的深壑，爬過起伏的胸骨。蒙歌皮膚是雪白的平原，上頭一片純淨光潔。詹姆斯撥動著從他肚子延伸的絨毛。他吹著絨毛，說這讓他想到兩塊地之間的草。

「想像住在像這樣寧靜的地方。一望無際，只有一大片原野，好幾公里都沒半個人。」他一直說要離開，已開始讓蒙歌不開心。他希望詹姆斯待在這，把握現在，不要望向遠方，並擔心父親回來。蒙歌手摸了摸身體，決定放手一問。「你幹嘛離開？你已經擁有這一切了。」

「這是我的嗎？」

蒙歌點點頭。

詹姆斯用手的邊緣劃過蒙歌溼黏的肚子，像要把他剖開。「這樣的話，如果我把這裡賣給邦瑞地產，我能分到多少？」

「什麼都分不到。這裡沒人想買。」

詹姆斯扭著蒙歌老二到肚臍之間一排稀疏的陰毛。「我不知道。靠這些，你覺得我能養多少頭牛？」他將鼻口湊到蒙歌肚子上，輕輕摩擦。

蒙歌在他輕輕的吻下放鬆了。「如果你離開，你要去哪裡？愛丁堡？」

詹姆斯倒到他身上。「不要。我校外教學去過一次。乳酪三明治要四鎊。太他媽自以為是了。你能想像他們怎麼形容我們說話的方式嗎？」

「倫敦？」

「不要。東西**真的**超貴。何況那裡暴動很瘋狂，對吧？在布里克斯頓那一帶。那裡看起來比卡爾頓更難過活。」他開始唱起〈布里克斯頓之槍〉，和原本的旋律相去甚遠。「**你可以擊垮我們，你可以打傷我們，但你必須回應，噢喔，卡爾頓的奧蘭治之鼓**。」

衝擊合唱團[26]讓蒙歌想到哈米許。他有一次邊唱〈警察和強盜〉，邊把一個男孩踢到失去意識。蒙歌手摀住詹姆斯的嘴，要他安靜。接著他用兩根手指伸進他雙唇，探索那份感受。他摸著他柔軟的臉頰，鋸齒起伏的臼齒。他安靜好一會，仔細記錄每一吋親密的質地。

詹姆斯吐出手指。「艾德麥康。」

「艾德什麼？」

「艾德麥康。這是蓋爾語，意思是**突入海中**之類的。我媽生病時我們有去過那裡。那是我們一家人最後一個假期。那是蘇格蘭安靜、寂寞的一角，一路延伸到海裡。那裡綿羊絕對比人多，道路好

26 衝擊合唱團（Clash）：一九七六年成立的英國樂團，他們是英國龐克搖滾浪潮的關鍵人物，也影響了後來的後龐克和新浪潮音樂，最著名的專輯為《倫敦呼喚》（*London Calling*）。

窄，一次只能讓一輛車通過。有天天氣太過溼冷，我媽不能出門，於是我自己去外頭走走。我找到一塊寧靜的海灣，要爬下懸崖才到得了。很可怕，但我看到海邊有東西。我下到海灣時，那裡有一棟棟石造小屋，住那裡的人才剛搬走。一整座村莊。噗，全不見了。」

「噗？」蒙歌咯咯笑。

詹姆斯翻過身，繼續懶懶撫摸他。「那是我見過最隱祕的地方。半島另一端有比較不隱祕的海灘，四面環山，呈馬蹄形，一年四季都有完美的白色沙灘和晶瑩純淨的水。白沙十分乾淨，如白糖一般。他們問我敢不敢在那游泳，我游了，一路游到一塊大礁石再回來。」

「海邊的空氣對你的咳嗽有好處。」

「既然如此，也許就是那了。我爸說，那裡的農夫很難徵到幫手，因為真的太偏僻了。他中途停在一間農場，想把潔芮丁賣掉，因為她一直抱怨暈車。」

蒙歌手梳過亞麻色的頭髮。他想搖他、想尖叫。但他只能盡量裝作不在乎，並說：「如果你等到我十六歲，我們可以分攤費用。這樣比較便宜。」

詹姆斯手停下來。距離蒙歌十六歲還要再等七個月，那時他才會從學校畢業，這段時間，還要祈禱社會局不會找上他。七個月感覺像一輩子。「要是我躲不到你生日怎麼辦？」

「**十四次**，你爸的登岸休假只要再十四次。你這樣想的話，其實不久。」他舉起雙手。「看，兩隻手**快**數得完了。」

「他會殺了我，蒙歌。我知道他會。要是我撐不到那時怎麼辦？」

詹姆斯再次將頭躺到蒙歌肚子上，他臉摩擦他肚子，好像他鼻子癢。蒙歌喜歡看著他耳朵後面粉嫩的皮膚，小麥色的頭髮微鬈，色調千變萬化，一路長到頸背。詹姆斯全身私密處，他發現他最喜歡這裡。他喜歡想像自己是唯一在乎這裡的人。

他脖子開始有黑頭粉刺。蒙歌用指甲挖著。「你辦得到。你已經撐到現在。你去哪我都會跟著你。但我十六歲前離開，會比較麻煩。我必須確定茉茉沒事。我不能把她推給裘蒂。因為我要確定裘蒂順利讀大學。那是她拚命的目標。」

「我覺得茉茉很正常。」

「你沒見過她喝醉的樣子。喬奇結束這段關係時，必須有人照顧她。」

詹姆斯翻身面對他，他不可置信地瞇起眼。「『小妞』卡宏。」

「什麼？」

「你會變成『小妞』卡宏。我懂了。」

「別這麼說。」

「我完全看得出來你想要的未來，而且不大好。如果你不小心，你會和她困在這裡，和茉茉待在這一輩子。一個和可憐媽媽住在三樓公寓的單身漢，穿著風雨衣小步買著日常用品，像受苦的耶穌。你一天最美好的時刻是站在肉販前，和其他老女人聊天氣。然後你會提著網袋回家，裡面裝著炸魚餐，鎖上每一道鎖。為的是什麼？」

「為了她。」

「那你跟外表一樣傻。」

「也是，你不可能理解。」他用力倒抽口氣，彷彿想把這句殘酷的話吸掉。「對不起、對不起。」

他感覺詹姆斯全身僵硬，像塊木板。

「對，我媽死了，真對不起。」

「我不是故意的。」

詹姆斯怒瞪著他。「我想我能再待一會，再努力追追看噴水池的女生。看你會不會他媽的長大。」

「好。去啊。沒關係啊。」他突然希望詹姆斯不要躺在他身上，但不需蒙歌開口，詹姆斯坐起來，擦掉嘴角的泡沫。「你怎能這樣？」

「怎樣？」

詹姆斯彎向前，關掉暖爐。天花板的火焰閃爍一陣，隨即消失。「老天，蒙歌。你昏頭了吧。你忘記外頭的樣子嗎？如果他們發現，他們會捅死我們！純粹為了在酒館吹噓，他們會把我們撕成兩半。」

「我知道。」

「對他們來說，我們連屎都不如。」

「**我知道**。」

「那些女生。我這麼做全是為了你。」

「**我**？我不曾要求你做任何事。」

兩個男孩盯著彼此。詹姆斯面紅耳赤，手指挖著前排牙齒的縫。「你不懂嗎？如果我為你留下來，我必須遵守他的規定。如果我住在他家，我就必須努力交女友。」

這感覺像種詭計，和哈哈一樣。這是為了你好。砰。我這麼做全是因為這是你要的。砰。你之後會感謝我。砰。

他們離得更遠了，突出的腿脛和凹陷的鎖骨全化為包在蒼白皮膚下的稜角。他們在深藍色的地毯海上漂流，像崩解的冰山，彼此愈離愈遠。蒙歌伸手拿他扔在一旁的衣服。

「你要去哪？」

「出去。」

「不行。」

「他媽別管我。」

詹姆斯抓住他腳踝，開始把地毯上的蒙歌拖向他。地毯磨痛了他，他全身彷彿充滿電流。蒙歌不確定自己的感覺，他知道他想踢他臉，但他最想要的、終究最想要的，是綁在他身邊。

詹姆斯雙臂抱住蒙歌，直到他不再扭動，逃走的欲望消失。他們扭打一會。他想抬起蒙歌下巴，讓他看他。但蒙歌一次次掙脫，將臉埋到他脖子。他不想講道理。他不想長大。

「別他媽的悶悶不樂。」

「你還真敢說。」蒙歌說，但他雙唇貼在詹姆斯肩膀的肌肉，所以聲音含糊，讓人無法理解。

「什麼？你說什麼？」詹姆斯搔他癢。他只希望再看到他一個笑容。蒙歌口水滴到他的皮膚。就連他們雙臂不動，雙腿發麻，詹姆斯都沒擦掉他肩膀上的口水，也沒叫蒙歌移動。他們緊抱彼此許久，客廳變得寒冷。遠方傳來冰淇淋車的鈴聲。詹姆斯親他。「你不需要擔心任何事。你是我女朋友。在你能和我離開之前。我會盡我所能努力。」詹姆斯手按著蒙歌肋骨，上下移動，彈著無聲的曲調，彷彿蒙歌是手風琴。

最後，三天的快樂時光變成只有二又四分之一天。蒙歌覺得自己被虧待、被打斷、被騙了。他一整天都覺得自己應得的時光被人奪走。像你選了一大包餅乾，打開後發現裡面只是空氣。

「你確定你想來嗎？」詹姆斯問。他問同一個問題四次了。天空只剩淡淡的暮光，公園已變得漆黑。那裡離琥珀色的街燈十分遙遠，夜晚呈現一片蒙昧不清的灰。

「確定。」蒙歌說。他知道如果他不去，他會躲在家裡，而他腦中各種想像肯定會恐怖一百萬倍。

兩個男孩身上有同樣廉價的鬍後水味。他們腋下噴了厚厚一層除臭劑，像鮮奶油一樣在上衣下滑動。詹姆斯用肩膀撞蒙歌，將他撞出步道。「聽著，別折磨自己，好嗎？我**必須**做這件事。」

「別擔心我。」蒙歌試著擠出笑容，結果發現自己辦不到。「也許她們會有買一送一的優惠。搞一個女生，送一個女生。」

「看你敢不敢提議她們採用回饋方案。」他大笑，綠色雙眼閃爍光芒。「講完最好他媽的跑愈快愈好。」

公園才剛開始長出春葉。冰冷的雨暫時停了，但萬物仍滴著水。漆黑的步道穿過草坪，像一條滑溜的舌頭。噴水池的女孩聚在一個腐爛的長凳後頭，身體搖晃，如珠子的眼睛轉動，像發冷的鴿子，等著退休人士拿剩麵包靠近。她們身穿男人的毛衣，向下蓋住改短的制服裙，她們頭髮都上了膠，向外撥開。每人都有劉海，劉海輕薄而僵硬，都以髮捲捲過，並噴上定型液。現在頭髮伸展彎曲，掛在她們開朗的臉上方，像店門口的遮雨篷。

「你帶什麼來給我們？」妮可拉問，她是三個女孩中年紀最大的。

詹姆斯將東西從風雨衣口袋掏出，他有小瓶的調味酒、十包大使館牌淡菸、袖子裡捲了一本《新音樂快遞》雜誌，封面是頭上頂著光環的莫里西[27]。他把東西放到長凳，向後退開。

「那本雜誌超老。封面是誰？」妮可拉問，她嘴上戴著金屬牙套。那是詹姆斯姊姊的雜誌，如今快十年了。妮可拉表情噁心地盯著莫里西，並說她寧可看到接招合唱團、EMF樂團或沙曼樂團[28]。

「該是你認識經典人物的時候了。」

「你喜歡的東西跟我奶奶愛琳一樣。」妮可拉聞了聞。「總之，我以為你放我們鴿子。」

「對啊。」最嬌小漂亮的女孩附和。她在月光下皮膚乾淨白皙，精緻的五官讓她甚至更顯年輕。她那張臉述說著她仍在學習怎麼化妝，看起來像在媽媽化妝檯偷化妝、塗滿腮紅的孩子。但她抽口菸，開口說話時，聲音像男人一樣低沉。詹姆斯後來告訴蒙歌，愛西莉家中有七個哥哥，她那張嘴跟碰上老字號比賽的酒館老闆有得比。她說：「你讓三個漂亮的女生等真的很丟臉。我坐這裡等偉大的怪胎王子，等到這老凳子有半截都插到我屁眼裡了。」

蒙歌看到詹姆斯撥弄著羊毛扁帽。「我鴿子生病了。」

「沒人在乎你的笨鴿子。真丟臉。」愛西莉看一眼公園大門，然後打了個呵欠。「我原本可以和吉米．費茲西蒙走。他姊姊買了一台新的日曬機。」

「別這樣。」詹姆斯說：「你知道我覺得你膚色和純蜂蜜一樣美。」

蒙歌縮一下身體。他知道自己為何在此（他求詹姆斯讓他跟來），但聽到他對別人灌迷湯，他仍

27　莫里西（Morrissey, 1959-）：英國創作歌手，一九八〇年代是史密斯樂團主唱，是獨立音樂的革新者。

28　接招合唱團、EMF樂團或沙曼樂團都是九〇年代的英國知名樂團。

感到心痛。愛西莉雙眼打量他。「這小同性戀是誰?」

詹姆斯介紹他。「他跟我說他喜歡安潔拉。」他朝沒說話的女生點點頭。

「我的名字是**安潔麗卡**。」她發音聽起來像**安嘉麗奇**。「沒搞錯吧。」她瞪著蒙歌。他依稀聽過她的傳聞，說來奇怪，她德文特別好。和社區所有男孩相比，她游泳能游最遠、憋氣憋最久。「你是哈哈的弟弟嗎?我叫他不要追珊米瓊。大家都知道她想要孩子純粹是因為她想離開媽媽，並擁有自己的政府公寓。」

「她還有得等。」蒙歌說:「要等到她十六歲才能離開，就算等到那時，她媽媽還必須把她趕出去，要有造成精神困擾之類的。」

「對，我就是這麼說的。容易上當的臭婊子。」她酸溜溜大笑。她已對蒙歌有好感。「你比你哥好看多了。」

「你比較會接吻嗎?」妮可拉說，她手拿著莫里西封面的雜誌，但手臂伸直，舉得遠遠的。三個女孩全發出刺耳的笑聲。突然之間，她們又回到十五歲，終究只是孩子。

「你拿什麼來給我們?」愛西莉問。詹姆斯手已放在她膝蓋上，雙唇從她耳垂移動到她細緻的脖子。

蒙歌掏了掏風雨衣口袋，拿出三條泰瑞牌薄荷巧克力。

妮可拉馬上把包裝拆了。「什麼?我還沒吃晚餐。我媽跟我弟在醫院。他吞了復活節裝飾。」

詹姆斯雙唇貼住愛西莉的嘴。他們嘴巴不斷開合，蒙歌看得到詹姆斯下巴肌肉用力。與其說是吻，不如說是咬，但愛西莉十分陶醉，她輕輕發出喜悅的呻吟，鼓勵他繼續。她香菸灰搖晃，落到潮溼的地面。

其他女孩吃著巧克力，傳著那瓶調味酒。「來，如果把味道混在一起，嘗起來像高級雞尾酒一樣。」

蒙歌站在溼漉漉的步道中間，努力不去看詹姆斯。女生翻過雜誌，看著早拆夥的流行團體過時的髮型大笑，完全忽略蒙歌。他相信即使自己默默離開，也沒人會叫住他。愛潔麗卡終於抬頭看他，並打量他一會。她臉上布滿漂亮的橘色雀斑。「我媽說你有瑞士症。那是真的嗎？」

「瑞士症？」

安潔麗卡快速眨眼六下。她舌頭伸到一邊，像隻被勒住的小狗。「有嗎？」

蒙歌看著雙層公車突突開過亞歷山卓大道。他想像自己坐在上層，朝某個地方去，只要不是這裡就好。他不知道自己有沒有妥瑞氏症。他不想知道。他眨眼和抽搐一被發現，裘蒂馬上帶他去看醫生。喬朵麗醫生似乎不算擔心。她問蒙歌生活中有沒有壓力，他有沒有特別焦慮的時候。裘蒂開始大笑，不是她平常的假笑，而是緊張的咯咯笑，她愈憋，笑得愈大聲。笑聲非常有感染力，蒙歌看到姊姊努力憋笑的模樣，不禁也大笑。喬朵麗醫生覺得兩人很煩，罵他們在浪費她時間。裘蒂終於冷靜，並道了歉，回答她說，對，她相信蒙歌生活有壓力，不過這並非特別或最近的事。

醫生說臉部肌肉抽動目前尚不需太過擔心，並要他們增加蒙歌飲食中的維他命和鎂，但如果六到九個月沒改善，他們就必須回診，因為這有可能是神經受損，或更可能的是妥瑞氏症。十四個月過去，蒙歌沒有回診。他寧可不要確定，活在無知的微小希望中。祈禱有朝一日，他不再抽搐，就像他突然冒出的青春痘一樣，來了又消失。

「我不知道。」蒙歌說。

這時五個男人出現在步道最高處。他們穿過樹蔭，在昏暗的天光下若隱若現。每個男人肩膀都扛著一根高爾夫球桿，他們張腿走向這群年輕的愛侶。蒙歌全身僵硬。詹姆斯不再親吻愛西莉，並望向朝他們前進的男人，想分辨他們是小流氓，還是單純要去打高爾夫球。不知不覺，兩個男孩都站了起來。男人靠近時，其中一人揮舞球桿，彷彿這群年輕人是灌木叢，他想從中清開一條路。蒙歌向後退，站到草地上，五個男人通過，相安無事。蒙歌和詹姆斯交換眼神。他們目光一直跟著他們，直到他們消失在視線之外。

「所以你喜歡我們哪一個？」安潔麗卡問。

「什麼？」蒙歌轉頭看著女孩。他聳聳肩。「我覺得你們倆都很美。」

「你不能兩個都親，我們不是變態。」

「我來親他。」妮可拉說，巧克力黏在她牙套上。「我親過他哥哥。」

「幹嘛？你有在收集同一家人嗎？」

「不是。我只是說，大家都已經知道我親過漢米爾頓家的人。這傢伙不能算一個不同的家人。他比較像半個之類的。還好啦。」

「Wie du willst。」安潔麗卡用粗啞的德文說了「隨你便」。她又拿起《新音樂快遞》翻著頁面。

「但我不要站在樹叢幫你把風。」

妮可拉從長凳走來，伸出手，彷彿他剛才邀她跳舞。她的堅定讓他好害怕。她牽著他走過步道，走進泥濘空地，四周都是茂密的杜鵑花叢。空地中央十分幽暗。她毫不猶豫貼近他，將他擁入懷中。

妮可拉比詹姆斯高不只一個頭，她嘴向下蓋住蒙歌嘴時，他必須向後仰，踮起腳。她身上散發著清新蘋果洗髮精的味道，並聞得出她住的地方全是老菸槍。她像垃圾桶蓋將嘴張大時，他感覺得到她牙套不平整的邊緣。

蒙歌試著配合她的動作，開始從一千倒數。他數到九百四十四時，她將他推開。妮可拉咂著滿是巧克力的雙唇，彷彿嘗到不喜歡的東西。她在黑暗中盯著他，最後一絲天光在遠方漸漸消逝，也在她瞳孔閃爍。

20

蒙歌站在道路彎道前，看他們穿過細雨。他剝著生鏽的欄杆上一片綠漆。女生大笑時，他將碎片插入指甲和甲床之間，油漆碎片刺進柔軟的皮膚時，他緊咬牙關。

女孩聚在乾燥的門口。她們擠著彼此，兩人向門內推，最嬌小的女人想攔住她們。她們看來像在打架，但她們開心尖叫，大聲說話，女人都聚到窗戶邊看。妮可拉手輕鬆伸過愛西莉頭上，手指按上老舊的樓梯口門鈴。電子對講機尖聲響起。鈴聲響徹狹窄的街道，鈴鈴鈴鈴鈴、鈴鈴鈴鈴鈴、鈴鈴鈴鈴鈴。

「我要殺了你。」愛西莉沙啞地說，但她顯然很開心。她轉身要跑，但妮可拉抓住她風雨衣披帽，於是她只好用戴著戒指的手摀住臉，但手指都張開，想看清發生的事。「我真的會丟臉死。」

「你好，有人在嗎？」詹姆斯的聲音傳來，語氣友善，像聊天電話中打手槍的男人所聽到的一樣。女生輪流朝對講機尖叫，表達她們對他的愛，並說愛西莉愛到瘋了。愛西莉想用手摀住朋友的嘴，但她們掙脫開來，這是一場她其實不想贏的戰鬥。

「如果你到公園，愛西莉說她會讓你**隨心所欲**。」

愛西莉尖叫。「我、的、天、啊。我不敢相信你剛才對他說了。」

蒙歌沒聽到她們剩下的胡話。他忙著看頂樓窗戶。傑米森先生手插在褲子口袋。他背驕傲後仰，身子搖晃。他站在窗前，看著傻傻的女學生向他兒子示愛。蒙歌看到他上唇揚起笑容。

「你又在咬電視遙控器了嗎？」他進門時，裘蒂馬上罵他。那不是問題，她也不等他回答。他大多數時候沒注意自己咬了，但他確實喜歡咬灰色的遙控器。遙控器正好能塞進嘴裡，他可以推到最底，用臼齒咬到他冷靜。塑膠嘎吱作響的聲音令他滿足，遙控器又硬到他能全力去咬，咬到他下巴出力顫抖。用臼齒咬遙控器，能讓他控制竄過全身的電流。他好久沒咬了。但今天下午，他再次找到熟悉的安心感。裘蒂用裙子擦乾淨遙控器，臉色十分難看。

地毯上放了六本書，有三本藝術書、一本紙頁捲起的小說、一本費爾島針織書和一本傳統蘇格蘭編織書。每本書都翻到特定一頁，用裘蒂個人的東西壓著。她將書排成半圓。

「那些是什麼？」他悶悶不樂問。

裘蒂非常緩慢地眨一下眼睛。「**那些**是書。」

「你拿那些書要幹什麼？」

「我要讀它們。」

「幹嘛？」

裘蒂露出疲倦女人會給笨孩子的眼神。很難分辨她是為他感到難過，還是為自己感到難過，因為她要折磨他。她穿著工作服，看來已筋疲力盡。她的冰淇淋服古板又老派，有著覆盆子緄邊和荷葉領，但蒙歌看得出來衣服需要熨燙，他決定要替她洗乾淨。裘蒂髮夾仍未卸下，固定著頭上的紙帽，她將髮夾抽起時，順手用來指書。「其實這些書是要給你的。」

「幹嘛？」

「不要再說這兩個字。老天爺，說**為什麼**，不要說**幹嘛**。我為什麼要把書給你。你想一輩子說話都像社區小流氓嗎？」

蒙歌把運動鞋踢到一旁。「我沒注意到我讓你這麼丟臉。」

「你不希望這輩子去別的地方嗎，蒙歌？」裘蒂不耐煩了。「天啊。我把書拿來，因為我有話要對你說。」她重重坐進半圓之內，將其中一本書推向他，彷彿通靈板一樣。那是本白色的書，上面有不同顏色的方格層層推疊，底下的字寫著：**艾爾斯沃茲．凱利**[29]**，收藏於現代藝術博物館**。封面已泛黃，但蒙歌翻開內頁，根據圖書館的藏書票記錄，這是這本書第一次被借出。

「我還必須去米切爾圖書館借。我等這些書好幾個月了。」

蒙歌翻過書頁，書裡一頁頁都是整齊的網紋排線和精密的線條控制。方形線條精準交會，經過層層重疊，編織出圖案和深度。控制十分得當。看到那些畫，他感覺心情平靜。「你為什麼要借這個？」

裘蒂嘆口氣，手伸進書包，拿出一封看來十分正式的信。她將信給他，以簡短完整的句子向他解釋，彷彿這樣比較好說明。「我申請上了。無條件。九月入學。我要上大學了。」

「格拉斯哥大學？」

「對。唸生物學。」

他撲向她，毫無保留地壓到她身上。她在他身上，他感覺她全身一瞬間放鬆，彷彿剛才一直繃緊著。他們靠在沙發上，她也抱住他。「太棒了。」他埋在她頭髮中說：「我就知道。**我就知道**。」

他們再次坐起來，她鬆了口氣，啜泣起來，臉上全是淚水，頭髮黏在她溼溼的雙頰。「天啊。我好高興你很開心。我好擔心。我上週收到這封信，不知道能跟誰說。哼哈。」

他搔著臉頰，他和詹姆斯的回憶突然有股罪惡感。他這三天一直如此貪心，一直很自私。「等一下，好嗎？」她還來不及開口，他就從客廳跑出去，回來時，手中盤子有個高高的三明治。三明治總共有八層白吐司，每一層他都塗上厚厚的覆盆子果醬。蒙歌把三明治大概切成圓柱體，然後切成四塊。他在上頭插上已燒一半的藍色生日蠟燭。

裘蒂拍著手，數著壓扁的吐司有幾片。「**Huit-feuille**。主廚真優秀。」她說的是法文的「八層派蛋糕」。

「我是不知道你在唸什麼，但如果閉上眼睛，我敢說嘗起來跟海綿蛋糕一樣。」

他們盤腿坐在地毯上，裘蒂吹熄蠟燭時，蒙歌大聲歡呼。她沒告訴他她的願望。他們各吃了一片，但咬超過一口的只有蒙歌，他露出大大的笑容，嘴角全是紅色果醬。

「你要……成為……博士嗎？」他無法一面吃、一面說話並一面呼吸。

她撥動著甜三明治。「沒有。我想學習關於海洋的事。我會專門學海洋生物學。我想這件事要感謝葛利斯彼那胖子。待在愛爾蘭海岸那麼久，我發現自己對海洋一無所知。」

「你不能看大衛．艾登堡[30]的節目，像那樣學就好嗎？」蒙歌塞了更多吐司到嘴裡。「而且……我在想……公車要坐……多久？」

---

29 艾爾斯沃茲．凱利（Ellsworth Kelly, 1923-2015）：美國極簡主義畫家，擅長用明亮的色彩排列出線條和色塊。

30 大衛．艾登堡（David Attenborough, 1926-）：英國生物學和自然歷史學家，最知名的節目是和英國廣播公司合作的九部自然歷史紀錄片《生命》系列。

「什麼?到海邊嗎?」

「不是,到大學。你去市中心要轉車。」

裘蒂將盤子從身前推開。「我不會搭公車。」

「你不可能走那麼遠。」他對她的愚笨感到不可置信。裘蒂不曾笨過。

「對,你說得對。」她擦了擦嘴角。「我必須搬去西區。和其他學生一起住學生宿舍。」

他腦中閃過詹姆斯的畫面。「但我不能搬家。」

「我知道。」她將頭髮從他臉前撥開。「宿舍只有單人床。我必須一個人去。你得待在這裡。哼哈。」

「喔。」他臉上出現好幾種表情。他從高興到不可置信,最後雙唇緊抿,眼皮堅定緊繃,想掩飾他被拒絕的尷尬。

「蒙歌,你流血了!」裘蒂站起。地毯和艾爾斯沃茲.凱利的書封都是血。裘蒂不希望書弄髒。她通常會把書收到臥室,不希望有人拿去當杯墊,或當簸箕用來掃菸灰。裘蒂用手抓起他流血的手。

「你大拇指插了片金屬。」

「真的?」

「蒙歌,你怎麼會沒感覺?」

裘蒂用牙齒咬出卡在甲床的油漆碎片。她想都不想,便把整個拇指放入嘴中,將血吸出。蒙歌感覺得到她靈活的舌頭急忙舔著他指甲。她把拇指拿出,又仔細看一次。「該死的傻孩子。你指甲裡卡著金屬,你怎麼會不知道?你要打破傷風。」

「不會痛。」

她擠著指甲，仔細檢查有沒有更多生鏽碎片，再擦掉流出的血。

「總之你什麼時候要離開？」

「什麼？」她一心擔憂他的拇指，剛才的事已全拋在腦後。他臉上最初的喜悅已全然消失。他臉頰在抽搐，雙眼泛紅，他不希望她察覺的心痛已全寫在臉上。

裘蒂坐到茉茉的單人沙發上。她將蒙歌拉向她，起初他抗拒，但裘蒂緊緊抱著他。「來嘛。你長再大都喜歡擁抱。」她將弟弟拉到大腿上，緊緊抱著他。他現在比她高多了。他瘦長的雙腿彎起，他們最後像兩隻暹羅貓，窩在柔軟破爛的躺椅上。「你現在真的太重了。」她拿起他流血的大拇指，塞到他嘴中。他吸著手指一會。他嚐得到她的口水，有股覆盆子果醬香甜的味道。「我的小寶寶長大了。」

「我可以去找你嗎？」他含著拇指，口齒不清地說。

「隨時都可以。你想的話，我甚至會在陌生人面前像這樣抱著逗你。」

他玩著她綁好的馬尾。「真的很厲害，裘蒂。你要為自己驕傲。我不是故意要潑冷水。」

她用腳趾指著地上的書。「我覺得我們可以談論一些能啟發你的事。」

他將大拇指從嘴中拿出，看是否仍在流血。拇指沒流血了，但他繼續吸。他開始咬它、啃它、嚐它，並用臼齒扣住。

「你喜歡畫圖，對吧？也許你出了學校可以好好發揮。」

蒙歌看著書，接著又垂下頭，鼻子埋到她肩膀。「不行。我不像你那麼聰明。」

裘蒂聽到他的臼齒摩擦他的拇指，後頸不禁寒毛直豎。「你比自己所想的聰明。而且能力很好。」她用力抱了抱弟弟。「嘿？是茉茉的關係嗎？」蒙歌沒回答她。裘蒂看著她弟弟目光飄向無聲的電視。他眼神有些暗淡。

她不需問是不是關於茉茉。這男孩所有事都關於他的母親。他是為她而生，而她卻不曾為他而活。茉茉彷彿是傀儡師，她手上有一條條線，纏繞和捆綁在他身上。她撥動他的每個動作，讓他露出膽怯的笑容，讓他神經抽動，讓他焦慮到齧咬身體；她控制他的擔憂和快樂，讓他在各處變得更不起眼，投入任何事之前會先站在邊緣觀察，讓他變得善良，並擁有巨大的愛。

裘蒂經常驚嘆這一切，但她多半感到厭惡。他給予茉茉所有的愛，卻不求回報。或者，也許他不斷付出和累積是希望能換得一點她的愛，彷彿他的愛是廉價貨幣。這讓她想到家政學班上的女生，她們暑假回來，個個頭髮結辮，正面全都曬黑，鼻子曬傷，大腿曬得通紅發痛。她們在貝尼多姆待兩週，便自稱是百萬富豪，但她們新的財富是用西班牙貨幣比塞塔計算，裘蒂知道價值其實和過去一模一樣。

蒙歌愛人的能力讓她感到難過。他的愛並非無私，只是情不自禁。茉茉要得不多，但他給得太多，所以一切感覺徒然白費。他的愛像是收成，但不曾有人播種；或像是藤蔓上的花朵，卻不曾有人照料。他的愛應該要像她和哈米許，在好幾年前就該枯萎。而蒙歌豐沛的愛至今像成熟的果實落了一地，卻沒人想拾起。

坎貝爾太太曾說，蒙歌原諒他人時，堪比聖經典範，但裘蒂對聖經沒興趣，她覺得他容易被人利用，非常愚蠢。她覺得那有點悲哀，有點軟弱。她弟弟擁有巨大的愛和寬大的心胸，對象卻是一個徹頭徹尾只想著自己的嬌小女人。她是個糟糕的母親。裘蒂不願意數落別的女人，但她確實如此。她好糟糕。哈米許心裡有數。裘蒂心裡有數。她不知道蒙歌何時會明白。

蒙歌嘆口氣，那模樣讓她心頭一震。她從他澄澈的虹膜上看到電視畫面。他瞳孔放大，目光茫然。「我希望你能跟我說話，蒙歌。」

他沒看著她回答。「我每一天都有和你說話。」

「不是。我只是希望你能告訴我你的感受。」

「感受？」他思考一會，然後說：「我又餓了。但我懶得起來。」

裘蒂把他推開。

他是茉茉的幼子，但也是她的知己、小姐的女僕和跑腿小弟。他是她美化自己的鏡子、她少女的日記、她的電暖毯和門墊。他是她最好的朋友，不需散步的忠狗，和她最愛的情人。他能在陰冷早晨令她振奮，也是她在人群中唯一的歡笑。

裘蒂又推他一把，但他只嘟囔一聲，更緊地蜷縮在她身邊。

她弟弟是她母親的小月亮，也是她最溫暖的太陽，同時也是她忘記的渺小衛星。他會永遠繞著她，即使她和他將先後化為碎片。

裘蒂彈一下他鼻尖。「衛星。」

「什麼？噓。我在看電視。」

裘蒂手摸著弟弟的頭髮。蒙歌身上飄散著新的體香劑，有股野性，味道濃郁。這是她這年紀的男生會噴的味道，充滿費洛蒙，不是要跟人打架，便是要替人手交。這不適合他。她聞他頭頂。

「別煩我！」他移動身子，好像很不舒服。他慢慢重新坐到她旁邊，小心地不去擠到她。裘蒂想著，蒙歌完全按照茉茉提供的模子長大了，她將他形塑成她缺少的零件，現在她不需要他了。他被困在這特殊的奇怪形狀裡。她好奇弟弟未來的道路。現在哪個女人會愛他？她希望對方能欣賞他英俊的長相和沉默寡言的個性。對方會感到幸運，能被他默默關注，並會收下他所有的愛，並好好收藏。有女孩會想永遠照顧他，看到他無助下垂的目光，她會無奈地為他煮飯、打掃並照顧他，滿足原始的需求。其他人會利用他，他們往往十分自卑，看到他給他們的愛，他們會視之為軟弱，讓他為此受罪。

蒙歌目光再次聚焦。他轉頭和她視線相交，皺起眉頭。「你他媽在看什麼？」

「你啊，蒙歌。我喜歡你。你很棒。」

蒙歌看起來有點驚訝。

裘蒂把他的注意力放到地上的書。「我知道她對你沒興趣。但那不代表你要放棄自己。」

「嗯！你這句話是從哪本女生雜誌學來的？」蒙歌在牛仔褲上擦了擦拇指。「總之，我覺得我乾脆去幫哈米許賣安非他命。那很好賺。」

裘蒂重重拍他胸口。他一臉震驚，眨了眨眼。「聽著，我隨時都可以抱你，蒙歌。就算我們八十五歲，你還是可以坐在我膝蓋上，把我屁股壓碎，好嗎？但**拜託你**不要跟哈米許有牽扯。」

蒙歌慢慢點點頭。她看得出來，他不願向她說謊。

她放下教育的話題，希望把書留在原地，之後他會自己摸來看。他們窩在一起，看著電視劇《東區人》的結尾。裘蒂為了讓他開心，吃完了剩下的吐司蛋糕。她走回房間，躺到床上，卻無法入睡，她全身因為糖而發抖，並為弟弟的事感到罪惡。

「你他媽去哪了?」哈米許讓蒙歌進到麥康納奇公寓時，眼神瘋狂地望向他。那是中午時分，他細瘦的身子穿著一件平口內褲，褲口拍著他精瘦結實的雙腿。他一屁股坐到沙發邊緣，繼續看電視節目。那是個兒童的狗屁節目，裡面的乳酪月亮上有個吱吱叫的玩偶。

雅卓安娜在她的嬰兒搖椅上，向上望著父親。嬰兒嘴裡咯咯作響，肥嘟嘟的拳頭塞在嘴中，下巴沾滿口水。哈米許赤腳踩著搖椅，像個被告知沒有加班費的縫紉工。他分心看著電視，腳已踩得過於用力。桌上有不少安非他命，他剛才分裝到乾淨的袋子。蒙歌不知道他駝著背，處於興奮狀態多久了。

哈米許又問他一次。「你去哪了?」

「沒去哪。」

「我四天前就告訴裘蒂，我需要你幫忙。」

蒙歌模仿之前聽到坎貝爾太太逗孫子時發出的咕咕聲。趁哈米許害嬰兒受傷前，將她從搖椅抱起。他馬上走到一邊，害怕擋到電視和吱吱叫的老鼠。嬰兒一身溼，全身是汗。他將她衣服脫了，寧可乾燥接觸冷空氣，也不要又溼又熱穿著連身衣。

老鼠乘著火箭衝出。哈米許深吸口氣，好像他一直忘了呼吸，突然再次發現呼吸有多神奇。他低頭看著桌上的安非他命堆，抬頭看著弟弟和女兒。蒙歌不吭聲，等他開口。

「所以你去哪了?」哈米許一直在咬下唇。

「附近亂晃。」蒙歌替小女孩撒上爽身粉，嬰兒眨著眼，一臉驚訝。他撒滿她全身，像幫雞肉裹粉。

哈米許手臂擋住安非他命。「小心點啊你。」接著他改變主意，把爽身粉從蒙歌手中奪來。他打開蓋子，加了一把到安非他命裡，拌在一起。他沾了一點，舔舔手指，看會不會加太多。他臉皺成一團。

「裡面有香料。」

「我現在知道了。你說在附近亂晃是什麼意思？」

蒙歌用毛巾將嬰兒包起，讓她坐到膝蓋上，慶幸自己有她當護身符，擋在他和哈米許之間。「我不知道，我一直在這，不然我還能去哪？」他想轉移問題。「你需要什麼？」

「我需要什麼？」哈米許臉色難看。「沒有。我待在這裡經營家庭生意，照顧哭哭啼啼的孩子。同時我還必須偷偷摸摸，就因為你想跟個紅髮笨蛋玩醫生護士的遊戲，害我只好砸破警察的頭。沒有。我很好，蒙歌。謝謝你問我，但我沒問題。」

電視上，兩個填充熊在對彼此唸書，一個傻傻的金髮男假裝沒嚇到。哈米許看了一會電視，舌頭舔了嘴巴一圈。他似乎無法不去咬嘴唇。「所以是女孩子嗎？」

「什麼女孩子？」

「跟你他媽在附近亂晃的傢伙。」

「不是。」

哈米許厚重鏡片後的眼睛眨一下，然後大笑，深沉且充滿威脅的假笑。「我覺得你今天很大膽。我欣賞。但就算你抱著我女兒，我還是會把你揍到客廳另一頭。所以，幫我們倆一個忙。別再說屁話。」

「我就是在附近亂晃啊，哈米許。我交了個朋友。」

「喔，我懂了。我在這裡準備戰鬥，你去像小孩子一樣玩耍。你喜歡做泥巴餅嗎？還是你這小混蛋比較喜歡在格拉斯哥綠地放風箏？」哈米許不期待別人笑。「他是誰？」

「你不認識。」蒙歌試著讓語氣一派輕鬆。

「說說看。」

蒙歌感覺得到他這條路走到了盡頭。「他叫詹姆斯。」

哈米許用牙齒抽著氣。「詹姆斯．吉爾克里斯？跛腳詹姆斯？還是瑞比的雙胞胎，詹姆斯山姆？別讓我猜了。這詹姆斯姓什麼？」

「詹姆斯．傑米森。」

他們小時候，茉茉最喜歡的賓果場有角子機。茉茉稱之為她的「保母機」，她會給他們一把硬幣，換來二十分鐘安靜時光。你把硬幣丟進去，聽硬幣在一連串釘子跳動，喀啦進到機器肚子裡。硬幣落下感覺好久，接著機器亮起，繽紛的燈光讓你目盲。有時硬幣會彈過一大段，最後錯過閘口，又從機器吐出。哈米許不喜歡那樣，內心充滿期待，最後落空，他會朝硬幣呵氣，擦得亮晶晶的，並覺得這會有差別。蒙歌現在全身緊繃，等待哈米許內心的硬幣落下。他希望硬幣錯過閘口，不要讓他啟動，蒙歌便能假裝硬幣掉了，讓「詹姆斯」這名字滾到沙發底下。

「詹姆斯．傑米森？」哈米許搖搖頭。他眼鏡微微上抬，皺起眉頭回想，然後一臉噁心。「你該不會說那個小天主教徒吧？」他現在全身燈光都已亮起，他站起，手臂向後伸。

蒙歌在椅子縮起身體，他雙膝縮到胸口，將嬰兒舉在兩人之間。哈米許想伸手繞過笑著的女兒，但蒙歌快速移動她，把她當人肉盾牌。「我們只是朋友。我們只是一起玩而已。」他幾乎在尖叫。哈米許向後退，鬆開拳頭，他指節恢復血色，開始在客廳踱步。蒙歌懂得先閉嘴，等他開口。他不敢放下咯咯笑著的盾牌。

哈米許終於再次開口，他坐到咖啡桌邊，和弟弟膝蓋對著膝蓋，雙眼和他女兒同高。椅臂上有一堆乾淨的嬰兒衣服。哈米許開始小心翼翼摺好，溫柔地向女兒說話，彷彿蒙歌根本不在屋內。

「你不准再跟他玩了。」

「哈米許，別這樣。」

「聽好。你**不准**再跟他玩了。」

「你別再管我幹什麼了。」

哈米許點一下頭，蒙歌看到他肩膀的肌肉繃緊，然後放鬆。他對滴著口水的嬰兒說著溫柔的空話。**你真的好可愛，對吧**？然後他壓低聲音補一句：「你不准再跟他玩，週六晚上比利幫他媽揍爆塞爾特幫時，你要站在我旁邊。」

「但我沒有其他朋友。」

誰是最漂亮的小朋友？「這是我們一直在等待的機會。他們最強的打手從利物浦短期工作回來了。他們煩我們已經好幾個月。你會到場，並捅死芬尼亞王八蛋。」

「我不懂，哈米許。為什麼？我們為何一定要跟他們打架？」

哈米許親吻嬰兒胖嘟嘟的肚子。**你跟媽媽一樣有肥肚肚了，對吧**？「詹姆斯・傑米森隔著庭院，住在後面公寓，對吧？他在新建的房子後面有間鴿舍？」

蒙歌此刻最希望的，便是不需回答這個問題。「可能吧。」

「可能！哈！」蒙歌**叔叔覺得自己是狠角色**。哈米許繼續摺孩子的小衣服。「可能！」哈米許又自己咯咯咯笑了笑。弟弟突然大膽起來，他真心感到欽佩。「覺得你他媽很聰明，是不是？覺得你比我們其他人聰明？」哈米許搖搖頭。「哼，你是滿像裘蒂．漢米爾頓的，沒錯。我早該在幾年前先阻止。」

「我只是說，我不知道我們為何一定要和天主教徒打架。」

「你看，裘蒂的問題是她覺得自己是暫時和我們過苦日子。她一直都這麼想。她唯一要做的就是等待機會，直到有一天，她便能他媽逃出去。你以為她逃出去之後，還會和你聯絡？」

「她是我姊姊。她永遠都是我姊姊。」

「我敢說裘蒂甚至不覺得你是她弟弟。她覺得你是沒人要的小孩，結果責任卻落到她頭上，害她不得不把你養大。而且她他媽受夠了，簡直氣瘋了。」

「那不是真的。」

「你等著瞧，有天你在街上遇到她，她會越過馬路躲你。裘蒂他媽巴不得離開你。我跟你賭一百鎊。」

蒙歌坐回椅子上。他雙臂抱著嬰兒，將她擁入懷中，她的頭飄著一股香甜的氣味，像爽身粉混合了奶粉。兄弟倆沉默一會。電視機中的傻男子把衛生紙捲黏在一起，想做個兒童望遠鏡。哈米許張嘴看著。蒙歌只能靜靜等待。

哈米許沒轉身面對弟弟。他全神貫注看那人把垃圾化為寶物。「你有在聽我說話嗎，蒙歌？」

「有。」

「你聽好，如果你週六沒出現，我會去那鴿舍。我會去那鴿舍，我會把天主教徒鎖在裡面。一旦我把他鎖在裡面，我會放把火，把他燒死在裡頭。詹姆斯・傑米森會尖聲哭叫著媽媽，但他會被燒死。」哈米許頓了頓，然後問：「你聽懂了嗎？」

蒙歌點點頭，但哈米許沒轉頭看他。

電視上的男子黏了藍色和紅色的薄紙在紙望遠鏡上，突然之間，那變成了萬花筒。螢幕上充滿漂亮的色彩。哈米許臉上掛著瘋狂的笑容。他轉過身，輕輕將手放到蒙歌膝蓋。他舌頭舔嘴一圈，彷彿好好思考了蒙歌的問題。「你剛才關於和天主教徒打架的問題。也許是關於榮譽？關於地盤？關於名聲？」嬰兒伸出手，抓住哈米許小指。哈米許露出親切的笑容。「說真的，我其實不知道。但真他媽好玩。」

21

兩天之間，蒙歌分別去了格拉斯哥十字朝聖三次。他步行到那花了四十五分鐘，希望會落空，並花了一小時二十分拖著腳步回家。

當鋪躲在鹽市場後面一條破爛的後街。那裡有幾間窗戶半關起的店，店主勉強做著小生意，街角有間外觀十分功利主義的酒館。時不時，一人會像布穀鳥小步走到天光下，朝天空眨眼，彷彿想判斷現在幾點，最後發現陰溼的天一如往常，於是小步走回酒館。蒙歌很高興自己瞄到酒館內，有一群肥女人在跳舞，像洗衣機槽不斷震動，最後從外框鬆脫，旋轉過舞池，

後街有種捷徑的感覺，能快速從布里蓋特市集到巴拉斯市集。蒙歌在炸魚店買了一袋炸魚，靠在街燈上。他喜歡看不同類型的人來來去去，像小販、家庭主婦、鬼祟的雅皮士和毒蟲。側門一團中年舞者穿著踢踏舞鞋和銀色緊身衣走出。女人快步走過街道，吱吱喳喳，講著私下的笑話，傳著一根香菸。她們踏著軟鞋繞過蒙歌，紅色的嘴唇帶著微笑。

蒙歌每一趟都從不同角度觀察著當鋪，但他不曾見到母親，他還沒鼓起勇氣走到裡頭。暗紅色的建築外表覆蓋著鍍金字，驕傲地說著「高價收購女士珠寶」和「訂婚戒款式豐富」。但蒙歌從關上的窗戶向內看，只看得到像破銅爛鐵的玩意兒。一個櫥窗放著電視，堆著一台台揚聲器，還有雜七雜八的老舊電子產品，捲著電線，彷彿是匆忙拆下的。另一個櫥窗放著笨重的樂器和一些工人工具，像二手砂輪機、老舊木工刨刀和一整層的史坦利小刀，小刀讓蒙西想到哈米許的手下。那裡有個展示櫃，放著相框和飾品盒，裡面裝滿髒汙的小飾品，看來毫無價值，但他看向小小的標價貼紙時，不禁站直

身子，一臉驚愕。那裡有一排看起來不賴的相機，但那款相機蒙歌在現實生活中不曾看見任何人用過。

蒙歌假裝端詳施洗禮的湯匙，但其實他是在看櫃台後面矮壯的男人。看不出喬奇有什麼優點。店內昏暗，他安然地躲在安全玻璃後面，板著張臉在算錢。

正當蒙歌鼓起勇氣要踏進店裡，一輛廂型車震動地停到路邊。一個穿著黑色工裝外套的年輕工人衝向當鋪，吃力搬著薩克斯風或低音號的破爛樂器盒。蒙歌讓開，退回櫥窗前。

「不好意思，你知道當鋪要怎麼做嗎？」一個談吐高雅的年輕人問。

蒙歌被身旁的聲音嚇一跳。他轉向年輕人。他站在一部日本相機前，一臉聰明平靜，表示他搞不好懂得怎麼使用。

蒙歌回答他。「不知道。對不起。我自己不曾當過東西。」

「好。謝謝你。」那年輕人高大消瘦，全身埋進一件過大的黑色派克大衣。他的黑髮非常長，但分邊整齊。他嘴邊抽動，感覺有點擔憂。

「聽著，不可能多難。」蒙歌說：「你帶什麼來典當？」

年輕人將大旅行袋從肩膀拿下，小心打開，蒙歌朝裡面看。柔軟的衣服中間是一系列陶瓷裝飾品。蒙歌看得出一個忸怩作態的女牧羊人和好幾隻嬉戲的貓。「我甚至不知道價格？」

「我也不知道。」蒙歌聳聳肩。「你需要多少錢？」

「愈多愈好。我下週要去美髮學院，想買幾把新剪刀。」

蒙歌目光再次掃過櫥窗，他記得自己在哪曾看到電剪。一時間，他們兩人都看著當鋪裡面，看工人和喬奇講價。工人動作誇張，彷彿在細數這把薩克斯風的年代和歷史，但喬奇一直維持冷漠的表情。

「我母親不曾來過當鋪。」那人說得像在自言自語。「她覺得當鋪不是高級的地方，很普通。她說是必要之惡。」

「你怎麼不問她當鋪是怎麼回事？」

年輕人目光閃爍，一對到蒙歌的目光又飄開。「嗯，我不能問她。」

工人大聲推門出了當鋪。他手上拿著薄薄一疊鈔票。「你真的是強盜、寄生蟲，大家都是善良、勤奮工作的人，你他媽騙走別人的財寶。你應該要感到羞恥。」他重重甩上門，力量大到窗戶在窗框中震動。工人轉向蒙歌。「聽著，小弟，幫自己一個忙。不管你要當什麼，別在這當。裡面是個剝削人的混蛋。他會連你奶奶的牙齒都吞了。」

蒙歌一時說不出話，感覺難以呼吸。工人有著濃密的黑睫毛，和一雙深邃的淡藍色眼珠，蒙歌情不自禁盯著他瞧。他沒料到這人有如此罕見的美麗。男人堅實的下巴上方有著飽滿的雙唇，即使在生氣，仍帶著一抹竊笑，雙眼閃著光芒。「你不會說話嗎，朋友？」那人一臉心照不宣，回應了蒙歌的笑容，他很習慣讓人如此。「我要通靈才能跟你說話嗎？」

蒙歌太晚回神。他用力控制眼睛，不希望露餡。「會，我會說話。我有聽到你說的。」

憂心忡忡的黑髮年輕人這時走向前。「先生。如果我不該在這裡典當東西，你知道我這些能拿去哪嗎？」他將旅行袋拿向工人，那人看了裡頭，感覺沒什麼反應。

「你偷媽媽的瓷器想去買毒品嗎？」

年輕理髮師激動起來。「不是。當然不是。」

那人一笑。蒙歌不得不別開頭，以免自己一直盯著他。他之後會夢到這男人，他會想像他粗壯的手指插進他牛仔褲口袋，因為粗糙的羊毛外套摩擦鬍碴，他強壯的脖子有一道道紅痕。那人大笑。「你們倆是怎麼回事？你們是第一天出生嗎？」他再次看向旅行袋。「喬奇這裡適合賣刀具和雙簧管零件。我的話會把這些拿去西區，去拜爾路問問。那裡有很多豪宅和古董店。別他媽不信，那裡還真有二手古物攤販。」說完工人將錢塞進胸口口袋，大步跨越人行道，坐上廂型車，車子轟然震響，引擎啟動。

他身子彎出車窗，對理髮師說：「嘿，拿小東西的。如果你想搭順風車，我要去芬尼斯頓方向。如果你不介意走一段，我可以把你放到西區附近？」

年輕人點點頭，繞到乘客座。工人看著蒙歌。他身子彎出車窗，手敲敲門，示意蒙歌靠近。蒙歌走過去，工人說：「好，你幾歲？」

蒙歌猶豫一會。「快滿十六歲了。」

男人微笑，蒙歌感覺他心跳加速。工人指著廂型車側面。「你看得懂廣告嗎？」

蒙歌望著男人指的方向。**大衛．麥克尼爾。水電、浴室、廚房裝潢。價格合理，工作快速。杜克街。電話：五五四—六七九九。**蒙歌點點頭，他心裡疑惑。「有，我看得懂。」

「你能記起來嗎？」

蒙歌又望一眼。「可以。怎麼了？」

「很好。我是大衛。等你二十一歲，我能請你喝杯酒嗎？你打個電話給我？」工人朝蒙歌眨個眼，他藍色的雙眼閃耀一絲淘氣。蒙歌肯定點頭了，但他自己卻不知道。大衛放下手煞車，廂型車緩緩開走。蒙歌看車駛入晚上的車流。

一個新聲音打斷他的思緒。「嘿。你搞什麼把戲，小子？」

蒙歌原地轉身。喬奇站在當鋪門口，他手裡拿著一把拔釘錘。「我這週每天都見到你，一直盯著當鋪瞧。你是卡爾頓的小混混嗎？你他媽以為你能搶這裡？」

蒙歌搖搖頭。「不是。我不是來自卡爾頓。你是喬奇嗎？」

「是又怎樣？」

「我在找茉琳．布坎南。我是蒙歌。我是她兒子。」

蒙歌不確定他期待什麼，但他有個預感，這人看到他突然出現，一定會覺得很煩。茉茉讓蒙歌覺得，喬奇不喜歡她生活中麻煩的那一面，蒙歌和兄姊像是她踢到床下或藏進床裙下的髒碗盤。結果他好驚訝，因為喬奇放下錘子說：「好，你想喝杯茶嗎？」

當鋪裡面比櫥窗更雜亂。那裡有一面牆都是立式吸塵器，安全玻璃後面有一盒盒附上保證書的戒指。蒙歌盯著那些，他對女性珠寶時尚一無所知，但他認識的所有女生都要東忙西忙，動作迅速，這些戒指似乎太笨重，不大實際。喬奇鎖上門，他帶蒙歌走到櫃台後，進到後頭的儲藏室。他拿了兩個茶杯，裝了電茶壺的水。那裡有一架子的結婚禮服在積灰塵。

「你什麼都賣嗎？」

「對。只要有錢，各種東西都賣。」喬奇舀了一匙匙奶粉到茶杯中。「但其實重點不是賣。重點是擁有。糖？」

蒙歌點點頭。「我從沒進過當鋪。」

「噢，沒什麼。這裡不過是存放很多東西的小房子。借錢，對吧？」喬奇給蒙歌一塊餅乾，他拿一片時，喬奇又給他一片。他指著矮凳子，要蒙歌坐。「跟你講話那傢伙。他經常拿他的小號來。每次他都弄得像我從克萊德河坐香蕉船來的。但我給他幾英鎊之後，等他拿到薪水，他會把東西贖回去，並多付點利息。」

蒙歌嚼著軟餅乾。「所以要贖回我母親的話要多少錢？」

蒙歌原本是想說笑話，但喬奇給男孩一杯茶，繼續說話，彷彿沒聽到他說的。「以前很好賺。有些好家庭需要一點現金，撐到週五發薪水。但現在常有毒蟲為了海洛因，從媽媽公寓拆電器來典當。」喬奇朝一疊唱機點點頭。「而且現在誰想買二手的東西？現代人全都要新的。東西壞了，就丟掉；配不上老婆最新的髮型，就丟掉。」

蒙歌用不同的視角環視儲藏室。原本像是在找尋新家的豐富寶藏，現在看起來是垃圾場不要的文物。

喬奇哀叫一聲，一屁股坐到凳子上。他是個矮小健壯的男人，雖然胖，但身體還算結實，仍十分有男子氣概。他看起來能和人打架。他喝著茶。「警察不知道的是，我賣刀棍和零星的槍枝賺了不少。他媽感謝年輕幫派總愛打鬥。現在錢都在那，毒品和暴力。剩下賺的，連一口冰淇淋甜筒都賺不到。」

蒙歌不知道哈米許是否來過這裡。

「你知道武器有潮流嗎？像真正的時尚？有的打手帶槍會像女生在巴黎買洋裝。『噢，不要，我不要鮑伊獵刀。每個混蛋都拿鮑伊獵刀。我想要更優雅的武器。更能代表**我**的武器。』」喬奇輕笑，點了根菸。他遞菸給蒙歌，蒙歌拒絕了。他們已聊完當鋪的事，似乎已沒別的話題，除了兩人之間唯一的連結，也就是那女人的事。兩人都不知該如何啟齒。他們沉默良久，氣氛十分不自在。喬奇抽著菸。蒙歌的茶涼了。

「你看起來不像她。我是說茉琳。」

「我知道。她說我看起來像我爸，可是……」蒙歌懶得說完。「她還好嗎？」

「還好。我早上有看到她，她下班進門了。」喬奇吐一大口煙。「她一直都喝那麼多嗎？」

蒙歌想了一會。「如果你能讓她快樂，讓她分心，她會喝比較少。她有事情期待時狀態最好。不需要多大的事。告訴她你週五要帶她去看電影。也許跟她說你會帶她去市中心購物。就一些令人期待的小承諾。」

「你懂不少訣竅。」

「我們的裘蒂比我更懂。裘蒂說像照顧可愛的小孩子。」

喬奇大笑。「我這裡某個地方有搖椅。」

「我敢說她坐進去剛好。」

「她不曾說過你這麼幽默。」喬奇看一下手錶，他的銀錶十分沉重，一眼便覺得價值不菲。「你應該沿這條路走去見她。她現在醒了。我可以給你公寓地址。」

「不用。沒關係。」他下巴藏進風雨衣中。「你能幫我個忙嗎？拜託不要告訴她我來過。她要我別來。」

喬奇從凳子彎身，他的肚子貼到大腿上。「聽著，孩子。我之前不知道她有自己的孩子。說真的。我一發現，就甩了她。」

「不是。不要這樣。我們不會妨礙你們。」

「喔，不是**那樣**。我認識你母親三週了。她告訴我她喜歡雞尾酒蝦和湯姆・謝立克[31]，卻連有孩子都不跟我說。你希望我有什麼反應？」

「說真的。沒關係。」

「我甩了她，這樣她才會回頭照顧你們。哪種女人不回家照顧自己的小孩？」

蒙歌不知道該怎麼回應。他母親像是嘉年華魔術師，面對男人時時刻刻在耍花招，縮小腹，裝扮出不同的臉。裘蒂說那像麥卡倫麵包師傅，櫥窗放久的結婚蛋糕如果糖霜被陽光照黃，他會一直轉到另一面。等哪個可憐蟲客人將那水果蛋糕切開，也來不及抗議，蛋糕會變黏稠，令人毫無食欲，並充滿臭氣薰天的老酒味。

喬奇晃了晃茶杯，喝下那杯茶。「我想她是擔心你們不需要她，她會一無所有。她說你們全都長得太快了。對母親來說，一定不好受。」

這不是真的，蒙歌覺得自己會一直需要她，但他不曾大聲承認。「我哥說她已繼續她的生活，所以我們應該繼續自己的生活。」

他只要對茱茱有不好的念頭，便會努力回想母親說過的童年故事。她說過她是四個女兒中年紀最小的，她母親死後，克萊德河搬糧工的父親帶著女兒，想將她們送給任何能給她們好日子的家庭。那是個尋常的週三，大人穿著禮拜日的正裝來到家裡，將姊妹帶走。

他們事先同意不和女孩說。每對夫婦會帶她們出去玩一天，像去動物園和買鞋，到了晚上，他們會帶女孩回新家，就這樣，沒得討論。沒人能一次收下四個女兒，所以年紀最大的凱西會去住在巴拉克里什，她能在農場幫忙布坎南奶奶。愛麗斯和珍恩被送去英國，和母親的堂親生活，後來生活一帆風順。只有茉琳，三歲半時仍在格拉斯哥東區。她被一對沒子女的夫妻收養，丈夫是垃圾處理工，他們住在垃圾棚附近。她距離不遠，因此父親時時盯著她，直到他再婚，搬到福爾柯克，到聯合運河工作。她六歲後便沒再見過他。

茉茉說垃圾處理工和他老婆是好人，他們個性冷淡，但不會傷害別人。蒙歌相信她，因為茉茉會雞蛋裡挑骨頭，所以如果他們個性殘酷、吝嗇或怎麼樣，她一定會說。茉茉輕鬆進入他們的生活，但後來十五歲時，也一樣輕鬆離開了他們的生活。晚上，垃圾工喜歡戴著巨大的皮革耳機，聽著廣播中播放的戰前舞廳歌曲或無止境的足球評論。他老婆會坐在他身旁的沙發，瀏覽一個個電視節目，兩人坐在一起，卻又孤獨。茉茉說她進入家庭時是這樣，離開時也是這樣。

蒙歌低頭看他的腳，他大拇趾從運動鞋邊穿出。「你愛她嗎？」

喬奇回答得太快了。「不。不，我不愛她。」

蒙歌抬頭看他。

「聽著，孩子，到我這年紀，愛是個煩人的事。你想要的是週二晚上有個輕鬆的伴，有人幫忙整理家裡，如果運氣好，只要兩人能側躺，稍微打個砲也不賴。」蒙歌聽了這笑話沒笑。喬奇把菸蒂扔

---

31 湯姆．謝立克（Tom Selleck, 1945-）：美國知名演員，形象往往是正直偵探和警察，最著名的作品為《夏威夷神探》。

進杯子。「你想要的是輕鬆的生活。愛情一點都不輕鬆。」

蒙歌喝完茶。他將茶杯放進水槽。「你能幫我個忙嗎？」

「又一個？」

蒙歌點點頭。「如果她問你，你是否愛她，直接告訴她『是』。那是她應得的。」

無論如何，男人沒答腔。他從凳子站起時，整張臉一皺。「站在櫃台一整天，對脊椎不好。如果你想要我的建議，你踏入職場時，選個能讓你跑來跑去的職業。尤其注意，別坐在其他人生活的廢棄物之中。」

他們走回店門口，有個年輕女人敲著鎖上的門。她雙手抱著錄放影機，一臉絕望。她看到喬奇時，不禁踮起腳尖，看起來要哭了。喬奇疲倦地嘆口氣。「如果裙子再變得更短，她們大概會乾脆不穿了。」

他從褲子口袋拿出兩鎊，塞到蒙歌手中。「聽著，我喜歡你媽，真的。但她酒需要喝少一點。我有自己的孩子要煩惱。她不能成天坐在那喝酒。」

蒙歌點點頭，喬奇打開門。他站到陽光下，這時銀衣的舞者轉圈走過街道。

鴿舍門敞開，迎向風和日麗。詹姆斯低著頭，十分專注。他一面修理鴿籠的鉸鏈，嘴裡一面哼著歌。詹姆斯很有耐心，又懂得自學，因此他幾乎知道怎麼修理所有東西。屋頂上屋瓦已裝好，他不需要任何人幫忙。

詹姆斯工作時，蒙歌望著他。他喜歡不知不覺地看著他。他不知道自己還能看著他多久，他希望趁還可以，將他錄到腦中的錄影帶。

上次看到詹姆斯，他後頸的髮尾長到能搔癢，像小鴨的尾巴。詹姆斯小睡時，蒙歌喜歡用鼻尖去碰。現在他的頭髮已用刮刀刮淨，髮線停在下刀處，整齊俐落，皮膚透著粉紅色。蒙歌能想像傑米森先生雙手扶著兒子的頭，問他愛西莉的事，並用刮鬍刷塗抹他的脖子。蒙歌吞下內心湧起的一絲嫉妒。嫉妒像小球一般，滑入他喉嚨，在他肋骨間來回反彈。他感覺嫉妒在他體內滾動，像落入兒童玩具中的大理石。

詹姆斯放下鉗子，從籠子抓出一隻鴿子。他雙手握住牠時，牠感覺十分驚慌，但他輕輕握了握，牠身體緊張的晃動便停止了。蒙歌看他手捧著一半瘋狂、一半愚蠢的鴿子，他好嫉妒牠，而牠眨著眼，渾然不覺。蒙歌走進鴿舍，親吻詹姆斯耳後神祕的粉紅色皮膚。他努力過，但他無法整週和他保持距離。

詹姆斯縮了一下，雙眼瞄向蒙歌後方門外。「別這樣，在這裡不行，現在不行。」

詹姆斯的眼神很清楚，他修長的手指不會緊緊握住他，讓他冷靜。他心中湧起一股衝動，想打破些什麼，拉倒搖晃的架子，放所有鴿子自由。蒙歌站在原地，兩隻手垂在身側，逼自己維持不動。

「快結束了。再兩天，他會再離開。我們只差一點點。」詹姆斯搖頭。「他會提早離開，去見彼得黑德的女人。再兩天，我們便能做自己。」

「好，下次見。」他知道自己很幼稚。

「我無能為力。」詹姆斯親吻鴿子，將牠放回籠子。他忙東忙西，才冷靜下來問他，「你最近在幹嘛？」

「沒幹嘛。」他現在不想說話。他不夠大度，無法友善相待。他抬頭望那小天窗，思考哈米許來追殺他時，詹姆斯能不能從那裡逃走。「他媽的什麼事都沒做。」

「你需要培養興趣。」

這裡又有另一個人告訴他，他需要什麼，他應該如何表現，他應該成為什麼人。又一個人不認為他可以是自己就夠了。

詹姆斯看他轉身離開。蒙歌在低矮的鴿舍門口低下頭時，詹姆斯朝蒙歌的背影開口。「我爸帶我們去塞爾提克公園。我十二歲之後便沒去看過足球。整場比賽，他站在那，手臂像以前一樣摟著我，充滿驕傲。足球賽之後，他帶我和潔芮丁去西區的一間咖哩店吃飯。他帶我們去酒吧，並為我買了第一杯酒。他對吧台說謊，跟他說他兒子剛滿十八歲。」

「照這速度，我十六歲你就六十歲了。」

「自從我媽死後，這是他最快樂的一週。我不想破壞這一切。」詹姆斯神情扭曲，為自己的快樂感到難為情。「他幾乎都沒提到他的情人了。」

蒙歌心好痛，他努力維持呼吸。他只是渴望他修長的手緊抱他的肋骨，讓他好好待在原地，不讓他遊蕩，讓他知道自己有人在乎。一旁有個扣鎖掛在一根長釘上，他將拇指甲的傷口抵住長釘，感覺釘子再次刺開他的傷口。

「還有件事，他說他能在鑽井替我找個工作。」

蒙歌將手指壓入釘子。「喔？」

「他說他覺得理所當然。他們要安排他到新油田，他們會在那裡建造新鑽塔，叫加納之類的。他說我十八歲時，能讓我進去負責伙食或清潔，也許打雜。假以時日，我便能當井架工或鑽頭操作員。他說那裡有錢賺。」

「很好啊。」

「如果我能和他一起離岸工作，便能有更多時間相處。」

「愛西莉不介意嗎？」

「誰他媽管她啊？」詹姆斯垂下頭，透過他的厚劉海，直視蒙歌雙眼。「我不會去，你知道的。只是他主動問我，感覺很好。拜託，至少讓我享受一下。」

「你喜歡她嗎？」

「誰？」

「愛西莉。」

「不喜歡。」詹姆斯感覺被激怒了。他開始忙著把鴿糞舀進一個杯子裡。「我有點討厭她。她說的每句話不是很蠢就是關於自己。我每五分鐘沒注意她，她便開始抱怨。她頭髮看起來隨時都是溼的，卻又乾又硬，像他媽的石頭一樣，她碰我時，感覺她都在腦中計算，好像要算到我帳上。可是……」

蒙歌腦中閃過另一件事。「你上她了嗎？」

「沒有。」詹姆斯雙手手掌按著眼睛。「但她一直要我上她。下週她媽和繼父要去馬略卡島度假。家裡沒人。」

「可是……」蒙歌在這兩字之後，聲音變得非常小聲。「我們還沒做過。」

「我知道。」詹姆斯感覺累了。他只是個男孩，卻假裝自己是男人，而且是不同類型的男人。

蒙歌將手指從生鏽的釘子上抽回。「我很高興你變好，詹姆斯。你一直很努力，想變得更好。這是你應得的成果。」

「我沒有變好，蒙歌。我只是個騙子。」

「對，好吧。」蒙歌從運動鞋底撥下碎玻璃。「我已經被罵太多事了，不想再成為一個騙子。」

一時間，詹姆斯感覺想反駁他（他已經是騙子了），但他選擇不語。他越過碎玻璃走向他。昏暗的天光下，他食指放到蒙歌後頸，那是最輕微的觸碰。如果他是從稀疏的草地走來，這隻手隨時能一彈，轉變成惡霸的霸凌。他手指輕輕向下撫摸長在那裡的一撮頭髮。蒙歌頭向前彎，閉上雙眼。他希望這一刻成為永恆。

「鴿子焦慮時，你可以這麼做。」

「乾脆把牠們脖子扭斷，不是更仁慈嗎？」

詹姆斯大笑。「很快就結束了。接著我們可以任選一個方向，騎腳踏車過去。」

「那愛西莉怎麼辦？」

「你問太多問題了。」

「如果你上她，我能理解。」這是個賭注，他可能會輸，但他必須說出口。「只是我也會死掉。」

「不會。你比外表堅強。」詹姆斯不再撫摸他脖子，他指節輕輕摸過他抽搐的頰骨。蒙歌睜開眼，他雙眼面前有十根手指，他伸出自己的手，增加四根手指，這時詹姆斯把一根手指折起。「看，只剩十三次了。我爸再登岸休假十三次，你就十六歲了。」他喜歡在走之前，在蒙歌臉上看到笑容。只要一個笑容就好。但蒙歌不肯給他。

蒙歌發現自己盯著倒數的手指。幾天前，這看起來像是降臨節月曆一樣單純。但現在他想像裘蒂已打包好行李，愛西莉大字形躺在父母親的床上，還有哈米許，瘋狂油然而生，手持汽油瓶，裡面裝滿虹吸出的汽油。十三根手指，十三次登岸休假，一切遙遠到難以想像。兩人撐不到那時，無法安全抵達，無法一起抵達。「我可以現在走，你可以嗎？今晚。誰管有人會報警？誰管學校會不會通報社會局？我們可以躲起來。我們他媽直接逃走。」

詹姆斯咬著臉頰內的肉。這情況比他所想更糟。他手伸到蒙歌後頭，把鴿舍門關上。黑暗中，他強壯的雙手包覆蒙歌，手緊貼他肋骨，移動到他脊椎，長臂如蛇圍住他。蒙歌將自己埋入詹姆斯胸膛，謝德蘭羊毛粗糙扎實的感覺令他安心。詹姆斯的呼吸火熱拂過他的頭髮。「我聽過你的錄音帶了。我每天晚上都站在黑漆漆的窗前，聽著那捲錄音帶。我記得你說是四十大熱門金曲，但裡面只有一首歌不斷重複。」

「我覺得很難為情。我說謊了。」

「我愛史密斯樂團。」

蒙歌臉摩擦羊毛。「可是為什麼主唱莫里西覺得格拉斯哥街上不驚慌？這裡他媽的處處都充滿驚慌。」

「可能是因為格拉斯哥跟他媽什麼都押韻。總之，我每次聽到都會想到你。你這英俊的小魔鬼。」他低頭靠到蒙歌雙唇，深深親吻他。接著他手臂伸直，和他隔了點距離，輕輕搖晃他身體。「開心點。我愛你，蒙歌．漢米爾頓。」

「**不要**。」他內心某個東西讓他無法承受被愛。

「幹嘛不要？我想的話，我可以愛你。」

「這樣只會讓我更難受——當一切毀掉的時候。」

詹姆斯放開雙手。焦慮再次湧上全身，蒙歌覺得心情糟透了。他仍閉著雙眼，能聽到沉重鴿門的生鏽鉸鏈，能感受到寒冷，能感到微弱的天光照在他粉嫩的眼皮上。

「不是所有好事都會毀了。」

蒙歌想相信這件事。

詹姆斯再次拿起鉗子。「只要再兩天。我們又可以在一起。你週六晚上可以來我家嗎？他那時會搭最後一班火車回去亞伯丁。」

「對，好喔。」蒙歌盡量聽起來毫不在乎，實際上他這段時間，每分每秒都會期待著那一刻。這時他搖搖頭，頭髮再次落到雙眼前。「等一下，不行。我週六晚上不能去。」

「為什麼？」詹姆斯看起來十分失望。

蒙歌絕不會承認，但他喜歡看詹姆斯失望，這能稍微讓他感到握有主導權。過去幾週他內心壓抑，飽受折磨，此時得到扭曲的報償。「沒事。只是我們家哈米許有個破事。」

「你不能直接拒絕他嗎？」

蒙歌聽到這荒謬的想法大笑。「好好笑。我拒絕他時，乾脆順便跟他說我覺得他眼鏡很醜。」

「什麼事那麼重要，不能等一會？」

「我很討厭的事。但週六晚上我們要過羅伊斯頓天橋，他們計畫要大戰一場。塞爾特幫一直在搞他們。他說我必須到場幫忙。這關係到名聲。因為我是漢米爾頓家的人。」他跳過他威脅要把詹姆斯活活燒死的事。「哈米許不會接受別人拒絕。」

「所以你就打算去捅天主教徒?」

「老實說,我很緊張。但我希望去露個臉,站在後面之類的。」蒙歌發現架子上有瓶盤尼西林,他像沙鈴一樣拿起。

「但我是天主教徒。」

「你不算。不一樣,你不一樣。你甚至不會上教堂。」

「他媽**根本**一模一樣。」他轉身,肩膀對著蒙歌,壓低聲音,只讓他聽到。「你這懦夫。」

白痴、弱雞、娘砲、騙子、懦夫。

「你為了隱藏自己,做過更過分的事。」

「至少我不會傷害別人。」

傑米森先生會受傷,愛西莉也會受傷,但她很快會復元。蒙歌不想提起這些人,不想讓他們出現在鴿舍,擋在兩人之間。「這些塞爾特幫的天主教徒打手也想傷害我。如果我不對抗他們,我有天在特隆門街或布里蓋特市集,他們會砍我一刀,從這裡到這裡。」蒙歌用指甲劃過耳垂到嘴角。他動作大力,脖子浮現一道紅痕,隨即淡去。這幾句話像會從哈哈口中說出。

詹姆斯彎身靠近損壞的鉸鏈,如蒙歌一開始看到他一樣。那景象很詭異,彷彿不曾有人來鴿舍找過他,彷彿他絲毫不曾改變詹姆斯。他的人生少了他,仍會繼續下去。「如果你要去和天主教徒打架,週六別來了。週日、週一和未來都別再接近我。如果你去了,我不想認識你。」

22

蒙歌不敢睡著。這是他在湖邊第三夜，他頭在肩膀上晃。加羅蓋特不著急。他用收集的菸草捲了根歪扭的菸，在半垮的帳篷裡抽。他說著自己的故事時，發亮的菸頭靠近易燃的帳篷布。蒙歌再也不在乎了。讓它燒吧。

趁小蠟燭還未熄滅，刺青的男人如橫越領土一般，緩緩朝他逼近，滿是刺青的指節撐在地面。他觸碰他，動作可謂十分溫柔，那份溫柔令蒙歌作嘔。蒙歌手摀住加羅蓋特嘴巴，他無法忍受他出聲哄他，但加羅蓋特誤會了。他舔著蒙歌手掌，從手掌輕咬到他指尖，舌頭在指間滑進滑出。

溫柔不久消失，刺青的男人開始對蒙歌動手，他粗暴的雙手硬伸進蒙歌衣服下。貪婪支配了他，他雙眼在燭光中彷彿無底洞，他攫住他的肉體，刮傷他的皮膚。蒙歌不想要接下來會發生的事，於是他將雙手合成杯狀，朝裡頭唾沫，然後握住加羅蓋特脹大的部位。在閃現的火光中，他盡速動作，滿足那人所需，讓他退回黑暗之中。

加羅蓋特完事時，他向後躺下，雙臂張開，彷彿被釘在十字架上。他手伸向男孩，撥動他的頭髮，一臉滿足。蒙歌聽著雨水拍打篷布，內心冒出一個問題，他不只向加羅蓋特，也向全宇宙提問：

「這代表你是男同志嗎？」

剛才加羅蓋特滑行過地面，以赤裸的身體盤繞住男孩。現在他將他推開。蒙歌慶幸兩人有了一段距離。「敢再叫我那個，小心我揍死你。」

蒙歌一定是睡著了，因為加羅蓋特叫醒他，天已變亮。男人裸身爬出帳篷小便。蒙歌看到清澈的晨光照入帳篷門，感覺雨已停了好一陣子。他用睡袋裹住肩膀，跟著加羅蓋特走到湖岸，比起惡臭薰天的封閉帳篷，外頭反而感覺安全。古老的巨石淋了雨再次變得溼滑，新的水窪已飛著蟲蠅。加羅蓋特站在水邊。就連他的背都布滿刺青，他肩胛骨刺著女人栩栩如生的雙眼，眼睫毛像羽翼一樣翹起。他唯一沒刺青的是屁股，如鬼魅一般蒼白。

蒙歌望向一人帳。帳篷已完全塌下，像灰色河岸上的紅色水窪，不再能遮風蔽雨。帳篷底下看起來根本沒人。蒙歌將睡袋拉緊，遠離小便的男人，蹲到水邊。回望他的倒影是張陌生的臉。

加羅蓋特對寒冷不為所動。身上的酒精讓他全身從裡到外都在燃燒。「所以你今天想幹嘛？」**逃走，一路逃回家**。但蒙歌將臉放入冰冷的水中，讓湖水安撫抽搐的臉頰。接著他振作自己，保持冷靜，聳聳肩。「我們不該收拾東西，準備回去嗎？」

「你已經厭倦我了嗎？」加羅蓋特把老二最後幾滴尿抖掉，朝男孩皺起眉頭。

蒙歌跪坐在地。哈哈將他訓練得很好。加羅蓋特和他哥哥很像。他們陰晴不定，自視為神，他們會要求他人不斷奉獻，並會沒來由地懲罰他人。蒙歌察覺他有了點情緒，於是越過兩人之間不遠的距離，給他一吻來安撫他。這是他第一次主動親他。

加羅蓋特朝他眉開眼笑，十分驕傲。他現在肯定了自己的魅力，高興自己打從一開始便看透了蒙歌。所有男孩子都需要引導，需要一個父親角色帶領。加羅蓋特將下巴抬起，尖銳的牙齒咬著下唇。「看吧，我們是朋友。」他手臂摟住蒙歌的腰。「我想今天來教你怎麼抓兔子好了。」

「殺了兔子，連一口都不吃感覺好可惜。那能帶上公車嗎？」

「當然可以。」他仔細看著蒙歌。「何況，你媽一定很喜歡。她會希望聽到你的冒險。我們抓到兩隻的話，她都能有雙新拖鞋了。」

蒙歌低下目光。「別擔心茱茱了。她甚至不記得我不在家。她會和平常一樣只想著自己。而且，我學會怎麼生火、搭帳篷，還有……」蒙歌嘴湊到加羅蓋特耳旁，輕聲說最後一句。

那人臉紅了。「你這下流的王八蛋。」他咬一口男孩的脖子。「我第一眼看到你，就知道你是這德性。」

蒙歌毛衣蓋住他指節，他朝袖子呼氣取暖。「我們直接出發吧。我們可以下次再抓兔子。」

加羅蓋特考慮一會。「那好吧。你確定嗎？」

蒙歌點點頭。

加羅蓋特放開男孩，轉向紅色帳篷。「我們把那王八老頭叫起來，這就出發。」

蒙歌用手抓住男人小指頭。「一定要嗎？我是說，我們可以把他丟在這。他會自己想辦法回家。」

「那倒好玩。」

「我不能同時當你和他的朋友。我辦不到。」

男人把蒙歌摟到腋下，用力擰抱他的頭，像他認識的所有惡霸一樣。「別擔心。你現在是我特別的朋友。但我不能把他留在這。帳篷是我同事的。我不還他的話，我要賠他六十鎊。無論如何，他一定會跟我要錢，因為臭老頭在裡面放屁一整夜。」

蒙歌說的謊，擠出來的溫柔全白費了。加羅蓋特踢開營繩時，蒙歌的肚子攪動。最後的空氣排出，紅色帳篷塌下，無奈吐出最後一絲嘆息。帳篷下依稀有著睡袋的痕跡，但不論聖克里斯多福多空洞，又多不成樣子，他看來都不在裡頭。加羅蓋特踏到睡袋上，然後來回踩著攤平的帳篷。「他他媽去哪了？」

蒙歌無比疲憊。他厭倦了各種心計，變得直白又老實。他最後一絲力氣已放盡，他對這人只有無比的憎恨。「我不知道。也許他去釣魚了？」

加羅蓋特沿著水邊向前，他萎縮的老二滑稽彈動。他向湖岸兩側看。「這時間？你上次看到他是什麼時候？」

蒙歌不知該說什麼。他拉開睡袋，像一對羽絨翅膀，露出他細瘦的身體。他身體在中間，像內八的供品。

加羅蓋特搖搖頭。「不行。別鬧了。現在沒空胡鬧。我們要找到他。」

蒙歌將自己再次裹起。他盡全力撒謊：前半段說的是實話，聖克里斯多福很不會釣魚，所以他帶他到河邊，那裡魚感覺懶洋洋的，輕易便能上鉤。接著他告訴加羅蓋特，聖克里斯多福魚餌最後仍被吃光，他就連在那也愈釣愈不爽。他回到營地時，腳上都破皮流血，四處找酒喝，卻沒找到，於是哼一聲躲進帳篷裡了。加羅蓋特傍晚回來之前，這就是他見到他的最後一次。「也許他回家了？」

「沒有。他發抖一定非常嚴重。」加羅蓋特穿上他被雨水浸溼的衣服。他蓋住肩胛骨上的雙眼時，詭異地令人鬆口氣。

「他確實一直顫抖，看起來滿不舒服的。」

「那我們要找到這老混蛋。我不能把他留在這，擔心自己隨時要去找緩刑官報到。」說完，加羅蓋特大步朝樹林走去。

蒙歌緊緊裹著睡袋，所以他確定寒意是來自他內心。他想把睡袋扔了，朝另一邊跑。他能翻過石頭和巨岩，跑到另一頭的樹林線。他確定自己能跑得比加羅蓋特快，蒙歌看過酒精對男人的影響。但他能跑去哪？家是哪個方向？男人停下，他彈彈手指，吹聲口哨，好像男孩是隻獵犬。蒙歌點點頭，跟著他走入樹叢。

樹下萬物都滴著水。睡袋不久便溼透了，變得好重，蒙歌累了，於是他將睡袋攤放在一棵倒樹上，在風雨衣和短褲下發抖。加羅蓋特躡手躡腳穿過樹叢的模樣令他不安，彷彿他不希望驚醒沉睡的幽魂。他不願想像聖克里斯多福從樺樹底下醒來，蠟黃的頭顱右側凹陷，乾瘦的手指指著他。

遠方河岸另一頭，一頭獐鹿翻著一叢矮小的牛筋草。蒙歌不禁停下腳步。鹿抬起頭，看向他們，他不禁屏住呼吸。牠的雙眼像剝了皮的梅子一樣烏黑濡溼。獐鹿彈動耳朵，掃視森林，尋找陌生的聲音。牠頭上有一對未長全的鹿角，蒙歌好奇母鹿在哪裡。加羅蓋特快到河邊時，年輕的獐鹿嚇一跳，尾巴一彈便消失了。如同牠現身一般，瞬間不見蹤影。加羅蓋特開心笑著。「你一定要告訴茉琳這件事。我這有加分，對吧？」

河水水量比昨天更高，波濤比蒙歌記憶中更為洶湧。加羅蓋特掃視河岸，尋找他好友的蹤跡，但蒙歌雙眼直盯著奔騰的河水。他站近自己猛打聖克里斯多福的地方，想像自己在河床看到一枚銀徽戒。

「這裡。」加羅蓋特說，他在河岸彎身，手裡拿著一頂格子扁帽。扁帽被沖到一塊巨石上，浸溼的羊毛貼住岩面。扁帽灰暗，顏色單調不顯眼，蒙歌慌亂中錯過了。加羅蓋特雙手翻著帽子，他將有黃漬的標籤拿給蒙歌看。**克里斯多福・米利根**。那人不是聖人。蒙歌確定自己會一輩子記得這名字。

「幹……」加羅蓋特長音呻吟。「我們要繼續找他。這傻瓜落水的話，他們會以為我殺了他。我一定會被關回巴林尼監獄。」這週末以來，他雙眼第一次出現真正的恐懼。

加羅蓋特繼續往下游走。蒙歌看到了河流轉彎處的樺樹，卻看不到屍體。他將屍體藏得很好。他在內心安慰自己，這裡很安靜，只有他們，公羊骨頭靜置在那好幾年，搞不好數十年了。他們絕對找不到聖克里斯多福，永遠不會有人找到。那人於此長眠是適得其所。

加羅蓋特不再小心翼翼移動。他瘋狂掃視河岸，在布滿苔蘚的石頭上不斷滑倒。他害怕自己看到他的屍體，同時又擔心自己找不到他。他跌跌撞撞往下游走去，愈來愈接近湖。加羅蓋特順著河道轉彎，蒙歌不禁抽口氣。

時間一定只過幾秒，但感覺像好幾分鐘。蒙歌只看到加羅蓋特的背抬起，全身挺直。加羅蓋特右手伸出，指著遠方，不是樺樹，而是更下游的淺灘。蒙歌不發一語。但他知道自己彎過河道會看到什麼。

大量的河水一定將聖克里斯多福從樺樹根下沖出。河水將屍體沖向下游，卡在尖銳的石頭上。那人的頭卡在幾塊大石間，脖子肯定斷了。瘦長的身體彷佛充滿生命，在水流中晃動。蒙歌心跳漏了好幾拍。從他站的地方，聖克里斯多福彷佛平靜漂浮在水面，默默凝望著天空。

23

黑夜降臨，將天空的雲朵盡皆吞噬。滑溜街道上的燈光亮起，新教孩子開始從公寓口湧出，朝彼此鳴叫，像夜行的食腐動物。蒙歌從三樓窗戶看著年紀較大的比利幫眾在街角的巴基斯坦商店外集合。他們聚集在敞開的店門口燈光中，像一隻隻身色分明的飛蛾。從高處，蒙歌看得出來他們個個血脈僨張，緊張不已，在腎上腺素作用下已無法自拔，他們期待這場大戰，想像自己將獲得榮耀，一舉光耀門楣。他們熱情地勾肩搭背，擁抱時手臂張大，充滿男子氣概，身體絕不相觸，但滿是愛和憤怒，迫不及待要把羅伊斯頓天主教徒大卸八塊。

蒙歌臉貼著冰冷的玻璃。他額頭來回滾動。電暖爐開到最大，空氣中瀰漫啤酒和汗水的酸臭，室內沉滯悶熱，讓他頭好痛。窗戶上的凝珠感覺好舒服，他今天一整天都在室內，徘徊焦慮，茉茉打開一罐罐啤酒，舌頭舔著牙齒，抱怨喬奇又甩了她。

那天一開始很單純，像一場茶會。茉茉先讓兩人坐到沙發，替他們倒杯濃濃的艾爾啤酒。接著她滔滔不絕，向蒙歌和裘蒂加油添醋述說喬奇如何辜負她。他答應要帶她去伯恩提斯蘭度假一週，結果竟帶著他孩子（這混蛋好大的膽子）；他房子裡明明全是酒，她不過喝一點，他便抱怨連連（臭吝嗇鬼）。茉茉喋喋不休，裝著可憐，蒙歌發現姊姊都面無表情。她愈說愈失控時，裘蒂沒告知去向，便默默藉故離開。這更是火上加油。如今裘蒂已在咖啡廳或圖書館生悶氣，茉茉則想要有人陪（稻草人要有觀眾），她需要有人、任何人聽她被冷落的故事。

蒙歌假裝畫畫時，茉茉在樓梯間敲著一道道門，她不想孤單一人，不願面對少了喬奇的生活。坎貝爾太太溫柔地將她請走。好心又膽怯的羅勃森先生甚至沒應門。但後來唐諾利先生打開門，聽他母親引誘一個鰥夫作伴，感覺十分噁心。「老天，現在是週六晚上，」她一次次說著，「來嘛、來嘛、來嘛！」茉茉牽著他下樓，帶他進公寓，一面哄騙，一面拉著他袖子，彷彿他是隻流浪動物，或待宰的野獸。那人匆忙中用塑膠袋裝了他屋內所剩的酒，她這時一把從他手中拿來。

起初，茉茉要蒙歌告訴口渴的唐諾利先生他在鴿舍學到的一切時，他十分有禮，並點頭聽著蒙歌的分享。找到時機，身材細瘦的男人便稱讚他有多聰明，茉茉一定多驕傲，這兩句話不過是幻想。茉茉淡淡微笑，雙眼迷濛，彷彿凝視著遠方。那表情像霍格莫內[32]活動上憂鬱的歌手，那些老人會聚在角落，大聲唱著哀怨的歌曲，破壞歡慶的氣氛，讓老婦人哭泣。「我的青春都耗在養大這三個孩子。結果我得到什麼回報？」

他們喝醉時，蒙歌照顧他們。從唐諾利直著眼瞅著母親的模樣，她一定是這寂寞的鰥夫多年來見過最美麗的女人。唐諾利不過是出家門，便穿了一身西裝皮鞋，還戴頂帽子。他的行為舉止來自另一個時空，似乎羞於承認自己想久留。因此男人身著格紋西裝，熱得滿頭大汗，卻無法脫衣。他在柔軟的沙發上移動身子，百般不舒服，並拉著破舊襯衫的領口。

茉茉雙腿彎在身下，腳上穿著亮眼的運動鞋。她問男人問題，好像自己是白天節目的電視主持人，心知男人最喜歡談論自己的事。蒙歌竊笑。任誰都看得出來，她沒在聽回答，但她讓那人一直說話，自己顧著喝多點。

32 霍格莫內（Hogmanay）在低地蘇格蘭語是「新年」的意思，代表除夕到新年這段時間的慶祝活動。

室內悶熱，蒙歌希望她會睡著。接著他便能攙扶著老人，帶他到門口，感謝他來訪，將剩的酒給他。時間晚了，他馬上要離開母親出發，站到哥哥身旁。他不可能脫身。這次無法。

他一下午都在想藉口。蒙歌想過要怪罪茉茉回家，或說樓上的唐諾利先生想當他們的爸爸。哈米許討厭唐諾利先生，但這仍不足以當作蒙歌的藉口。哈米許會像燒那輛福特卡普里跑車一樣，把詹姆斯燒死。

茉茉在暖意中雙眼垂下幾次，她頭幾次抵著下巴，但每次唐諾利先生都會點根菸，用手肘頂她，交到她手中。尼古丁會將她喚醒，她會開始說著拖車和小吃攤的無聊故事。茉茉會永無止境繞著話。感覺她最快樂的回憶像全裝了輪子，稍縱即逝，無法落腳。

兩人茫然笑著某件事，在沙發醉得搖搖晃晃，好像乘坐在兩人的小船上。蒙歌想著再過不久，他便能帶她上床睡覺。那時他能將窗戶打開，讓清新空氣進來，清掃地毯上的菸灰，並踏入黑夜中。茉茉胡言亂語到一半停下，大口抽著香菸，菸灰像一根修長的手指，幾乎在她褐色的褲襪上燒出洞。她閉上雙眼。

唐諾利先生手伸進厚重的西裝，掏出輕薄的皮夾翻找鈔票，手指停在藍色的五鎊鈔票上。他端詳蒙歌堅決的表情，才掏出更大張的棕色鈔票。錢的聲音讓茉茉雙眼眨了眨，用力撐開，她感覺被嘴中叼著的菸嚇一跳。蒙歌和茉茉看著那張鈔票，彷彿它說了什麼。「不如你出門看場電影，嗯？」

茉茉露出快樂的表情，好像在看蒙歌打開漂亮的耶誕禮物。「這也太好了吧。你覺得怎麼樣？」她突然想起自己的禮貌。說來好笑，人都醉成這副德性，卻仍惦記著社交禮儀。

蒙歌看著鈔票，想著他能買的所有東西。他最想要的莫過於和詹姆斯一起的公車票。那張票能帶著他們到遠方，他能好好做自己，而詹姆斯會很安全。他不想拿那張鈔票，卻不由自主傾身。「謝謝你，唐諾利先生。」

男人雙眼再次瞇起。鈔票一手傳到一手時，發出清脆乾淨的聲音。蒙歌坐一會，直到男人轉身向他說：「好了嗎？」他抽一口菸。「去看電影吧。」兩個大人望著蒙歌，眼神期盼。茉茉點個頭，動作刻意又緩慢。

蒙歌收拾自己的畫，將鈔票摺了又摺，內心湧出一股新的感覺，他厭惡自己出賣了母親。他站起身，向鰥夫伸出手。「好，我送你出去。」

「什麼？」男人黑色的小眼睛花了好久才聚焦。

「我要去看電影，所以我送你出去。你不能獨自和我媽待在這。」

茉茉和鰥夫望向彼此。唐諾利先生換了好幾種表情，他一開始十分困惑，後來懷疑自己是某個噁心笑話的笑柄，他最後的表情表示，他覺得自己被騙了。「茉琳？」

「蒙歌，你怎麼跟唐諾利先生這樣說話。這是我家。」

蒙歌累到不想笑了。他手伸過咖啡桌，抓住那人手肘。唐諾利先生扭動身子，像不想去洗澡的孩子。茉茉出手打著蒙歌的手。她坐向前，想站起來，但蒙歌把她推回沙發。他大拇指朝身後一比。

「唐諾利先生，你真的要我找我們家哈米許回來嗎？」

那人看向茉茉，希望她幫腔，但她只張著下巴。蒙歌再次抓住他手肘，將他拉起。他另一隻手盡其所能拿起那人的東西。蒙歌領著他到前門，那人站在明亮的樓梯間眨著眼時，蒙歌把一罐啤酒塞到他一手，帽子塞到他另一手。

他回到客廳時，茉茉雙臂交叉，像生悶氣的小寶寶。她瞪著昏暗的天空。蒙歌一屁股坐到扶手椅，開始綁運動鞋鞋帶。

「我真他媽不知道你以為自己是誰！」她啐道。

「是嗎？我也不知道。」

她原本打算大吵特吵，但這句話讓她洩了氣。蒙歌從頭上套上風雨衣。他們沉默一會，後來他開口，「你是我媽。你是我唯一的媽媽。我只想為你好。」

她牙齒咬著舌頭，從好幾個玻璃杯將酒集中到她的杯子。「電視上他媽連個節目都沒有。」茉茉動作十分緩慢。她的注意力渙散，可見她有多醉。「總之，你是騙子。你跟另外兩個一個樣。你要我快樂，只是希望你生活過得更輕鬆。你只在乎我能為你做什麼。我真受夠了。」

蒙歌走出樓梯間，加入那群新教男孩前往荒廢的空地。他融入到娃娃臉戰士的隊伍中。擺動細瘦的雙腿，模仿他們大搖大擺的走路方式。他肩膀聳到和耳朵同高，臉上眉頭緊皺。這架式是種制服，和足球衣一樣普及。他們會以笨拙的姿態前傾，像隻雙腿外八、吊兒郎當的鼬鼠，頭垂得低低的，雙眼盯著前方獵物，隨時準備撲過去出拳或出刀。蒙歌努力套用這套制服，但他覺得很心虛。他模仿不到位。

綿綿細雨淋溼他們的皮膚。霧氣找到衣服的缺口，鑽進他們鞋子，讓白襪變得潮溼骯髒。雨水從腳底一點一滴吞噬他們，慢慢滲進牛仔褲，弄溼他們內褲。他們走進橘黃色的街燈下，才看得到綿密的雨滴從天而降。比起灰暗的白天，橘黃色的街燈散發溫暖的感覺。那群男孩時不時停下，聚集在街燈下。他們傳著半塊磚和自製球桿，彷彿在交換玩具。

他們來到哈哈和年紀較大的男孩身旁時，蒙歌已在發抖。哈哈顯然熱血沸騰，下巴用力咬動，蹦蹦跳跳，揮著空拳。他拍了弟弟的背。「你做出正確的選擇，小笨蛋。其實滿可惜的，畢竟我喜歡燒東西。光看就很爽。」

如一群混亂的暴民，男孩拐過街角，走進黑暗中。荒廢的空地上全是廢木板和老舊棧板。年輕的孩子用廢物建起東倒西歪的城堡和小窩。有的小窩的門十分低矮，蓋在一塊塊廢棄的花紋油布上。有的小窩滿布花紋，有點女人味，並有典雅的家具零件。哈哈朝最小的窩踢一腳。五、六個孩子鑽出，不久整個聚落的孩子湧出，像個小村莊。有個年紀較大的孩子拿一張撕下的色情書頁給哈哈，上頭一個女人平躺，雙腳張開。

「那是誰？」哈哈問，並把女人傳下去。「你媽喔？」

蒙歌想待在破爛的村莊裡。這讓他想起鴿舍的美好。這些男孩從無到有、同心協力、合作無間打造出這座小村莊，就像詹姆斯一樣。

哈哈將色圖一把搶來，小心塞進風雨衣。「誰要跟我過天橋？幹你媽的，我們上啊！」哈哈像奧蘭治笛手，帶領男孩穿過雜草，走進夜裡。他們整齊畫一以口哨吹著戰歌。蒙歌徘徊在後頭。他看到有的男孩年紀僅九、十歲，有的只穿T恤和輕薄的針織上衣，大多數的孩子都忙著舔掉鼻尖流下的鼻水。他們之中有一小群人像是哈哈的中尉，他們不只是成年人。他們帶著從共濟會父親那裡拿來的儀式用劍，並從拆除的公寓偷來一根根鉛管。紅髮男孩手臂仍綁在胸前，但他另一手拿著母親鋸齒麵包刀，鋒芒在黑夜中閃現。

荒廢空地上沒有街燈，但蒙歌看得到前方天橋上有人造的燈光。狹窄的人行天橋橫越公路，連接了新教社區和另一端的天主教社區。年輕的新教打手絕不會單獨越過這座天橋。公路上車水馬龍，充滿週六從愛丁堡城堡通勤回家的車流。車上的孩子都摸過忠犬巴比雕像的鼻子，內心感到滿足。

蒙歌看到天橋口徘徊著幾個拉起披帽的人影。那裡還有大概十或十五個新教男孩，個個都比他年長，他們全繃著臉站在寒冷的雨中，見到哈哈，便分開讓他通過。到場人數眾多。哈哈充滿驕傲。有人蹲到泥土地，一手撿起石頭，另一手撿起汽水瓶。像馬鈴薯農夫，年輕的男孩開始撿其他彈藥。蒙歌低頭，看到半塊沉重的紅磚，那是另一場大戰的遺物。他將磚頭挖出，磚頭邊緣尖銳，充滿威脅，他馬上想把紅磚放下，轉身回到詹姆斯身邊。

一個拉起披帽的新教幫眾轉向他，抽一大口菸。「看來漢米爾頓弟弟終於來了。也差不多時候了，廢物。」那人一口爛牙。他的笑容像墓碑破損的墓園。「我以為你會敗壞家族的名聲，成為一個他媽的死同性戀。」

蒙歌盡全力站得又挺又高。他知道自己回什麼不重要，重點是他的口氣。「哈，畸形兒。要是想保住你的木釘牙，你他媽最好閉嘴。」披帽男孩其實說得八九不離十。蒙歌手裡握著磚頭，恐懼化為腎上腺素。他感覺哈哈在一片戰士海中點頭贊許，一個接一個，眾男孩轉身離開他。

戰士現在約有四十人。車流在下方飛逝，他們聚在一盞街燈下，雙手和耳朵藏在風雨衣中，唱著流浪者隊的歌。他們唱著歌，溫暖的呼吸從領口冒出，像共同煙囪一般。他們講著下流的故事，誇口說自己幹過彼此的母親。大家一致決定，一個金髮男孩（方臉的十一歲少年）的媽媽最可以幹。好幾個年紀較大的比利幫眾走向前，聲稱自己是男孩的父親。「你看起來像我，」其中一人大喊。「對，沒錯，你看起來比較像我。」他們一時間鬧來鬧去，伸出拳頭，叫那男孩在泥巴前後爬，親吻他們的鍍金戒指。男孩照做了，並很高興被大孩子注意到。

有人傳著一瓶烈性葡萄酒，他們大口喝著。有幾個年輕男孩伸手要拿，巴不得贏得尊敬，但酸臭的酒灌入喉嚨時，馬上變了臉色。蒙歌不安地移動重心，感覺潮溼的襪子在趾間摩擦，並在口袋將十鎊鈔票摺來摺去。他想到詹姆斯會感到噁心，轉身而去。接著不由自主想到愛西莉，想到詹姆斯在公園中親吻她的脖子時，她雙眼向後翻，閃爍光芒。她不久便會了解蒙歌不曾了解的詹姆斯。

高聲呼喊劃空而破，天橋上有人。一瞬間，大家舉起磚頭，並掏出口袋的刀。兩名男孩從運動褲底抽出生鏽的長劍，蒙歌注意到最小的男孩拿了一把小斧，他必須用雙手才舉得起。武器拿好後，人群開始分開。男孩後退列成兩排，像是狹窄的機關走道。男孩中間出現一個面色緊繃的女孩。她推著一個搖搖晃晃的嬰兒車，上頭坐一個又溼又悶的嬰兒。她像男孩一樣，穿著大件運動服，不過她戴著大圈耳環，運動鞋是淡粉紅色，所以看得出她是女生。女孩推著塑膠嬰兒車，穿過空地的捷徑。嬰兒車輪壓過雜草，嘎吱作響，嬰兒左右晃動。「噢，成熟一點。你們應該要覺得丟臉。」女孩散發像戰士王后的氣勢，她頭髮向後梳，以寶石髮帶綁好。髮帶上不少塑膠寶石都掉了，留下來的洞看起來像挖掉眼睛的窟窿。她安全通過比利幫後，冷笑回頭大叫：「我希望天主教徒把你們痛扁一頓。」

男孩面面相覷，找人帶頭，告訴他們面對羞辱，他們該有何感受。一個空瓶飛過空中，砸在她腳邊。男孩齊聲發出一聲呼叫。

滿身是汗的嬰兒放聲哭泣。所有格拉斯哥女人從小到大都養成強悍的性格，她上鉤了。她放開嬰兒車，越過泥土地，溼淋淋的馬尾在身後甩動，咬得都是傷的雙手伸出，準備將男孩撕成碎片。她找到嘴巴最大的傢伙，抓住他頭髮，拳頭對著他脖子和頭便是一頓揍。男孩想逃，但她抓住他披帽，繼續打他。其他男孩不再大笑。扔瓶子的人躲回人群中。被揍的男孩脫了衣服掙脫，躲到她抓不到的地方，赤裸站在雨中發抖。這對戰士來說是最丟臉的一件事：大庭廣眾被女生痛打。

蒙歌躲到這群烏合之眾的邊緣。大家一分心，他便會鼓起勇氣往外溜。男孩把赤裸的男孩圍住，不讓他跑，並將他推向吐著口水的女孩，像在鬥雞一般。她指甲在男孩手臂抓出一道道紅痕，就算在眾人尖叫聲中，仍聽得到他頭髮被扯下的聲音。每次他掙脫，比利幫便會擋住他的去路，將他推向那名年輕的母親。她用滿是泥巴的腳，將他蒼白的身體踢得四處烏黑。

突如其來，又一個瓶子劃過夜空，瓶子擊中最小的男孩太陽穴，瓶子粉碎時，像學校舞廳的燈光四射。最小的男孩倒下時鮮血飛濺，血在空中畫出一道弧，落在赤裸的男孩身上。

他們全被生氣的女孩吸引了注意，卻沒注意到站在狹窄的公路天橋頂端的一群芬尼亞。天主教徒在昏暗的燈光下露齒微笑，每個人都統一穿著綠底白圈的衣服。

比利幫像少了蜂后的蜂巢，不知所措，後來哈哈的聲音響起，讓他們行動。「冷靜點。」接著便是：「他媽打爆他們。」

幫派重新集結，一記憎恨的戰吼聲下，第一個投射物劃過空中，落到明亮的公路燈光下。塞爾特幫向後退，玻璃碎在他腳邊。他們看到武器一一亮出，接著綠衣在明亮燈光下一個個向前，向下撲入空地。天主教徒占上風，居高臨下，攻擊能更遠，更輕易擊中目標。磚塊擊中肋骨，發出沉悶和碎裂的聲響。一瓶瓶尿在腳下破碎時，其他男孩跳上跳下，像尼龍稻草人。

空中飛著各種東西，承載宗教的仇恨，但男孩樂在其中，盡情揮灑青春。塞爾特幫不久便發現磚塊和石頭被扔回，上面又髒又溼，沾滿丹尼斯頓的泥巴。年紀較小的男孩扔石頭時，完全扔不到天橋上，石頭落到下方車水馬龍的公路，十分危險。車子按響了喇叭。

蒙歌停在原地，不敢動彈。磚頭從他手中落下，他想跑，但雙腿不聽使喚。各種東西飛過他身邊，有的男孩受了傷，開始撤退回木頭小村莊。他們蒼白的手臂青一塊、紫一塊，摀著耳朵的手上滿是鮮血，痛苦萬分。小大人倒在地上，手抱著頭骨上的傷，最英勇的戰士哭喊著媽媽。

夜晚瞬間變得安靜，玻璃和石頭擊中骨頭的聲音停下。天橋上的塞爾特幫人數減少，受傷的人退回羅伊斯頓。丹尼斯頓的比利幫拍拍冰冷的手，在公路上吼叫。大叫聲讓害怕的男孩鼓起勇氣，結群扯著嗓子亂唱起〈我父親身上的飾帶〉。塞爾特幫失去制高點。只剩下幾個人，年長的比利幫眾拿起錘子和劍，衝向天橋。比利幫眾張開雙臂，像在嚇石南花叢中的松雞。但哈哈不一樣。哈哈有目的，他決心要逮到芬尼亞王八蛋。蒙歌看他哥哥追著最後一個天主教徒回到羅伊斯頓，越過安全的地方。他戰斧的利刃在車燈中閃爍。

受傷的新教徒發出歡呼。斷臂的紅髮男孩巴比．巴爾將鋸齒狀的刀舉在空中。「要是我再見到白髮的天主教王八蛋，我他媽揍扁他。」其他男孩發出類似的誓言，他們會怎麼報仇，誰打得多好，誰的瓶子砸中誰。吹噓和張揚的態度讓蒙歌肚子翻攪。這聽起來很懦弱。他潛入黑暗，慶幸一切已結束。

他已完成哥哥的吩咐，更好的是，他沒傷害任何人。蒙歌迫不及待想告訴詹姆斯。他現在會飛奔過去，他會用臉貼上公寓門鈴，像愛西莉一樣大聲宣告他驕傲和瘋狂的愛。為何不要呢？蒙歌陶醉在這份希望之中。他頭向後仰，享受雨水落在他火燙的臉上，吐出悶在胸中的空氣。

他身子半轉向社區，一個東西擊中他的側腦。破裂聲之大，他以為自己頭骨破了，聲音聽起來像冰球桿擊中緊繃、裝滿水的鼓。他眼前像煙火之夜的天空一樣爆開。一切化為白色。

他雙手仍插在口袋，側腦傳來劇烈痛楚，橫倒入泥巴中。白光散去，他終於睜開雙眼，看到比利幫像受驚的羊群四散。有的夾緊尾巴全力跑了，有的快步向後退，在攻擊者的攻擊下，四肢亂揮倒地。蒙歌倒在地上，看穿著綠底白圈的人撕裂穿王室藍衣服的人。只有一、兩人很勇敢，站在原地，抽出武器。他們很快便寡不敵眾，乾淨的臉被美工刀割開，頭骨被網球拍打破。他看到巴比・巴爾逃跑時，有隻腳踢中他的肝臟。他痛得表情扭曲，但身體所有的空氣都被踢出，他甚至無法尖叫。

蒙歌眨著眼睛，在泥土中扭動，一對溫柔的褐色眼睛朝下看著他，完美耀眼的笑容閃現。他是個英俊的男孩，蒙歌頭暈目眩，但仍為他的美貌屏息。他有個像喜樂蒂牧羊犬般驕傲的寬鼻子，厚密的黑髮下有一對濃眉，眉毛俐落分明，像任何教區神父一樣。他似乎在說什麼，但蒙歌腦中嗡嗡作響聽不到。蒙歌舉起手希望人幫忙。結果男孩舉起腳，像蹄子一樣踩了蒙歌側腦。

他眼前又一陣白。那感覺像他自己坐在黑暗中，袞蒂突然打開大燈，燈泡沒有燈罩，光線烙入他頭骨。那隻腳一次次落下，想將頭從他身體踢斷。蒙歌聽到運動鞋橡膠底摩擦他臉的聲音。他口中嘗到耳朵的鮮血，和他淚水的鹹味，雖然為時以晚，但他用雙手反射地擋住臉。

踩他的腳維持節奏，像在跳快樂的吉格舞。蒙歌痛楚中看不清楚。腳一次次踩下，並踩向他身體。英俊的男孩沿著蒙歌身體走動。他邁著大步，像卡通中的納粹。他來到蒙歌頭上時，腳跟正步一轉，準備再次踩過他倒在地上的身軀。下一腳卻從未落下。

哈哈來了，他戰斧拿在頭頂，劈向英俊的天主教男孩，男孩倒下，像斷掉的樹苗。他哥哥側臉一片血紅。他臉上也流著鮮血，從耳朵流到嘴邊。傷口已經腫脹，邊緣泛白皺起，像是火腿肉上撕裂的脂肪。哈哈用腳趾頂了頂蒙歌，然後轉身，斧頭舉到頭上，開始像砍樹一般，砍向那群芬尼亞。

蒙歌躺在潮溼的地上。他無法從泥地上站起。要不是痛得如身處煉獄，他恐怕會凍僵。上方戰鬥正如火如荼，而他閉上雙眼。

天主教徒撤退回公路天橋。蒙歌聽到哈哈在他們身後吼，戲謔地說要捅死或強姦他們。他倒在泥土裡，滂沱大雨清涼地落在他臉上。他用沾滿泥土的手指輕輕戳著嘴裡。他臉頰中的肉有破洞，至少一顆臼齒裂開了。他想站起時，卻被泥地不斷困住。他雙腿好幾次滑開，讓他倒回地上。等他終於爬出，他發現自己留下一道完美的人形，像被壓進泥濘中的雪天使。

其他男孩沒那麼幸運。有群人圍毆一個十二歲的男孩，他喜歡滑板，總會幫忙奶奶在外頭洗窗戶。蒙歌看過他身子在窗台外，奶奶抓著他的腰。另一頭，幾個比利幫找到一個紅髮的天主教男孩，他們像跳交際舞一樣圍一圈，輪流在他身上跳舞。他能活下來便算幸運了。

蒙歌雙手抱著嗡嗡作響的頭，跌跌撞撞走過戰場。他感到呼吸困難，怕自己肋骨斷了，他撇著嘴，小口吸進潮溼的夜晚空氣。他雙眼已結痂，難以視物，浮腫的雙眼下卡著泥土。他感覺得到泥土刮著他眼球。他重量放到左腳時，感到劇痛難耐，但因為痛苦是從腳踝一路痛到腰，他不知道自己何處受傷。他想嚎啕大哭，哀嘆這一切多無意義。

哈哈會覺得今晚是場大敗。仍能打鬥的人會因為丟臉，下週會回來討回顏面。一切應該就此結束，但蒙歌心裡有數。這不是結束，反而是開始。

蒙歌拖著腳步向前，依照過去學到的教訓，吞下自己的痛苦。他眼淚流入喉嚨，和自己的鮮血混合。他不斷大口吞嚥，後來他一直噎到，於是他朝草地吐出黑色的口水。他很高興自己在昏暗的燈光下，看不清血色。

四周的年輕男孩都在移動。所有無畏的戰士都跛行回家，吹噓自己的光榮戰績，並大聲威脅要報仇。但從他們夾著尾巴的模樣，蒙歌看得出來，他們已心生動搖。他們走進家門前，都在吞嚥和咀嚼自己的痛楚。他們會挺著胸膛，直到再次安全回到母親懷裡。他們會蜷縮到她身邊，她會看著電視問：「怎麼了？嗯？幹嘛突然黏著我？」他們會不發一語，巴不得再成為男孩，安全躲在母親柔軟的懷抱中。

第一聲警鈴響徹社區。還能跑的男孩開始拔腿狂奔。蒙歌來到一棟棟小窩旁。小村莊已全毀。破爛的小鎮已被剷平，屋子分崩離析。頁面被撕下的色情雜誌扔在一旁草地上，張嘴的女人痛苦或歡娛的表情扭曲，散落一地，像死去的村民。

他回到自家街道，對不同公寓中快樂的燈光感到憤怒。一家人會聚在一起，吃著炸魚餐，看週六綜藝節目。他來到樓梯間，掙扎著爬上樓梯。漢米爾頓家的公寓一片漆黑，毫無聲響。裘蒂已從咖啡廳回家，待在自己臥室。蒙歌輕輕推著門，幾乎像在哀求，但她的門已閂死。

客廳空蕩蕩的。空氣瀰漫著一團煙霧，散發臭氣、酒氣和汗臭。悶熱的煙霧中，有一絲茉莉香草香水的氣味（那是耶誕節他們集資買給她的香水），他發現她沒醉倒在沙發上打呼，心裡有點難過。

蒙歌打開暖爐，掙扎著脫下溼淋淋的衣服。他花了好久才脫下，日常動作都造成莫大的痛苦，他不得不一直停下來，恢復呼吸，鼓起勇氣繼續。脫風雨衣時最困難，他發現自己手無法高舉過頭，等他脫到剩短褲時，臉上已流滿憤怒和疼痛的淚水。他灌了一口茉茉玻璃杯中剩下的啤酒。臉頰中的傷口刺痛，但酒味平淡，令人哀傷，酒的味道讓他好想她，他好想躺在母親身旁。

他從走廊上隔著她臥室門聆聽，聽到裡頭傳來茉茉連續的打呼聲。蒙歌知道自己長大了，不能再依賴母親，他知道裘蒂不會認可，但他手伸向門把，他心中唯一想的是，他好想爬上床，躺在母親身旁，並在她懷中感到安心。他緩緩打開門，除了從窗簾縫隙透入的橘光，臥室一片漆黑。

「茉茉？」他輕聲說。

蒙歌沿牆緩緩向前，不久便撞到床頭櫃。茶杯和香水瓶叮噹作響。昏暗的街燈中，他看到被子上方母親蒼白的臉。她頭轉向側面，沉沉睡著。蒙歌看了她一會。她的妝將枕頭抹髒，臉上表情緊繃，眼皮緊皺，彷彿困在酒精和糖分之間的煉獄。「茉茉？」他下唇顫抖，為自己感到一陣酸楚。蒙歌將母親身上紗繡花紋的被子拉開，轉身想鑽到她身旁，但他沒受傷的眼睛適應黑暗時，發現被子隆起的大小，不可能只有她嬌小的身體。

蒙歌緩緩抬起被子。

街燈照亮陌生的身體。樓上的鰥夫窩在他母親身旁。他依偎在她腋下，嘴巴咬著她胸部，修長的雙臂抱著她的腰。他像營養不良的吸血蟲吸附在她身上，蒙歌努力釐清眼前糾纏的手腳，因為他腦袋必須為這恐怖畫面找出解釋。

他們剛才好像在進行某種舞蹈，最後兩人睡著了，或單純放棄了。

也許是突然吹來的冷空氣，也許是淡淡的燈光，唐諾利先生睜開黑色的小眼睛。他嘴巴從茉茉皮膚抬起，唾液牽起一條長絲。他像窩中的老鼠展開身體，稀疏的頭髮都是汗，黏在他臉前，他眨了眨眼，抬頭看向男孩，他雙眼在黑暗中像兩池水窪。

唐諾利先生沒料到平靜的男孩會對他動手。蒙歌抓住那人頭髮，將他拖進樓梯，那老狐狸唯一說的是：「好，沒問題，老大，我沒想惹麻煩。」他脫口而出，態度親切，彷彿他是霍格莫內鐘響之後待太久的訪客。

蒙歌將那人摔到堅硬的樓梯上。他在樓梯間踱步，不斷鞭笞自己，甩自己巴掌，用拳頭敲著太陽穴。老人見蒙歌如此，內心無比恐懼。他的怒火讓唐諾利先生縮在樓梯角落，雙手抱頭倒在地上。蒙歌好氣這人，但他更氣自己。那畫面像噩夢一樣，那人沒穿褲子，卻仍穿著破西裝外套和襯衫，領帶都沒拆。他赤裸蒼白的雙腿靠著水泥，乾癟的老二從襯衫底下露出，在樓梯間的燈光下顯得溼黏。唐諾利先生發現有機可趁，懶得浪費時間談情說愛，曖昧挑逗。這行為實在卑劣。

蒙歌朝那人吐口水，口水四濺。

「謝謝你，孩子。對，謝謝你。」老人似乎很感激自己輕易脫了身。

蒙歌讓唐諾利先生蹲坐在樓梯間，回到屋內，鎖上每一道鎖。他回到茉茉身旁，用滿是汗的床單蓋住她。她沒受打擾。她頭向後仰，嘴張開，口紅暈開像鬼一樣。**稻草人**。他會假裝她剛才是稻草人。他不看她粉嫩的肉體，將這具空殼極其溫柔抬高，將床單塞到她身下。她張開的雙腿順勢併在一起。接著像要將她下葬一般，他將她嘴唇上的口紅擦去。她躺在那，醉到全無記憶，看起來像個襁褓中的孩子，不哄便不願睡覺。

他和那老頭一鬧，吵醒了袞蒂。她自言自語，喃喃抱怨，彷彿迫不及待想離開這瘋人院。他聽到她倒了一杯自來水，然後回臥室將自己關起來。

蒙歌睡不著。他內外都飽受痛苦。他爬到床上，想到自己犯下的所有錯誤，心情糟糕透頂，心中滿滿都是自怨自艾。他想到裘蒂和寶寶的事、哈哈和塞爾特幫的事、茉茉和髒錢的事，尤其還有詹姆斯的事。

他太害怕哈哈，結果毀了他這輩子所知最美好的事。現在在黑暗中，他知道哈哈不會遵守諾言，至少不會遵守太久。他從來不遵守諾言。詹姆斯遲早會受到傷害，一切為的是什麼？就因為他喜歡蒙歌．漢米爾頓，所有好事碰上這傢伙，注定分崩離析。

24

陽光照到公寓時，蒙歌去浴室，用溼布擦去血跡和泥巴。他吃了兩顆裘蒂的止痛藥，在肋骨上抹上茉茉的藥膏，將皮膚蓋上一層火辣的油脂。他把舊抹布撕成條，包住他的後腰，並摸了摸蔓延到身側的瘀青。他外表和內心猶如槁木死灰。似乎也只能如此。

冰球桿擊中他頭骨髮線下方，那裡有一道凝結的傷口。他擦淨了腫脹處，然後貼上拇指外翻貼片，那是他唯一找得到的貼布。蒙歌貼上時，試著將邊緣的皮膚貼緊，接著他拿膚色的梳子梳理頭髮，頭髮仍被血黏成塊狀。他將頭髮向後梳開時，看到太陽穴有塊瘀青，於是他用一點裘蒂的粉底液，顏色雖然太橘，但他從眼睛旁一路抹到髮線。

乾淨衣服蓋到身體和繃帶時很痛，這代表他收拾書包時無法彎身。他將小豬撲滿打開，將零錢包在唐諾利先生滿是汗痕的鈔票裡。他將牆上釘的裘蒂舊學校照片取下，小心放進風雨衣口袋。他沒多久便收拾好他喜愛的一切，雖然他身側很痛，但書包很輕，仍拿得起來。

他逼自己等待，並試著吃最後一片麵包。他臉頰內的傷口不斷發疼，臉不斷皺起，慢慢吃著。他咀嚼時，目光望過後院，看著詹姆斯黑暗的窗口。他沒傷害任何天主教徒，這絕對值得肯定吧。他們都付出代價，隱藏真實的自己。他會給詹姆斯看他的瘀青，詹姆斯會了解。詹姆斯會把愛西莉放到一邊，他們會一起搭上公車快速離開，去到蒙歌指的任何方向。

蒙歌關上門，搖搖晃晃走下沉睡的樓梯間，無力的陽光從彩繪玻璃窗照入。他來到一樓時，驚訝地發現傻小妞卡宏走進樓梯口。娜塔莉拉著牽繩，珠子般的雙眼從頭骨突出。蒙歌有禮點點頭，擠過他們身旁。他手放上沉重的門時，傻小妞開口了。

「馬戲團進城了嗎？」

「不好意思？」即使他狀態不好，仍記得禮貌。

嬌小的男人站在樓梯底部的陰影中，狗牽繩捆在手上。「你躡手躡腳，臉上塗滿妝，又打包好行李。所以我猜也許你要逃家去加入玲玲馬戲團。」

雖然蒙歌不想，但他仍露出微笑，手又伸向沉重的門。

「聽著，我是你的話，我會等一下再出去。警察剛才在這條街頻繁出沒，再這樣下去，政府必須在這裡鋪新地毯了。」蒙歌透過毛玻璃向外望。外頭是美好的週日早晨。太陽從厚重的雲朵打開一道大縫，今天有機會看到藍色的天空。但果不其然，兩輛車身毫無記號的刑事偵查車停在街上。這條街買得起車的人寥寥無幾，因此十分顯眼。他們緩緩開動，要是有任何因械鬥困在外頭的孩子，他們會將他們繩之以法。傻小妞朝自家前門點點頭。「孩子，你吃過熱食了嗎？」

「沒有。」

「好，那進來吧，我煎豬肝給你吃。」

「我不喜歡豬肝，卡宏先生。」

「噢，沒人喜歡豬肝，孩子，但你看起來需要補充一點鐵質。」

跨過門檻，傻小妞鎖上所有門閂。他脫下風雨衣，穿上廚房用開襟衫，將鈕釦一路扣到領口。他在老煎鍋上撥動紫色的肝臟，然後放到男孩面前，肝臟仍血淋淋地顫動。那氣味令蒙歌反胃，但他為了保持禮貌，用刀切了一塊。

「你不吃嗎？」

蒙歌搖搖頭。「對不起，我嘴巴痛。」

傻小妞掏了掏圍裙口袋，戴上眼鏡。他雙手捧住蒙歌的頭，要他張開嘴。「好，不要動。」他用一隻睫毛鉗抵著蒙歌的臉頰。他一拉，從臉頰脂肪裡拉出一塊銀牙。長度像切片杏仁。「你要去牙醫看那顆牙。」他給蒙歌一杯水，裡面倒了食鹽。「用這漱口，傷口會好得快。」

蒙歌大口含住鹽水，全身不禁一縮。他又漱了一次，將血水吐到水槽。

「你還好嗎，孩子？你的臉一直在抽搐。」

蒙歌捏住抽搐的臉皮。「對不起，卡宏先生。」

「噢，不用跟我道歉。」傻小妞安慰他。「但別那麼用力抓臉，你會破壞你漂亮的粉底液。」那天早上他第二次捧住蒙歌的臉。他看著他抽搐眨眼一會，然後拿一塊舊毛巾，擦拭男孩的臉。他小心翼翼將厚重的粉底液輕輕抹勻，並撥向邊緣。「屋頂工工會正直高尚的居家男人將我趕走之後，我去國王戲院工作。我只是負責管理後門，但有時他們會讓我們看大明星，你知道，看他們化妝和戴假髮之類的。我超愛朵羅西·保羅[33]，真的。」

蒙歌·漢米爾頓不曾是個愛哭的孩子，此時卻不禁哭了。他上排牙齒咬著下唇，卻控制不住。

「好了，好了，沒事了。別壓抑，盡情宣泄。我是說，朵羅西歌聲的確不復以往，但我不會哭，孩子。」

蒙歌不禁咳了咳，又哭又笑。

「盡情宣泄。對你有好處。」

「我不知道怎麼做。」

傻小妞重新將毛巾摺起。他指向後院。「你知道，我認識一個勇敢的小士兵。他會在後牆來回踏步。」那人模仿一個動作僵硬的小士兵，驕傲踢著正步。「他有一把木槍，戴著媽媽的舊貝雷帽。心裡無比驕傲。我站在窗前，看他盡興玩耍，他會假裝射擊敵方小孩，小孩會假裝朝無線電尖叫，丟出假手榴彈，大家都演全套的。突然之間，有個將軍從他身後出現，把他摔下牆。他直接推倒他，眼睛眨也不眨。喔，真是太過分了！這將軍還屬於**同一陣營**，你相信嗎？他把自己人直接從牆上推下。」傻小妞搖搖頭。「總之，這勇敢的小士兵從一公尺處摔下，落到垃圾棚屋頂，滾一圈，又從兩公尺半的地方摔到石板。砰！」傻小妞手拍檯面，一張臉皺起。「那小士兵連個聲都沒發出。他難以呼吸，但他很勇敢。其他小男孩一定會大叫媽媽。但這小士兵沒有。這個小士兵只站起來，繼續向前。」

蒙歌發出一聲低吼。他雙拳緊握，好想從眼眶將拳頭塞進腦中。他臉脹得通紅。

「沒事的孩子，盡情宣泄。每個勇敢的士兵在某個時間點都會疲憊和哭泣。」

傻小妞沒有摸他的背，或拍他肩膀。他只站在那，給蒙歌空間朝自己尖叫。他點了根菸，男孩終於把拳頭從眼前拿開時，他問：「建造屋瓦屋頂的男孩有像你喜歡他一樣喜歡著你嗎？」

蒙歌身子畏縮。

「沒事的，我不會告訴任何人你的祕密。」他在胸前畫十字，並向男孩敬禮。「我以**女童軍**的榮譽發誓。」

33　朵羅西・保羅（Dorothy Paul, 1937-）：蘇格蘭戲劇和電視演員，一生成功，參與無數演出。

蒙歌用腫脹的雙眼看著傻小妞。傻小妞站在紗窗後，看清了一切真相。他明白發生什麼事。「他有，卡宏先生。他非常喜歡我。但我把一切都毀了。」

「噢！小孩子！在你這年紀，一切都看起來很誇張。那很快就會過去。」他給他一條乾淨的毛巾。

「你真的這麼想？」

「對。」

蒙歌擦擦臉。「他要我和他逃走，我要他等一下。但我現在覺得我們不能再躲藏了。」

傻小妞又思考一會，他歪著頭，舌頭舔著牙齒後方。「我給你看個東西。先別跑。不管其他孩子怎麼說，總之不是用來抓小孩的大網。」

他離開一會，蒙歌用毛巾擦乾淨臉，覺得自己剛才很傻。他回來時，手中拿著一本酒紅色的日記，上頭金字壓印著「一九五七」。他翻了幾頁，每一頁奶白色的紙都爬滿小巧字跡。傻小妞的感情滿溢紙頁，一頁寫滿之後，字跡會歪扭繼續寫到邊緣空白處。

書頁中間塞了兩張黑白照片。第一張是有白邊的方形照片。上頭是個年輕人，有一頭濃密的頭髮，站在戶外，靠著公寓敞開的窗。他一手拿著摺起的寬版週日報紙，一手拿著根短菸。他臉上仰，朝向少見的陽光，身上穿著厚重的羊毛衣和一件高腰褲。他一臉無憂無慮，朝拍照者微笑。

照片中的男人十分英俊，散發年輕的自信。未來都鋪展在眼前，一切都未受到破壞。「你以前好帥，卡宏先生。」

「以前？嘴賤的臭小鬼。我下巴銳利到能刮玻璃的。」

下一張照片，六個男孩在公寓後院，就是同一棟公寓，他們盤腿坐在踩過的草地上，眉開眼笑看著拍攝者。其中兩個男孩坐得稍微靠邊一點，他們坐在一件大衣上，像是一塊野餐毯。這細節乍看之下微不足道。他們六人剛踢完足球賽，全身汗水淋漓，但那兩人似乎很特別，有一點點獨立於眾人之外，像擁有自己的小島。

傻小妞指著大衣上他身旁的男生。一頭亂髮的男孩下巴有著美人溝，笑容歪斜。「那傢伙叫喬歐吉。善良的男孩，真的，十分善良和體貼。我們在艾爾訓練，一起參加商船隊。第一天，他見我襪子不夠厚，穿不了靴子，心生同情，便把自己的一雙襪子借給我。在車站要回城裡時，我母親給我錢買三明治和一瓶汽水，我發現他沒有，便分他一半。其實就這樣，都是小事情。接下來三個月，就這樣，我們時不時幫助彼此。但我愛他。他給了我初吻。那是我此生最美好的一吻。」

蒙歌嚇傻了。

「他問我要不要和他移民到澳洲。」

「為什麼不去？」

「噢，我那時有一百個好理由，現在回頭看，沒一個有道理，都是常見的藉口：我媽身體不好，我爸戰爭沒回來，我不能讓姊姊獨自面對，我穿短褲不好看。都是胡說八道。全是我為了掩飾恐懼的藉口。澳洲！我屁眼如同兔鼻似的一直抽動。」傻小妞嘆口氣，將水壺裝滿水。「不過，你知道，我想我做了任何好兒子該做的事。至少我媽一輩子都快樂。」

「你真的很孝順。」

傻小妞搖搖頭。「不，你沒聽到重點。我是懦弱。我好想跟喬歐吉一起走。想像一下，我虛度了過去三十多年。我只是沒有勇氣。」

「沒有別人嗎？」

「什麼？這裡嗎？」傻小妞拉著開襟衫的脫線。「大家怕死我了。他們覺得我這樣會傳染。哪個男人會想接近我？」

蒙歌再次看著照片。六個男孩笑容滿面，青少年的他快樂抽著菸，看著報紙。傻小妞以前身邊充滿愛。結果他的一切在何處轉變了？「喬歐吉現在在哪？」

「噢！喬歐吉現在結婚了，也許這樣最好。他有時會寫信給我。他總是問我，如果我回去艾爾可以通知他，但我不曾回去過。我無法面對。」

「我該怎麼辦，卡宏先生？」

傻小妞微微歪著頭，深深望著蒙歌雙眼。「很簡單，孩子。這次先為自己著想。」

蒙歌將書包背上疼痛的肩膀。他朝肝臟點點頭。「對不起，我吃不下。」

傻小妞大笑。「噢，沒關係。娜塔莉喜歡肝臟。牠會快樂到像上天堂一樣。」他看一下紗窗上頭透出的一小片天空，嘆口氣，發現蒙歌盯著他瞧。「噢，別擔心我，孩子。我會走去店裡一趟，買東西準備晚餐。也許晚上電視會播好看的電影。」

天還算早。蒙歌找到警察巡邏的空檔，從樓梯口走出，潛入到街道上。他站在街角，猶豫著要去詹姆斯公寓還是鴿舍時，腿不斷抽動。如果他去公寓，詹姆斯可能會讓他進去，鄰居會聽到他對對講機哀求。他丟不起這個臉。

於是他去了鴿舍，蹲坐在小屋另一端，不讓人看見。陽光照亮格拉斯哥，他等詹姆斯早上來餵鴿子，並讓牠們運動。他等待時，練習了要說的話，但每一句聽起來都好笨拙，小的感受太過微不足道，大的感受又顯得神經質，像美國電影一樣矯情。他沒等太久。他還沒見到詹姆斯，便聽到他的咳嗽聲。

蒙歌從鴿舍另一頭出現時，詹姆斯不肯看他。他打開沉重的門鎖，走進黑暗中，彷彿蒙歌不在場。「咕、咕、咕。」鴿子朝他回叫。

「我準備好了。你想去任何地方我都會去。」儘管蒙歌再三排練，但他現在仍舊無法控制自己。愛西莉和哈哈已擋在他們之間。他需要讓詹姆斯知道他感受多深。就算詹姆斯事後會取笑他，他的情感仍傾瀉而出。

詹姆斯沒轉身。他拿著冷水壺到每個鴿籠前，讓鴿子像犯人一樣透過鐵籠喝水。這能在鴿子小腦袋中加強他仁慈獄卒的印象。只要他放牠們飛翔時，牠們保證回來，那他就會愛牠們，好好照顧牠們。他不肯看蒙歌。「任何地方？你真勇敢。」他聽起來毫無真心。「你自我厭惡那套呢？」

「我們必須走了。就是現在。」

「真的嗎？真可笑。我的事情稍微有起色，你就正好準備好要離開。」他從籠子抓出一隻棕褐色的母鴿，撫摸牠脖子。她不肯喝早上的水。「我以為你會為我開心。我沒料到你會嫉妒。」

「我沒嫉妒。」

詹姆斯僵硬的肩膀放鬆一點。接著他咳嗽，聲音渾濁而破碎。「我覺得我不想跟你去任何地方。你跟你哥一樣壞。」

「我沒有下手。」他開始繞著詹姆斯走，想讓自己出現在他的視線中，但詹姆斯總是能找到別的東西轉開。詹姆斯不願意讓他直視他令人安心的雙眼。「我希望你知道，我昨晚沒有傷害任何人。我去了。我照哈米許說的去了，但我沒有打鬥。」他拉起風雨衣側邊，給他看深藍色的瘀青，但就算聽到尼龍衣沙沙作響，詹姆斯仍不肯轉身。「我讓他們攻擊我、踩我，我甚至沒有回擊。」

「那不代表你不是他媽的宗教腦。」

白痴、弱雞、騙子、娘砲、懦夫、皮條客、宗教腦。

蒙歌想說自己是為了詹姆斯。他這麼做是要哈哈不要傷害他，這樣哈哈才會放過蒙歌珍愛的事物。但現在有意義嗎？無論如何，他似乎都失去了詹姆斯。蒙歌試了最後一次，但這兩字脫口而出時，卻像一聲微弱的嘆息。「拜託。」

詹姆斯不肯看他。

蒙歌提起書包，轉身離去。如果他不跟著詹姆斯，他要去哪？他這時發現，他哪都不能去。他會直接去找哈哈，站到他視線內，讓哈哈永遠不覺得自己必須獵殺或燒死這名天主教徒。

「我希望我不是這樣子，詹姆斯。我希望我很正常，但我不正常。你不需要像傻小妞。愛西莉很漂亮，你爸愛你真的很好。那都是好事。我說謊了。我很嫉妒。」

有幾隻混種狗在聞鴿舍附近草地。幾個老人雙眼藏在扁帽下，站在附近，吹口哨，粗聲粗氣下達指令。世界會如常運行。

「不。你錯了。他不愛我。」詹姆斯轉身，瞇眼看著光。「他甚至不了解我。」

裘蒂厚厚的粉底液在早晨陽光下像是一塊結痂。他太陽穴的皮膚已滿是瘀血，呈現一片紫色。蒙歌雙眼下都有沉重的眼袋，側臉內外同時腫脹。

「天啊！」詹姆斯越過碎玻璃，雙手捧住蒙歌頭兩側。他像捧著灰鴿一樣轉動他的頭，雙眼尋找傷口，雙手拉開他下唇，檢查他牙齒。

「嘶嘶嘶……」蒙歌臉皺起。

「哪裡痛？」

他不知道該從何處說起。「都不痛。我沒事。」

詹姆斯拉起他風雨衣，將他外套拉到胸口。他看到他厚厚的藥膏下和蒼白的身體上，有一塊塊腳痕，烏黑的瘀青仍在擴散，他輕輕將手放到上面。「你這可憐受苦的小混蛋。」

「我沒有傷害任何人。我不會那麼做。」

詹姆斯把蒼白的男孩轉一圈，雙眼掃視他每一吋身體，雙手摸過他痛苦的痕跡。蒙歌想用笑帶過傷痛。「天主教徒，真的是。大家都覺得他們是好人。」

詹姆斯雙拳抵著眼眶，一次次重複著**好**，彷彿在吟唱。他臉色慘白，站在那，一邊思考，一邊喃喃自語好一會。「幹。好啦，我們走吧。」

蒙歌不由自主搖搖頭。「不，我太自私了。你不會有事。你可以去鑽塔。你可以跟愛西莉生小孩。」

詹姆斯雙手抱住蒙歌頭。「太遲了。」

蒙歌臉皺一下，然後嘴角顫抖，露出渺小脆弱的微笑。「你確定？」

「對。」他大拇指撫摸蒙歌下唇。「我覺得我存得綽綽有餘了。我們可以去北方，整個夏天租輛露營車。我可以找到工作。我們不會有事的。」

男人在朝陽下遛狗，朝他們望過來。男孩並未靠在一起，他們隔了一隻手臂的有禮距離，大聲笑著，彼此相視而笑，彷彿兩個瘋子。詹姆斯跪坐在地，雙眼來回轉動，思考所有需要計畫的事。

蒙歌坐在他身旁草地上。他牙齒打顫，全身感到痛楚，他身體最後一絲溫暖彷彿從身側的瘀傷滲漏而出。詹姆斯脫下粗糙的大麥色費爾島毛衣，並幫蒙歌脫下風雨衣，重新幫他穿上毛衣。近距離看時，毛衣有上千種不同的顏色，不只是燕麥般的奶白色和金色，也有藍鈴花色、苔棕色和有點酸蝕感、龐克風的粉紅色。蒙歌想花時間坐著仔細看，那是他之前不曾注意的微小細節。上頭體現著詹姆斯的溫暖。他感覺他包裹住他。蒙歌咬著右手袖口，羊毛在他牙齒間摩擦。毛衣讓他冷靜下來。

「好多了嗎？」詹姆斯將風雨衣套回蒙歌頭上，將拉鍊拉到最上面，動作小心，以免夾到他下巴。

蒙歌彎身抱住柔軟的書包，心中突然大鬆口氣，疲倦到無法形容。他讓稀薄的陽光沐浴全身。

詹姆斯搖搖頭。「也許明天。我必須去克蘭丘那一帶找麥克．夢洛。他已迫不及待想把我的鴿舍買下。他想擁有我的獎鴿好久了。鴿舍再加上鴿子，大概可以賣到四百鎊。這筆錢對我們幫助很大。」

「今天？」

詹姆斯進入鴿舍，放鴿子去運動，蒙歌倒在草地上，為自己微薄的存款感到難過。詹姆斯拿來扁水瓶和三明治，鴿子在天空迴旋時，他們一起分享了早餐。奶茶香濃甜美，舒緩了他口中的傷口。今天不用上學，明天也不用上學了。兩人寫下打包清單，帶上有用的東西，像繃帶、打火機和睡袋，接著是許多不實用的物品，像手提音響、一罐罐沉重的米布丁和詹姆斯的黑西裝，以免農夫要求要正式面試。他們後來趴在早晨的陽光下，已無話可說，兩人沉浸在未來，感到無比放鬆。詹姆斯手越過草地，掀起蒙歌毛衣的後側。他手指摸著他尾椎的絨毛。蒙歌閉上雙眼。

「你覺得大家會喜歡我們嗎？」

「在艾德麥康？我不知道，我們其實不需要大家喜歡我們。我們只需要他們別理我們。那裡幾乎沒什麼人，我覺得不會有事。」

沒有女人從窗口偷看。下方樓層沒人在說三道四。沒有哈哈要他展現男子氣概。沒有裘蒂要他長大。蒙歌無法想像。「你會告訴你爸嗎？」

「會。我已經寫好信了。他去年因為聊天電話揍我時，我便寫好了。」詹姆斯撫摸蒙歌下方的脊椎，隨時準備將手抽回，以免遛狗的人接近。「你會告訴茉茉嗎？」

蒙歌考慮一下。「不會。我會告訴裘蒂。她會知道怎麼告訴哈米許和茱琳。再說，他們聽說我的身分之後，不會想認識我。」

「也許裘蒂會。」詹姆斯相信她善良的傳聞。這點不只證明了她，也證明了他擁有的許多美好特質。「也許有一天，我們可以告訴她我們的去向。」

「對啊。也許吧。」

「蒙歌，你知道我們永遠不會回來這裡吧？一旦大家知道了，我們名聲會跟傻小妞卡宏一樣糟。」

有一天，蒙歌會告訴他自己知道的一切，但目前他唯一說的是：「他沒那麼糟。他人還好。我們不會有事。」

「什麼？你不想穿著風雨衣，拖著腳步去巴基斯坦商店買東西，為茉茉煮湯？或期待夏天豔陽高照時，能看清潔工脫上衣工作？」

蒙歌咧嘴笑著，張著的嘴中積著口水。「明明是天主教徒，你嘴很賤耶。你對我說那麼多殘忍的鬼話，都還沒跟我道歉。」

「我只是要好好教新教徒道理。你們自以為掌管了全鎮。」

「真謝謝你，神經病。」蒙歌一邊伸手扭詹姆斯耳朵，一邊竊笑。

詹姆斯將他手拍開。他抬頭望向天空，空中全是飛舞的鳥兒。空中有其他人的母鴿。那是一隻色彩單調、雞蛋黃的母鴿，在一片死灰的鴿群中特別顯眼，但陽光時不時照到牠身上，牠會閃耀出金光。詹姆斯其中一隻鴿子開始繞著牠，那隻胖嘟嘟的惡霸鴿子叫亨利胖世。兩鴿飛到公寓另一端，消失在視線之中，那一刻，詹姆斯知道他的鴿子永遠離開了。幾個小時前，他會感到悲痛欲絕，但現在他哼了哼，莫名為亨利感到開心。他對自己笑了笑。「對了，我前幾天發現一件事。你記得我跟你說過聊天電話的事嗎？總之，我發現早在我媽死前，我其實就開始打那支電話了。」

「對。所以呢？」

「她一定收到帳單好幾個月了。她一定知道那是什麼號碼，並直接付了帳。她不曾向人透露，也不曾說過一句話。」

蒙歌花了一段時間才明白詹姆斯在告訴他的事。「喔。她知道你的事。那很好。」

詹姆斯朝他的鴿子吹口哨。「對啊。那很好。」

蒙歌目光從詹姆斯身上移開。陽光讓他頭頂暖烘烘的，他想讓陽光親吻他另一邊臉頰。「想想看。下週這時候。不用再讀約翰．多恩了。」

「誰？」

他脊椎上的手指溫柔撫摸，令他發睏。「不重要。」

太陽會繼續照耀。兩個男孩閉上雙眼。

兩個男孩看著鴿子飛過社區時，哈米許從公園那側朝鴿舍走來。他像獵鹿一樣，直覺從較大區域向內縮小，追著獵物到家。他穿過公園，然後鑽過鐵欄杆破口。

那天早上，他去公寓找蒙歌，看到茉茉倒在廚房桌上，臉埋在雙手中。昨晚在腎上腺素作用下，記憶一片模糊，他腦中充斥翡翠綠與白色、口沫和鮮血的畫面。但在那之中，他仍清楚記得弟弟倒在泥土中，口吐鮮血，同時一個開心的芬尼亞踩著他。哈米許看到蒙歌滿身是血的衣服扔在走廊，茉茉在桌前啜泣，他以為是最糟的情況。他搖晃她。她抬起頭，放聲尖叫。

一時間，哈米許忘記自己臉上全是傷。裘蒂聽到茉茉的尖叫聲，便從臥房走出來。她妹妹站在廚房門口，頭髮仍捲在捲髮器上，捲髮器電源剛才已從牆上拔下，插頭在後頭晃動。她目不轉睛盯著哈米許，看著漸漸從繃帶滲出的鮮血，盯著盯著，捲髮器燒斷了她的頭髮，一團捲髮從她手中落下。

茉茉只是宿醉，不是在為蒙歌哭泣，她以為他仍在床上睡覺。哈米許大笑自己有多蠢。

哈米許腳步不曾停下。不知是什麼直覺，讓蒙歌從長草叢抬頭，也許是空氣的騷動，讓他回頭望去。但他翻到側身時，哈米許已站在他們上方，血從脖子緩緩滴下。

蒙歌剛才有想到，但現在時間尚早，哥哥應該還沒醒來，對一個要幫年幼寶寶更衣的父親來說，他不該在外出沒。然而，他出現了，手上拿著一瓶橘色的汽油瓶。

哈米許露出酸楚扭曲的表情，他吸了點毒，牙齒不斷摩擦，左臉都是鮮血和傷口，包著一大片白色繃帶，但藥膏和凝血已從薄紗布之間漸漸滲出。從外表看來，他臉上似笑非笑，就像那種倒過來，既像鬼臉又像笑臉的嘉年華畫作。哈米許耳垂到左邊嘴角都被砍傷，一把生鏽的地毯刀深深劃破他的皮膚。一整夜，他一定是在皇家醫院縫傷口度過。他吸了點安毒，還沒回家睡覺。縫線已迸開。

「我以為你他媽死了。」他雙眼瘋狂。

「哈米許，不是你想的那樣。」蒙歌只擔心他看到多少，聽到多少。

他厚重的眼鏡後面流下真實的淚水。這點小細節教蒙歌最害怕。哈米許搖搖頭，好像他不敢相信。兩名男孩並肩躺在草地上。芬尼亞的手搔著他弟弟尾椎。哈米許發出一聲哽咽。「不，蒙歌。你不能成為他們。你不能。你他媽不能這樣。」

詹姆斯的手，剛才溫柔撫摸蒙歌皮膚的手，如今放在草地上，支撐著他的身體。哈米許踏向前，靴子直接踩到他手上。他全身力量灌注在腳跟狠狠踩了兩腳，厚重的馬汀大夫靴底發出可怕的碎裂聲。詹姆斯滾成側身，臉上一片慘白。他身體蜷起，保護自己，另一手抱住斷裂的手指。蒙歌趕緊到他身邊。

詹姆斯嘴張大，但他發不出聲音。他開始向後爬，遠離哈米許，想躲進鴿舍。哈米許拿起眼鏡，擦乾滿是淚水的雙眼。他目光再次投向芬尼亞，然後轉回蒙歌。他神情陰森，但似乎鬆了口氣。即使不是真相，他仍得到了他的答案。

「啊。我明白了。你被這他媽混蛋騙了，嗯？這骯髒的天主教王八蛋喜歡玩弄小男生。不意外，這要怪在他媽神父頭上。」

哈米許越過草地，走向詹姆斯。那是他想相信的。這更容易理解，比起其他說法，例如蒙歌享受和這男孩躺在一起，或他覺得詹姆斯的呼吸像穀片香甜，或他用嘴嘗過他的味道，或曾將鼻子埋入他股溝柔軟的金色絨毛叢，或他在洗冷水澡時摩擦著詹姆斯的身體，最後兩人在平靜的水面攪動出泡泡。哈米許不能是性變態的哥哥。他不願意成為同性戀的哥哥。

「你是他媽誘姦孩童的罪犯。」

詹姆斯．傑米森這時做了詭異的事。他不再試圖逃走。

那男孩只點一下頭，動作微乎其微，彷彿他吞了顆藥，卻沒有牛奶能幫忙服下。他現在望著蒙歌，左邊嘴角拉開，承受接下來的命運。**我明白。沒關係**。

蒙歌來不及搞懂他的言下之意。哈米許衝向前時，他才恍然大悟。「不！哈米許。不要！」

他第一腳踢中詹姆斯下巴下方。靴子劃破他柔軟的皮膚，將他不整齊的牙踢碎。第二腳踢中他臉中間，鼻子斷裂的同時一團鮮血噴向天空。男孩不再有動靜。一身小麥色和深紅色的他躺在陽光下，頭向後仰，雙臂張開，像等待升天的聖徒。蒙歌仍跪在雙膝上。他雙手緊握如在祈禱。不過兩腳，他便毀了詹姆斯．傑米森。

哈米許不讓蒙歌去他身邊。蒙歌繞過哥哥衝去，但他一跪到詹姆斯身旁，哈米許便緊抓住他頭髮，將他拖走。

哈米許打開橘色汽油瓶，淋了詹姆斯一身。汽油嘩啦嘩啦流出。蒙歌用肩膀撞著哈米許肚子，並擒抱住他。他用全身剩下的力量，將他哥哥推離詹姆斯。蒙歌努力奮鬥，但哈米許更強壯，動作更快。他用力將蒙歌甩到一旁，靴子朝他肋骨一踢，蒙歌瞬間像新生小牛一樣無助。他右手擰扭著他頭髮，左手抓住蒙歌毛衣，讓他四肢著地，並將他拖向社區。「冷靜點。我救了你，蒙歌。你有天會感謝我。我救你一命。」

起初蒙歌讓自己被拖走，他很高興哥哥和詹姆斯離得愈來愈遠。但他們來到人行道，哈米許停下來，朝那天主教徒大吼。「我會回來找你。我他媽還沒跟你玩完。」

蒙歌瘋狂扭動。他用指甲抓著哈米許手背，但哈米許知道自己在幹什麼。他用手肘撞蒙歌臉上的瘀青，一次又一次，最後蒙歌無力再反抗。他拖著雙膝著地的弟弟走回公寓，不時停下來搖搖他，要他他媽別再哭了。

25

結果那是個美麗的一天。湖泊陽光普照，蒙歌幫忙加羅蓋特將死屍拖回營地。屍體一直摔落，聖克里斯多福骨瘦的身體會滾到馬尾草叢中。每次他們再把他拉起，加羅蓋特都會將蠟黃皮膚上的泥土小心撥開。他們將他朋友拖過愛爾蘭珍珠草叢時，加羅蓋特臉上流露真正的悲傷。蒙歌無法看屍體。他希望死人能閉上雙眼。

他們將聖克里斯多福放進兩人帳。加羅蓋特堅持這樣比較體面。他們無法將他整個人拖進去，因為他浸溼的西裝貼住潮溼的地板，再往前的話，會讓帳篷垮下。於是他躺在那，膝蓋以下都露在外頭，加羅蓋特摘來一把紫色石南花，撒在他胸前。

蒙歌去撿乾柴生火時，加羅蓋特不發一語連灌了三罐酒。他找不到乾燥的木材，因此火堆不斷冒煙，難以點著，火焰小得可憐，但仍足以讓蒙歌將兩罐義大利餃放進去。他坐在火堆另一邊，看加羅蓋特喝光啤酒，並倒盡最後一滴烈酒。

「他在監獄裡很照顧我們。」加羅蓋特朝火光說：「他會分享他的東西。他知道我沒有時，總會給我一點他的菸屁股。」

對蒙歌來說，收到別人抽完的香菸，感覺不是多大的施捨。但加羅蓋特為自己所說深受感動。

「監獄裡起初沒人和我說話，除了克里斯多福。從第一天起，他便是我朋友。」

「裡頭很糟嗎？像地獄一樣難熬嗎？」蒙歌想知道。他目光努力避開死屍的腳。

「我不知道，但那是監獄，不是嗎？可好可壞。裡頭十分擁擠，一個牢房住兩個人，你必須在床上用餐。他們讓我們住在建築同一側。裡頭全是性犯罪者。典獄長突然心血來潮，想試著改正我們。他讓我們舉辦活動，給我們黃色的茶壺。我想他們在研究我們。」

「他們不把你們分開？」蒙歌覺得這樣不大對。讓喜歡相同事物的人混在一起，這樣怎麼是懲罰？蒙歌想起學校一年級的男生。每年秋天他們會超瘋足球貼紙。他們會成天聚在一起，擠來擠去，交換貼紙，到哪都一同行動。

「不。他們把你們聚集在一起。裡面有真正的怪物。有的男的砍死穿復活節洋裝的小女生。有的到晚上都一直煩我。」他將最後一滴威士忌倒入喉嚨。加羅蓋特將下巴埋進飛行員外套領口。他盯著死屍伸出的雙腿。「但克里斯多福這老頭不一樣。他父親以前在佩斯里路有一間著名的肉鋪。他們存了許久的錢，在加文買了第二間店。克里斯多福原本要自己經營。」

「為什麼沒做了？」

「他幹了一陣子，經營得著實不錯。他從父親那學會這門生意，有兩家店，肉品質更好，價格剛好能壓低一點。於是生意愈來愈好。」

「那他為何只單純像個酒鬼？」

加羅蓋特瞪著蒙歌。「嘴巴小心點。」

蒙歌不會道歉。他回頭繼續剝皮膚上的蠓蟲包。「所以呢？肉鋪後來怎麼了？」

加羅蓋特聳聳肩。「他侵犯了週六來工作的男孩。那男孩十一歲，週末會來洗盤子，他喜歡上他了。他父親以前為克里斯多福工作過，男孩會來幾個小時，幫忙送東西之類的。克里斯多福以為男孩喜歡他。克里斯多福情不自禁。」

蒙歌發覺自己敢看他的腳了。他剛才感到的恐懼已拋到腦後，突然之間，他不再難受。好比玩十字戲遊戲洗牌一樣，懊悔被洗到後頭，現在最上面的牌類似寬慰。聖克里斯多福是個非常糟糕的男人。

「你覺得淹死很痛苦嗎？」蒙歌必須知道。

「我他媽哪知道？他看起來頭都摔破了。我不知道他是落水前撞的，還是在水裡撞的。」

蒙歌感覺脊椎放鬆開來，自從他們找到屍體之後，他終於能大口呼吸。他看到聖克里斯多福腳上的鞋底不平整。皮鞋內側紋路都磨平了，他腳內八。「所以意思是，你不知道他怎麼死的？」

加羅蓋特搖搖頭。「不知道。唯一能明確判斷的是法醫。他們會把他剖開來確認。」

蒙歌點點頭，但他聽不懂。「那之後，你覺得就沒事了？他只是一個淹死的老頭子，對吧？我們可以直接把他留在這。他們幹嘛要特地來找我們？」

「不對。」加羅蓋特盯著他良久，然後他對男孩的天真嗤之以鼻。他忘記自己在跟孩子說話。「事情不是這樣。他們一發現有性罪犯死在鳥不生蛋的地方，便會展開調查。」

「怎麼查？」蒙歌覺得毫無道理。壞蛋死了當然是件好事。

「因為我們有人死了，他們會想知道我們最後跟誰在一起。更重要的是，哪個人那麼衰，跟我們在一起。」加羅蓋特變得暴躁。「我不想回監獄。」

蒙歌一屁股坐到布滿苔蘚的石頭上，閉上雙眼。他感覺好空洞，但同時五味雜陳，內心有無數解不開的結。他必須回家。他們現在會怎麼說他的事？他比哈米許想像得更強悍。他不是臉皮抽搐的害羞男孩。他不是不會打架的娘砲芬尼亞情人。他們闖入他身體。他殺了一個男人。他痛打他，然後淹死了他。這感覺好詭異，他知道自己比哈米許更像個男人，同時也更不像個男人。他必須回家。但他永遠無法回家了。

他母親將他交給一對兒童性侵犯，並給他一袋書頁捲邊的漫畫書，還有個適合六到十四歲家庭同樂的十字戲桌遊。她以為他們會讓他成為男人。他們會導正他的行為，教他父親該教他的事，其實那些事她只要努力，也能教導他，而且如果他這輩子都活在格拉斯哥，甚至不需要學會。他一輩子都會活在格拉斯哥，因為他認識的所有人都如此。

蒙歌臉上再次流滿淚水。加羅蓋特來到他身邊，他伸出雙臂摟住他肩膀，親吻他的髮線。「我們可以解決。我們可以把屍體搬到湖邊，沉到湖底。」

義大利餃罐頭已沸騰，蒙歌趁機從加羅蓋特懷中掙脫。他像隻悶悶不樂的猴子蹲坐，把火燙的罐頭放地上，開始吃著一個個義大利餃。醬汁燙手，但他不管了。

正午太陽照著湖另一側的山丘。山坡上一團團白雪在緩緩移動。蒙歌看著它們越過懸崖的尖頂，這才發覺其實那是一群錯落的綿羊，尋找著岩石間的青草。他在風雨衣口袋的垃圾堆中找到拋棄式相機。他大聲轉動底片軸，想拍下移動的白雪。接著他又轉了另一張底片，想拍張加羅蓋特的照片。那人發出噓聲。他用雙手遮住臉。根本不用擋，相機塑膠外殼流出少量河水。

他們吃罐頭時，加羅蓋特似乎很想知道蒙歌回到格拉斯哥，會說和不會說什麼。他們花了好久統一說詞。加羅蓋特餵著男孩一句句話，而蒙歌感覺話中彷彿有著魚鉤。自從那晚在帳篷之後，加羅蓋特不曾再用這語氣對蒙歌說話。那感覺像兩人又成為了最好的朋友，彼此同心協力，一同對抗世界。

「所以，你會怎麼告訴家人這週末的事？」

蒙歌停止咀嚼。「就說我玩得很開心。我喜歡湖。我看到一些山。」

「不是，我是說，你會怎麼說我們的事？聖克里斯多福什麼的？」

「你想要我說什麼？」

「也許直接告訴他們我們都很好。我們教你怎麼生火和釣魚。告訴他們這花了我整整兩週的救濟補助，才能來這裡。好好告訴他們。」加羅蓋特用舌頭挖出卡在下唇後方的軟骨頭。「他們問的話，你會說你睡哪？」

蒙歌朝兩人帳點點頭，或說兩人帳的殘骸。

「不要。最好告訴他們我們讓你睡一人帳。要確認他們搞清楚，你有自己的空間。告訴他們你嚇死之類的，晚上鹿和下雨都變得他媽超恐怖。」他像隻悲傷的貓頭鷹斥道。「告訴他們，總之你後來勇敢起來。對，告訴他們你自己住一人帳。」

「好。」

「所以你會怎麼告訴他們？」

蒙歌眼睛抽動。他感覺內心微微在發火。但他不回答，加羅蓋特不會放過他。「我會說我自己睡在湖邊的小帳篷裡。我會說晚上很冷。很嚇人。」他聲音毫無起伏，像新鋪的柏油。

加羅蓋特從臼齒挖出一點菜渣，彈到碎石上。他不喜歡蒙歌平淡的語氣。他瞇眼盯著男孩，彷彿不確定蒙歌是否在開玩笑。「記得告訴他們你看到的大獐鹿。比起其他的，那能讓他們更有畫面。還有城堡，媽媽都**最愛**城堡。」

「好。」

「你要怎麼解釋瘀青？」

蒙歌聳聳肩。「他們不會在意。」

「如果他們發現，跟他們說你在山坡摔倒了。山坡剛解凍變得非常滑。一步踏錯，整張臉都會摔破相。你這傻小子摔得東倒西歪。」

「好。」

這之後，他們沉默許久。咀嚼糊狀的食物毫無意義，所以蒙歌直接讓食物在口中來回滑動，等食物化為爛泥，他便吞下。加羅蓋特一直看著他。「聽著，你為自己難過沒有幫助。」

「什麼意思？」

「我不笨。你回到街上，可能會想講。開始亂說我的事，讓所有人同情你。」

蒙歌下一口吞得特別辛苦。

「同情只有一開始感覺不錯，但很快會變質，然後開始他媽變得噁心。但我想如果你說了你的謊言，你或許能好好哭一場，得到幾個美好的擁抱。你可能還能吃上一頓炸魚餐。」

「好。」

加羅蓋特壓低聲音，下唇全是口水的光澤。「但你要知道，你告訴的人絕不會再用同樣的方式看待你。你媽心裡會覺得無比難受。她喝酒之後，為了讓心裡好過，便會告訴別人。女人都那樣。她們守不住祕密。接著那人會再告訴別人，一傳十、十傳百，不知不覺，社區每個王八蛋都會知道你讓陌生人在樹林裡幹你。」

「但我沒有。」

他看起來對男孩一臉抱歉。「沒有。但你希望大家這麼想嗎？」

蒙歌搖搖頭。「不想。」

「他們會這麼想。」加羅蓋特大拇指比向死去的聖克里斯多福。「而且，如果漢米爾頓家想報警，那我們還必須解釋**那個**。」

他肚子很餓，但他吃不下了。過一會，蒙歌靜靜哭完了。他臉轉向湖泊，小心擦拭雙眼。「要是聖克里斯多福的照片出現在晚報上呢？」

加羅蓋特難過地笑一聲。「沒人會刊登尋人啟事找他。沒人會想念他。」他手朝剩下的啤酒罐一揮，但全是空的。他盯著蒙歌一會，眼神陰暗，虎視眈眈，接著問道：「所以你究竟騙了你媽多久？」

蒙歌一臉困惑。「我沒騙。」

「拜託。」加羅蓋特突然生氣了。他揉揉太陽穴，他頭肯定很痛，並渴望喝更多酒。「那芬尼亞的事你說謊了。你是同性戀的事也說謊了。」

「我沒有——」

「看吧！你現在就在說謊。」

蒙歌屁股冷到僵硬，他皺著眉頭站起，遠離那人，蹲坐到更靠近微弱火焰的地方。「一分鐘之前，你希望我說謊。」

加羅蓋特哼一聲。他甜言蜜語的語氣全消失了。「對，你很厲害。這我不得不說。」

他不大會說謊，但他不想再反抗。他如同過去一樣放棄了，並聳聳肩。

加羅蓋特扔了顆滿是苔蘚的石頭到他腳邊。「所以你說詞會一致吧?」

蒙歌猶豫一下,不是因為他想挑釁。他知道自己如果告訴茉茉真相,他無法承受她臉上的表情。他猶豫是因為他受夠了。加羅蓋特腦袋反覆無常,對他來說變動太快了。他受夠自己的脖子像是有條牽繩,被這人拽來拽去,彷彿他是隻跟不上的狗。他受夠湖水溼冷的氣息,受夠帳篷中伸出的那雙可悲的老舊雕花皮鞋。蒙歌抬頭和加羅蓋特四目相交,那是當天下午他第一次這麼做,而加羅蓋特眉頭不禁微微皺起,眼中首次閃現一絲懷疑,可能是恐懼。蒙歌見了很高興。他停頓一會,再多享受半秒鐘。「我不會告訴任何人。我保證。」

「喔,蒙歌。」他嘆口氣。那人臉色再次變化,現在他望著男孩,眼中有著深沉的悲傷。「我告訴你,我他媽絕不要再回到那座監獄裡。」

加羅蓋特將最後的義大利餃塞進嘴裡,用手背擦去紅色醬汁。接著舔淨手掌,順了順額頭上短短的直髮劉海。他雙眼失焦,似乎略有所思。蒙歌茫然坐在原地,後來加羅蓋特站起。「好。我需要你找一堆石頭,石頭要夠重,但要小,我們才能塞進他外套口袋和內襯裡。」加羅蓋特指向寧靜的湖水。「大約五、六公尺之後,湖床有個落差,再過去,湖可能有十萬公尺深。」蒙歌一定看來無言以對,因為那人又補一句:「別擔心,湖裡沒有怪物。」

蒙歌不相信他。他很高興自己能背對加羅蓋特。蘇格蘭到處都是碎石,他很快撿來一大堆沉重的石頭。加羅蓋特從帳篷把死人拖來,然後將他搬入湖中,涉水到深處,彷彿要為他洗浴。蒙歌垂頭跟著他,手上彷彿抱滿供品,動作可說十分恭敬。加羅蓋特走到湖中六公尺處,他頭已必須後仰才能呼吸。「快點,」他說道,「盡快把他口袋裝滿。」

蒙歌搬來石頭，塞進聖克里斯多福腰帶、外套口袋和褲子。加羅蓋特手比著，要他再多拿點，他涉水走回岸上，又抱一堆石頭來。他將最後一些碎石塞進聖克里斯多福張開的嘴中。

加羅蓋特表情緊繃，雙唇蒼白失去血色。死人裝滿石頭後一定變得相當沉重。加羅蓋特突然沉入水中，蒙歌想像他朝屍體推最後一下，讓它沉入空無之中。湖面冒出一些泡泡，然後再次恢復寧靜。蒙歌想像反射光芒的渾濁雙眼消失在黑暗中。

加羅蓋特空手浮上水面，在冰冷的水中划水喘氣。兩人涉水走回岸邊時，他牙齒不斷打顫。水高到他胸腰之際，蒙歌感覺加羅蓋特手抓住他手腕。「等一下。你知道祈禱文嗎？」

「不知道。」

他將男孩拉回他身旁，雙臂抱著他，彷彿想偷走他的體溫。蒙歌雙手抵著加羅蓋特胸膛。他不想要那人的感情。但加羅蓋特緊緊抱著他，試圖親吻他。

「拜託，讓我回家就好。」

加羅蓋特深深望著他眼睛。他眼神真誠，令人不安。「蒙歌，我想要你知道，茉琳沒說你的壞話。我那天說的都不是真的。」

蒙歌如今內心一片空洞，毫不在乎。

「她說她以聖人的名字命名你。在那之後，你不曾讓她後悔過。她說你是她所知道最溫柔、最貼心的孩子。」

蒙歌感覺加羅蓋特擁抱住他，他雙腳離開湖床。加羅蓋特身體貼著他，開始親吻他脖子。他嚎啕大哭，嘴裡嘟囔著**對不起**，雙唇親著蒙歌下巴，接著移動到他臉頰，最後尋找著他柔軟的雙唇。蒙歌以為他在為自己前幾天的惡行，為心中的痛苦，以及為那具死屍道歉。但那人硬親蒙歌後，雙手移動到他喉嚨，將他壓入水中。

湖面下的世界不可思議地寧靜。

蒙歌睜開雙眼，湖水清澈，他看到加羅蓋特緊繃的臉，他用力淹死他時，滿是刺青的脖子上結實的肌肉浮起。他感覺風雨衣中的空氣將他拉向水面，但加羅蓋特拳頭卻向下打著他肚子和心臟。他再次感覺自己孤獨一人，好想在口袋裝滿野花，漂入寧靜的湖中。

蒙歌想起口袋中的拋棄式相機。現在想到相機很蠢，但他忘記拿出才真的愚蠢。現在他永遠無法給裘蒂看美麗的城堡，永遠無法讓詹姆斯看到慘白的公羊骨頭。**詹姆斯**。他這一刻好想回家。他不在乎哈米許、茉茉或加羅蓋特。他好想再見到鑽油塔工的兒子最後一次，親吻朝風耳後他粉嫩的肌膚。

這件事永遠不可能實現了。

加羅蓋特不再打他。他雙手再次掐住他喉嚨，將最後一絲空氣擠出。蒙歌沒注意到自己雙手一直朝空亂揮亂抓。他想抓加羅蓋特的臉，但他手臂太短了，碰不到他。他在最後一刻，眼前浮現了聖克里斯多福，他現在知道淹死多痛苦了。真好笑。他眼前浮現那名天主教男孩，他踩過他身體時，露出聖潔的笑容。

加羅蓋特雙手壓在他喉嚨，他衣服最後一絲空氣讓他下半身浮起，害他頭下腳上。他感覺拋棄式相機和加羅蓋特扔掉的啤酒罐從袋鼠口袋滑出。他全身顛倒時，口袋中一切都在滑動，像裘蒂的學校照片和詹姆斯生日蛋糕上的小熊。這時他腦中閃過一樣他早已忘記的東西。

他摸索哈米許給他的刀。他抓緊刀子，揮向加羅蓋特肚子。他手伸出，刺中他肚子，他用力一拉才把刀抽回，接著又揮向他肋骨。湖水冰冷，但他發誓自己感覺到那人溫熱的鮮血噴到他手上。他瘋狂揮舞著刀，一次次刺向他，後來他雙手鬆開他喉嚨，蒙歌漂向湖中。

等蒙歌重新正常吸了口氣，他已漂到湖深處。他已遠遠超過聖克里斯多福屍體所在，腳完全碰不到底。湖中水流拉扯他身體，他多次被拉入水中。他想像盲目的聖克里斯多福從深處伸出細長的手指，抓住他腳踝。他用盡最後的力量划過水面。一切感覺無比痛苦，他覺得自己直接沉入水中還比較乾脆。只要放棄就好。

他在水中掙扎起伏時，有瞄到加羅蓋特幾眼。那人在湖中搖晃向前。他緊抓身側，高級的義大利牛仔褲全染上烏黑的鮮血。加羅蓋特走到水深及膝處，終於坐倒在水中。他像小嬰兒一樣一屁股撲通坐下，摸索口袋，尋找香菸，發現菸都泡爛了，便將菸扔入湖中。接著他倒下了。

這可能是他的伎倆。

蒙歌盡其所能游了一段，才用狗爬式游向淺水岸。他隔了一長段距離，繞過加羅蓋特，最後掙扎來到湖岸，花了點時間才敢接近。他繞著圈，全身滴著水，不住發抖，一點一滴靠近。

湖中的波浪已呈粉紅色。男人的臉一半在水下，一半在水上。加羅蓋特的綠色眼睛睜開，右手抓著一塊岩石，彷彿隨時會起身。蒙歌花了許久時間，但他終於鼓足勇氣，走到看得清楚他手指刺青的地方。刺青寫著**伊凡**。他不知道那是否是加羅蓋特的真名。他用腳趾頂那人，然後向後退等一會。

加羅蓋特的血仍汩汩流入水中。他的血以深紅色的漩渦擴散開來，彷彿在被中世紀的火焰燃燒。

蒙歌捏著臉頰，看他燒了一會。

加羅蓋特找香菸時，皮夾從口袋中掉出。蒙歌從水中將皮夾拿起。裡面幾乎沒錢，沒有銀行卡和信用卡，但在塑膠身分夾層中有公車月票。蒙歌看著他一臉怒容的照片。他大聲讀出上頭的名字：「**安格斯．培爾。**」

鈔票夾層有張明信片。明信片正面是安格斯．培爾的照片，他穿著不合身的監獄服，站在人造的耶誕樹前。右下角有耶誕鈴鐺的圖案，並印上維多利亞字體：「**耶誕節想念你。**」蒙歌將明信片翻面。上面貼著郵票，但沒寫地址，也沒寫過節祝賀訊息。

26

五月晚上天已夠明亮，他們不需打開閃爍的螢光燈管。自然光反常地讓眾人看來特別健康。主持人管理秩序，酒精成癮者各自坐到座位上，開始發言和確認，茉茉坐在前排中間，身體僵硬，抬頭挺胸，十分認真，彷彿老師的寵兒。她努力想告訴蒙歌，任何人都能改變。

蒙歌站在平常的位子，也就是熱茶桶旁，心不在焉聽著主持人以非比尋常的熱誠介紹戒酒十二步驟。他們因為天氣變暖而高興，戒酒會來了六個新面孔，多數熟面孔也都回來歸隊，大家心情振奮，好心情互相感染。蒙歌用保麗龍杯裝滿六杯熱茶。他小心將茶杯沿著摺疊桌排整齊。

沙沙、沙沙、沙沙、沙沙、沙沙、沙沙。

他用拇指指甲刮著每個杯子底下約一公分處。他用指甲劃完一個杯子，便去劃下一個，他六個杯子全劃完之後，便重新劃他一開始劃出的溝。期待感能讓他分心。他等著看哪個杯子先撐不住，熱茶會流出，燙到他的腳。

在他身後，戒酒會歡迎著所有新成員。他們耐心聽著鼓起勇氣的人分享自己的旅程，直到茉茉打斷一人發言的最後一小段，並起身分享自己的故事。蒙歌之前全都聽過了。

沙沙、沙沙、沙沙、沙沙、沙沙、沙沙。

「大家好，我是週一和週四的茉琳，我是個酗酒的人。」

「**你好，茉琳。**」

「我一直在跟酒精奮鬥，斷斷續續，至今大概十二年。我知道、我知道。」她熟練地咯咯一笑。

他心想，**又來了**。「我看起來年紀不大，但我說的是真的。總之，我剛才說到哪？對，我是個單親媽媽。」她稍微停頓引起眾人同情。「我的男人已過世快十六年，我獨自將孩子撫養長大，非常辛苦。養一個孩子就夠辛苦了，但我有三個孩子，我跟你們說，他們每個都不簡單，說出來你們絕不敢相信。沒有一分鐘安寧。你轉身去顧其中一人，另一人馬上搗亂。男生最難養，對吧？」眾人喃喃附和。茉茉見反應平平，似乎不甚滿意。她聲音提高八度，微微發抖，裝可憐到底。「少了男人在身邊，很難養好一個男孩子，你用盡努力，但有時他們會變得不對勁。」

沙沙、沙沙、沙沙、沙沙、沙沙、沙沙。

蒙歌指甲壓得更用力。第四杯茶先破了，火燙的紅茶從洞裡流出，紅茶噴到他大腿，流下右腿。蒙歌咬著牙。他拇指指甲移到第五杯茶。

有人抓住他手腕。隔週三的諾拉起身去上廁所，發現他在製造麻煩。「唉唷，看你弄得一團亂，你這傻孩子。走開。別鬧了。」她粗魯地將他推出走廊時，已在動手清理紅茶。

茉茉繼續她自我肯定的自白，但她聽到騷動，從眾人頭上朝兒子瞪一眼。她的眼神像飛越戰場的長矛。「那傢伙！」她朝他伸起她的手。「各位先生女士，那便是我喝酒的原因。」四十個人轉頭，親眼目睹這可憐女人的負擔。蒙歌揮揮手。他現在沒什麼好恐懼了。

漢米爾頓一家聚集在一起，像長期不和的工會老大開會，每個人都大發雷霆，比手畫腳，想蓋過另一人聲音。哈米許告訴母親和妹妹發生的事，蒙歌垂著頭，雙手仍是汽油臭味。這是哈米許對事件的敘述：年長的芬尼亞男孩侵犯了他天真的弟弟。眾人一片沉默。他們望向蒙歌，表情既可憐又羞愧，彷彿他是缺了一角的瓷盤，他們在決定要留下或丟掉。多美麗的東西如今竟被毀了。

蒙歌如克萊德河一樣冰冷，看著三人再次朝彼此大吼，互相怪罪，細數各自失敗之處，罵其他人多自私。茱茱和哈米許終於結夥，怪罪裘蒂「沒把他養對」時，裘蒂手揮過壁爐上方，將屋子裡每個相框都打碎。

茱茱說：「我受夠你以為自己是家裡的主人。」

他們收拾玻璃時，蒙歌逮到機會，溜出了門。

他跑回鴿舍時，膝蓋上的泥土已經乾了。哈米許剛才將他拖過街上，他後腦仍隱隱作痛，公寓窗戶冒出一張張臉，向下看著他。孩子聚在母親身旁，每個人都有個位子，引頸期盼漢米爾頓家下一齣丟臉的戲碼。

蒙歌跑到參差不齊的草地時，他已上氣不接下氣。鴿舍門在風中甩動，起初這讓他提起精神。詹姆斯在裡頭，他受傷了，但他活著。

草地上有太多血跡，蒙歌無法忽略。他倒下的地方草已被壓平，他前齒的碎片仍在泥土中映著光。蒙歌將牙齒撿起，小心放進風雨衣口袋。

但詹姆斯在鴿舍，一切不會有事。

蒙歌握住擺動的門，朝黑暗鴿舍瞧，尋找古銅色的反光，他金色的頭髮會將陽光反射到昏暗閣樓的每個角落。但詹姆斯不在那，每個鴿籠都打開了，有的籠門垂在那，他精心保養的鉸鏈從螺絲被扯斷。角落只剩一隻孤獨的鴿子撲著翅膀，無法飛起。牠左邊翅膀伸出，已經斷了。

蒙歌退出鴿舍，走到天光下。有的鴿子坐在新建的斜屋頂上，但詹姆斯其他獎鴿都已成屍體，散落在鴿舍旁的草地。有幾隻看起來像脖子被扭斷。那裡有三隻屍體，白鴿、灰色母鴿和一隻蒙歌不曾見過的新鴿。屍體旁有高爾夫球座，而三隻鴿子都沒有頭。有人惡作劇將牠們固定，讓別人用高爾夫球桿揮擊。太陽還未完全升到半空中，美麗的一切全被摧毀。

蒙歌再次走進鴿舍。受傷的鴿子仍驚慌拍打翅膀。他只想像詹姆斯一樣捧住牠，用手摸牠的喉嚨，讓牠平靜下來。他模仿詹姆斯，朝鴿子發出咕咕聲，溫柔晃著頭。鴿子停一會，他將鴿子抓起，雙手握著小蒙歌。牠的心臟怦怦怦撞擊著胸口。牠受盡了痛苦。

咕、咕、咕。他朝牠鋪滿羽毛的後頸叫，讓牠冷靜下來。咕、咕、咕。他扭斷牠可憐的脖子時，不禁失聲哭泣。

他去了傑米森家公寓，但從信箱往內看時，他看得出沒人在家。他回家時，發現哈米許又出去找他了。裘蒂將弟弟藏到溫暖的烘衣櫥。她將他T恤拉到頭頂上，要他轉身，檢查他的瘀傷。「哈米許說的是真的嗎？那個天主教男孩對你做了骯髒的事嗎？」

「沒有。」

裘蒂停手，不再抹抗菌凝膠到他傷口。她嘴靠近他耳朵。「你們在對彼此做壞事嗎？」

「對。」

她繼續將粉紅藥膏抹到他肋骨，但她臉上已一片慘白。熱水器啟動，讓烘衣櫥充滿令人窒息的熱氣。他以前明明很喜歡。

「對不起。」他說。

「你們那樣可能會進監獄。」她動作有點太粗暴，她在傷口塗藥的方式，好像在清理她能刷掉的汙漬。「他們以前會把那樣的人關起來。哼哈。」

「我控制不了自己。」

裘蒂臉靠近他，近到他能細數她鼻子上的雀斑。「你想得愛滋病嗎？那是你想要的嗎？因為你一定會得到。他們全都得了愛滋病。那個芬尼亞男孩可能有愛滋病，他會傳染給你，就這麼簡單。」她彈一下滿是藥膏的手指。

「詹姆斯不會那樣。」

「不會嗎？你哪裡知道男人是什麼樣子，嗯？」裘蒂斥道，他在她身上看到一點茉茉的樣子，像木頭上的樹瘤一樣清楚。她幫他皮膚塗藥時弄痛他了，他看得出她是故意的。「你是個傻孩子。心地善良的白痴。」她將他轉身，將大把藥膏塗過他後腰。「我們全都想盡辦法，想讓你成材，想讓你成為一個男人。結果你在幹嘛，嗯？繼續像個愛昏頭的小女生。你該堅強起來了。」

他重複自己。「我控制不了自己。」

裘蒂將他轉過來，面對她，用力搖著他。「老天！你一定要控制住。你不能那樣，還期待未來能快樂。」

蒙歌走到戒酒會的後頭，溜到高大的暖氣機前。火熱的鐵片貼著瘀傷感覺很舒服。腫脹還沒消，但紫色的花瓣已不再擴散，裘蒂說那是好現象。

暖氣機的暖意擴散全身，機器發出深沉的撞擊聲，並不斷嘶嘶作響，讓他昏昏沉沉，像在夢遊一樣。他從地板能看到一排排如浪的塑膠椅。他看著成員雙腳焦躁亂動，不是因為無聊，就是身體開始發抖。有的酒癮者巴不得戒酒會趕快結束，有的則擔心結束後會發生的事。說完最終祈禱，大家轉向彼此。戒酒會結束，眾人聚到茶桶旁，傳著一盤盤火腿三明治。

他們四、五人成一團，彼此分享消息。蒙歌聽不到他們的對話，但他喜歡他們會將手放上彼此手臂。他們交談時，他喜歡每個人都在聆聽對方，似乎深深感同身受。那畫面說來好笑，他們幾乎是陌生人，彼此分享了最深的羞愧和最脆弱的時刻，現在卻聚在一起閒聊天氣，或聊代表克蘭丘的凱西是否能晉級女子冰壺區域賽。他們稍早吐露真相，每個故事都讓人心碎，但二十分鐘後，他們一同笑著雅辛斯．巴克特[34]。

茉茉靠近前台。她和「艾倫山」艾倫聊天，那女人嘴比她更賤，偶爾她們會望向蒙歌搖搖頭。那圈子轉了半圈，彷彿大家懶散進行著一場歌舞會，兩個新成員加入兩名女人。他們握手，隨意閒聊各種話題，像城市不同區域，其他社區的戒酒會和這裡相比，這裡的主持人做得多好，讓大家感覺像一家人。**家人**，蒙歌心想，**茉茉永遠不會知道家人真正的意義**。

他看著茉茉拉著已變直的鬈髮，雙眼上下打量著新來的男人，平均散發著魅力，等她搞清楚誰最喜歡她。

蒙歌不曾看過新來的男人，但他看過他們這類人。老頭子似乎喜歡茉茉。他一直靠近她，手不斷摸過光滑的頭頂，梳著稀疏的頭髮。年輕人比較格格不入。他看起來只比哈米許大幾歲，他對自己外表很有自信，蒙歌看得出來，酒精尚未讓他墮落。他的運動鞋白得嚇人，頭上剪了顆凱薩頭，並用髮膠向前塑形。

諾拉加入他們。她和新成員握手，像小女生一樣拍著年輕男人。他沒有回應她的調情。蒙歌看她把手放到茉茉手臂，提到熱茶的事，茉茉聽了不禁搖搖頭。接著酒癮者不約而同全轉過頭，看向蒙歌的方向。

他們如一面牆似的，迅速背對他。他知道茉茉在吸引他們同情，分享他被天主教男孩玷汙的丟臉事，並解釋他個性不對勁，身為單親媽媽，身為女人，她不知該如何是好。男人抓準時機點點頭，表達**真可憐**，他們一個個點頭，像波浪舞一樣。理了凱薩頭的年輕男人比出一根長釣竿，揮向油氈地板。茉茉又搔搔鬈髮。然後她點一下頭。**好**，她同意了，**如果不會太麻煩**。

一點都不麻煩。他們聳聳肩，然後他們全像老朋友一樣大笑。

她招手要蒙歌過去，她手像高貴女士一樣伸出。

「蒙歌，這位是克里斯多福先生，而這位是……」她頓了頓。「對不起，你剛才說你叫什麼名字？」

34　雅辛斯．巴克特（Hyacinth Bucket）為英國電視喜劇《保持外表》的虛構角色，她是對社經地位和外表非常在意的中產階級女性，經常維持一種上流社會的形象，卻總是落入尷尬和滑稽的情境。

27

他內心驚慌不已，好想逃走。一時間，他漫無目的地飛奔，他四處收拾東西，又弄掉東西，跌跌撞撞，不斷摔倒。他衝入樹林中，結果又回到湖邊，雙腿抽動，接著又衝向另一邊。雖然他腦袋不斷尖叫，要他快跑，但他用盡了意志力，終於讓身體停下。他內心不知所措，只能站在崩毀的營地，閉上雙眼，一手按著不斷抽搐的臉。蒙歌努力整理思緒，思考哈米許在的話會怎麼做。哈米許一定會不老實，並會為自己著想。他會竭盡所能破壞現場，掩蓋痕跡。然後他會說謊，假裝一切不曾存在。

加羅蓋特比他看起來更重和結實，他比聖克里斯多福胖多了。蒙歌無法獨自把他從湖床拉上岸，但他盡可能將屍體拖到深處，用小石頭塞滿他口袋。他牙齒打顫，等待屍體沒入水中。蒙歌站到屍體上。他跳了三次，看加羅蓋特最後一口氣化為泡泡，浮上水面。加羅蓋特落到湖床時，他仍看得到加羅蓋特的眼白。

蒙歌盡可能將營地整理乾淨。他將所有散落的殘骸裝進塑膠購物袋，然後塞入小石頭，扔進湖中。他將帳篷捲起，埋到釣竿旁邊，深藏在最茂密的蕨類草叢中，那裡也最為泥濘。他將自己毀了的玩具收入書包，背到肩膀。他在最後一絲腎上腺素支持下，全身發抖，蹲到湖邊，清理臉上的泥巴，用石頭刷去尼龍短褲上的血跡。

蒙歌彎身到水面時，專注看著自己的倒影。他不知道男人從他身上認出什麼。是什麼樣的信號，他竟看不出？他不曾刻意送出的是什麼訊息？是因為他眼神不曾和他們相交嗎？還是因為他總乖順地垂下目光？還是他站立時，雙手總垂在兩側，重心放在一腳？他想找出那信號，並結束傳送。

男人看著他，彷彿知道他靈魂深處的模樣，那是他甚至仍無法向自己承認的事。他們知道那無可逃避的羞恥感，以及他感到多孤獨，他們運用這點，讓他離開家，讓他們為所欲為。

他淚水落下，扭曲了倒影。他想到詹姆斯，想到他們在他藍色地毯上所做的美好一切。三天的快樂，三天的玩鬧和笨拙的撫摸。兩人貪婪輕輕親吻彼此，牙齒不斷互撞，並害羞道歉。他們之間美好的一切和酒鬼硬上他的事無法比較。蒙歌提醒自己，兩者天差地別，截然不同，完全不一樣。

他這時只想著詹姆斯。他皮膚仍印著詹姆斯白糖般的吻痕嗎？那兩個男人是聞到那股氣味嗎？他們能看到嗎？像汙痕一樣清楚嗎？

蒙歌向後坐，用詹姆斯毛衣袖子擦拭淚水。他洗淨哈米許的短刀，接著站起身，手臂揮舞準備將刀投入湖中，突然想到一件事，他已學會暴力會在意想不到時發生。他仍離家非常遠。他將刀轉了轉，放入袋鼠口袋中。

他收拾行李，走向他認為是他們來時的方向，躡手躡腳走過蕁痲叢，鑽過松葉和樺木林。回程時沒看到公羊骨頭。

他終於來到滿是坑洞的道路，由於沒更好的理由，他向右轉，順著陽光，走向緩慢的夏日太陽。時間是下午時分，樹林間看得到上方的白雲快速在天空移動。走了三公里，那條路來到一處金屬攔畜溝柵，這時他再轉彎，試著用太陽判斷南方。路上空無一物，但不時有車輛經過，無論哪個方向，他都會伸出手，畢竟他不確定自己身在何方，也不知道自己正走向何處。

經過幾小時，一輛車終於停下。那是一輛綠色的荒原路華越野車，金屬車殼滿是髒汙，高高停在路面上。車停在他前方，相隔一小段距離，他必須慢跑過去。蒙歌來到車旁時，男人向下看著他，感覺他停下車，只是想瞧瞧這穿破爛風雨衣的髒孩子。

「老天，你穿成這樣是想去哪？」他有著濃厚的鄉下口音。

蒙歌拉著短褲，一臉尷尬，想蓋住雙腿的泥土。他想對那人說，**我不知道，我該往哪走？**但他只垂下頭，告訴陌生人他想去格拉斯哥。那人雙眼上下打量他。他說他最遠只到某個大城鎮（蒙歌不曾聽過的，聽起來像蓋爾語的地方），但如果蒙歌跟他走，他從那裡一定能找到往南的車接駁。

蒙歌望向兩側空蕩蕩的道路，不確定他能不能信任這男人。他觀察這個陌生人，他有淡藍色的雙眼，臉型圓潤柔和，一手不耐煩點著方向盤。他襯衫洗得很乾淨，袖子有條銳利的摺線，蒙歌覺得這代表有女人替他做家務，他對別人來說很重要。蒙歌在道路上猶豫不決。那人問他要不要上車，最後讓他下定決心的是一件奇怪的事。蒙歌看到後座有兩隻狗。兩隻可愛、圓滾滾、用力搖尾巴的狗。

蒙歌將安全帶拉過胸前，那人仔細看著蒙歌。雖然豔陽高照，男人仍伸手，將暖氣開到最強。後座是兩隻拉不拉多，一隻是烤吐司色，另一隻是茶色，牠們輪流將頭塞到前座，聞著男孩。牠們深深吸氣，聞著牠胯下，彷彿牠們為他藏在那的故事感到不可思議。蒙歌一定露出不舒服的表情，因為那人抓住牠們領口，將牠們拉回後座。「不好意思。這隻叫克里斯特，另一隻叫亞萊克西。絕不要讓老婆替狗取名字。」

男人打了檔，越野車開始向前。他們沉默地沿著顛簸的路面向前開，蒙歌目光直直望著道路前方，每過一根欄杆，每過一頭綿羊，他都心懷感激，這都代表著他和湖泊的距離。男人上蠟的外套掛在蒙歌座位後方。外套充滿潮溼的氣息，並因為防水蠟的關係而有股霉味，蒙歌開始擔心自己身上的氣味。他趁男人沒注意，抓了抓胯下，然後緩緩將手放到鼻前。如果他很臭，男人也沒表示。兩隻狗已經在後座打盹。

男人說他知道捷徑，他從主幹道轉向狹窄的小路。越野車繞過裸露的山坡，在樹林最稀疏處出現一條小徑。那人偶爾必須停在路邊，讓對向來車先通過。每次他停下，他會朝對向司機揮手，彷彿他認識他們。他雙手寬大強壯，手背布滿老人斑，但指甲紅潤乾淨，代表生活安逸。蒙歌不知道他是否退休了。

「所以你大老遠跑來這幹嘛？」

「沒什麼。來露營。」

「什麼？自己來嗎？」

「對。」

那人伸出手，將所有風口都轉向男孩。「希望你別介意，但你這模樣，不像是會上戰場的人。」

蒙歌用手遮住腿上最嚴重的傷痂。「我在山坡摔倒了。」

「是嗎？摔了幾次？」

蒙歌錯過那人嘴角的笑意。他真誠回應他。「就一次。我滑倒了。」

那人看來不想再提起此事。烤吐司色的狗舔著前爪，瘋狂齧咬著肉球。那人說：「我有四個兒子，都是好孩子。我學到一件事，他們自己出去玩絕不會受傷。只有一起玩時，才會笨手笨腳的。他們在一起會跌倒，會從天窗摔進羊舍，他們會激對方騎腳踏車衝進溝裡，他們為了找樂子，會自己衝到火堆上。你看多好笑。」那人打開手套箱，拿出一包水果糖，遞給蒙歌。蒙歌禮貌地拿了一顆，嘴中已流滿口水。那人推回去，把整包都塞給他。狗看到食物便坐向前，那人用手肘把牠們頂走。蒙歌很高興糖香將口中的湖水味沖去。他吸著第一顆水果糖，忍著不要吞下肚。他感覺那人目光停留在他側臉，端詳他的瘀傷和糾結的亂髮。「所以是誰把你推下山坡的？」

「沒有人。」

「真的？」那人穩穩抓著方向盤，讓車開過路上的水窪。「我把你接上車之後，你都像野狗一樣，身體縮在一邊，一直貼著門。」

蒙歌低頭看向自己，他確實坐在座位邊緣，盡可能離那人愈遠愈好。他手一直摸著門把。「對不起。」蒙歌鬆開安全帶，放鬆坐到座位中間。

「聽著，不需要道歉。對了，我叫卡倫。我應該早點介紹自己。」

「大衛。」蒙歌說。

「好，很高興見到你，大衛。」那人用左手朝他敬個禮。他的婚戒在陽光中閃耀。戒指彷彿嵌在手上，像原本支撐樹苗的支架，如今卻卡在上頭，彷彿樹幹已將圓環包覆住。「所以你要回家了？」

這是個簡單的問題，但蒙歌不禁猶豫了。他一整個週末都心心念念想著東區。他眼前出現公寓的畫面，但「家」感覺不再適合用來形容那裡。「我想是吧。」

「你一人出來真的很勇敢。我不確定自己敢讓兒子這樣。」

「沒關係。」

卡倫停到一旁，讓一輛滿是嬉皮的露營車經過。他雙手在方向盤敲了敲。「那你的帳篷在哪？」

「我的什麼？」

「帳篷。」那人朝他小背包點點頭。「如果你來露營，那你的帳篷呢？」

蒙歌吞下水果糖。「喔。我一定弄丟了。」

那人打入一檔，再次大笑。「對。我兒子會喜歡你。他們是單純的鄉下孩子，但他們自以為聰明。你會讓他們像間諜大師一樣。」他笑聲不帶惡意，散發輕鬆的氛圍。卡倫看起來是喜歡和鄰居聊天的類型，但也像不常有機會和鄰居聊天的類型，所以一有機會，他可以無中生出無數話題。一群群傻綿羊在路邊吃草，牠們愈來愈多，最後擋住了前方的道路。卡倫再次將越野車慢下來，並按著喇叭驅散羊群。「我們離鎮上還很遠，大衛。但如果你不想跟我說你的故事，那沒關係。我不會逼問。」他舉起雙手投降了。

在這之後，他們沉默地開了十四分鐘。蒙歌吸著水果糖，目光停留在鐘上。暖氣讓他皮膚找回了溫暖，但暖意無法深入骨頭。他考慮要告訴卡倫湖邊的事，關於他母親拜託男人的事。他不知道自己告訴他之後，心裡是否會輕鬆一點，他內心的痛苦是否會因此排解，就像排水管中的阻塞物。他坐在車上，擔心死去的格拉斯哥人時，發覺那人瞄著他的臉。卡倫開口時，蒙歌不禁從思緒驚醒過來。「路況真的很糟。你暈車了嗎？你臉色非常蒼白，大衛。」

蒙歌一手放到抽搐的臉上。「有嗎？沒有，我沒事。對不起。」

卡倫彎身向前說：「別告訴別人，但我兒子暈車時，亞萊克西喜歡吃他們的嘔吐物。」他手伸向後面，搔搔棕狗的下巴。

「好噁心。」

卡倫咯咯笑著附和，他將車開回兩線道的道路。山丘朝四面八方綿延，蒙歌卻看不到一棵樹。

「我跟你說過我最小的兒子，葛雷格嗎？」

蒙歌沉浸在思緒中，對一切渾然不覺，他不確定那人有沒有說過葛雷格的事。「對不起。我想沒有吧。」

「我讓你無聊了嗎？」

「沒有，當然沒有。」

「好吧，葛雷格總是會暈車。他不擅長旅行，但他是我兒子，注定要見識世界。多殘忍諷刺啊，嗯？」

蒙歌不知道諷刺是什麼意思。「你怎麼知道他要見識世界？」

「一個父親看得出來。葛雷格是個好孩子。性格開朗清新。他不用人開口，便會幫忙母親做家事，但他有一點……」男人頓了頓，彷彿找不到正確的形容。「藝術氣質。嘖。你知道我說的意思嗎？」

蒙歌稍微點個頭。他不確定那人的意思和他理解的是否一致。

「我看錯的話請原諒我，大衛。但我覺得你也有點藝術氣質，對吧？」卡倫沒等他答腔。「就是，我認識很多人會介意。但你是的話，我沒意見。我只是在說……噢，好吧，我不知道。我有時會說錯話。」陽光從雲中射出，照亮擋風玻璃。蒙歌找到機會看向那人。他有張善良的臉，他年老皮膚下垂之前，相貌英俊堅強。他藍色的雙眼清澈自在，白色的鬈髮整齊貼在頭上，像羊毛刷毛衣一樣。「我們的葛雷格那張嘴話真多，這方面像他母親，我不介意。有時我只能坐下來，聽他那張嘴說得天花亂墜，感到不可思議。那孩子想像力真驚人。我真心不知道他這天賦哪來的。」

蒙歌又吃了一顆水果糖。他原本以為是草莓口味，現在他懷疑那是黑醋栗。

「如果他拿到一塊老窗簾和兩盞檯燈，那你就準備免費看一部三幕劇，再加演一場日戲。他會直接站到壁爐前，憑空編造。有唱歌，有笑話，還有可歌可泣的場景。你知道，全都亂七八糟，但非常有趣。」卡倫又大笑，但蒙歌看得出來笑聲是擠出來的。他轉向蒙歌，看蒙歌有沒有跟他一起笑。他沒有。

蒙歌不知道那人為何要告訴他兒子的事。他說他有四個兒子，為何他要特別告訴他這個兒子的事？水果糖黏住了他裂開的臼齒。

「葛雷格快十四歲了。我希望他在這一帶找個工作，但老婆說他有朝一日會離開我們。她說他要去尋找喜歡相同事物的夥伴。」卡倫比著空蕩蕩的山丘。「我想這裡對他來說沒有生命力。」

蒙歌別開頭，彷彿在看空蕩蕩的山坡，但他其實在看車側的後照鏡，望著自己的倒影，再次好奇大家究竟從他身上認出什麼。

那人沉浸在自己的思緒裡。他沒真的問蒙歌問題，而是說出腦中的想法。「你覺得他會開心嗎？在城市裡？」

「我不知道。」

「你有許多搞藝術的朋友嗎？」

蒙歌想到詹姆斯。他搖搖頭。「我沒有。」

卡倫下巴左右擺動。「總之，我只是希望他知道我為他感到驕傲。無論如何。你懂嗎？」

「我想是吧。」

「你父親一定為你感到驕傲。」卡倫說：「但我希望你弄丟帳篷不會被罵。」

蒙歌再次別開頭。後照鏡上有裂痕，並用絕緣膠帶固定。

「你是個好孩子，大衛。我話說夠了。」那人拍拍蒙歌膝蓋。他的手很沉重，充滿權力，習慣控制一切。他一碰蒙歌，蒙歌身體不禁縮起，但那人的手並未停留。他的手沒索求更多。蒙歌看他手回到方向盤上。「你想睡的話睡一下。我們到鎮上我會叫醒你。」

蒙歌現在聞到他身上清新的氣味。他的鬍後水彷彿一次綜合了男孩聞過的所有美好氣味。蒙歌頭靠在頭枕，雙眼半閉。他透過眼睫毛，再次觀察那人紅潤、寬大又健康的指甲。他襯衫和手腕之間，有一段毫無瑕疵的蒼白皮膚。那雙手的那塊皮膚並未工作過，也並未飽經風霜。那段皮膚述說著他在陽光下讀書的故事。如果能藉由一隻手了解一個人，那蒙歌不得不承認，他有點嫉妒。這人比他有價值成千上萬倍。他的生活看起來舒適又輕鬆。蒙歌能想像他兒子都愛著他，而他也愛著他們。

28

他抵達格拉斯哥時，漫長悶熱的黃昏即將結束。這八個小時，他認分搭上一輛輛車和公車，他每次都不知道車子的終點，但他再也不害怕了。

有兩次，公車司機不讓他上車。他幾乎沒有錢，再加上他全身髒兮兮的。但有三次，司機出於同情，假裝剪了票，揮揮手讓他免費上了車。

蒙歌從布坎南街車站緩緩走回家時，十分茫然。城市的空氣炎熱滯悶。這季節天會亮到很晚，漫長週末，狂歡的群眾上身赤裸，全身曬得通紅，以剩下的假期津貼買酒喝，還不願回家。他經過新的史翠斯克萊大學校園和羅滕羅醫院，爬上山坡，走向東區。

每一條回家的路，都帶著他走到莊嚴的皇家醫院前方，經過那塊泥土安全島和生鏽的點心攤。茱茱已經在她的出餐口工作。她和幾個救護車司機聊天。甚至從遠處，他都能從她硬擠出來的笑容看出，她已喝了不少酒。他考慮直接經過，連招呼都不打，這時他發現裘蒂和哈米許都在那，坐在破爛的野餐桌。他們感覺熱到快熟了，彷彿已等候多時。

他走過泥土地時，他們目光打量著他。每個人的反應都很典型。茱茱反應相當戲劇化，他聽到她的呼喊，但她聲音述說的彷彿是**看我、看我**。哈米許下顎緊咬，蒙歌看得到他厚重眼鏡後方瞇起的雙眼，他決定要讓女人先表態，他再反應。他望向蒙歌後方，似乎很失望那兩名酒鬼沒和弟弟在一起。

感覺只有裘蒂真的開心見到他。她用毛衣袖子擦臉，雙臂抱住他的腰。蒙歌感覺到她頭頂散發著熱氣，她週一銀行假日在太陽下坐了一整天，等著再次見到弟弟。他手臂垂在兩側，發覺自己無法回應她的擁抱。

蒙歌只想和他們分享他的痛苦。讓他們了解，他這幾天感覺時間多緩慢、多恐怖。但加羅蓋特說得對，他永遠無法分享他的痛，因為他們雙眼會蒙上一層陰影，他們內心一角會懷疑，他是不是咎由自取。他雙眼中都是淚水，但他讓淚水停在眼眶裡，並壓抑雙唇的顫抖。他不肯讓他們同情，他不再是他們的小寶貝了。

「發生什麼事了？」茱茱尖叫，並把袞蒂從他身上拉開。「你打電話給我們之後，我一分鐘都無法安心。」

「沒什麼。」他聳聳肩，彷彿她剛才問他學校午餐吃什麼。

他的電話讓她擔心，或者也許她清醒後才發覺，她不知道自己的小兒子在哪，也不知道他和誰在一起，但現在茱茱少見地為他人擔心起來。她的目光在他臉上瘋狂游移。她牽起他的雙手，翻來覆去，她手指沿著頭髮蒼白的髮線撫摸著他。她在他脖子找到聖克里斯多福留下的痕跡，舔了舔拇指，想用口水擦掉，卻擦不掉。「你的臉。他媽怎麼了？」

蒙歌朝哥哥點點頭。「他弄的。我離開時就像這樣。」

「是嗎？看起來更糟了。」

「那是你想像的。」他摸摸結痂的下巴。「我摔了幾次，山坡上很滑，也許我又撞到了。」

茱茱沿著路望去。「好，那他們在哪？」

「誰？」

「你知道，那個什麼誰和瘦高那個。」

「走了。」然後他隨口補了一句，「他們說週四會在戒酒無名會跟你碰面。」

「你真的沒事嗎，蒙歌？」裘蒂給他一杯沒氣的可樂，他大口吞下肚。

「對，我是全新的我了。你好嗎？」

茉茉緊抓住他的臉。她現在似乎覺得他很煩，破壞了她平靜的週末。「那你他媽幹嘛打電話，害我們擔心成那樣？」

蒙歌將臉從她油膩的手中掙脫。「你管我？」

茉茉重心放到一腳，雙手扠在腰上。她的耐吉運動鞋已用洗衣機洗過，縫線已經綻開，高級的商標已脫落。那是盜版的。「別以為你去釣了趟魚，回來就能對我耍嘴皮子。」她喃喃自語，並在泥地轉身，向任何聽到她處境、願意朝她同情點頭的陌生司機說話。「離開一個週末不代表你成為男人了。還能坐到我腿上的孩子，你根本就還小。」

蒙歌已不把她放在眼裡。起初，她嫌他不夠有男子氣概；現在，她又嫌他男子氣概過了頭。

他轉向姊姊，給裘蒂一堆湖邊撿來的小石頭。

她額頭抵著他，輕聲說：「你會跟我說怎麼樣。對吧？在烘衣櫥裡？」

「我看到一隻獐鹿，還有一隻死綿羊。那裡下雨了。差不多就這樣。」

裘蒂伸出手，撥開他頭髮，他從她面前走開。他能和裘蒂目光交會，但他不會讓她再碰他了。如果連裘蒂都無法愛他，愛完整的他，也許他無法被愛。

茉茉對自己反覆說著。「沒問題了，沒問題了。看吧，他沒事。他現在回來了。**他沒事。**」她雙手揮舞，在泥土地轉身。蒙歌看得出來，她鬆了口氣。但那口氣多半是為了自己。

家庭內鬥是從週六早上開始，裘蒂問母親蒙歌去哪，茉茉含糊回答，去釣魚。他們太晚才有所警覺，茉茉絕對不認識跟小兒子出去的男人。但茉茉後來開始狡辯，她堅持和男人作伴很安全。男孩還有在哪裡最安全？會出什麼事？釣幾尾魚，呼吸新鮮空氣，生個溫暖的營火。這只是蘇格蘭而已。壞事都發生在街頭巷尾，她是讓他遠離這一切。

哈米許越過泥土地走向他們。他抓住蒙歌風雨衣口袋，囂張地用力拉開，並向裡頭瞧。「什麼？沒東西給我嗎？」蒙歌以為自己無法直視哈米許，但他發現他辦得到。其實他能眼睛眨也不眨地看著他。蒙歌目光堅定，人湊到哈米許鼻梁前，直到他後退。他放開了弟弟。

「嘿！這裡有營業嗎？」

就這樣，簡單一句話，他知道一切結束了。畫下完美句點。計程車司機腰上繫著錢袋，頂著大肚子，說他需要來份黑血腸捲，單純想喝一杯放兩個茶包的濃茶。茉茉小步跑回出餐口。銀行週末假期結束了。他到家了。這件事他們永遠不會再提起，像不曾存在的嬰兒，或詹姆斯，那名蒙歌曾愛過的男孩。

蒙歌看家人收拾東西。他看著他們，一切在他眼前異常清楚。這一切對他們來說已經結束。對他來說，卻永遠不會結束。只是他無法告訴任何人。

茉茉已離他而去，他現在明白了。現在她是喬奇的負擔，如果不是喬奇，那也會是別的傻瓜，他們會以為自己能應付她。他應該要鬆一口氣，但令他討厭的是，他覺得自己被拋棄了。

裘蒂會永遠離開。一開始一切會逐漸改變，但她最後會唸完大學，不在的時間會愈來愈長。哈米許一直是對的。她會將母音發得更完整，減少喉塞音。她會喜歡把麵包烤得焦黃，喜歡看外國電影。

也許她會在大學遇到對象，能默默談場戀愛，但她永遠不會帶他們回家過耶誕節。對方允許的話，她會養一屋子流浪狗。蒙歌能想像她領養除役犬，狗會多到她小公寓中瀰漫德國牧羊犬的尿騷味。

哈米許朝他眨個眼。蒙歌這時明白，哈米許不會離開這裡。

他會被哈米許拖去參加所有毫無意義的暴力行為。他必須找個女朋友，必須快點讓她懷孕，而他會盡他所能愛她。可以的話，他會去工作，他會盡他所能偷竊，週四和週六他會在潛艦夜店和拱門酒吧外，賣一包十鎊的搖頭丸給大學學生。他會和塞爾特幫打架，直到他年紀太大，這時他會去觀賞老字號比賽，在勞登運動酒館外捲入暴動，每年七月十二日會唱他們自視優越的歌。他必須成為哈米許期待他成為的男人。

「你想洗個澡嗎？」裘蒂將她側背包背到肩膀上。

但蒙歌沒在聽。

道路另一頭，高聳肅穆的醫院外有個人影。蒙歌起初沒注意到他。通往東區的公車在假期的車陣中緩緩移動，人影不斷消失在視線中。那年輕人耐著性子等待，好像他正準備過馬路，但等機會來了，他仍待在原本的位子，永遠不越過那條馬路。

他腳邊有不成對的大包小包物品，每一包都塞得鼓鼓的，全是柔軟的衣物，那是他生活的全部。雖然夏天天氣悶熱，他仍穿著兩件厚重大衣。他蒼白的下巴有黑色縫線，靠近他鼻子斷裂處，兩邊眼眶都有深藍色的瘀血。他斷指都上了夾板，包著粉色的繃帶，上頭已沾滿泥土。

他一直在看，一直在等待，並要離開，三個動作同時發生。

他們站在原地，隔著四線車道，望著彼此。那瞬間感覺是永恆。每次有白色廂型車擋住視線，蒙歌肚子會翻攪，屏住呼吸，直到車子移開，讓他確定男孩仍待在原地，帶著他的行李，仍在觀看和等待。他就在那裡，詹姆斯，美好到不真實的他。

詹姆斯舉起斷手，稍微打招呼。他動作謹慎，像在試探，彷彿他們只是陌生人。但那動作只對著蒙歌，不為別人。

蒙歌露出微小膽怯的笑容。詹姆斯也笑了，他們讓笑容一點一滴漾開，最後蒙歌終於知道自己要做什麼和要去何方。那是他唯一想去的地方。

蒙歌從湖邊打電話給茱茱後，裘蒂去找了詹姆斯。她按了門鈴，但他不肯應門，不肯讓她進屋裡。裘蒂按了對講機所有門鈴。一有鄰居開門，她便衝上樓梯。她跪在信箱前，告訴詹姆斯發生的事。不過她其實是對空蕩蕩的走廊說的，因為詹姆斯躲在陰影中。

他鼻青眼腫，而且不願讓漢米爾頓家任何人進家門。他在走廊動也不動，看著扯斷的電話線。「蒙歌沒打電話給我。」詹姆斯在黑暗中口齒不清地說：「就算他想，他也打不進來。」裘蒂放開信箱門。透過信箱口，發現他剛才在打包。

蒙歌手放到護欄，準備翻過去。他轉身向裘蒂道別。他正要這麼做時，一輛藍色的車從假期的車流中冒出。車搖搖晃晃衝上泥土空地，停下來時，碎石順勢飛濺。兩名警察下了車。他們沒穿制服，但按照他們目中無人的模樣，蒙歌看得出他們是臭條子。他望向哥哥確認。哈米許已經溜向小吃攤的陰影。

「別擔心！」茱茱尖叫，彷彿她舉辦了一場盛大的派對。「是找我的。是找我的。」

她在圍裙擦淨雙手，跑去迎接他們。她將蓬亂的頭髮向後撥，重新扣好牛仔褲最上方的釦子，擋住肚子上柔軟的肥肉。裘蒂見她愛面子，嘴裡嘖了嘖。警察長相並不好看，但他們和她同年，他們有比喬奇薪水更高的工作。「別擔心，警察，我的孩子，我親愛的兒子回來了。」

蒙歌打電話給她之後，她好好喝了一頓。接著打電話報警，說他失蹤了。前來處理的警察回到警車上時，一臉困惑，面面相覷。誰會讓小兒子和陌生大人出門？他們這週末已第三次來到這裡。第一次，他們感到好奇。第二次，他們的厭惡表露無遺。現在他們見到她就噁心。

「一切都沒事了。」她又說一次。手臂張開，好像想擁抱他們，接著會為他們打開大門，送他們離開她的泥土島嶼。

「是嗎？真是好消息，漢米爾頓太太。」

「布坎南。」她說：「我不曾跟他們父親結婚，從未有過機會。所以我是**小姐**。布坎南小姐，謝謝你們。」茱茱通常是用漢米爾頓這個姓，比較不需多解釋，而且這能給大家歸屬感。只有母親在和男人說話時，蒙歌才聽過她糾正對方。

警察臉上毫無笑意。他們俯視這女人，不肯被馴服。兩人中較健壯的警察留著邋遢的鯔魚頭，比較適合當電台節目主持人。

警察瞪著三個年輕的漢米爾頓孩子，三人還沒從空地跑遠。他們馬上忽略裘蒂，只注意哈米許和蒙歌。他們面無表情，盯著他們，但蒙歌知道他們在仔細觀察他，將每一絲細節記起。他感覺兩人目光掃過他滿是擦傷的膝蓋和瘀青的臉。他擔心他們會看出他想隱瞞的事。

警察總會故意長時間沉默不語，讓氣氛令人不快。這讓蒙歌想開口填補空白。哈米許有教他耐住性子。從A開始，在心裡默背他知道的所有動物，數完動物之後，再從頭開始，換默背所有水果。哈米許說，細數蔬菜、狗名和國家名稱時，表情最能教人摸不清楚。

蒙歌數到無尾熊時，其中一個警察終於開口。鯔魚頭警察嚴肅地搖搖頭。「出了點問題。今早在一座湖中發現了一具男屍。有人刺死了他，並試圖將他沉入湖中。根據你告訴我們的說法，漢米爾……對不起，布坎南小姐，我們想知道……」警察看看他的筆記本。「蒙歌？」他聽到這名字搖搖頭，一臉憐憫，這名字在遊樂場鐵定會被嘲笑。「……年輕的蒙歌知道些什麼？」

「屍體不會沉入水中，就算沉也沉不久。」另一名警察說。他頭髮稀疏，但他仍勇敢剪了短髮。他態度比第一人粗魯。

「分解作用。」裘蒂一本正經地說：「脂肪腐爛會化為氣體。每個人都**知道**。」蒙歌不知道。他好生氣，就連這時候，裘蒂都忍不住要出鋒頭。

警探不禁有點佩服，點點頭。他嘟起嘴，一臉驚訝，沒想到茱茱有個孩子如此聰明。「對，沒錯。你女兒真聰明，布坎南小姐。」

「對。她真討人喜歡。會說話的百科全書。你想借去用嗎？」

粗魯的男人皺起眉頭。「你一直把孩子借給別人。難不成你打算開個孩子圖書館？」

裘蒂移了移重心，感到不好意思。茱茱聽不出其中諷刺。

警探解釋，史翠斯克萊警方曾打電話到巴爾馬赫、巴爾希德、羅曼德湖和因弗雷里，問他們是否有目擊茱茱失蹤的男孩。因弗雷里警方表示沒有，但他們發現一具落水的屍體，本身不大可疑，但屍體曾被刺傷，並穿著義大利設計的牛仔褲，這倒非比尋常。管理人員巡邏是否有人違法垂釣時，發現屍體部分浮出水面，口袋裡裝著幾十顆小石頭。屍體不該那麼快浮起，加羅蓋特不胖，湖水冰冷。如果有好好加重，應該要在水下好幾週。

警察將屍體拖到小村莊，請殯葬人員來收屍，造成巨大騷動。郵局小姐馬上認出加羅蓋特，說他身邊有個安靜的男孩。她說兩人都有濃厚、粗俗的格拉斯哥口音，男孩十分憂鬱，他們偷了巧克力棒，欠她一鎊五十便士。

「我很高興蒙歌回家了。幸好一切都沒事。但我們必須跟男孩聊聊。」鯔魚頭警探目光在兩兄弟身上來回梭巡。「所以你們哪個是勇敢的蒙歌．漢米爾頓？」

裘蒂和茉茉這時做了件奇怪的事。他們沒有轉向蒙歌，反而轉向哈米許。純粹是直覺，她們望向哈米許，因為他會知道怎麼做，他是家中的男人。他們眼神似乎在懇求，**處理這件事，哈米許**。

第一個警探踢了地面，好像他賭輸了。這不是他內心預想的弟弟。哈米許確實是兩人中比較矮的，但這男孩年紀有點太大，不符合描述。但禿頭警探嘴巴緊抿，一副心照不宣的表情。他一見到哈米許，便知道他天生暴力。

哈米許幾乎馬上走向前。他沒眨眼，連頭也沒怎麼點。「是我。我是蒙歌。」

逞英雄的白痴。警探不會被耍太久。

這會是他最後一次見到詹姆斯。蒙歌現在明白了。他轉身，因為他想趁現在多看他久一點，他想記住讓一切變得更好的笑容，記住那充滿快樂的大牙縫。他想看他臉頰在清新的空氣中，是否如常一般，白色和粉紅色交織。

詹姆斯打招呼的手凍結在半空中。兩件大衣下，他再次看起來像凱文葛羅夫美術館的聖蒙哥雕像，手伸向前，歡迎他的信眾。

詹姆斯咬著破裂的嘴唇。車流飛逝，他如大麥小麥般黃褐色的頭髮飛到眼前，髮絲像黏稠的拉糖，捕捉最後一絲夕陽的光芒。

他的斷手這時轉動。他裹著繃帶的指節指向蒙歌，曾輕柔撫摸他尾椎的斷指，此時謹慎地微微抽動。因為他手包在紗帶中，那動作變得曖昧含糊，但蒙歌明白。

他只朝他做一次手勢。但一次就夠了。

來，那手勢說。**跟我來。**

銘謝

我十分感激我的家人，能和這群英勇格拉斯哥人一起，我三生有幸，也感激容忍我的美好朋友。少了你們，我不會在此。

我感激我的編輯Peter Blackstock和Grove Atlantic出版社團隊：Morgan Entrekin、Judy Hottensen、Deb Seager、John Mark Boling和Emily Burns。感謝我的醜小鴨（這是他自己說的）Ravi Mirchandani，也感謝Camilla Elworthy、Jeremy Trevathan、Stu Wilson、Gillian McKay和Picador出版社有才華的夥伴。我的愛和感謝要獻給Anna Stein、Claire Nozieres、Lucy Luck，感謝他們照顧好蒙歌，並感謝Grace Robinson、Julie Flanagan和Will Watkins所給的幫助。感謝遠方蒙歌的朋友Cathrine Bakke Bolin、Daniel Sandström、Susanne Van Leeuwen、Lina Muzur和Valentine Gay。

仰賴早期讀者的鼓勵，我才能支撐下來，所以讓我敬你們一杯Patricia McNulty、Clive Smith、Valentina Castellani、Margaret Ann MacLeod、Tanya Carey和Tina Pohlman，感謝他們將心和腦借給我。

除此之外，感謝Michael Cary，感謝他一直以來的信任。

Hit 暢/小說 116

少年蒙歌
Young Mungo

•原著書名：Young Mungo•作者：道格拉斯．史都華（Douglas Stuart）•翻譯：章晉唯•排版：李秀菊•校對：呂佳真•美術設計：吳佳璘•責任編輯：徐凡•國際版權：吳玲緯、楊靜•行銷：闕志勳、吳宇軒、余一霞•業務：李再星、李振東、陳美燕•總編輯：巫維珍•編輯總監：劉麗真•出版社：麥田出版／城邦文化事業股份有限公司／115台北市南港區昆陽街16號4樓／電話：(02) 25000888／傳真：(02) 25001951•發行：英屬蓋曼群島商家庭傳媒股份有限公司城邦分公司／115台北市南港區昆陽街16號8樓／書虫客戶服務專線：(02) 25007718；25007719／24小時傳真服務：(02) 25001990；25001991／讀者服務信箱：service@readingclub.com.tw／劃撥帳號：19863813／戶名：書虫股份有限公司•香港發行所：城邦（香港）出版集團有限公司／香港九龍土瓜灣土瓜灣道86號順聯工業大廈6樓A室／電話：(852) 25086231／傳真：(852) 25789337•馬新發行所／城邦（馬新）出版集團【Cite(M) Sdn. Bhd.】／41, Jalan Radin Anum, Bandar Baru Sri Petaling, 57000 Kuala Lumpur, Malaysia.／電話：+603-9056-3833／傳真：+603-9057-6622／讀者服務信箱：services@cite.my•印刷：漾格科技股份有限公司•2024年5月初版一刷•定價520元

國家圖書館出版品預行編目資料

少年蒙歌／道格拉斯．史都華（Douglas Stuart）著；章晉唯譯. – 初版. -- 臺北市：麥田出版：家庭傳媒城邦分公司發行, 2024.05
面；　公分. --（Hit暢小說；RQ7116）
譯自：Young Mungo
ISBN 978-626-310-642-0（平裝）
EISBN 9786263106437（EPUB）
873.57　　113001557

城邦讀書花園
www.cite.com.tw